Bernard Cornwell
Der Schurke

Bernard Cornwell

DER SCHURKE

Roman

Deutsch von
Gerhard Beckmann

ECON Verlag
Düsseldorf · Wien · New York · Moskau

Titel der englischen Originalausgabe: Scoundrel
Originalverlag: Michael Joseph, London
Übersetzt von: Gerhard Beckmann

Die Deutsche Bibliothek – CIP-Einheitsaufnahme

Cornwell, Bernard:
Der Schurke: Roman / Bernard Cornwell. Dt. von Gerhard
Beckmann. – Düsseldorf; Wien; New York; Moskau: ECON Verl., 1993
ISBN 3-430-11907-3

Lektorat: Susanne Yaconetti
Gesetzt aus der Baskerville
Satz: Computersatz Bonn
Papier: Papierfabrik Schleipen GmbH, Bad Dürkheim
Druck und Bindearbeiten: Pustet, Regensburg
Printed in Germany
ISBN 3-430-11907-3

Der Schurke ist für Jackie und Jimmy Lynch

ERSTER TEIL

Am 1. August wurde ich vierzig Jahre alt, meine Geliebte Sophie ließ mich, nach drei Jahren, wegen eines Jüngeren sitzen, und meine Katze wurde krank. Am Tag darauf überfiel Saddam Hussein Kuwait.
Die sogenannten besten Jahre des Lebens fingen schön an.
Drei Wochen später meldete sich Shafiq mit der Frage, ob ich ein Schiff aus dem Mittelmeer nach Amerika überführen wollte. Den Anruf nahm meine Teilzeitsekretärin Hannah entgegen. Sie kam, wie immer, am späteren Nachmittag zum Fischerhafen herunter, um mir die Neuigkeiten des Tages zu bringen.
»Wer hat angerufen?« Ich arbeitete bei laufendem Motor im Maschinenraum eines Schleppnetzfischers. Ich glaubte, mich verhört zu haben. »Wer hat angerufen?« rief ich noch einmal durch die offene Luke nach oben.
»Shafiq«, sagte Hannah achselzuckend. »Sonst nichts. Bloß Shafiq. Er hat gesagt, Sie kennen ihn.«
Und ob ich ihn kannte. So, daß ich mich sofort fragte, was zum Teufel wohl als nächstes käme. Shafiq! Großer Gott!
»Was hat er gewollt?«
»Sie sollen ein Schiff überführen.«
»Wann?«
»Das weiß er nicht.«
»Von wo aus im Mittelmeer? Frankreich? Spanien? Italien? Zypern? Griechenland?«
»Einfach nur vom Mittelmeer. Genaueres könnte er nicht sagen. Hat er gesagt.«
»Und wohin soll ich das Schiff bringen?«
Hannah lächelte. »Nur nach Amerika.«
Ich stellte den Motor ab. Ich hatte die hydraulischen Pum-

pen des Trawlers überprüft, weil ich mich vergewissern wollte, ob nicht irgendein Mistkerl den Druck um eine halbe Tonne gesenkt hatte, damit ein kaputtes Ventil oder ein defekter Schlauch unbemerkt blieb. Ich wartete, bis der Lärm aufhörte. Dann schaute ich zu Hannah hoch. »Und was für ein Schiff?«

»Weiß er nicht.« Sie lachte. Hannah hatte ein schönes Lachen. Ich muß aber zugeben, daß ich an jedem weiblichen Lachen Gefallen fand, seit Sophie mir den Laufpaß gegeben hatte. »Ich werde nein zu ihm sagen«, meinte sie. »Ja?«

»Ja. Sagen Sie ja.«

»Was?«

»Sagen Sie ja.«

Hannah setzte wie immer die Geduldsmiene auf, wenn sie glaubte, mich vor mir selbst schützen zu müssen. »Ja?«

»Ja, *oui, yes, sí.* Das ist unsere Arbeit. Dafür sind wir doch da.« Wenigstens offiziell; oben auf meinem Briefpapier stand nämlich zu lesen: »Nordsee-Jacht. Lieferung, Wartung, Begutachtung von Schiffen. Alleineigentümer Paul Shanahan, Nieuwpoort, Belgien.« In den letzten Jahren waren allerdings nur noch Aufträge für Wartung und Gutachten hereingekommen.

»Aber Paul! Sie wissen weder wann, wie, was noch wohin! So was Dummes kann ich nicht zulassen!«

»Wenn er wieder anruft, sagen Sie ihm: Meine Antwort lautet Ja.«

Hannah stieß einen typisch flämischen Laut aus, so etwas wie einen gutturalen Grunzer, der, wie ich im Laufe der Zeit verstehen gelernt hatte, die Verachtung eines praktischen Menschen für einen unpraktischen Trottel ausdrückte. Sie blätterte in ihrem Notizbuch herum. »Dann hat noch eine Frau angerufen. Eine gewisse Kathleen Donovan. Amerikanerin. Möchte Sie sprechen. Klingt sympathisch.«

O Gott, dachte ich, was hat das nur zu bedeuten? Kaum vierzig, und schon wird man von der eigenen Vergangenheit eingeholt. Mir stand plötzlich wieder ein gräßliches Bild vor Augen: der gelbe Felsen mit Roisins Blut. Menschlicher Verrat kam mir in den Sinn, Liebeslust und -leid: Falls die Frau, die da nach mir suchte, Roisins Schwester sein sollte, konnte ich nur hoffen, daß sie mich nie finden würde. Nie. »Sagen Sie ihr nein«, erwiderte ich.

»Aber sie sagt . . .«

»Sie kann sagen, was sie will. Ich kenne sie nicht und will sie auch nicht kennenlernen.« Ich konnte Hannah diese Geschichte nicht erklären. Hannah würde sie nie verstehen – dazu war sie viel zu bodenständig, dazu führte sie mit ihrem Mann, einem stämmigen Polizisten, eine viel zu normale Ehe. »Und bestellen Sie Shafiq: Ich will wissen, warum.«

»Sie wollen wissen, warum?« Hannah musterte mich kritisch. »Warum was?«

»Fragen Sie ihn: Warum?«

»Aber . . .«

»Fragen Sie einfach nur: Warum?«

»Okay. Ich werde ihn fragen!« Sie hob ergeben die Hände, drehte sich um und ging am Kai lang. »Ihre Katze hat Würmer, glaub' ich!« rief sie zurück.

»Dann geben Sie ihr eine Tablette!«

»Es ist *Ihre* Katze!«

»*Bitte* – geben Sie ihr eine Tablette.«

»Okay.« Sie machte eine rüde Geste mit der Hand. Das galt aber nicht mir, sondern dem Fischer, der ihr nachgepfiffen hatte. Mir winkte sie ein letztes Mal, bevor sie verschwand.

Ich machte mich wieder an die Arbeit fürs Gutachten über den Trawler, der nach Schottland verkauft werden sollte. Doch innerlich war ich mit ganz anderen Dingen beschäftigt als mit Rumpf, Motor oder Hydraulik des

Schiffes. Ich fragte mich immer wieder, warum beides – das Gespenst verratener Liebe und der Schatten vergangener Gefahren – an ein und demselben Tag wie aus dem Nichts wiederkehrte, um mich zu quälen. Aber – wenn ich ehrlich war – es erregte mich auch. Grau, berechenbar und langweilig war mein Leben geworden. Nun kam wieder Bewegung hinein.
Vier Jahre hatte ich gewartet, daß Shafiq sich an mich erinnerte, mich wieder mit heikleren Aufgaben betraute. Vier Jahre. Ich war bereit.

»Vier Jahre sind's her, Paul! Vier Jahre!« Da saß Shafiq: träge, schlank, freundlich, gerissen – in mittleren Jahren. Er saß auf einem tiefen, mit Kissen überladenen Sofa. Er hatte im Hotel Georges V. in Paris eine Suite gemietet. Ich sollte ihn im Wohlstand bewundern. Außerdem befand er sich in überschäumend guter Laune. Kein Wunder. Shafiq liebte Paris. Er liebte Frankreich. Je größer der Haß der Franzosen auf die Araber, desto größer Shafiqs Bewunderung für den gallischen Geschmack. Shafiq war ein Palästinenser, der in Libyen wohnte; dort war er in Oberst Gaddafis Center für Widerstand gegen Imperialismus, Rassismus, Rückständigkeit und Faschismus tätig. Ich hatte zunächst nicht geglaubt, daß es solch eine Organisation gab; sie existierte aber doch, und Shafiq gehörte tatsächlich zum Personal – eine Tatsache, die sicherlich erklärte, warum ihm europäische Dekadenz so zusagte.
»Also – was willst du?« fragte ich säuerlich.
»So heiß habe ich Paris noch nie erlebt! Gott sei Dank, daß es Klimaanlagen gibt!« Wir sprachen Französisch, wie immer. »Nimm dir ein Gebäck, bitte! Der *mille-feuille* ist köstlich.«
»Was willst du von mir?«
Shafiq überhörte die Frage. Er öffnete ein emailliertes Pillendöschen und schob sich eine Cachou unter die Zunge.

»Ich gebe mich als Grieche aus. Ich habe sogar einen Diplomatenpaß! Sieh mal!«
Auf den gefälschten Diplomatenpaß und auf Shafiqs Stolz über den Besitz des Dokuments ging ich nicht ein. Shafiq leistete seinen Beitrag zum Widerstand gegen Imperialismus, Rassismus, Rückständigkeit und Faschismus als Laufbursche zwischen Libyen und den Terroristengruppen, die eben gerade nach Oberst Gaddafis Geschmack waren. Auf den ersten Blick wirkte er überhaupt nicht wie ein Agent; er war wie ein Kind, allzu auffällig und liebenswert. Vielleicht hatte er jedoch gerade aufgrund dieser Eigenschaften so lange überlebt. Es war beinahe unmöglich, einem so lächerlichen Mann wie Shafiq Verbindung mit dem Bösen in der Politik zuzutrauen. »Was willst du von mir?« wiederholte ich. Was es auch sein mochte – er würde es wahrscheinlich bekommen. Aber nach vier Jahren mußte ich den Zurückhaltenden spielen.
»Möchtest du eine Gauloise? Hier! Da hast du die ganze Packung, Paul!« Er schob sie zu mir herüber.
»Ich habe das Rauchen aufgegeben. Was, zum Teufel, willst du von mir?«
»Du hast das Rauchen aufgegeben? Das ist wunderbar, Paul, einfach wunderbar! Mir raten die Ärzte, daß ich das Rauchen aufgeben soll. Aber was wissen die Ärzte schon? Ich habe einen Schwager, der ist Arzt. Habe ich dir das schon erzählt? Er raucht am Tag vierzig, manchmal fünfzig Zigaretten, und er ist . . . Wie sagt man doch? Bumsfidel! Bumsfidel! Möchtest du Tee?«
»Verdammt – was willst du von mir, Shafiq?«
»Du sollst ein Schiff nach Amerika bringen. Wie ich deiner Sekretärin gesagt habe. Ist sie schön?«
»Wie eine Rose im Morgentau, wie eine Pfirsichblüte, wie eine Einpeitscherin der Dallas-Cowboys. Was für ein Schiff? Von wo? Wohin? Wann?«
»Das weiß ich nicht genau.«

»Phantastisch! Das hilft mir wirklich sehr, Shafiq.« Ich lehnte mich in meinem viel zu weichen Sessel zurück. »Das Schiff gehört dir?«

»Es gehört nicht mir.« Er zündete sich eine Zigarette an und machte eine Geste, ganz vage, wie um anzudeuten, das fragliche Schiff gehöre einem anderen, irgendwem anderen, niemand Besonderem. »Was macht dein Liebesleben?«

»Gar nichts. Ich bin eben erst wegen eines verheirateten französischen Apothekers sitzengelassen worden. Aber das Sorgerecht für die Katze ist mir geblieben. Wem gehört das Schiff?«

»Du hast deine Freundin verloren?« Shafiq machte sich sofort Sorgen um mich.

»Wem gehört das Schiff, Shafiq?«

»Freunden.« Er machte wieder eine Geste mit der Zigarette – was soviel hieß: Die Eigentumsfrage sei ohne Bedeutung. »Wie lang wirst du brauchen?«

»Wie lang werde ich wofür brauchen?«

»Um das Schiff nach Amerika zu bringen natürlich.«

»Das hängt von der Art des Schiffs ab. Und davon, wie weit die Reise geht und zu welcher Jahreszeit es zugestellt werden soll.«

»Ein Segelschiff«, sagte er, »und meines Wissens bald.«

»Ein wie großes Segelschiff?«

»Mit einem großen Bleikiel.« Er lächelte, als wären durch dieses Detail sämtliche Fragen geklärt.

»Wie groß?«

Er zog nachdenklich an seiner Zigarette. »Ich weiß nicht, wie groß. Also, nun schätz mal – wie heißt das bei euch doch noch? Pi mal Daumen? Pi mal Daumen!«

Ich warf einen flehentlichen Blick zur reichverzierten Stuckdecke. »Drei Monate? Vier? Wie, zum Teufel, soll ich das wissen? Je größer das Schiff, desto rascher. Vielleicht.«

»Drei Monate? Vier?« Er klang weder zufrieden noch enttäuscht. »Ist es eine Blondine?«

»Ist wer eine Blondine?«
»Deine Sekretärin.«
»Ihr Haar ist braun.«
»Am ganzen Körper?«
»Keine Ahnung.«
»Ah.« Ich tat ihm leid. »Warum hat deine Geliebte dich verlassen?«
»Weil ich mich eines Tages nach Amerika zurückziehen möchte und sie nicht mitkommen will, weil sie mich für zu verschlossen hält, weil sie das Leben in Nieuwpoort langweilig findet und weil ihr Franzose ihr einen Mercedes geschenkt hat.«
»Du möchtest in Amerika leben?« fragte Shafiq schockiert.
»Ja. Dort bin ich zu Hause.«
»Kein Wunder, daß du unglücklich bist.« Shafiq wird den Kopf geschüttelt haben, weil Sophie mir den Laufpaß gegeben hatte, und nicht, weil ich Amerikaner war. Denk' ich mir.
»Wenn mich irgend etwas unglücklich macht«, versicherte ich ihm, »dann unsere momentane Unterhaltung. Shafiq! Um Himmels willen! Vier Jahre lang vergißt du mich völlig. Dann zerrst du mich nach Paris, um mir mitzuteilen, daß ich für dich ein Schiff überführen soll. Und dann kannst du mir nicht ein einziges gottverdammtes Detail nennen!«
»Aber ich biete dir doch ein Geschäft an!« flehte er.
»Auf einmal? Nach vier Jahren?«
Achselzuckend klopfte er die Asche seiner Zigarette in eine Kristallschale ab. »Du weißt, warum, Paul, du weißt doch, warum.« Er hat aber weggeschaut.
»Hat dir der Duft meines Deodorants nicht gepaßt?« fragte ich spöttisch.
Da hob er den Kopf und erwiderte meinen Blick. Er wollte die alten Beschuldigungen mir gegenüber nicht aus-

sprechen. Daraufhin habe ich ihn in die Mangel genommen. Er hat genau gewußt, daß er sich das gefallen lassen mußte. »Es hieß, du seist CIA, Paul.«
»Ach Scheiße.« Ich lehnte mich im Stuhl zurück und ließ meinen Abscheu durchklingen.
»Wir wissen natürlich, daß es nicht stimmt«, sagte Shafiq charmant.
»Und ihr habt vier Jahre gebraucht, um das zu begreifen?«
»Wir können gar nicht vorsichtig genug sein. Das weißt du doch.« Die Zigarette glühte auf, als er zog. »Mit unserem Geschäft ist es heute wie mit dem Sex, klar? Geh auf Nummer Sicher, oder laß es ganz bleiben. Ja, Paul?« Er lachte und wollte, daß ich mich von ihm mitreißen ließ, aber ich verzog keine Miene, so daß er traurig den Kopf schüttelte. »*Wir* haben dich nicht beschuldigt, Paul. Es war das Mädchen, Paul. Es war deine eigene Freundin! Dein Mädchen! Wie hieß sie doch? Roisin?« Er sprach den Namen sogar korrekt aus, Rosh-een, was nur zeigte, wie gut er sich an sie erinnerte. »Sie ist deine Freundin gewesen, Paul.«
»Meine Freundin, Shafiq? Sie ist das Firmenfahrrad gewesen, auf dem alle fahren durften.«
»Das ist gut, Paul. Das gefällt mir! Das Firmenfahrrad!« Er kicherte. Dann machte er eine abfällige Handbewegung. »Du begreifst, ja? Du verstehst, warum wir dir nicht vertrauen konnten? Ich rede ja nicht von mir. Ich habe nie geglaubt, daß du CIA bist! Ich habe ihnen gesagt, wie lachhaft die Idee ist! Idiotisch! Aber sie wollten sichergehen. Sie haben gesagt: Abwarten. Wollen wir doch mal sehen, ob er nach Amerika läuft. Aber du bist nicht nach Amerika gelaufen, was?« Er lächelte mir zu. »Schön, dich wiederzusehen, Paul. Es hat viel zu lang gedauert.«
»Sprechen wir von eurem Segelschiff«, sagte ich kalt. »Worum geht's denn dabei?«
»Um etwas rein Geschäftliches.«

»Hat's etwas mit dem Irak zu tun?«
»Mit dem Irak?« Shafiq breitete seine Hände aus, die so groß waren wie Ruderblätter, mit einer Geste, als ob er mir suggerieren wollte, vom Irak und der irakischen Invasion Kuweits habe er nie gehört.
»Hat die Sache mit dem Irak zu tun?« fragte ich noch einmal.
Beim Lächeln zeigte er seine gelben Zähne. »Es geht um etwas rein Geschäftliches.«
»Etwas Geschäftliches – im Sinne von Schmuggeln?« fragte ich.
»Vielleicht?« Er grinste mich komplizenhaft an.
»Dann will ich damit nichts zu tun haben.« Was natürlich nicht stimmte, ganz und gar nicht stimmte – doch wenn ich allzu rasch einwilligte, würde dabei zuwenig für mich selbst herausspringen, und diesmal wollte ich viel herausholen. Deshalb mimte ich den Schwierigen. »Auf Schmuggeln lass' ich mich nicht ein, Shafiq. Außer ich weiß, *was* ich schmuggle und wie es versteckt ist und warum es geschmuggelt wird und wohin es geht, wer die Schmuggelware bekommt und wieviel sie wert ist und wann die Reise stattfinden soll und wer davon profitiert und wem dran liegen könnte, das Ganze zu verhindern, und wieviel ich bekomme, wenn ich's durchziehe.«
»Ich hab' ihnen gesagt, daß du so was fragen würdest!« sagte Shafiq triumphierend.
»Ihnen?«
»Sie wollen, daß du morgen nach Miami fliegst«, sagte er ausweichend, in der Hoffnung, daß die Erwähnung von Miami mich ablenken würde.
»Wer sind sie?« Ich ließ nicht locker.
»Alte Freunde von dir«, sagte er – womit er bestätigte, was ich vermutet hatte.
»Sie sind in Miami?« Ich war überrascht.
»Sie wollen dich morgen dort treffen.« Er stopfte sich ein

Stück Mandelkuchen in den Mund und murmelte dann: »Sie erwarten dich. Ich habe ein Flugticket für dich. Erster Klasse!« Er sagte es so, als handle es sich um ein ganz besonderes Extra – einen roten Teppich in die Höhle des Löwen. Als ob es solch eines Köders bedurft hätte! Vier Jahre hatte ich darauf gewartet, von der Beschäftigung mit Hydraulik, Osmose von Fiberglas und verrosteten Kielbolzen erlöst zu werden!

Ich rief Hannah in ihrer Wohnung in Nieuwpoort an. Es war Sonntag nachmittag. Sie klang schläfrig warm – hatte ich ihren stämmigen Polizisten bei einer Orgie unterbrochen? »Bitte annullieren Sie alle Termine für diese Woche«, sagte ich ihr.

»Aber Paul . . .«

»Ausnahmslos«, betonte ich. »Alle annullieren!«

»Warum?«

»Weil ich nach Miami fliege«, sagte ich, als ob so etwas jeden Monat vorkäme und sie gar keinen Anlaß hätte, überrascht zu sein.

Hannah seufzte. »Kathleen Donovan hat wieder angerufen. Sie ist auf Besuch in Europa. Sie will Sie auch gar nicht lange belästigen. Sie hat's mir fest versprochen, und ich hab' ihr gesagt, Sie würden . . .«

»Hannah! Hannah! Hannah!« unterbrach ich sie.

»Paul?«

»Sehen Sie zu, daß die Katze ihre verdammten Pillen kriegt, ja?« sagte ich zärtlich und leise, bevor ich den Hörer auflegte. Am nächsten Morgen flog ich nach Miami.

Auf dem internationalen Flughafen von Miami erwartete mich Klein Marty Doyle. Er hüpfte trotz der Wahnsinnshitze wie ein aufgeregter Pudel. »Wie schön, dich zu sehen, Paul! Einfach schön! Es ist Jahre her, oder? Jahre! Ich hab's Michael erst gestern abend gesagt. Jahre!«

Marty ist eine Null, ein Speichellecker, ein Botenjunge.

Offiziell arbeitet er für das Boston School Committee; inoffiziell belämmert und chauffiert er Michael Herlihy. Herlihy hat das Autofahren nie gelernt, weil er an Kinetose leidet – an See-, Luft- und Autokrankheit. Seine Mutter hat dafür gesorgt, daß er als Kind immer im Fond saß; seither läßt er sich herumkutschieren wie Graf Itzeplitz. Neuerdings ist Marty sein Mädchen für alles und sein Chauffeur. »Also – was treibst du in Miami?« fragte ich ihn.

»Ich kümmer' mich um Michael. Dem geht's nicht besonders. Wegen der Hitze. Dem ist Hitze noch nie bekommen. Sie macht ihn ganz nervös. Ist das dein ganzes Gepäck?« Er zeigte auf meinen Seesack.

»Wieviel Gepäck sollte ich denn deiner Meinung nach mit mir herumschleppen?«

»Ich werd's für dich tragen.«

Ich hob den Seesack außer Reichweite. »Jetzt halt's Maul, und mach, daß wir weiterkommen.«

»Ich hab' dich Jahre nicht mehr gesehen, Paulie! Aber du siehst überhaupt nicht älter aus. Nicht einen Tag älter! Der Bart steht dir. Ich hab' auch mal versucht, mir einen Bart stehenzulassen. Er hat einfach nicht wachsen wollen. Ich sah aus wie der Filmchinese, Fu Man-chu, du weißt, wen ich meine? Also, wie geht's dir denn, Paulie? Das Auto steht da drüben. Hast du schon gehört?« Wie ein aufgeregtes Kind lief er um mich herum.

»Der Krieg hat angefangen?« riet ich.

»Krieg?« Der militärische Aufmarsch unter amerikanischer Führung in Saudi-Arabien schien Marty entgangen zu sein. »Ich red' von Larry«, meinte er schließlich. »Man nimmt an, daß sie geheilt ist, klar? Sie wird so gut wie neu sein!«

»*Was* ist geheilt?«

»Seine Ferse! Er hat sie sich operieren lassen.« Marty mußte plötzlich über einen witzigen Einfall lachen. »Seine Hackse ist gesundgehackt worden! Kapiert?«

Ich blieb mitten im Terminal stehen und schaute auf Marty herunter. Mein Blick fiel auf seine Glatze. Ich war todmüde, mir war heiß, Marty kläffte herum wie ein läufiger Pudel – es war kaum auszuhalten. »Wer ist dieser verdammte Larry?« fragte ich. »Wovon redest du überhaupt?«

»Larry Bird!« Marty war über meine Begriffsstutzigkeit verblüfft. »Wegen seiner Ferse hat er doch nicht bis zum Schluß der Saison spielen können! Hatte am Knochen ein Gewächs oder so was Ähnliches.«

»Du meine Güte!« Ich ging weiter. Ich hätte mir denken müssen, daß es für Marty nichts Wichtigeres gab als die Boston Celtics. Alles, was die betraf, war Bostonern hoch und heilig. Daß mir dieser Kult meiner Heimatstadt irgendwie fremd und unverständlich geworden war, lag sicherlich daran, daß ich in einer kleinen Hafenstadt an der belgischen Küste gelebt hatte.

Aber es tat gut, wieder amerikanischen Boden unter den Füßen zu haben. Trotz der ungewohnten tropischen Hitze in Florida. Ich hatte nie vorgehabt, so lange wegzubleiben. Es hatte dann jedoch immer wieder einen Grund gegeben, nicht über den Atlantik zu fliegen. Einmal hatte ich sogar schon die Tickets gekauft; da kam das lukrative Angebot, ein brandneues Schiff von Finnland nach Monaco zu fahren, und ich gab meinen Plan auf. Familienanlässe für einen Heimflug hatte es nie gegeben. Meine Eltern waren tot, und meine Schwester hatte einen Kasper geheiratet, den ich nicht ausstehen konnte. Deshalb war ich während der letzten Jahre in Nieuwpoort geblieben und hatte nur davon geträumt, eines schönen Tages für immer heimzukehren und in dem kleinen Haus in Cape Cod, das ich von meinem Vater geerbt hatte, einen gemütlichen Lebensabend zu genießen. Dafür hatte ich gespart – noch ein Grund, für teure Transatlantikflüge kein Geld auszugeben. Trotzdem – ich war zu lange weggewesen.

»Michael wartet auf uns.« Marty hielt mir die hintere Tür der Limousine auf. »Und da ist jemand aus Irland gekommen, der dich sehn will. Brendan heißt er. Brendan Flynn. Er ist gestern hier eingetroffen.«
»Brendan Flynn?« Das war eine Überraschung. Mir wurde plötzlich ganz kalt. Brendan gehörte der IRA-Führung an. In der Rangordnung stand er an dritter oder vierter Stelle. Aus kleinlichen Gründen reisen solche Leute nicht ins Ausland. Aber an diesem komischen Deal schien gar nichts kleinlich zu sein – Transatlantikflüge, Suiten im Hotel Georges V. in Paris, eine weiße Limousine am internationalen Flughafen in Miami. Ich war mit Feuereifer in die Sache hineinmarschiert. Die Erwähnung von Brendan verlieh ihr jetzt einen echten Blutgeruch von Gefahr.
»Es muß eine große Kiste sein, Paulie, wenn ein Typ den weiten Weg von Irland herüberfliegt. Und du selbst bist ja auch ein paar Meilen gereist, was? Von Paris!« Marty angelte jetzt nach Informationen. »Also, was meinst du – worum geht es wohl?« fragte er, als wir uns aus dem Flughafenverkehr lösten.
»Woher, zum Teufel, soll ich das wissen?«
»Aber du mußt doch eine Ahnung haben!«
»Halt's Maul, Marty!«
Schweigen war nicht Martys Sache. Während der Fahrt Richtung Norden erzählte er mir, erst vergangene Woche habe er zufällig meine Schwester gesehen, gut hätte Maureen ausgeschaut, die Söhne würden langsam erwachsen, aber so sei das nun mal mit Jungen, oder? Ob ich schon gehört hätte, was den New England Patriots passiert sei? Der Klub sei von einem Elektrorasierer-Fritzen gekauft worden, obwohl sie immer noch wie Amateure Football spielten. Selbst eine Klosterschule brächte ein besseres Team zustande. Ehrlich. Und wer meiner Meinung nach in dieser Saison wohl die Super Bowl gewinnen würde? Schon wieder die Forty-Niners?

Marty legte erst eine Pause ein, als wir uns der Hialeah-Rennbahn näherten. Er hielt inmitten des Wirrwarrs der Lagerhäuser und kleinen Technikgeschäfte Ausschau nach einer bestimmten Abzweigung. »Da sind wir«, verkündete er, und der weichgefederte Wagen schaukelte über eine rauhe Wegstrecke, bog ab, hin zu einer rostenden Toreinfahrt in einem engmaschigen Drahtzaun und hielt im Schatten eines weiß gestrichenen Lagerhauses an, das ohne Namenskennzeichnung war; die anonyme Fassade wies nicht einmal eine Ziffer auf. Der Mann im Wachhäuschen neben dem Haupteingang saß mit steinerner Miene da. Er muß Marty wiedererkannt haben; ich wurde ohne Umstände weitergewinkt, ohne Fragen, ohne Durchsuchung. »Du sollst sofort rein«, rief Marty mir nach. »Ich muß hier warten.«

Ich ging durch die Tür und trat in das riesige, dämmrige Innere des Lagerhauses. Zwei Gabelstapler standen neben dem Eingang; sonst konnte ich außer Kartontürmen nichts wahrnehmen. Es roch nach Maschinenöl und frisch geschnittenem Palettenholz – oder auch nach Maschinengewehröl und Sargholz. Wer zu Brendan Flynn bestellt wurde, tat gut daran, nervös zu sein.

»Bist du das, Shanahan?« Aus dem Dunkel der Riesenhalle klang vom anderen Ende her Herlihys mißbilligende Stimme.

»Ich bin's.«

»Komm und leiste uns Gesellschaft!« Das war ein Befehl. Für die freundlicheren Seiten des Lebens hatte Michael Herlihy keine Zeit; er kannte nur Arbeit und Pflicht. Er war ein dürres Zwerglein, der nur aus Sehnen und eisigem Ehrgeiz bestand; Muße und Freizeit – für ihn hieß das: ein Wettlauf auf der Marathonlaufbahn von Boston. Er war Anwalt, und er stammte, wie ich auch, aus dem Kreis der Bostoner »Zwei-WC-Iren«: die wohlhabenden Amerika-Iren, die ein Haus am Point besaßen und Sommerhäuser am South Shore oder in Cape Cod. Nicht, daß Michael gewesen wäre, was ich einen richtigen Anwalt genannt hätte; er hatte gar nichts von seinem Vater, der es selbst mit einer Tabak- und Bourbonfahne geschafft hätte, eine Jury aus presbyterianischen alten Jungfern zu überzeugen, die Hure von Babylon freizusprechen. Old Joe war lange tot. Sein einziger Sohn praktizierte in Massachusetts – ein piekfeiner Rechtsanwalt, der zwischen Stadtverwaltungen und privaten Deponieunternehmen Verträge über die Müllabfuhr aushandelte. In seiner Freizeit amtierte er als Vorsitzender des Komitees für die Wiederwahl des Kongreßabgeordneten Thomas O'Shaughnessy und als Präsident der Neuenglandsektion der Friends of Free Ireland. In letzterem Zusammenhang zog Michael es vor, sich als Kommandant der Brigade Boston in der Provisorischen IRA zu bezeichnen – das war ein bißchen dick aufgetragen, da so etwas wie eine Brigade Boston gar nicht existierte. Doch Michael posierte gern als Freiheitskämpfer und bewahrte ein Paar schwarze Handschuhe und eine schwarze Baskenmütze in Seidenpapier auf, damit sie ihm eventuell auf den Sarg gelegt werden konnten. Er hat nie geheiratet – nicht heiraten wollen, wie er selbst sagte.

Hier in der drückenden Hitze von Miami wartete er mit drei Männern auf mich. Zwei kannte ich nicht. Der dritte, der mir zur Begrüßung mit ausgestreckten Armen entgegenkam, war Brendan Flynn persönlich. »Bist du's, Paulie? Mein Gott! Er ist es. Wirklich! Großartig, dich wiederzusehen! Einfach großartig! Es hat viel zu lang gedauert.« Sein Belfaster Akzent war so sauer wie eine Essiggurke. »Gut schaust du aus! Das kommt bestimmt vom belgischen Bier. Oder sind's die Mädchen? Mein Gott, welch ein Glück, daß du noch am Leben bist, ehrlich!« Er zerdrückte mich fast mit seiner Umarmung, trat zurück und versetzte mir einen freundlichen Schlag auf die Schulter, der einen Stier zu Boden gestreckt hätte. Es gab ein Gerücht, daß Brendan Flynn einen IRA-Informanten einmal mit einem einzigen Schlag der flachen Hand auf den Kopf getötet hat; ich konnte mir's vorstellen. Er war hochgewachsen, wie ein Ochse gebaut mit einem Borstenbart und einer Stimme, die aus der Tiefe seines Bierbauchs stieg. »Und wie geht's dir, Paulie? Schlägst dich gut durch, oder?«

»Mir geht's prima.« Ich hatte mich für die vier Jahre des Schweigens von ihrer Seite mit kühler Zurückhaltung rächen wollen, sprach aber auf Brendans begeisterten Ton an. »Und selber?« fragte ich.

»Mein Bart wird grau! Siehst du? Ich werde alt, Paulie, ich werde alt. Bald werde ich ins Bett machen, da werden mir die Nonnen eins auf die Finger geben, weil ich ein böser Junge war. Gott, aber wie großartig, dich zu sehen!«

»Du solltest öfter mit mir zusammenkommen, Brendan.«

»Genug davon! Hier sind Freunde.« Er legte mir einen Arm um die Schulter und drückte. Mir war, als ob mein Brustkorb von einer hydraulischen Presse geplättet wurde. »Aber, mein Gott, die Hitze! Wie kann ein Mensch bloß bei solcher Hitze leben? Süße Muttergottes, es ist ja wie in einem Brotofen.« Es war gar kein Wunder, daß Brendan die Hitze spürte. Er trug eine Tweedjacke und eine Wollweste über einem Flanellhemd, ganz als ob in Miami das gleiche Klima herrschte wie in Dublin. Brendan hatte immer nur in Dublin gelebt, seit er in Belfast eine Bombe zuviel gelegt hatte. Er zog mich jetzt voller Begeisterung zu einer geöffneten Kiste. »Komm und sieh dir mal an, was Michael da für uns gefunden hat!«

Michael Herlihy schlängelte sich an meine Seite. »Paul?« Das war seine Idee von Begrüßung. Wir kannten uns seit dem zweiten Schuljahr. Er hatte noch immer nicht gelernt, guten Tag zu sagen.

»Wie geht's dir, Michael?« erkundigte ich mich. Er ist nie

Mike, Mick oder Micky genannt worden. Er hieß Michael – und Schluß. In unserer Kindheit hatten wir alle Spitznamen: Ochs, King, Steak, Super-Auge, Dink, Krümmchen – nur Michael X. Herlihy nicht. Der war für alle immer bloß Michael. Das X stand für seinen Taufnamen: Xaver.

»Gut geht's mir, Paul, danke.« Er antwortete ernst, als ob die Frage ernst gemeint gewesen wäre. »Du hast auf dem Weg zu uns keine Probleme gehabt?«

»Warum sollte ich Probleme gehabt haben? *Ich* werde in keinem Land polizeilich beobachtet.« Die Bemerkung galt Brendan, dessen lautem Charakter Zurückhaltung nicht lag, und falls er, als hohes Tier, mit der üblichen Großspurigkeit gereist war, müßte man es beinahe wie ein Wunder betrachten, wenn das FBI und die Polizei von Miami uns jetzt nicht bereits mit Stielaugen beobachteten.

»Laß das Sticheln, Paulie.« Brendan wischte meine Kritik beiseite. »Du redest wie ein altes Weib, ehrlich. Die Garda meint, ich sei auf einer holländischen Konferenz über die Zukunft Irlands.« Die drei letzten Wörter betonte er mit ironischem Nachdruck, um dann aus einer geöffneten Kiste Berge von Wellpappe und Styroporpackmaterial auszugraben. »Ich bin nach Holland geflogen, mit dem Zug in die Schweiz, mit einem Flugzeug nach Rio und mit einem anderen hierhergereist. Die Affen haben meine Fußspuren schon vor Tagen verloren.« Seine hallende Stimme füllte den staubigen Riesenraum des Lagerhauses, der nur mit dem bißchen Tageslicht erhellt war, das durch die Fächer der Deckenventilatoren gefiltert wurde. »Außerdem – schau doch mal. *Das* hier ist's Risiko wert – oder?« Er drehte sich mit einem plastikverpackten Bündel um, das er der Kiste entnommen hatte. Er hielt es hoch – mit der Pietät eines Priesters, der die Hostie in die Höhe hebt. Michael Herlihy neigt wirklich nicht dazu, Begeisterung zu zeigen, aber diesmal wirkte sogar er erregt.

»Da!« Brendan legte das Bündel oben auf eine andere Kiste und zog die Plastikhülle ab. »Um der Liebe des barmherzigen Gottes willen, Paulie – würdest du bitte dem allerliebsten Schätzchen einen Blick gönnen?«
»Eine Stinger«, sagte ich. Ich vermochte es nicht zu unterdrücken – in meiner Stimme lag ein Ton der Ehrfurcht.
»Eine Stinger! Eine von dreiundfünfzig«, ergänzte Brendan, »und alle in erstklassigem Zustand, in Originalverpackung, mit Gebrauchsanweisung und Tragriemen. Nicht schlecht, was? Kapierst du jetzt, warum mir das Risiko nicht zu groß war?! Warum ich herkommen mußte?!«
Ich begriff sofort, warum ihm das persönliche Risiko nicht zu hoch gewesen war, weil ich genau wußte, wie hoch die IRA gerade diese Waffe schätzte und daß sie für einen sauberen Bestand von Stingers alle möglichen Risiken auf sich nehmen würde. Die Stinger ist eine Boden-Luft-Rakete, die in den USA hergestellt und von der Schulter abgefeuert wird und mit einem hitzesuchenden hochexplosiven Sprengkopf ausgerüstet ist. Geschoß und Abschußvorrichtung zusammen wiegen bloß dreißig Pfund; die Rakete selbst ist schnell, zielsicher und innerhalb vier Meilen vom Ort des Abschusses tödlich. Brendan bewunderte die ausgepackte Waffe mit einem träumerischen Blick. Vor seinem inneren Auge sah er bestimmt schon britische Hubschrauber, wie sie über dem okkupierten Irland brennend vom Himmel stürzten. »Lieber Gott!« sagte er leise, von der Schönheit der Vision überwältigt.
Die Provos hatten es mit einigen anderen von der Schulter abgefeuerten Flugzeugabwehrraketen versucht. So etwa vom Belfaster Hersteller Short Brothers gestohlene Blowpipes und russische Red Stars, ein Geschenk Libyens. Doch weder die Blowpipes noch der Rote Stern konnten es mit der Stinger aufnehmen. Es gab da einen großen Unterschied, wie Brendan mir einmal erläutert hatte – die

Stinger funktionierte, und zwar praktisch jedesmal. Schieß eine Stinger ab – und im selben Moment wird ein britischer Hubschrauber, der Millionen von Pfund kostet, zu Altmetall. Schieß eine Stinger ab – und die Briten können ihre Stützpunkte in South Armagh nicht mehr provisionieren. Schieß eine Stinger ab – und die Briten müssen ihre Überwachungshelikopter über dem Lager Creggan oder über Ballymurphy abziehen. Schieß eine Stinger ab, und alle Zeitungen in England, Irland und Amerika werden aufhorchen und die IRA ernst nehmen. Schieß eine genügende Anzahl Stinger ab, so dachte Michael Herlihy, und in St. Stephen's Green in Dublin würde einem asketischen Anwalt aus Boston ein Denkmal gesetzt.

»Das ist die wichtigste Waffenlieferung in der Geschichte des irischen Kampfes«, sagte Michael Herlihy leise mit Blick auf die ausgepackte Waffe; und wenn seine Worte eine gewisse Übertreibung darstellten, so war das verzeihlich. Die Libyer hatten der IRA Tonnen von Sprengstoff und Gewehre kistenweise geschickt; jedoch hatten weder Bomben und Kugeln noch die unschuldigen Toten auf den grünen Friedhöfen die Briten bewegt, in Ulster auch nur einen Zoll Boden aufzugeben. Die Stinger dagegen, so glaubten Brendan und Herlihy, würden die Feinde vom Himmel jagen und die Besatzungstruppen derart erschrecken, daß Irland frei würde – so sicher, wie auf Tage der Dunkelheit die Sonne folgt.

Es gab bei der Sache nur ein Problem. Oder zwei – und beide waren schmal, beide groß, beide trugen Anzüge aus blassem Leinen, beide hatten ein glattes Gesicht und dunkle Hautfarbe. Michael Herlihy stellte die beiden vor. »Juan Alvarez und Miguel Carlos.« Die Namen waren nicht ernst zu nehmen; sie waren bloß die Etiketten für dies Treffen unter ratternden Entlüftungsventilatoren, die in einem anonymen Lagerhaus in Hialeah staubiges Sonnenlicht filterten. »Mr. Alvarez und Mr. Carlos vertreten das

Konsortium, das diese Raketen erworben hat«, erklärte Michael in einer etwas unglücklichen Formulierung.
»Konsortium?« fragte ich.
Die Antwort gab der Mann, der sich Alvarez nannte. »Die dreiundfünfzig Geschosse sind gegenwärtig als Eigentum der US-Regierung registriert.« Er sagte das ohne jede Ironie so, als ob ich für die Information dankbar sein müßte.
»Mein Gott, ist die aber schön!« murmelte Brendan. Er streichelte die Stinger. Seine Hände glitten über die olivgrüne Röhre, das ganze Verkaufsmuster. Die Rakete hinter der Membran, die die Laufröhre versiegelte, blieb unsichtbar.
»Und was für einen Preis verlangt das Konsortium?« wollte ich von Alvarez wissen.
»Für dreiundfünfzig Stück, Señor, fünf Millionen Dollar.«
»Jessas Maria!« Ich konnte nicht an mich halten. Das war reinster Wucher. Seit vier Jahren hatte ich mit Waffenhandel nichts mehr zu tun gehabt, konnte es mir aber einfach nicht vorstellen, daß der Preis für eine Stinger dermaßen in die Höhe geschossen war. Die USA hatten afghanischen Mudschaheddin Stinger geliefert; seither mußten doch mit Sicherheit Stinger auf dem Schwarzmarkt zu bekommen sein. Wie könnten diese Kubaner da für dreiundfünfzig Stinger fünf Millionen Dollar verlangen?
Alvarez zuckte die Schultern. »Wenn Sie gleiche Qualität anderswo billiger bekommen, Señor – wir würden es verstehen. Aber unser Preis steht fest. Fünf Millionen Dollar.« Er machte eine Pause. Er wußte ja, wie sehr die Provisorische IRA nach diesen Waffen gierte. »Die fünf Millionen sind in Goldmünzen zu bezahlen. Hier in Miami.«
»Selbstverständlich«, spottete ich.
»Und selbstverständlich«, fuhr Alvarez glatt fort, »wird eine kleine Anzahlung erforderlich sein, Señor.«
»Ach so, eine kleine Anzahlung obendrein. Sofort?« sagte ich verächtlich.

»Die Kosten gehn dich nichts an, Paul. Also halt die Schnauze«, wies mich Brendan zurecht. Er war in die Raketen verliebt; sie schienen ihm jeden Preis wert. Er nahm mich am Arm und steuerte mich außer Hörweite der Kubaner. »Der Witz ist der, Paul – wir haben das Gold bereits. Die Sache steht. Wir müssen das Gold jetzt nur noch herüberholen.«
In dem Moment fiel bei mir der Groschen. »Per Schiff? Vom Mittelmeer?«
»So ist es.«
»Die Araber geben euch das Gold?«
»Und warum nicht? Wo die Mistkerle doch so reich sind? Sie haben das viele Öl, und das arme Irland hat bloß eine Menge nassen Torf. Was bedeutet denen Gold, Paulie?« Sein Griff wurde so fest, daß er mir weh tat. »Wir haben dich nur aus einem bestimmten Grund eingeladen: Du solltest diese Stinger mit eigenen Augen sehen. Shafiq hat uns erklärt, du würdest uns nur helfen, wenn du weißt, worum es geht. Aus dem Grund haben wir sie dir jetzt gezeigt. Du bist schon immer ein vorsichtiger Mann gewesen, Paulie – hab' ich nicht recht?«
»Außer bei Frauen, Brendan?« Ich fragte sarkastisch. Da bohrte ich in einer Wunde, die vier Jahre alt war.
»Diese eine hat mehr Ärger gemacht, als sie wert war.« Er meinte Roisin. Der lässige Ton verdeckte die alte Wunde aber nicht ganz. Brendan ließ mich los und versetzte mir einen Schlag auf den Rücken. »Also – du wirst das Schiff für uns holen? Wirst du es *nun* tun? Dann wär' alles wieder wie damals – in den alten Tagen. Wie in der guten alten Zeit.«
»Klar«, sagte ich. »Aber klar doch.« Weil es nämlich dann wirklich wieder so wäre wie in der guten alten Zeit.

Ich war der Verbindungsmann der IRA zum Nahen Osten gewesen. Ich bin der Kerl, der mit den Palästinensern die

Geschäfte gemacht und sich stundenlang Muammar al-Gaddafis Pläne für die Weltrevolution angehört hatte. Ich bin der Beschaffer gewesen, der den Provos die Millionen, der ihnen Gewehre und Bomben besorgte – bis sie plötzlich befanden, mir sei nicht zu trauen. Ein Flüstern ging um: Ich gehöre zur CIA. Das hat mich erledigt. Aber mich haben sie wenigstens noch am Leben gelassen; Roisin dagegen ist auf dem gelben Berghang unter der brennenden Sonne des Libanon hingerichtet worden.
Die Führer der Provisorischen Irisch-Republikanischen Armee behaupteten, Roisin hätte einen Mann verraten; Roisin versuchte, die Sache auf mich abzuwälzen; und dieser Hauch eines Verdachts hatte der IRA genügt, mir das Vertrauen zu entziehen. Man hatte mich in den letzten vier Jahren ab und zu als Laufburschen eingesetzt und meine Wohnung auch ein-, zweimal als Versteck für Flüchtende benutzt, vom früheren Vertrauen mir gegenüber jedoch nichts mehr gezeigt – bis jetzt, auf einmal, weil sie ein Schiff über den Atlantik bringen mußten und ich in ihrem Umfeld der einzige war, der sich mit den dazu notwendigen Dingen auskannte.
»Wir hätten Michael das Schiff fahren lassen«, erklärte Brendan, »aber Michael wird ja schon seekrank, wenn er das Meer sieht!« Er lachte. Herlihy lächelte dünn und verspannt. Er mochte es nicht, wenn man ihn wegen dieser chronischen Schwäche aufzog, die einem Soldaten des Untergrunds wirklich nicht anstand.
Brendan goß mir einen Whiskey ein. Wir saßen auf seinem Zimmer in einem Hotel an der Küste. Auf dem niedrigen Couchtisch stand eine Flasche Jameson. Brendan aalte sich im Air-conditioning und erklärte mir, warum die Jacht aus Europa nach Amerika geholt werden mußte.
»Die kubanischen Schweine wollen unbedingt mit Gold bezahlt werden. Ehrlich. Aber es ist praktisch unmöglich, sagt Michael, uns das Gold hier im Land zu beschaffen.«

»Verordnung des Finanzministeriums«, erläuterte Herlihy. Er trank keinen Whiskey. Er hielt sich an Mineralwasser. »Transaktionen über zehntausend Dollar unterliegen der Meldepflicht. Ein Gesetz zum Aufspüren von Drogenhändlern.«

»Und deshalb sind deine alten Freunde eingesprungen. Die Libyer.« Brendan nahm den Faden wieder auf. Er war ans Fenster getreten. Er zog an einer Zigarette und beobachtete eine Gruppe von Pelikanen unten am Strand. »Im Phoenix-Zoo habe ich auch mal Pelikane gesehen. Ehrlich. Ist aber nicht dasselbe. Was meinst du?«

»Die Libyer geben euch das Gold?« Ich wollte sichergehen, daß es aus Libyen stammte und nicht aus dem Irak kam.

»Soviel haben wir selber nicht«, erklärte Brendan munter. »Aber die Anzahlung haben wir zusammengekratzt. Das heißt, Michael hat sie beschafft.«

»Du hast eine halbe Million zusammengebracht?« fragte ich Herlihy ganz erstaunt. Die Leutchen in Boston, New York, Philadelphia und den übrigen Zentren der amerikanisch-irischen Bevölkerung mochten großzügig sein, doch reich waren sie selten; ihre Spenden hielten sich gewöhnlich im Rahmen, und selbst solche kleinen Spenden waren seit geraumer Zeit eher rückläufig, weil Politiker aus der Republik Irland die Vereinigten Staaten bereist und gepredigt hatten, die IRA sei genauso ein Feind des irischen Südens wie ein Feind Großbritanniens. Wie sollte Michael Herlihy da plötzlich eine halbe Million gesammelt haben? »Wie hast du denn das geschafft?«

»Kümmer dich um deine eigenen Sachen«, erwiderte Herlihy sauer.

»Deine Sache, Paulie«, sagte Brendan, »betrifft die fünf Millionen in Gold. Die spendieren uns die Libyer. Gott segne sie. Die Libyer bestehen aber darauf, daß wir den Transport des Goldes von drüben besorgen. Und da ha-

ben wir an dich gedacht.« Brendan schenkte mir ein glückliches Lächeln. »Also, könntest du das übernehmen?«
Es klang freundlich. Doch Brendan klang immer freundlich. Es waren schon viele gestorben, weil sie Brendans offenes, fröhliches Gesicht und seine jovial derbe Art mißverstanden hatten. Unter der äußeren Schale war er unerbittlich. Er war von Haß verzehrt – ein Mensch, der mit jeder Faser seines Lebens der irischen Sache diente. Falls ich diesen Auftrag ablehnte, würde er mich vermutlich umbringen. Er würde mich bis zum letzten Moment freundlich anlächeln, mir anscheinend vertrauen, mich »Paulie« nennen, mich in den Arm nehmen – und dann töten.
Ich nippte an meinem Whiskey. »Habt ihr mal überlegt, was fünf Millionen Dollar in Gold wiegen?«
»Tausend Pfund, so in der Gegend«, antwortete Brendan. Er wartete auf meine Reaktion. »Sagen wir mal: Sie brauchen soviel Platz wie drei große Koffer?« Aber ich hatte nicht an den Platz gedacht, den solche Menge Gold beanspruchen würde; was mir Sorgen machte, waren die gewichtmäßigen Auswirkungen auf ein Segelschiff. Eintausend Pfund Ballast dürften einem anständigen Kreuzfahrtschiff allerdings nichts ausmachen. »Also?« drängte Brendan.
»Mit tausend Pfund Gold komme ich klar«, sagte ich.
»Und wie?« fuhr Herlihy mich an.
»Das geht *dich* nichts an.«
Brendan lachte über die Feindseligkeit, die zwischen Herlihy und mir bestand. »Für dich ist natürlich auch ein klein bißchen was drin, Paulie.«
»Wieviel?«
»Die Anzahlung. Die halbe Million – die bekommen wir beim Eintreffen des Goldes zurück. Scheint dir die Summe okay?« Brendan warf Herlihy einen Blick zu, als brau-

che er dafür seine Zustimmung. Ich spürte: Der Punkt war zwischen den beiden vorher nicht abgesprochen worden. Ich bemerkte auch, daß Michael Herlihy bei dieser Summe zusammenzuckte. Ich rechnete schon damit, daß er protestierte. Aber dann nickte er beifällig.
»Die Sache ist die.« Brendan strahlte mich an. »Ich weiß doch, daß ein Schiff mit soviel Gold eine verdammt große Versuchung ist. Sogar für einen ehrlichen Menschen wie dich, Paulie. Ich sehe es so. Wenn du versuchen solltest, das Gold zu stehlen, hast du mich zum Feind, und irgendwann werde ich dich finden, und du wirst einen langsamen Tod sterben, der unangenehmer ist als in deinen schlimmsten Alpträumen. Oder du bleibst anständig – dann springt zum Schluß für dich eine halbe Million heraus. Eine halbe Million Dollar müßte doch ausreichen, damit ein Mann ehrlich bleibt.« Er lächelte wie aus Zufriedenheit über den Gedankengang und drehte sich wieder zum sonnenklaren Meer hinter den getönten Scheiben. »Sieh mal, wie groß die Vögel sind! Sind die eigentlich eßbar?«
»Eine halbe Million scheint mir in Ordnung«, sagte ich möglichst gelassen.
»Nicht, daß wir total blöd wären, Paulie.« Brendans Blick ruhte noch immer auf den Pelikanen. »Und deshalb geben wir dir ein bißchen Begleitung mit. Nur, um dir unter die Arme zu greifen.«
»Du meinst wohl: um auf mich aufzupassen?« fragte ich verstimmt.
»Du brauchst doch eine Crew.« Brendan drehte mir den Rücken zu. Er blieb während des ganzen Gesprächs lässig. Das hatte einen simplen Grund: Er wußte, daß ich sein Angebot nicht ablehnen konnte. Schon die Tatsache, daß ich überhaupt nach Miami gekommen war, war ein Beweis, daß ich auf alles eingehen würde, was er von mir verlangte. »Sagen wir mal so: Deine Crew besteht aus zwei

von meinen Jungs«, fuhr er fort. »Nimm sie hart ran. Klar?«
Ich zuckte mit den Schultern. »Prima.« Wieso, überlegte ich, war ich eigentlich zuerst von Shafiq kontaktiert worden, wenn die Libyer die Verantwortung für den Transport des Goldes auf die IRA abgewälzt hatten? Und wieso hatten Brendan und Michael sich vor ihrer Unterredung mit mir nicht über mein Honorar verständigt? Oder hatten sie sich abgesprochen, aber aus einer typischen Eingebung des Augenblicks heraus hatte Brendan dann eine viel höhere Summe genannt, um mich in Versuchung zu führen? Was allerdings auch bedeutete: Er hatte nicht die Absicht, mich so lang am Leben zu lassen, daß ich dies Geld in die Hand bekam. Ich sah in der halben Million auf einmal nur mehr einen Köder, damit ich den Job annähme; sobald ich den Auftrag erledigt hätte, würden die beiden Jungs von Brendan mich abknallen.
Die ganze Sache kam mir seltsam unausgegoren vor, und das gab mir zu denken, weil die IRA, nachdem sie aus allzu vielen Fehlern der Vergangenheit gelernt hatte, eigentlich keine halbfertigen Pläne mehr anfaßte; ein so wichtiges Detail wie die Festlegung des Honorars würde man mit Sicherheit vorher abgeklärt haben. Ich mußte zu dem Schluß kommen, daß diese Aktion in größter Eile geplant worden war, möglicherweise sogar nur in der Kürze des einen Monats, seit ein irakisches Heer das hilflose Kuwait überrannt hatte. »Im Moment ist nur eins wichtig«, fuhr Brendan vergnügt fort. »Wir müssen ein geeignetes Schiff finden, und das könnte niemand besser als du.«
»Wenn ich das Schiff über den großen Teich segeln soll«, erklärte ich, »dann will ich's mir auch selber aussuchen.«
»Du hättest also nichts dagegen, wieder nach Europa zu fliegen?« fragte Brendan. »Die Libyer haben es nämlich sehr eilig, das Gold rüberzuschaffen. Ehrlich.«
»*Wir* haben es eilig«, verbesserte Herlihy und schloß eine

Erklärung an. »Im nächsten April liegen die Osteraufstände fünfundsiebzig Jahre zurück. Zur Erinnerung wollen wir den Briten ein blutiges Gedenken verpassen. Die Stinger können wir aber erst nach Irland abschicken, wenn das Gold hier ist.«

»Ich soll morgen schon zurückfliegen?« fragte ich Brendan überrascht. Ich hatte gehofft, Zeit zu haben, nach Norden zu fliegen und mein Haus in Cape Cod aufzusuchen, das ich seit sieben Jahren nicht mehr gesehen hatte. Und vielleicht auch das Grab meiner Eltern in Boston. Also wieder nichts – weil Michael und Brendan es eilig hatten.

Sie hatten es noch viel eiliger, als ich dachte. »Nicht morgen«, sagte Brendan, »heute nacht«, und zauberte ein Flugticket aus der Tasche seines Tweedjacketts, »geht's nach Paris und von dort weiter nach Tunesien. Erster Klasse, Paul!«

Die geben sich ja Wahnsinnsmühe, dachte ich. Ein Ticket erster Klasse wäre bestimmt nicht nötig gewesen. Ich war freiwillig gekommen; entsprechend hätten sie mich behandeln müssen; solcher Lockmittel hätte es gar nicht bedurft. Ich gewann fast den Eindruck, daß Brendan und Michael mich zu etwas überreden suchten, womit ich möglicherweise nichts zu tun haben wollte. Irgend etwas stimmte da nicht – also schon wieder eine Ungereimtheit. Meine Unruhe wuchs. Meine Neugier aber auch. Da gab es eine Menge Leute, die alles daransetzten, damit ich diesen Auftrag annahm, und solche Anstrengungen weckten in mir den Verdacht, daß in der ganzen Kiste viel zu entdecken und viel zu holen sein könnte. Ich erklärte mich deshalb bereit, noch am gleichen Abend zu fliegen.

Brendan begleitete mich zum Flughafen. »Es ist herrlich, wieder mit dir zusammenzuarbeiten, Paul. Einfach herrlich.«

Ich überging den Schmus. »Ihr konntet außer mir nie-

mand finden, der für den Job qualifiziert war. War's nicht so?«
Er stutzte für den Bruchteil einer Sekunde. Dann lachte er laut auf. »Ja. Genau.«
»Und deshalb mußt du mir notgedrungen wieder vertrauen?« Ich konnte meine Verbitterung nicht verhehlen. Klein Marty Doyle spitzte merklich die Ohren.
»Du weißt doch, wie's läuft, Paul«, meinte Brendan ein wenig verlegen. »Wir werden schon beim Verdacht eines Verdachts mißtrauisch.«
»Mißtrauisch!« Ich protestierte. »Nur weil irgendein Weibsbild mich beschuldigt, der CIA anzugehören, laßt ihr vier Jahre lang nichts von euch hören? Nun mach aber 'n Punkt, Brendan! Andere Frauen simulieren Kopfschmerzen. Roisin hat statt dessen Märchen erfunden. So etwas hättet ihr doch nicht ernst nehmen dürfen.«
»Was das Mädchen über dich erzählt hat, war gelogen. Das wissen wir inzwischen auch«, gab er düster zu. »Du hast es ja bewiesen. Du hättest uns während der letzten vier Jahre jederzeit verraten können. Du hast es aber nicht getan. Und im übrigen hat Herlihy bei seinen Gewährsmännern in Boston angefragt; die haben bestätigt, daß das Mädchen gesponnen hat. Ausgeschlossen, daß die Yankees so eine Sache laufen hatten. Reine Phantasie. Aber eine hübsche Geschichte war's trotzdem. Eine süße kleine Geschichte. Erzählen konnte sie, die Roisin. Langweilig war sie nie.«
Wer könnten Herlihys Gewährsleute gewesen sein? Männer bei der Polizei in Boston vermutlich, die das FBI anzapfen konnten, dem wiederum der CIA einen Gefallen schuldig war. Da hatte jemand Roisins Behauptungen überprüfen lassen, und ich hatte eine blütenweiße Weste.
»Haben Herlihys Leute auch Roisin überprüft?« fragte ich.
»Die war mir vielleicht eine!« sagte Brendan voller Bewun-

derung, womit er meiner Frage geschickt auswich. »Du heiliger Strohsack! Eine Zunge wie 'n Flammenwerfer! Mit *der* Zunge hätte man die Farbe von den Wänden beizen können.«
»*Hat* sie der CIA angehört?«
»Sie war bloß 'n kleines Aas, das Probleme gemacht hat. Mehr nicht.« Er schwieg eine Zeitlang vor sich hin. »Aber als Frau – was für eine Frau! Hab' ich nicht recht?«
Ich hatte schon immer vermutet, daß Brendan und Roisin ein Verhältnis gehabt hatten. Beim nostalgischen Klang der letzten Worte kam die alte Eifersucht in mir wieder hoch. Roisin war ein Terroristengroupie gewesen, eine Anhängerin des gewaltsamen Todes. Aber sie hätte mit dem Teufel ins Bett gehen können – ich hätte sie trotzdem geliebt. Ich war ihr verfallen gewesen. Für mich hatte sich in der Welt alles nur um sie gedreht. Für mich war sie heller gewesen als die Sonne, sie hatte den Mond in den Schatten gestellt und die Sterne mit ihrem Glanz überstrahlt. Und sie war tot.
Ich schaffte den Nachtflug nach Paris.

Auf dem Shanes-Monastir-Flughafen erwartete mich Shafiq. Er trug einen silbergrauen Leinenanzug mit einer rosaroten Rose im Knopfloch – aus Plastik, wie sich bei näherem Hinsehen zeigte. Neben ihm wirkte ich schäbig in meinen vom langen Reisen zerknitterten Klamotten. »Wie war's in Miami?« wollte Shafiq wissen.

»Heiß.«

»Und die Mädchen?«

»Exquisit. Verführerisch. In durchsichtigen Kleidern.«

Genau das wollte Shafiq hören. Der arme Kerl träumte von westlichen Frauen. Von französischen ganz besonders. In der guten alten Zeit hatte er sich mit mir sommers stets an der Riviera verabreden wollen, um an der Promenade flanieren und von oben auf die dichtgereihten Brüste nackter Französinnen am Strand herabschauen zu können. Davon konnte er nie genug bekommen. Er konnte stundenlang glotzen. Die unverbindlich dargebotene Nacktheit nährte seine Phantasie. Im Café des Hotels Negresco hat er mir einmal ganz scheu von seinem größten Wunsch erzählt: eine französische Braut zu finden. »Keine Hure, Paul. Du verstehst? Keine Hure. Huren hab' ich genug.« Er hatte daraufhin geschwiegen, um in eine Napoleonschnitte zu stechen und die dicke Eiercreme zu genießen, die zwischen den Kuchenschichten heraus und auf seinen Teelöffel gelaufen war. Shafiq liebte Süßes. Trotzdem sah er aus wie ein Skelett. »Huren habe ich satt«, sagte er, als er den Löffel abgeleckt hatte. »Ich will ein zartes Pariser Mädchen mit schneeweißer Haut, schmalen Knochen und kurzem Goldhaar, das bei meinem Eintreten lächelt. Dann wird sie mir etwas auf dem Klavier vorspielen. Anschließend werden wir den Hund an der Seine spazie-

renführen.« Shafiq war, wie ich später entdeckte, mit einer fetten, dunkelhäutigen Frau verheiratet und hatte drei Töchter mit Schnurrbart, die sich in der kleinen Wohnung in Tripolis nur zankten.
Er begleitete mich jetzt zum Parkplatz, wo sein weißer Peugeot-Leihwagen stand. Nach alter Seglergewohnheit warf ich einen Blick zum Himmel. Es war ein wolkenloser Tag, aber der Wind kam aus Norden und war so kühl, daß ich froh war, einen Pullover mitgebracht zu haben. »Wohin geht's?«
»Zum Jachthafen von Monastir.« Shafiq schloß den Wagen auf. »Dort liegen Schiffe zum Verkauf. Westliche Schiffe. Du solltest sehen, Paul! Wenn sie in den Hafen segeln, tragen die Frauen so kleine Bikinis – sie könnten genausogut gar nichts anhaben! Sie sind – wie sagt man doch – fast im Naturkostüm.«
Shafiq war von einem Feuer erfüllt wie ein Liebhaber in der Glut der ersten Leidenschaft. Ich hatte schon andere Männer mit dieser Euphorie gesehen – Männer bei ihrer ersten Terroraktion, die mit Toten ein neues Irland schaffen wollten. Aber Shafiq war im Dienst der Gewalt ein reifer Mann geworden. Mir schien völlig unverständlich, warum ihn der Kauf einer westlichen Jacht dermaßen beflügeln sollte. Er fuhr an. Er ließ einen Schwall arabischer Flüche los gegen einen Taxifahrer, der es gewagt hatte, mit lautem Hupen gegen den Einstoß des Peugeots in den Verkehrsstrom zu protestieren. »Wir treffen jemanden«, verkündete Shafiq, als ob er für mich etwas ganz Besonderes vorbereitet hätte.
»Ich dachte, wir wollten ein Schiff kaufen?«
»Wollen wir auch, wollen wir auch. Aber zuerst werden wir uns mit jemandem treffen. Er heißt Halil!«
»Halil.« Ich wiederholte den Namen ohne die Begeisterung, mit der Shafiq ihn ausgesprochen hatte. »Und wer ist Halil?«

»Er ist an diesem Ende für die Aktion verantwortlich. So wie am anderen Ende Mr. Herlihy.«

Herlihy war verantwortlich? Nicht Brendan Flynn? Seltsam! Ich merkte mir das: ein weiterer kleiner Mißton, der das ganze Unternehmen in ein merkwürdiges Licht rückte. »Und wer ist Halil?« fragte ich erneut. Es handelte sich zweifellos um einen Decknamen; doch in der Vergangenheit war Shafiq oft genug bereit gewesen, solch kleine Geheimnisse zu verraten.

Diesmal nicht. »Einfach Halil!« Shafiq lachte. Dann raste er an einem Lastwagen vorbei, der mit Kisten voll gackernder Hühner beladen war. »Halil ist aber ein großer Mann. Das muß man wissen, bevor man ihm begegnet.« Er sagte das durchaus freundlich, doch es war eine klare Warnung.

»Liegt das Gold bereit?« fragte ich.

»Ich weiß nicht. Kann sein. Vielleicht auch nicht. Ich weiß es nicht.« Unter die Scheibenwischer des Peugeot hatten sich Hühnerfedern geklemmt. Shafiq suchte sie loszuwerden, indem er die Wischer anschaltete. Die Federn blieben. Shafiq gab auf. Er steckte sich eine Zigarette an und grinste mir komplizenhaft zu. »Du hast die Stinger gesehen?«

»Eine.«

»Was für eine Waffe! Welch eine Waffe! Nun weißt du, was es mit dem Schiff auf sich hat, ja?«

»Nein.«

»Paul! Du willst nicht, daß die Helden von Irland Stinger erhalten?«

»Klar bin ich dafür, daß sie Panzer und Raketenwerfer erhalten. Ich kapiere nur nicht, warum die Waffen mit Gold bezahlt werden müssen, das heimlich in einem Schiff über den Atlantik geschippert werden soll. Haben eure Leute noch nie was von Schecks gehört? Von Bankaufträgen? Telegraphischen Überweisungen?«

Shafiq lachte. »Paul! Paul!« Er sprach meinen Namen aus, als rüge er mich wegen einer chronischen, liebenswürdigen Streitsucht. Als wir in die Nähe des Hafens kamen und er den Peugeot durch dichten Verkehr manövrierte, wurde er still. Über unseren Köpfen hoben sich die Türme und Zinnen der Festung Ribat; ihr folgte die Große Moschee, von deren Minarett ein Tonband über Lautsprecher die Gläubigen zum Gebet rief. Dann bogen wir um eine Ecke, und vor uns, im Licht der Oktobersonne, lag der Jachthafen. Im Mittelmeer war die Segelsaison noch nicht zu Ende gegangen. Die Schiffe lagen dicht nebeneinander an den Pontons; an vielen flatterten große, kunstvolle Rennwimpel; man gewann den Eindruck, unter den bunten Bannern des alten Hafens habe sich eine Flotte mittelalterlicher Kriegsschiffe versammelt. »Halil erwartet uns auf dem Schiff«, sagte Shafiq. Er war plötzlich nervös geworden.

»Auf dem Schiff? Ich denke, ich sollte das Schiff erst noch aussuchen?«

»Halil hat ein Schiff gefunden, das er für brauchbar hält. Es wäre am besten, wenn du ihm zustimmst.« Shafiq war sichtlich besorgt. Wer immer Halil war – er besaß offenbar Macht über Leben und Tod, und Shafiq versuchte, mir diese Tatsache einzuprägen.

Ich war fest entschlossen, mich nicht beeindrucken zu lassen. »Ist Halil ein Experte für Atlantiküberfahrten?« fragte ich sarkastisch.

»Er ist Experte für alles, wo er Experte sein will«, gab Shafiq zurück. »Also komm!«

Wir gingen an den Sicherheitsposten vorbei und über einen der langen schwimmenden Pontons. Shafiq war so ängstlich, daß er für die sonnengebräunten Frauen in den Cockpits der festgemachten Jachten nicht einmal einen Blick übrig hatte. Er führte mich bis zum Ende des Pontons, wo eine ansehnliche Schaluppe vertäut lag. »Das ist unser Schiff!« Shafiq blieb stehen, um sich eine Zigarette anzuzünden. »Gefällt's dir?«

»Wie soll ich das wissen?« erwiderte ich gereizt. Doch der weiße Schiffskörper des *Corsaire* gefiel mir sehr. Der Name war über die Schwimmbrücke des zuckerlöffelförmigen Hecks gemalt, direkt über den Herkunftshafen, Port Vendres – der französische Mittelmeerhafen nahe der spanischen Grenze. Der *Corsaire* schien ein hübsches Schiff, teuer, gut ausgestattet. Er stach die kleineren, schäbigeren Boote weiter unten am Ponton mühelos aus. Aus einer mir bekannten Werft stammte er nicht. Er war vermutlich speziell für einen reichen Eigentümer mit ganz persönlichen Vorstellungen von einem Kreuzfahrtschiff entworfen und erbaut worden. Dieser Mann hatte sich eine minimale Takelage, die Plicht im Zentrum und ein langes, niedriges Freibord auf einem Schiff von vierundvierzig Fuß Länge gewünscht – gar keine schlechte Wahl, wie ich widerwillig zugeben mußte, für eine Fahrt über den Atlantik. Vorausgesetzt, das Schiff befand sich in gutem Zustand.

»Wieso steht es zum Verkauf?« fragte ich Shafiq.

»Der Eigentümer hat es im letzten Winter hiergelassen. In Tunesien sind die Hafengebühren für den Winter billiger als in Frankreich. Verstehst du? Inzwischen ist er jedoch erkrankt. Deshalb muß er verkaufen.« Shafiq hob die Hand zum Gruß für die beiden jungen Männer, die in der Plicht des *Corsaire* saßen, unter einem weißen Baumwollsonnensegel, das über den Baum getakelt war. Er sprach Arabisch mit ihnen und deutete auf mich. Zur Antwort grunzten sie kurz zurück. Diese Art Männer kannte ich von früher – Schlägertypen, die in den Flüchtlingslagern der Palästinenser ausgesucht und zum Töten trainiert wurden; dann bekamen sie Waffen, Mädchen und Erlaubnis, unter ihrem vertriebenen Volk herumzustolzieren, als ob sie Helden wären.

»Ist Halil auch so einer?« murmelte ich.
»Das sind seine Leibwächter«, erwiderte Shafiq leise und lächelte unterwürfig, als uns die beiden Männer aufs Schiff winkten. Während der eine Wache stand, tastete der andere uns ab, um sicherzugehen, daß keiner von uns bewaffnet war. Falls jemand von den Crews der westlichen Jachten die zudringliche Leibesvisite bemerkt haben sollte, so ließ er es sich nicht anmerken. Trotz aller modernen Verzierungen war Tunesien immer noch ein islamisches, arabisches Land, und man tat gut daran, die hiesigen Bräuche und Barbareien kommentarlos hinzunehmen. Ein Leibwächter nahm mir meinen Seesack ab und schob mich zur Treppe der Hauptkajüte. »Verhalt dich respektvoll!« zischte mir Shafiq zu. *»Bitte!«*
Ich stieg die steilen Stufen nach unten. Zur Rechten befanden sich der Kartentisch und die Instrumente, zur Linken die Kombüse. Vor mir lag der geräumige Salon mit komfortablen Sofas und Regalen. Nach dem hellen Sonnenlicht wirkte der Salon dunkel, aber den jungen Mann, der sich auf dem entferntesten Sofa ausstreckte, sah ich doch. Auf den ersten Blick schien er mir genauso unsympathisch wie die zwei Lümmel in der Plicht. Ich hielt ihn für einen weiteren Leibwächter zum Schutz des Herrn und Meisters, der sich wahrscheinlich in der vorn liegenden Schlafkabine aufhielt. Der junge Mann nahm die Sonnenbrille ab und lehnte sich mit den Ellbogen auf den Tisch.
»Ich bin Halil.«
»Ich heiße Shanahan.«
»Setzen Sie sich.« Es war eher Befehl als Einladung. Die Setzborde hinter uns wurden zugeschlagen und der Lukendeckel geschlossen. Ich saß mit diesem Halil im Bauch des *Corsaire* gefangen. Im Schiff war es stickig und feucht. Im übrigen roch es im abgeschlossenen Schiffskörper irgendwie nach Fäulnis.

Ich saß auf der Steuerbordbank. Meine Augen gewöhnten sich allmählich an die Dunkelheit. An dem Menschen, der Shafiq in solche Angst versetzte, konnte ich nichts Bemerkenswertes entdecken. Halil schien Mitte Dreißig zu sein, sein Gesicht war dunkelhäutig und unauffällig. Er hatte dichtes, schwarzes, glatt nach hinten gekämmtes Haar. Die einzige persönliche Note war ein schmaler Schnurrbart der Art, wie Bandleader der vierziger Jahre ihn schätzten. Er trug ein weißes Hemd ohne Krawatte und einen schwarzen Anzug. Er war kräftig gebaut, wie ein Bauer. Die linke Hand – nur sie war sichtbar – hatte kurze, kantige Finger. Im Aschenbecher auf dem Tisch lag eine brennende Zigarette, daneben eine Schachtel Camel und ein teures Goldfeuerzeug. »650 000 Franc will der Besitzer für das Schiff«, sagte Halil ruhig. »Ist das ein fairer Preis?«

»Wenn das Schiff sich in einem guten Zustand befindet«, sagte ich, »ist das geschenkt.«

»Es ist frivol.« Halils Rechte kam in mein Blickfeld, als er die Zigarette an die Lippen führte. Er sog den Rauch tief ein, um die Zigarette sofort wieder abzulegen. Das Beben der rechten Hand hatte ich bemerkt; es war so stark, daß der Rauch der Zigarette zitterte.

»Frivol?« fragte ich.

Die dunklen Augen wandten sich mir ruckartig zu. Ich begann Shafiqs Nervosität zu verstehen. Die Leere der Augen dieses Mannes hatte etwas fast Reptilienartiges. »Schiffe«, belehrte er mich, »sollten edlen Zwecken dienen, Shanahan. Man kann sie nutzen, um Meerestiere zu fangen oder Güter zu transportieren. Oder zum Kampf, als Abschußrampe für Waffen. Schiffe zu Vergnügungszwecken kann nur ein frivoles Volk bauen.« Er sprach Englisch mit einer tiefen Stimme, die seinen Worten Autorität verlieh. »Sie meinen, ein so frivoles Schiff sei 650 000 Franc wert?«

»Es ist meines Erachtens noch mehr wert.«

»Ich werde 600 000 bieten«, sagte er tonlos. Aber wieso machte *er* das Angebot? fragte ich mich. Wieso nicht die IRA? Brendan Flynn hatte betont, daß die Iren für den Transfer des Goldes verantwortlich seien. Doch dieser Mann mit der tiefen Stimme feilschte um den Preis des *Corsaire,* als ob die Summe nicht aus der Kasse der IRA, sondern von ihm selbst bezahlt werden müßte.

»Sie warten am besten mit dem Angebot, bis ich das Schiff untersucht habe«, riet ich. »Es muß übrigens aus dem Wasser gehievt werden. Sonst kann ich mir den Schiffskörper nicht ansehen.«

Ich hätte genausogut in den Wind reden können. Halil nahm von mir überhaupt keine Notiz. »Es ist bereits inspiziert und für seetüchtig befunden worden«, teilte er mir mit. »Es hat eine Länge von dreizehneinhalb Metern, eine Breite von viereinviertel Metern und eine Unterwassertiefe von eindreiviertel Metern. Sein Kiel enthält 3500 Kilogramm Blei. Was müssen Sie sonst noch wissen?«

»Eine Menge«, sagte ich. Das Ballastgewicht des *Corsaire* merkte ich mir. Es gab zu erkennen, daß sein Erbauer ein vorsichtiger Mensch war.

»Für Finessen haben wir keine Zeit.« Halil sagte es sanft, doch in seiner Stimme lag eine unmißverständliche Drohung. Ich wollte mit ihm argumentieren, fühlte mich aber seltsam gehemmt in der Ahnung, daß jede Art von Widerstand bei diesem Mann gleich eine unbeherrschte, gewalttätige Gegenreaktion auslösen würde. Er schien sich seiner selbst absolut sicher, so sicher, daß er von der Seetüchtigkeit des *Corsaire* und der Endgültigkeit seines Urteils fest überzeugt schien, obwohl er von der Seefahrt nichts verstand, wie schon seine Ausdrucksweise verriet. Die anschließende Frage machte deutlich, wie sehr er auf meine Fachkenntnisse angewiesen war. »Wie lange wird man brauchen, das Schiff über den Atlantik zu bringen?«

»Von hier? Von diesem Hafen aus?«
Er zögerte, als wäre er nicht willens, überhaupt etwas preiszugeben. »Ganz aus der Nähe.«
»Und wohin?«
Erneutes Zögern. »Nach Miami.« Wo dann, dachte ich, der zustellende Skipper beseitigt wird: In Miami wäre ich nur eine weitere unidentifizierbare Leiche, die dem Blutkonto des Drogenhandels zugerechnet würde.
»Wann soll die Reise stattfinden?« fragte ich.
»Das ist belanglos«, sagte Halil verächtlich, obwohl gerade das verdammt viel ausmachte. Vor dem Einsetzen der Passatwinde würde eine Fahrt über den Atlantik erheblich länger dauern, als wenn ich bis zum nächsten Jahr wartete. Weil ich spürte, daß der Mann keine Details diskutieren wollte, gab ich eine grobe Schätzung ab.
»Drei Monate.«
»So lange?« Er klang entsetzt. Als ich daraufhin meine Antwort nicht änderte, wurde er unmutig. »Warum nützen Sie nicht den Motor? Sie könnten doch zusätzlich Treibstoff an Bord nehmen und mit Maschinenkraft fahren?«
»Ein Schiff wie der *Corsaire* fährt nur so schnell, wie es seine Wasserlinie gestattet.« Details ersparte ich ihm auch diesmal. Statt dessen machte ich ihm einen konstruktiven Vorschlag. »Warum kaufen Sie keine große Motorjacht? Damit käme man viel schneller hinüber.«
Er antwortete nicht. Er führte die Zigarette zum Mund, und jetzt fiel mir auf, daß die Finger seiner rechten Hand verkrümmt schienen, wie von einer nie richtig verheilten Verletzung. Die Hand zitterte. Sie zitterte so stark, daß er Mühe hatte, die Zigarette zwischen die Lippen zu bringen. Wasser schlug gegen den Schiffskörper des *Corsaire* und spiegelte durch die Bullaugen die Sonne nach oben; an der Decke des Salons leuchtete ein Kräuselmuster auf. Ich war schweißgebadet. Halil schien gegen die schwüle

Feuchtigkeit im Schiffsinnern immun. Er senkte die zitternde Zigarette. Ich nahm an, daß er über meinen Vorschlag nachdachte, für den Goldtransport eine Motorjacht zu verwenden, dann wechselte er aber das Thema und wollte wissen, ob Amerika meiner Meinung nach für die Befreiung Kuwaits Krieg führen würde – eine Frage, die mir im Rahmen unserer Diskussion merkwürdig vorkam. Ich nickte: Davon sei ich fest überzeugt.

»Hoffentlich«, sagte Halil. »Hoffentlich!« Er sprach leise. Ich spürte, mit welcher Leidenschaft dieser Mann einen großen arabischen Sieg in der Wüste herbeisehnte. Hatte er mir die Frage deshalb gestellt? Nur um eine Neugier zu befriedigen? Oder hatte die Erkundigung etwas mit diesem Schiff zu tun, mit meinem Anheuern und mit der Stinger-Rakete, die ich in dem Warenlager in Miami gesehen hatte? Es waren Fragen, die ich ihm nicht zu stellen wagte. Der wahre Sinn dieser Aktion würde, sofern er je ans Licht käme, doch nur widerwillig und bruchstückhaft enthüllt werden.

Halil befürchtete, daß Amerika der irakischen Armee die Chance zu unsterblichem Ruhm verweigern könnte. Er zog auf einmal ein zusammengefaltetes Zeitungsstück aus seiner Jackentasche. »Ihre Politiker versuchen doch bereits, die schreckliche Niederlage abzuwenden«, sagte er. »Hier, lesen Sie selbst!« Er schob mir das Papier zu – die Titelseite einer erst kürzlich erschienenen Ausgabe der *New York Times,* die berichtete, der Abgeordnete Thomas O'Shaughnessy III. habe im Kongreß einen Antrag eingebracht, der, falls angenommen, den Einsatz von US-Truppen im Golf auf ein Jahr untersagte; O'Shaughnessy wolle erreichen, daß ökonomische Sanktionen eine Chance bekämen, bevor militärische Gewalt angewandt würde. »Sehen Sie?« Halils Stimme klang spöttisch. »Selbst Ihre Legislative will Frieden. Amerika ist mutlos, Shanahan.«

Ich schüttelte den Kopf. »Wissen Sie, wie O'Shaughnessy

in Boston heißt? Dort nennt man ihn Tommy den Trottel. Er ist zu dumm, um erfolgreich zu sein, sagt man, und zu reich, um unterzugehen. Den nimmt keiner ernst, Halil. Der sitzt nur deshalb im Kongreß, weil er einen reichen Papa hat.« Thomas O'Shaughnessy III. war noch nicht dreißig Jahre alt und schon zum zweitenmal ins Repräsentantenhaus gewählt worden. Zu seinem Stab gehörte auch Michael Herlihy; er half dem Kongreßmitglied, die IRA-Sympathisanten in seinem Wahlkreis in Boston zu kultivieren. Mir kam der Verdacht, daß Michael der geistige Vater der Kampagne gewesen war, mit der Tommy ganz zu Beginn einen Antrag im Kongreß durchbringen wollte, der die britische Regierung verpflichten sollte, ihre IRA-Gefangenen gemäß der Genfer Konvention zu behandeln. Die Kampagne hatte ihm Spott und Hohn eingetragen – die Genfer Konvention erlaubte kriegführenden Regierungen nämlich, wie man hämisch bemerkte, feindliche Soldaten hinzurichten, wenn sie bei der Gefangennahme keine Uniform trugen; durch Tommys Gesetz hätten die Briten also mit Billigung der USA jeden gefangenen IRA-Mann abschlachten dürfen. Allerdings war der Antrag nicht ernst gemeint gewesen; Tommy sollte damit nur seinen Leuten im Wahlkreis beweisen, daß er das Herz am richtigen Fleck hatte – auch wenn ihm der Grips im Wolkenkuckucksheim verdunstet war.

Ich gab Halil den Ausschnitt zurück. »Kongreßabgeordnete wie O'Shaughnessy schlagen manchmal ein bißchen Krach, aber die amerikanische Öffentlichkeit hört auf den Präsidenten. Wenn Saddam Hussein in Kuwait bleibt, kriegen Sie bestimmt Ihren Krieg.«

»Gebe Gott, daß Sie recht behalten«, sagte Halil. »Ich möchte es mit eigenen Augen sehen, wie die Wüstenschakale sich von amerikanischen Soldaten ernähren. In den Dünen von Kuwait, Shanahan, werden wir die Demütigung Amerikas erleben und den Ruhm des Islam.«

Ich sagte nichts. Ich hielt den Zeitungsausschnitt über den Tisch. Halil beugte sich vor. Er streckte seine heile linke Hand aus, und in dem Moment erkannte ich, wer dieser Mann war, vor dem Shafiq Angst hatte. Dieser Mensch, dieser gänzlich unbemerkenswerte, törichte, starrköpfige Mann und Amerikahasser, dieser selbsternannte Schiffsexperte trug nämlich eine Blancpain-Frauenarmbanduhr. Er war il Hayaween.

Die Blancpain war ein teurer Zeitmesser in einem wunderbar dünnen Gehäuse aus Gold und Platin. Bis auf die kleine Größe war nichts an ihr feminin. Sie sah nur wie eine feine, sehr elegante Armbanduhr aus – und das war sie ja auch. Und sie war wirklich sehr teuer. Das wußte ich genau. Ich hatte sie nämlich selbst bezahlt.
Ich hatte sie vor fünf Jahren in Wien gekauft, wo Shafiq mich im Café des Hotels Sacher getroffen hatte, kurz nach Mittag, an einem Tag im Frühling. Shafiq widmete sich der Sachertorte, bis es Zeit wurde, zum Flughafen zu fahren. Wir haben uns vermutlich über sein Lieblingsthema unterhalten, das heißt über Frauen, als er die Kuchengabel fallen ließ, auf arabisch zu fluchen anfing und dann schrecklich nervös wieder zu Französisch wechselte. »Ich hätte ein Geschenk kaufen müssen! O mein Gott, Paul! Ich hab's vergessen! Hilf mir, Paul! Bitte!« Er war blaß geworden.
Die nächsten paar Stunden hatten wir mit verzweifeltem Suchen nach einem Juwelier verbracht, der eventuell Uhren von Blancpain vorrätig haben könnte. Ich hatte mich über Shafiqs Drängen lustig gemacht – bis er mir schließlich gestand, der legendäre il Hayaween hätte sich die Uhr als Geschenk erbeten, und der Oberst Gaddafi habe vor, sie ihm persönlich zu überreichen. Da begriff ich die Konsequenzen, die sich für Shafiq ergeben könnten, wenn unsere Suche erfolglos bliebe. Doch es schien hoffnungslos.

Blancpains waren keine gewöhnlichen Uhren, sondern echte, handgefertigte Schweizer Meisterstücke mit einem Uhrwerk, das auch nicht durch eine Spur von Quarz oder Batteriesäure infiziert war, und solch rare Chronometer mußten extra bestellt werden. Die Geschäfte schlossen schon. Shafiqs Verzweiflung wuchs. Da entdeckten wir in einer der kleinen Gassen in der Nähe des Stephansdoms eine Blancpain – eine absolute Seltenheit, ungemein teuer und wunderschön. Leider handelte es sich aber um eine Frauenarmbanduhr. »Meinst du, er würde es merken?« hatte Shafiq mich nervös gefragt.
»Besonders feminin sieht sie nicht aus«, sagte ich. »Sie ist vielleicht bloß ein bißchen klein.«
»Ach du lieber Gott!« Shafiq fluchte gern christlich; er meinte, eine christliche Blasphemie sei smarter als islamische Verwünschungen. »Wenn ich ihm die falsche Uhr bringe, bin ich ein toter Mann!«
»Und wenn du ihm überhaupt keine Uhr bringst?«
»Dann schneidet mir Gaddafi die Eier ab!«
»Wir nehmen die Uhr«, hatte ich dem Juwelier erklärt und ihm meine Kreditkarte gereicht.
Diese Uhr hatte ich gerade an Halils Arm bemerkt. Deshalb wußte ich: Er war il Hayaween. Nicht, daß il Hayaween sein richtiger Name gewesen wäre; er hieß weder il Hayaween noch Halil und auch nicht Daoud Malif, wie er in der Presse des Westens gewöhnlich genannt wurde, wenn sie ihn nicht unter seinem Spitznamen erwähnte: Il Hayaween – im Arabischen eigentlich ein Schimpfwort, eine Beleidigung – bedeutete »das Tier«. Man sprach die erste Silbe mit einem explosiven Atemstoß aus, doch so würde es Halil niemand ins Gesicht sagen. Er war nämlich in der ganzen zwielichtigen Welt des Terrors der berühmteste, gefährlichste und tollkühnste aller Todesmänner, die in den Flüchtlingslagern der Palästinenser ausgebildet worden waren. Im Pantheon des Todes war il Hayaween

die Gottheit, ein erbarmungsloser Killer, der seinem entrechteten Volk Hoffnung gab. In den Gossen von Gaza und den Ghettos von Hebron galt er als Mann der ausgleichenden Gerechtigkeit, als Schrecken der Israelis und Amerikaner. Die Kinder in den Flüchtlingslagern kannten die Ruhmestaten des il Hayaween auswendig – wie er in Genf den israelischen Botschafter in einem Teegarten erschossen hatte, von seinem Attentat auf amerikanische GIs in einem Frankfurter Nachtklub, wie er einen israelischen Schulbus aus dem Hinterhalt überfallen und die Insassen abgeschlachtet hatte und wie er aus den Kerkern Omans palästinensische Gefangene befreit hatte. Wann immer die Feinde der Palästinenser ein Unglück traf, galt er als Urheber. Als über Schottland ein Jumbo-Jet brennend aus den Wolken stürzte, tuschelten die Palästinenser, da habe wieder einmal il Hayaween die Hand im Spiel gehabt. Es gab im Westen Journalisten, die seine Existenz anzweifelten. Von solcher Allmacht, behaupteten sie, könne nur ein Mythos sein, der aus der Sehnsucht eines ohnmächtigen Volkes geboren wird. Aber il Hayaween lebte wirklich. Ich saß ihm gegenüber, im Salon einer französischen Jacht, in der Marina von Monastir.
Mir fehlte der Durchblick; noch sah ich nicht klar. Terroristen leben in einer verdrehten Welt. Ihre Sicht der Dinge wird beherrscht und überschattet von »der guten Sache«; alles, was auf Erden kreucht und fleugt, wird mit ihrer Sache in Zusammenhang gesetzt; es gibt nichts, was zu entlegen, zu trivial oder zu harmlos wäre, um davon ausgenommen zu sein. Für einen Menschen wie il Hayaween ist Baseball daher kein harmloser Zeitvertreib, sondern ein klarer Beweis, daß das furchtbare Verbrechen gegen das palästinensische Volk von der amerikanischen Öffentlichkeit herzlos ignoriert wird; schlimmer noch: ein Beweis dafür, daß die Amerikaner dieses Verbrechen bewußt nicht zur Kenntnis nehmen wollen und statt dessen lieber

einem Spiel mit Ball und Schlagholz zuschauen. Es wäre daher eine lohnende Sache, Baseballzuschauer umzubringen, weil damit das ganze übrige Amerika zu einem Verständnis der Wahrheit aufgescheucht würde. Terroristen sind überzeugt, daß ihnen Einblick in die letzte Wahrheit zuteil geworden ist; sie betrachten die ganze Welt durch die Zerrlinse solcher Offenbarung.
In so einer verkehrten Welt ist es vielleicht vernünftig, Waffen mit einer Schiffsladung Gold zu bezahlen.
Und dies Gold durch eine Segelfahrt über den Atlantik zu riskieren ist möglicherweise ebenfalls vernünftig.
Es ist nicht minder vernünftig, die Wahl des Segelschiffs einem palästinensischen Terroristen zu überlassen.
Und für den Kauf von Stinger-Raketen, die in Nordirland eingesetzt werden sollen, den bekanntesten palästinensischen Killer einzuschalten ist genauso vernünftig.
Oder auch nicht.

Halil schob den gefalteten Zeitungsausschnitt wieder in die Tasche. Seine Zigarette war erloschen. Er steckte sich eine andere an, bevor er mich erneut fixierte. »Shanahan«, sagte er mit einem gewissen Widerwillen, »Sie sind im Alter von siebenundzwanzig Jahren nach Irland gezogen. Korrekt?«
»Ja.«
»Sie haben ein Jahr in Dublin und zwei Jahre in Belfast gelebt?«
»Ja.«
»Sie sind der Provisorischen Irisch-Republikanischen Armee beigetreten?«
»Aus dem Grund bin ich doch nach Irland gezogen.«
»Und von der IRA haben Sie den Auftrag erhalten, auf dem europäischen Kontinent zu leben?«
»Weil sich mit ausländischen Gruppen vom Kontinent aus leichter Verbindung aufnehmen läßt als von Irland aus.«

»Sechs Jahre danach hat die IRA dann aber aufgehört, Sie als Kontaktperson zu verwenden. Warum?«

Mir war sofort klar, daß dieser Mann die Antworten auf seine Fragen längst kannte. Es ging ihm hier gar nicht um Informationen. Er wollte mir Unbehagen verursachen.

»Wegen einer Frau«, erwiderte ich.

»Roisin Donovan.« Er ließ den Namen in der stickigen Luft schweben. »Eine amerikanische Agentin.«

»So wird behauptet«, sagte ich betont unverbindlich.

»Glauben Sie, daß sie zur CIA gehörte?«

Ich schüttelte den Kopf. »Nein.«

»Warum nicht?«

»Weil ich annehme, daß der CIA sich seine Agenten mit mehr Sorgfalt aussucht. Roisin war eine impulsive, zornige Frau. Sie hatte ein aufbrausendes Temperament. Jemandem wie ihr vertraut man keine Geheimnisse an.«

»Und Sie?«

Ich lachte. »Mir würde bestimmt *keine* Regierung ein Geheimnis anvertrauen. Ich bin Einzelgänger. Beamte suchen sich Menschen aus, die ihnen ähnlich sind. Schwerfällige, berechenbare, zuverlässige Menschen.«

Halil hob die Zigarette zum Mund. Beim Inhalieren des beruhigenden Rauchs zitterte seine Hand; ebenso beim Ablegen der Zigarette. »Die Agenten, die sie meinte, waren von anderem Schlag. Die waren nicht berechenbar.«

Ich schwieg.

Er beobachtete mich. Ich konnte hören, wie die Falle gegen die Metallmasten schlugen. Ich hörte sogar das leise Ticken des kleinen Zeigers am Chronometer überm Kartentisch hinter mir.

»Diese besonderen Agenten«, Halil unterbrach das lange Schweigen, »wurden von Amerika entsandt, ohne in Verbindung mit der Heimat zu bleiben. Sie würden jahrelang fortbleiben, nie mit der Zentrale sprechen, keiner Botschaft je Bericht erstatten, sich niemals wie Agenten verhalten, sondern nur horchen und beobachten und eines Tages plötzlich einfach verschwunden sein.« Er machte eine abrupte Bewegung mit der heilen Hand. »Sie würden nach Hause heimkehren mitsamt ihren Geheimnissen und nie wieder gesehen werden.«

»Das hat sich Roisin zusammenphantasiert«, sagte ich.

»Zusammenphantasiert?« So wie er das Wort aussprach, klang es unheimlich.

»Sie hat Dinge erfunden. Darin war sie stark.«

»Roisin hat Sie beschuldigt, solch ein Agent zu sein ...« Er suchte nach einer Definition. »Ein Agent, den es gar nicht gibt«, sagte er schließlich.

»Wie gesagt: Das hat sie erfunden.« Roisin hatte mich in der Tat beschuldigt, einer dieser geheimen Geheimagenten zu sein, »die es gar nicht gibt«. Es war eine clevere, eine zwingende Idee. Roisin behauptete, der CIA hätte Agenten ins Ausland geschickt, die ohne Heimkontakt arbeiteten, ganz ohne Fäden, Spuren, Kodenamen oder Gängelband, durch die sie nach Amerika zurückverfolgt werden könnten. Es handelte sich angeblich um Agenten, die auf sich gestellt waren, unaufspürbar, geheim; die eben nicht als Agenten existierten.

»Sie hat's erfunden«, wiederholte ich. »Die Sache ist pure Erfindung.«

Halil behielt mich im Auge, schätzte mich ab. Ich konnte begreifen, welchen Terror die Vorstellung von Agenten, die es nicht gab, gerade bei Terroristen auslösen mußte. Der Terrorismus funktioniert, weil er die Regeln bricht. Wenn nun aber die Regierungen ihrerseits die Regeln brechen, dann wenden sie Terror gegen Terroristen an. Als die Briten die drei IRA-Leute in Gibraltar erschossen, lief ein Schauern durch die ganze Bewegung; denn genau das durften die Briten nicht tun, zuerst schießen und die Fragen hinterher stellen; man verließ sich darauf, daß sie sich an die üblichen Regeln hielten, also Verdächtige inhaftierten und ihnen vom Gericht bestellte Verteidiger anboten. Statt dessen hatten die Briten selbst wie Terroristen gehandelt; das jagte der IRA einen Schrecken ein, so wie il Hayaween Angst bekam beim Gedanken, daß es in den Organisationen der PLO Verräter geben könnte, die nie geschnappt werden würden, weil sie mit ihren wahren Auftraggebern nie in Kontakt traten. Agenten, welche als Agenten überhaupt nicht existierten, würden sich verhalten wie Terroristen und wie Terroristen aussehen, riechen und handeln – bis zu dem tödlichen Moment, in dem sie einfach verschwänden und all ihre Geheimnisse mitnähmen.

Die alte Beschuldigung machte il Hayaween unruhig. »Ihre Freundin hat behauptet, der CIA hätte langfristig einen Agenten in die IRA eingeschleust, der nur die Verbindungen zwischen der IRA und anderen Terroristengruppen aufspüren soll.« Er machte eine Pause. »Das könnten Sie sein.«

»Sie war verzweifelt. Sie war in einer Situation, in der sie notfalls *jeden* mit allem möglichen belastet hätte. Sie hat die eigenen Ankläger von sich ablenken wollen – durch ein Tarnmanöver. Und außerdem – wie hätte *sie* denn von solchen Dingen wissen können?« Die Frage verfehlte, wie ich sofort erkannte, ihre Wirkung nicht. Deshalb schob ich nach. »Sie glauben, der CIA hätte *ihr* von solchen Agenten erzählt, die nicht existieren? Sie glauben wohl, Roisin hätte so etwas in der Zeitschrift *Newsweek* gelesen?«

»Vielleicht haben *Sie* es ihr erzählt. Im Bett.«

Ich lachte. Darauf gab es einfach nichts zu sagen.

Er dachte sekundenlang über mein Lachen nach. Es war gar nicht klug, über Halil zu lachen; er war ein Mensch, dessen Stolz rasch verletzt war und der verletzten Stolz mit dem Tod beglich. Dies eine Mal ließ er es durchgehen. »Sie hat es *Ihnen* angelastet, daß der Mann verraten wurde.«

Der Vorwurf ließ sich leicht entkräften. »Ich wußte doch gar nicht, wo Seamus Geoghegan sich aufhielt. Ich kann ihn also auch nicht verraten haben. Zur Zeit des Verrats befand ich mich im Libanon, und er saß in Belfast im Gefängnis.« Seamus war der Star der Provisorischen IRA, gewissermaßen der irische il Hayaween, und Roisin hatte ihn den Briten ausgeliefert. Das hatten jedenfalls die Briten behauptet, und damit war Roisin erledigt gewesen. Sie hatte darauf reagiert, indem sie mich beschuldigte. Aber sie hatte mit dem Leben zahlen müssen.
Trotzdem hallte ihre Anschuldigung noch immer nach. Diese Männer brauchten mich, oder besser: Sie waren auf meine Fähigkeiten als Segler angewiesen und befürchteten, ich könnte einer der heimlichen Geheimagenten sein. Ich suchte Halil zu beruhigen. »Ich habe meine Geheimnisse vier Jahre lang für mich behalten, obwohl ich nicht erwarten durfte, daß man mir je wieder voll vertrauen würde. Würde ich denn nicht längst aufgegeben haben und heimgekehrt sein, wenn ich einer von diesen CIA-Agenten wäre?«
»Das Mädchen hat also gelogen?« Halil wollte meinen Beteuerungen glauben. Falls er die Vorwürfe ernst genommen hätte, wäre er natürlich nie mit mir zusammengekommen. Er ging jetzt nur auf Nummer Sicher.
»Roisin hat überall Verschwörungen lauern gesehen. Und sie hatte einen destruktiven Charakter. Deshalb hat sie Seamus Geoghegan auch verraten.«
Er runzelte die Stirn. »Das verstehe ich nicht.«
Du großer Gott! dachte ich. Mußte ich einem Terroristen jetzt auch noch Psychologieunterricht geben? »Seamus hat Angst vor Frauen. Er ist der tapferste Mann, den Irland je hervorgebracht hat. Andererseits fehlt ihm der Mut dazu, ein Mädchen zum Tanz aufzufordern – er hält nämlich alle Frauen für vollkommen. Er glaubt, daß alle Frauen wie die Jungfrau Maria sind. Ich nehme an, daß

Roisin versucht hat, Seamus zu verführen. Als ihr das mißlang, hat sie sich gerächt.« Mir fiel keine andere Erklärung ein. Seamus war einer meiner engsten Freunde gewesen – und war es vielleicht immer noch, obwohl ich ihn schon seit vier Jahren nicht mehr gesehen hatte. Er lebte jetzt in den USA; dorthin war er vor der Rache der Briten geflüchtet. Er war an sie verraten worden; sie hatten ihn geschnappt; sie hatten ihn vor ein Gericht gestellt und verurteilt; ein Jahr später war er aus dem Lager von Long Kesh geflohen; der Coup war von der IRA mit Brillanz durchgeführt worden. Zu der Zeit war Roisin schon tot; sie war für den Verrat an Seamus mit einem Kopfschuß belohnt worden.

»Sie haben sie sterben sehen?« fragte Halil.

»Ja.« Sie war im Libanon gestorben, im terroristischen Trainingslager Hasbaiya. Es war ihr sehnlichster Wunsch gewesen, zur Ausbildung dorthin geschickt zu werden, und mit ihrem Übereifer hatte sie den Verdacht geweckt, daß sie nach Seamus nun auch Hasbaiya verraten wollte. Um ihren irischen Freunden einen Gefallen zu tun (und um sich einen Spaß zu machen), hatten die Palästinenser die Hinrichtung besorgt.

»Sie haben ihren Tod nicht zu verhindern versucht?« fragte Halil.

»Warum hätte ich ihn verhindern sollen?« Ich schaffte sogar ein gemeines, leises Lachen.

»Weil Sie sie geliebt haben.«

»Sie hat aber meinen Freund verraten«, sagte ich. In einer plötzlichen, wehen Wiederkehr der Erinnerung sah ich für den Bruchteil einer Sekunde das Blut aus Roisins Kopfwunde auf die gelben Felsen spritzen. Ich hatte das rot-weiß karierte *keffiyeh* getragen und wegen der Stöße von pudrigem Sand, den der Wind vom Hügelkamm herunterfegte, mein Gesicht verhüllt. Dank des *keffiyeh* hatte Roisin mich nicht erkennen können; ein kleiner Trost.

Am blutigen Rand ihrer Todeswunde hatte sich eine dichte Wolke von Fliegen gesammelt. Ich hatte, nur ein paar Sekunden lang, vermutet, daß auch ich erschossen werden sollte, wegen des schandbaren Verbrechens, ein Amerikaner zu sein, doch mir war nur kurzum befohlen worden, Roisin zu bestatten. Hinterher hatten die Palästinenser mich nach Roisin ausgefragt, um zu erfahren, wieviel Roisin gewußt und an ihre Herren in Washington weitergegeben haben könnte. Ich hatte sie beruhigt, so gut ich konnte. Roisins Anschuldigungen war ich los. Man traute mir aber noch immer nicht vollkommen und verbannte mich an den äußersten Rand des Geschehens. Ich wurde nur mehr mit Kleinstaufträgen bedacht.
Bis jetzt, und nun war es an Halil, mich im trüben Licht eines dubiosen alten Vorwurfs auf Schuld oder Unschuld zu prüfen. Unter seinem bohrenden Blick kam mir von neuem die Frage, wieso ein Mann seines Kalibers sich mit einem kleinen Problem wie den sechs okkupierten Grafschaften Nordirlands befassen sollte. Ob auf jener wilden, feuchtnassen Insel ein paar Tommys starben, konnte für die größere Welt von il Hayaween nie von Bedeutung sein, und schon gar nicht zu diesem Zeitpunkt, da die Araber wieder einen Champion gefunden hatten, der gegenüber den verhaßten Amerikanern das Banner des Islam erhob. Vielleicht hat Halil gespürt, daß sein Interesse eine ungesunde Neugier in mir weckte; denn er wischte das Thema plötzlich mit einer Handbewegung vom Tisch. »Sehen Sie sich das Schiff an«, sagte er lässig. »Sagen Sie uns, was Sie davon halten.« Meinen Vorschlag, eine Motorjacht zu kaufen, fand er offenbar inakzeptabel. Und so kletterte ich unter den Blicken von Shafiq, Halil und den beiden Leibwächtern auf dem *Corsaire* herum. Für eine gründliche Untersuchung reichte die Zeit nicht, aber ich gewann den Eindruck, daß es sich um ein brauchbares Schiff handelte. Es war ordentlich gebaut und gut instand gehalten. Das

Großsegel war im Aluminiummasten eingerollt, das riesige Genuasegel unten aufbewahrt, zum Schutz vor den verheerenden Auswirkungen des Sonnenscheins. Der Schiffskörper bestand aus Fiberglas, das Deck aus Teak. Achtern war in einem Schließfach ein solides, aufblasbares Dingi verstaut sowie eine elektrische Luftpumpe. Das Schiff war mit Verstand konstruiert worden. Das einzige, was mir mißfiel, war der Motor, der mit sechzig PS zwar stark genug war, doch mit Benzin angetrieben wurde. Immerhin sprang der Motor sofort kräftig an, als ich die Batterien anschloß und den Zündschlüssel drehte.

Ich schnüffelte und stöberte in den Unterkünften herum. Die Sachen des französischen Eigentümers befanden sich zum Teil noch an Bord. In der Kabine achtern entdeckte ich einen Sweater, hinter den Lotsenbüchern versteckt eine halbe Flasche Brandy, ein *Playboy*-Heft, zwei Sardinenbüchsen, eine Dose Zucker, einen Schlafsack, das Oberteil eines Bikinis und eine kaputte Sonnenbrille. In der Hauptkabine hob ich den Boden. In der Bilge waren elastische Wassertanks untergebracht. Dazwischen lag eine verweste Ratte – daher also der gräßliche Gestank im Schiffsinnern. Auf den blanken Kielschrauben lag weißklumpig Rattengift ausgestreut. Shafiq wandte sich angewidert ab, als ich den stinkigen Kadaver nach oben trug, wo ich ihn ins Wasser des Hafens warf.

»Das Schiff gefällt Ihnen?« fragte Halil.

»Mit einem Dieselmotor wär's mir lieber.«

»Warum?«

»Benzindämpfe können explodieren. Diesel ist sicherer. Aber es läßt sich machen.« Der Motorraum war gut gelüftet und mit einem automatischen Feuerlöschgerät ausgerüstet, das an eine Gasalarmanlage angeschlossen war, so daß der *Corsaire* sogar den unwahrscheinlichen Fall eines Kraftstoff-Feuers vermutlich überstehen würde. »Gar kein übles Schiff.« Das war unfair von mir. Das Schiff war viel

besser: Es war elegant und schön, und der größten Schiffsbreite und der Tiefe der Kabine nach zu urteilen, würde es sich auch als ozeantüchtig erweisen. Es war offenbar für lange Seereisen eingerichtet, wie sich am Radio mit Seitenfrequenzband erkennen ließ, das mit teuren Instrumenten über dem Kartentisch montiert war.
»Sie können es nach Amerika bringen?« fragte mich Halil. Er saß in der Plicht beim großen Zerstörer-Steuerrad.
»Gewiß«, erwiderte ich fröhlich, »vorausgesetzt, daß es entsprechend vorbereitet wird.«
»Was soll das heißen?« Halil war mißtrauisch.
»Zunächst einmal muß das Schiff aus dem Wasser gehievt werden, damit der Schiffskörper abgescheuert werden kann. Der braucht nämlich mehrere anständige Deckschichten gegen Zusammenstöße. Dann muß es mit allem Notwendigen für eine Dreimonatsreise bestückt werden. Ich habe gehört, daß zwei irische Jungs mitfahren, die brauchen zu essen, und . . .«
»Machen Sie eine Liste«, unterbrach mich Halil.
»Das Schiff braucht ein Rettungsfloß, Seekarten . . .«
»Machen Sie eine Liste!« Es klang ungeduldig.
»Und es gibt Formalitäten, die erledigt werden müssen!« warnte ich. »Ich benötige einen Kaufvertrag, eine tunesische Freistellung, Versicherungspapiere . . .«
»Machen Sie eine Liste!« Halil wurde barsch.
Shafiq legte mir eine bebende Hand auf den Arm. »Paul! Wär' es nicht am vernünftigsten, einfach die Liste zu machen? Wir werden dich dann benachrichtigen, wenn das Schiff fertig ist.«
»Warum kann ich das Schiff nicht selber vorbereiten?« wollte ich wissen. »Schließlich segle *ich!*«
»Wir werden es vorbereiten«, sagte Halil ausdruckslos und unnachgiebig. »Machen Sie eine Liste, Mr. Shanahan.«
Und so schlief ich in dieser Nacht an Bord des *Corsaire*

und machte am nächsten Morgen die Liste. Sie wurde lang. Sie enthielt nicht nur den Proviant für drei Männer für die lange Seereise, sondern auch die Sicherheitsausrüstung und Material zur Aufstockung des Schiffsinventars. Halil kam bei Sonnenuntergang. Er überflog die handschriftlichen Notizen. Die meisten Punkte waren klar: Nahrung, Wasser, Treibstoff, Schlafsäcke und Navigationsinstrumente. Bei einigen Dingen legte sich seine Stirn in Falten. »Glasfasermatratzen? Harz? Weiße Farbe?«

»Das brauche ich zum Verstecken des Goldes. Ich lege einen falschen Boden unter der Kabinensohle.«

»Wassertanks? Eine elastische Rohrleitung von zehn Zentimeter Durchmesser?«

»Wir werden das Gold dort verstecken, wo momentan die Wassertanks untergebracht sind. Für die neuen Lagerflächen brauchen wir entsprechende Behälter, die speziell gefertigt werden müssen. Sie wollen doch bestimmt nicht riskieren, daß ein Zollbeamter fragt, warum wir tubenförmige Tanks in einem quadratischen Schließfach lagern? Die Rohrleitung brauche ich, um das Wasser nach achtern zu leiten.«

»Und die Bleigewichte?«

»Wir verändern die Trimmlage des Schiffs. Das erfordert eine neue Ausrichtung des Gleichgewichts.« Es war mir leichtgefallen, die Lügen unter Wahrheit zu mischen. In dem Spiel war ich nicht minder erfahren als il Hayaween, vielleicht sogar mehr. Jeder Mensch hat seine Geheimnisse. Deshalb ist Vertrauen ja auch so selten.

»Es wird alles bereit sein«, versprach er leichthin.

Ich schlief eine weitere Nacht an Bord des *Corsaire.* Am nächsten Morgen wiederholte ich mein Angebot, dazubleiben und das Schiff vorbereiten zu helfen, aber Halil ließ sich nicht erweichen – meine Anwesenheit in Monastir würde Verdacht erregen, wie er betonte. Es wäre besser, wenn ich in meiner Wohnung in Belgien abwartete.

»Ich werde Ihnen Nachricht schicken, wenn die Schiffsladung transportfähig ist.«

»Wie lange wird es dauern?«

»Die Beschaffung der Münzen könnte einen Monat dauern. Vielleicht mehr, vielleicht weniger.« Er sprach unüberlegt. Ich erinnerte mich an Brendan Flynns Versicherung, das Gold liege schon parat, und an Michael Herlihys Drängen, ich müsse mich beeilen, damit die tödlichen Stinger-Raketen in Irland aufgestellt und Ostern gegen die Briten eingesetzt werden könnten. Halils unbedachte Worte waren ein weiteres unstimmiges Moment in der Kakophonie von Mißtönen, die die ganze Angelegenheit mit den Stinger umgab.

Doch die Welt war ohnehin schon voller Mißtöne. Im Irak und in Saudi-Arabien wurde mit dem Säbel gerasselt. An der West Bank heulten Jordanier und Palästinenser nach dem Sieg unter der Halbmondflagge des Islam, während in Nordirland die tarnfarbgrünen Helikopter über den naßgrauen Himmel lärmten. Es schien ganz, als rüste sich die Welt allerorts zum Krieg. Ich flog heim nach Nieuwpoort.

Nach der Rückkehr schlief ich in Belgien zunächst einmal den Jet-lag von zwei Atlantikflügen aus und teilte Hannah dann mit, ich würde die Firma »Nordsee-Jacht, Lieferung, Wartung, Begutachtung von Schiffen« dichtmachen.

»Sie wollen was tun?« sagte Hannah.

»Ich hab' das Arbeiten satt, Hannah. Ich brauche Ruhe. Ich habe beschlossen, mir eine Segeljacht zu kaufen und ein Zigeuner der Meere zu werden.«

»Das ist Sophies Schuld, ja?« Hannah hatte Sophie nie gemocht und war wohl der Meinung, meine Exgeliebte habe mir durch ihr Verschwinden den Verstand vergiftet. »Aber was ist mit den Gutachten für Rotterdam?« Ihrer Flamenmentalität schien mein mangelndes Verantwortungsgefühl schier unfaßbar. Arbeit aufzugeben, nur um mich zu vergnügen!

»Die Trawler besorge ich noch.« In Rotterdam lagen zwei Schiffe, deren Begutachtung ich fest zugesagt hatte – und außerdem brauchte ich Beschäftigung, während ich auf Nachricht von Halil wartete. Danach wollte ich aber sofort los.

»Und was ist mit diesem Mr. Shafiq?« erkundigte sich Hannah mißtrauisch.

»Ob ich seinen Auslieferungsauftrag übernehme, meinen Sie? Ja.«

»Soll ich ihm einen Kostenvoranschlag schicken? Termine in den Kalender eintragen?« Sie wartete mit gezücktem Bleistift; doch hinter solcher Effizienz verbarg sich im Grunde nur Neugier. Hannah wollte unbedingt wissen, wer Shafiq war und warum ich seinetwegen um die halbe Welt geflogen war. Aber davon durfte ich Hannah nichts erzählen. Die alte Welt der IRA-Männer und Libyer, die

Schiffslieferungen um Mitternacht und die Schußwechsel in dürren Tälern – das waren Dinge, von denen sie keine Ahnung hatte, und so sollte es bleiben. Außerdem wollte ich während der nächsten paar Wochen mein Glück machen; auch das mußte für sie ein Geheimnis bleiben. Ich wollte mich wirklich zur Ruhe setzen, alles Geschäftliche und die Arbeit endgültig aufgeben – aber das durfte Hannah nicht wissen.

Ich gab die Katze in ihre Obhut, schloß meine Bankkonten und begann, nach dem geeigneten Schiff zu suchen. Ich suchte etwas ganz Bestimmtes, ein Schiff mit vierundvierzig Fuß Länge, das in den Vereinigten Staaten registriert war, doch in Europa zum Verkauf stand. Um solch ein Schiff zu finden, faxte ich Suchmeldungen an Jachtmakler in ein halbes Dutzend europäischer Länder, studierte ich die Angebote auf den Anzeigenseiten aller europäischer Jachtzeitschriften. Eine Bedingung – daß dies Schiff sich in amerikanischem Eigentum befinden müsse – wagte ich nicht zu erwähnen, weil ich befürchtete, damit meine Motive einer unwillkommenen Neugier auszusetzen. Durch die Erkundung des Ursprungshafens konnte ich allerdings alle Nationalitäten außer der amerikanischen aussieben. Ich hatte schon gehofft, das Gewünschte im Hafen von Langeoog gefunden zu haben; das Schiff gehörte einem Amerikaner; ihm fehlten jedoch sowohl das Zertifikat der Registrierung in einem US-Bundesstaat als auch entsprechende Dokumente der US-Coastguard.

»Ist das denn so wichtig?« fragte der stämmige friesische Makler. »Bei uns hier nimmt man das nicht so genau.«

Ich nahm es aber sehr genau und suchte weiter, bis kurz vor Allerseelen aus dem Freistaat Irland ein Makler in Cork Details über einen amerikanischen Kutter schickte, der in Ardgroom Harbour seewärts vom Kenmare River angelegt hatte.

Ich habe Hannah meine Wohnungsschlüssel übergeben

und ihr das Versprechen abgenommen, Faxgerät und Anrufbeantworter täglich zu checken. Dann flog ich nach Cork, wo ich einen Leihwagen mietete und zum Ardgroom Harbour nach Westen fuhr. Ich lieh mir das Dingi eines Fischers aus und skullte zur Jacht hinüber.

Das Schiff hatte den Namen *Rebel Lady*. Ich habe mich kaum getraut, es zu inspizieren, vor lauter Angst, daß sich mein erster Eindruck nicht bestätigen könnte. Der erste Eindruck war: Es handelte sich um genau das Schiff, das ich suchte.

Die *Rebel Lady* war in Amerika gebaut worden, sie gehörte einem Amerikaner, und sie war ein Vierundvierzig-Fuß-Kutter mit dunkelgrün gestrichenem Rumpf, der von einer rauhen See gebeutelt und vom Schmutz des Meeres verunziert war. Daß die *Rebel Lady* für die große Seefahrt gedacht war, fiel sofort ins Auge; neben einem komplizierten, selbststeuernden Fächer am Heck wirbelte ein Windmühlengenerator. Exkremente von Seemöwen hatten sie gestreift; längs der schwarzen Bootslinie sproß Unkraut. Dennoch, trotz ihres schäbigen Zustands wirkte sie beinahe brandneu. An ihren Steuerbordwanten hing ein trübe anmutendes Schild: »Zu verkaufen«. Ihr Ursprungshafen, der wie ihr mächtiger Name elegant in Schwarzgold ausgeschrieben stand, war Boston, Massachusetts. Über dem Bug war sogar noch die Registrationsnummer von Massachusetts zu sehen. Wenn die Papiere in Ordnung waren, hatte ich ein ideales Schiff für meine Zwecke gefunden.

Die Schlüssel befanden sich in dem Fach, wo ich sie nach den Angaben des Maklers suchen sollte. Ich begab mich in den Salon, der nach abgestandener Luft, verschwitzter Kleidung und Salz roch. Es hatte den Eindruck, als ob das Schiff von seiner Crew nur für kurze Zeit verlassen worden war. In der Kombüse stand der Wasserkessel auf dem Herd. In der Spüle, die zur Hälfte mit Wasser gefüllt war, lagen zwei schmutzige Teller. In der Schlafkoje auf Backbordseite lag ein Turnschuh, auf dem Kabinentisch ein Sweatshirt mit Reklame für ein Restaurant in Scituate, Massachusetts. Über dem Deckbalken reihten sich hübsche Messinginstrumente: ein Chronometer, das noch immer brav nach Greenwich Mean Time weitertickte, ein Thermometer und ein Hygrometer zum Messen der Luftfeuchtigkeit als Warner vor voraussichtlichem Nebel.

Über dem Kartentisch hing ein Tiefenlot, ein VHF-Radio, ein Log, ein Indikator für Windstärke und -richtung, ein Gezeitenkompaß und ein teurer Loran-Empfänger. Über dem Kartentisch sah ich unter einer Reihe von Büchern auch die vertrauten gelben Umschläge von *Eldridge's Tide and Pilot Book* – es versetzte mir einen geradezu unerträglichen Stich von Heimweh. Ich nahm das abgenutzte Buch herunter und blätterte in den mir so wohlbekannten Seiten mit ihren Tabellen von Flut-und-Ebbe-Ständen, sah die Strömungstabelle für den Cape Cod Canal und die Karten für Gezeitenströmungen in Buzzards Bay und Nantucket Sound. Das Buch machte mir wieder klar, daß ich schon viel zu lange fern der Heimat war – sieben Jahre zuviel.

Ich saß im Drehstuhl am Kartentisch der *Rebel Lady* und dachte, welch ein schönes Schiff sie für Cape Cod abgeben würde; welch ein gutes Schiff sie wäre zum Segeln ostwärts, nach Maine, oder südlich, zur Chesapeake Bay. Ich schloß die Augen und hörte das Wasser an den Flanken plätschern. Das Geräusch erinnerte mich irgendwie daran, daß das Leben an Bord dieses Schiffes einsam sein würde. Gott strafe Roisin, dachte ich, für all die Träume, die sie zerstört hat! Denn ein vierundvierzig Fuß langes Schiff ist für einen Mann allein zu groß. Zum Segeln für mich allein um Nantucket Sound bräuchte ich im Grunde ein kleines, flaches Catboat. Aber die *Rebel Lady* war das Schiff, das ich haben wollte, mit dem ich im Ruhestand segeln würde – mein einsames Zuhause, wenn ich mich nicht in meinem Haus in Cape Cod aufhielt.

Ich rief den Schiffsmakler vom öffentlichen Telefon einer Bar in Ardgroom an und erfuhr, daß die *Rebel Lady* einem amerikanischen Arzt gehörte, der seine Praxis für einen Sommer geschlossen hatte und sich mit seinen drei Söhnen auf die Suche nach seinen irischen Wurzeln machen wollte. Er war dabei allerdings nicht über die Erfahrung hinausgekommen, daß Hobbysegeln im sonnenüberfluteten Hafen von Boston als Vorbereitung für einen beißenden Sturm mit Windstärke neun auf dem Atlantik nicht ausreicht. Der tapfere Arzt erreichte Irland seekrank, bibbernd und angsterfüllt, mit einem gebrochenen Handgelenk und einer angebrochenen Rippe und schwor, sein kleines Schiff nie wieder zu betreten. Er war mitsamt Söhnen im Komfort einer Boeing 747 der Air Lingus heimgeflogen und hatte die *Rebel Lady* an einem Liegeplatz in Ardgroom Harbour zurückgelassen. »Er würde mit jedem Angebot einverstanden sein«, erklärte mir der Schiffsmakler in Cork mit geradezu erfrischender Ehrlichkeit. »Es wäre aber eine Riesenschande, dem Mann dafür weniger als fünfundsiebzigtausend irische Pfund zu geben. Es ist wirklich ein prima Schiff. Hab' ich nicht recht? Nur ein Jammer, daß sie grün gestrichen ist.« Die Farbe fand er bedauernswert, weil Grün nach irischem Aberglaube bei Schiffen Unglück bedeutet.
Der irische Aberglaube war mir schnuppe. Was mir Sorgen machte, war die amerikanische Bürokratie. »Sie sind sicher, daß Sie alle Papiere haben?«
»Wie ich bereits sagte: alle. Bis zum letzten kleinen Fetzen. In Amerika schätzt man den Papierkram. Hab' ich nicht recht? Ich besitze sogar das Original des Kaufvertrags. Ehrlich. Das Schiff ist bloß zwei Jahre alt. Es hat nur den einen Besitzer gehabt.«
»Wie heißt der Besitzer?«
»O'Neill. Ein gewisser Dr. James O'Neill. Ein großartiger Mann, der Doktor. Ich meine, als Arzt. Weniger als Skip-

per.« Es war ein wohlbedachtes Urteil. Sehr irisch – man gleicht Kritik immer mit einem Kompliment aus.
»Ich werde bar zahlen«, sagte ich. »Das heißt, falls es Ihnen recht ist.«
»Ich denke schon«, meinte er vorsichtig. Mein Gott, und ob ihm das recht war! In Irland ist das Umgehen von Steuern ein Nationalsport – ich hatte ihn soeben zum Champion des Jahres gemacht. »Sagen wir siebzigtausend?« schlug ich vor, um seine Freude ein ganz klein wenig zu dämpfen.
Er überlegte nur eine Sekunde und akzeptierte. »Da machen Sie ein gutes Geschäft, Mr. Stanley.« Ich hatte mich ihm gegenüber als Henry Stanley ausgegeben.
Ich fuhr zurück zum Hafen, wo ein plötzlich aufkommender Westwind Schaumkronen über das graue Wasser jagte und eine steife Brise vom Meer herübertrieb. Ich ruderte zur *Rebel Lady,* warf das alberne Schild »Zu verkaufen« über Bord, löste die Plakette der Werft ab, schrieb mir die Kennummer des Schiffskörpers am Heckwerk auf, dann die Seriennummer des Motors und fuhr in der regennassen Ölkleidung wieder nach Cork, wo ich den Makler in einer rauchigen Bar zu einem Glas Stout einlud und ihm die siebzigtausend irische Pfund aushändigte. Es war im Grunde Diebstahl – aber Dr. James O'Neill würde zweifelsohne froh sein, die Ursache von soviel persönlichem Mißgeschick loszuwerden. Es war eine alte Geschichte: Männer kauften sich ein Schiff, um einen Traum zu erfüllen, und dann genügte eine Fahrt, um ihren Traum in einen Alptraum zu verwandeln. Die Azoren und die Kanarischen Inseln waren berühmt für die Schnäppchen, die dort in den Häfen zu finden waren – Jachten, die bereits nach der ersten Etappe einer lang geplanten Reise aufgegeben worden waren.
Der Makler, der gewiß eine großzügige Provision bekam, zählte den Haufen Banknoten nach und war glücklich.

»Sie haben da ein gutes Schiff erworben, Mr. Stanley«, sagte er, als er die Scheine gefaltet in seine Jackentasche schob. Er merkte hoffnungsvoll auf, als ich einen weiteren Stapel Pfundnoten auf den Tisch blätterte. »Und wofür wären die, Mr. Stanley, wenn ich mir die Frage gestatten darf?«

»Ich zahle dafür, daß Sie auf die *Rebel Lady* achtgeben. Ich will den Mast herunterhaben, und ich hätte gern, daß sie an Land gezogen und abgeschrubbt wird. Dann decken Sie sie mit Persenning ab. Ich schicke Ihnen Nachricht, wenn sie wieder zu Wasser gelassen und aufgetakelt werden soll. Das könnte durchaus bis zum Sommer des nächsten Jahres dauern.«

»Kein Problem.« Der Makler fixierte die Pfundnoten.

»Und ich hätte gern einen anderen Namen am Heck«, sagte ich.

»Sie wollen den Namen des Schiffes ändern?« Er nippte an seinem Stout und wischte sich mit dem Handrücken den Schaum vom Schnurrbart. »Das bringt Unglück, Mr. Stanley.«

»In meiner Heimat nicht.« Ich zog einen Bierdeckel heran und schrieb in großen Blockbuchstaben den neuen Namen auf den Rand. *»Roisin.«* Ich sprach den Namen laut aus. »Einen neuen Heimathafen braucht das Schiff auch: Stage Harbor. Können Sie das für mich erledigen? Ich hätte beides gern in gälischer Schrift. Schwarz und Gold.«

»Dürfte sich problemlos machen lassen.« Er blätterte die Pfundnoten durch. »Falls es jedoch während der Arbeit einen Haken geben sollte – wie könnte ich Sie erreichen?«

»Dies Geld ist meine Garantie dafür, daß es für Sie keine Probleme geben wird.«

»Allerdings. Allerdings.« Die Scheine verschwanden in einer Tasche.

Wie ein sentimentaler Narr kam ich mir vor, als ich die Bar verließ – den Namen einer toten Frau auf die Rückseite eines grünen Schiffs malen zu lassen! In dem Spiegel des Hutständers am Eingang der Bar erhaschte ich einen Blick von meinem bärtigen Gesicht. Diesmal schaute ich nicht gleich weg. Ich musterte das Gesicht kritisch – wie das Gesicht eines Fremden. Was ich sah, gefiel mir ganz und gar nicht; es hatte mir noch nie gefallen. Dieses Gesicht mit seinen tiefen Augensäcken verriet eine Überdosis schlechten Gewissens. Seamus Geoghegan kam mir in den Sinn; er hatte neben mir gesessen in der feuchten Dämmerung eines Morgens und nach langem Schweigen geseufzt und gemeint, Denken mache einen Menschen nie glücklich. Er hatte recht. Und nichts verführte einen Menschen so sehr zum Nachdenken über sich selbst wie ein Spiegel – weshalb ich in meiner Wohnung nur wenige Spiegel duldete. Es war besser, nicht zu denken und vor allem nicht darüber zu grübeln, was ich in vierzig Jahren aus meinem Leben gemacht hatte.
Am Abend wählte ich eine Nummer in der belgischen Stadt Namur und hinterließ eine Nachricht für einen alten Freund namens Teodor. Die Schiffspapiere der *Rebel Lady* verstaute ich sicher in meinem Seesack. Am nächsten Morgen nahm ich eine Maschine nach Barcelona, wo ich zwei Tage zu tun hatte. Wie an jedem Abend während der Reise telefonierte ich mit Hannah, ob eine Mitteilung aus Tunesien eingegangen war. War aber nicht. »Nur das amerikanische Mädchen – das versucht noch immer, Sie zu erreichen«, sagte Hannah.
»Kathleen Donovan? Ich habe Ihnen doch gesagt, daß ich sie nicht sehen will.«
Hannah räusperte sich mißbilligend. »Also, wann werden Sie wieder zurück sein?«
»Morgen. Abends. Spät. Wirklich, sehr spät. Wir sehen uns erst am Donnerstag.«

Am nächsten Morgen flog ich nach Brüssel, holte meinen Wagen vom Parkplatz für Dauerparker und fuhr nach Namur, wo Teodor mich erwartete. Er mußte Fotos machen, eins für den gefälschten Führerschein aus Massachusetts, ein zweites, mit anderer Kleidung bei subtil veränderter Beleuchtung, für den gefälschten amerikanischen Reisepaß. Teodor war der beste Fälscher der Beneluxländer; er hatte mich seit zehn Jahren mit gefälschten Papieren versorgt. Er betonte, daß er nur für Menschen arbeitete, die er mochte, was ich als Kompliment auffaßte. Er war inzwischen ein alter Mann. Als er mit kurzen Ärmeln unter einer starken Vergrößerungslampe arbeitete, sah ich die KZ-Nummer auf seinem Unterarm. Man konnte mit ihm über alles sprechen; doch auf diese Erfahrung aus der Kriegszeit ging er nie ein. Einmal hatte er die Bemerkung fallenlassen, daß er mindestens dreimal wöchentlich davon träumte.

»Sie gehen auf Reisen, Paul?« fragte er mich.

»Ja.«

Er griff nach der Pinzette und einem Döschen Klebstoff. »Warum habe ich bloß das Gefühl, Sie heute zum letztenmal zu sehen?«

»Weil Sie ein sentimentaler alter Narr sind.«

Er lachte in sich hinein. Als er dann aus einer winzigen Düse Klebstoff auf eins der Fotos sprayte, hielt er den Atem an. »Ihr Bart hat graue Strähnen bekommen. Sie werden alt, Paul, wie ich. Ah! Gut.« Er drückte das Foto an seine Stelle. »Sie kehren heim, nicht wahr?«

»Wirklich?«

»Sie haben die Nase voll, Paul. Ich kann es spüren. Sie sind wie ein Sportler vor dem letzten, schwersten Rennen. Sie wollen gewinnen. Noch stärker aber ist der Wille, mit dem ganzen Leistungswettbewerb aufzuhören. Hat es mit einer Frau zu tun?«

»Mein Mädchen hat mich gerade sitzenlassen. Sie ist mit

einem reichen verheirateten Franzosen abgehauen, der ihr ein Appartement in Antibes versprochen hat.«
»Sie brauchen eine Frau, Paul. Sie sind ein Mensch, der sehr in sich zurückgezogen lebt. Aber so anders als wir können Sie auch wieder nicht sein. Was haben Sie vor? Sich in Amerika niederzulassen und Golf zu spielen?«
»Zum Golfspielen bin ich zu jung.« Da mußte er lachen.
»Wer sagt denn«, fuhr ich fort, »daß ich mich zur Ruhe setzen will?«
»Ich. In solchen Dingen kenne ich mich aus.« Er beugte sich über die Arbeit. Teodor war in seiner Jugend, wie er mir einmal erzählt hatte, ein guter Fußballspieler gewesen. Inzwischen hatte er einen Schrumpffuß und einen Buckel. Und von seiner Frau besaß er nur noch eine Bleistiftzeichnung. Sie war in Treblinka umgekommen. Die Deutschen hatten alle Fotos von ihr vernichtet. Viele Jahre nach Kriegsende hatte Teodor einen Polizeizeichner aufgesucht, und mit größter Geduld hatten die beiden ein Bild von seiner geliebten Ruth zusammengebracht, das nun eingerahmt über seiner Arbeitsbank hing. »Natürlich ist sie nicht so hübsch gewesen«, hat er mir einmal bekannt. »Aber in meiner Erinnerung ist sie noch viel schöner.« Er warf mir unter seinen buschigen Augenbrauen einen Blick zu. »Sie sind jetzt wie lange in Europa gewesen? Fast zehn Jahre? So lange halten nicht viele durch. Nicht bei Ihrer Art von Arbeit.«
»Sie wissen doch gar nicht, welcher Arbeit ich nachgehe, Teodor.«
Er lachte leise. »Ich bin zu der Erkenntnis gekommen, daß Sie jedenfalls kein Buchhalter sind. Sie sind auch keiner von diesen bürokratischen Scheißern, die in Brüssel von den Steuern leben, die ich bewußt nicht zahle. Und trotz der Angaben in diesem Paß, Paul – ich glaube nicht, daß Sie Arzt sind. Nein, Sie sind ein Mann, der Geheimnisse hegt, und das kann eine sehr ermüdende Arbeit

sein.« Er richtete sich auf. »Kommen Sie. Ich brauche die Unterschrift von Dr. James O'Neill. Dreimal – jedesmal mit einem anderen Füller. Als Abschiedsgeschenk habe ich Ihnen sogar eine VISA-Karte angefertigt. Hier. Sehen Sie?«

Ich linste unter Teodors starkem Arbeitslicht auf die Karte. »Wie zum Teufel haben Sie das Hologramm hingekriegt?« fragte ich mit echter Bewunderung.

»Genie, Paul, nur Genie. Aber das alles wird Ihnen nichts nützen, wenn Sie sich nicht ein paar Dinge besorgen, die diese Fiktion tragen. Kaufen Sie sich ein paar medizinische Zeitschriften. Stellen Sie sich ein paar Briefe zu, die an Dr. O'Neill adressiert sind.« Er hob abwehrend die Hand. »Ich weiß! Ich weiß! Ich trage Eulen nach Athen. Erlauben Sie, daß ich Ihnen dies überreiche.« Er wühlte in einer Schublade, bis er eine Karte mit der amerikanischen Telefonnummer der Alcoholics Anonymous fand. »Die ist immer nützlich, wenn man sich als Arzt ausgibt, Paul. Von der mache ich bei Verkleidungen als Mediziner oder Polizisten immer Gebrauch. Falls Sie aber als Rechtsanwalt auftreten wollten, würde ich Sie mit Geschäftskarten von Massagesalons ausstatten. Solche Details sind wichtig. So, jetzt üben Sie Ihre Unterschrift, bevor Sie unterzeichnen. Gut so. Noch einmal. Und noch einmal. Jetzt ist's besser. Und wieder.« Teodor war ein Perfektionist. »Ich könnte Ihnen eine echte Kreditkarte verkaufen, die zehn Monate lang gültig ist?« schlug er vor. »Der Eigentümer sitzt in einem französischen Gefängnis und verlangt dafür fünfzigtausend Franc?«

Ich verließ ihn zwei Stunden später mit einer kompletten neuen Identitätsausrüstung und fuhr in der regnerischen Dunkelheit über Land nach Nieuwpoort. Der Herbstwind hatte auf Nordost gedreht und brachte einen Vorgeschmack vom Winter. Ich fuhr schnell. Trotzdem kam ich erst kurz vor Mitternacht zu Hause an. Ich parkte den

Opel im Gäßchen gegenüber meiner Wohnung. Nach Ausschalten des Motors konnte ich das Klappern metallener Fallen gegen die Masten der Jachten im Südbassin hören. Das vertraute Geräusch würde mir fehlen, wenn ich aus Nieuwpoort fortzöge. Der Wind trieb über die Straße und trug den Geruch von Meer und Schaltieren herüber. Ich sperrte den Wagen ab, rannte über die Fahrbahn und stieß die unverschlossene Eingangstür des Wohnblocks auf.

»Sind Sie Mr. Shanahan?«

»Verdammt noch mal!« Ich wich vor dem Schatten zurück, der sich in der dunklen Halle plötzlich vor mir erhob. Ich wurde von jemandem erwartet – von jemandem, der meinen Namen kannte, von jemandem, der Englisch sprach. Ich erinnerte mich an meine Ausbildung und an die Lehre, die Klugheit zu besitzen, vor dem Zuschlagen immer dafür zu sorgen, daß das Opfer sich identifizierte – nur um sicherzugehen, daß die richtigen Menschen ins Gras bissen.

»Mr. Shanahan?« Es war die Stimme einer jungen Frau, einer Amerikanerin, ohne jede Drohung, was allerdings nicht heißen mußte, daß sie ohne Pistole mit Schalldämpfer im schattigen Flur stand.

»Wer, zum Teufel, sind Sie?« Ich duckte mich im Türbogen und hielt mir den Seesack als Schutz gegen die immerhin mögliche Kugel vor die Brust.

»Verzeihung! Ich habe Sie nicht erschrecken wollen. Es ist nur, daß hier die Birne kaputt ist. Deshalb mußte ich im Dunkeln warten.«

»Wer sind Sie?« Ich richtete mich auf. Erschießen wollte mich die Person offenbar nicht.

»Ihre Sekretärin sagte, Sie kämen um Mitternacht zurück. Sie haben wirklich eine nette Sekretärin. Ach, es tut mir so leid. Wirklich. Es ist nur, daß ich Sie heute sehen muß, weil ich ein Apex-Flugticket habe, und ich kann es mir nicht leisten, den Termin zu ändern, und deshalb muß ich morgen in die Staaten zurückfliegen. Heute abend ist meine letzte Chance. Ich habe Sie doch nicht erschrecken wollen. Es tut mir wirklich leid.« Das Mädchen schien verstörter zu sein als ich. Sie war zum Eingang gekommen, so daß ich ihr Gesicht im Straßenlicht sehen konnte. Ich wußte sofort, wer sie war. O mein Gott, ich wußte genau, wer sie war; die giftigen Erinnerungen brachen in mein Gedächtnis ein. Sie sah Roisin so ähnlich, daß es weh tat.

»Wer sind Sie?« fragte ich erneut.

»Ich heiße Kathleen«, sagte sie und streckte mir zur Begrüßung unsicher eine Hand entgegen, »Kathleen Donovan.« Sogar die Stimme klang ähnlich, ähnlich genug jedenfalls, um als Schatten ein höhnendes Gespenst ins regennasse Dunkel herauszubeschwören. Ich ergriff die Hand nicht. »Ich wollte nur mit Ihnen sprechen«, erklärte sie schwächlich und zog die Hand wieder zurück.

»Wozu?« fragte ich mit brutaler Schärfe. Es ging nicht anders. Obwohl ich die Antwort wußte. »Verdammt! Wissen Sie eigentlich, wie spät es ist?«

»Es ist spät. Ich weiß. Es ist nur . . .«

»Daß Sie ein Apex-Flugticket haben.« Ich brachte ihren Satz zu Ende und drängte an ihr vorbei in den Flur. »Wenn Sie mich sprechen wollen, Miss . . . Wie heißen Sie doch noch?«

»Donovan. Kathleen Donovan.«

»Miss Donovan, wenn Sie unbedingt mit mir reden müssen, dann wenigstens im Warmen.«

Ich wollte gar nicht mit ihr sprechen. Sie sah Roisin aber so ähnlich, daß ich es ihr nicht abschlagen konnte. Ich *wollte* in der alten Wunde bohren. O Gott, dachte ich, warum muß mir das passieren? Wie ist es nur möglich, daß eine Frau einen Mann für immer unglücklich machen kann?

Kathleen Donovan folgte mir über die nackten Stufen. Sie

war nervös, als sie in meine Wohnung eintrat. Sie schaute sich vorsichtig um, als ob ihr die karge Möblierung, das verkratzte Linoleum und die halbleeren Regale ein Bild von mir vermitteln könnten. »Kaffee?« fragte ich. »Oder lieber etwas Stärkeres?«
»Haben Sie koffeinfreien Kaffee?«
»Nein.«
»Dann nur ein Glas Wasser, bitte.«
Ich holte ihr ein Glas Wasser und goß mir selbst einen Whiskey ein. Ich ließ mir in der Küche Zeit. Ich mußte mein inneres Gleichgewicht wiederfinden. Verdammt noch mal! Und warum ausgerechnet jetzt?
Ich trug die zwei Gläser ins Wohnzimmer zurück, reichte ihr das Wasser, stellte den Whiskey ab und zog die Vorhänge zu, gegen die kühle belgische Nacht. Ich schaltete den Gasofen an. »Setzen Sie sich.« Es klang schroffer als beabsichtigt. Ich wollte mir nur nicht anmerken lassen, wie sehr sie mich aus der Fassung brachte. Sie zog den Mantel aus, faltete ihn über die Sofalehne und nahm auf der Kante des Sofas Platz. Sie wirkte Ende Zwanzig und trug ein nüchternes Tweedkostüm, eine hochgeschlossene Bluse und eine Kette aus einfachen blauen Perlen, sonst aber keinen Schmuck. Mir fiel ein, wie sehr Roisin jegliches Lametta verachtet hatte. Kathleen hatte das gleiche tiefrote Haar, die gleiche Kinnlinie und den gleichen zurückhaltenden Gesichtsausdruck, der andeutete, daß sie unablässig von der Welt verwirrt war. Ja, Kathleen sah ihrer Schwester so furchtbar ähnlich, daß ich es kaum aushielt, im gleichen Zimmer mit ihr zu sitzen. »Falls Sie mich mit einem Schiffahrtsgutachten beauftragen möchten«, warf ich ein, »kommen Sie zu spät. Ich schließe mein Geschäft.«
»Nein.« Sie schüttelte heftig den Kopf. »Ich wollte mit Ihnen nicht über Schiffe sprechen.« Sie zögerte. »Sagt Ihnen denn mein Name nichts?«

»Donovan?« Ich schüttelte den Kopf. »Tut mir leid. Nein. Ich habe nur einen Menschen mit dem Namen Donovan gekannt, einen Priester in Fort Lauderdale, und den hat vor zwölf Jahren der Whiskey unter die Erde gebracht.«
Sie sah unglücklich aus, so, als hätte ich ihr eine Ohrfeige gegeben. »Ich hatte eine ältere Schwester«, erklärte sie, um gleich darauf zu verbessern, »ich *habe* eine ältere Schwester. Sie heißt Roisin. Sie müßten sie kennen. Ich bin mir sogar sicher, daß Sie sie kennen.«
Kennen, mein Gott – das war kaum das passende Wort. Ich hatte Roisin zum erstenmal in einem Pub in Dublin gesehen und auf der Stelle gewußt: Ich würde nicht glücklich sein können, bis wir uns liebten, und als ich sie liebte, kam mir der Verdacht, daß ich nie wieder glücklich sein würde. Solch eine Frau existiere für jeden Mann, sagte mir ein Freund, nachdem sie mich verlassen hatte, nur hätten die meisten Männer das Glück, ihr nie zu begegnen. Ich war ihr aber begegnet. Wir hatten einander in einer plötzlich aufglühenden Lust geliebt – bis Roisin mich wegen eines anderen genauso plötzlich wieder verließ. Einige Monate später habe ich mit angesehen, wie sie starb. Seither hat ihr Schatten mich nicht mehr in Ruhe gelassen. »Bedaure«, sagte ich ruhig, »ich habe nicht einmal von ihr gehört. Wie war ihr Name doch noch? Rosheen? Wie schreibt man das?«
Kathleen Donovan ignorierte die Fragen. Sie starrte mich sekundenlang einfach nur an. Sie versuchte, den unschuldigen Ton meiner Stimme auszuloten, um meinem Gedächtnis dann auf die Sprünge zu helfen. »Sie hat eine Zeitlang in Irland gelebt«, sagte sie. »In Belfast. Direkt an der Malone Road.«
»Sie war eine Studentin?« fragte ich. In der Gegend der Malone Road wohnten viele Studenten.
»Nein, das nicht.« Kathleen begann in ihrer Handtasche zu wühlen. Ich beobachtete sie. Die Ähnlichkeit war wirk-

lich verblüffend. Roisin war schmaler gewesen, impulsiver; sie hatte eine Energie in sich aufgestaut, deren Intensität erschreckend sein konnte. Aber die beiden Schwestern hatten genau die gleichen irischen grünen Augen und die gleiche blasse, sanfte Haut. Kathleen wirkte stiller, in sich ruhender. Ihr Blick hatte etwas Weises. Roisins Blick hatte nur dieses unberechenbar wilde Feuer gehabt. Auf einmal schoß es mir mit einem Stich von Angst durch den Sinn: Kathleen war so, wie ich mir Roisin erträumt hatte. Ich stieß ein stilles Gebet aus, der barmherzige Gott möge mich davor bewahren, mich in Kathleen zu verlieben. In meiner jetzigen Situation müßte ich sein wie Michael Herlihy – ein Asket ohne Erotik und Geschlecht, der sich uneingeschränkt der Sache der IRA und dem Töten widmete. Ich kannte jedoch meine Schwäche, und niemand hatte diese Schwäche so erbarmungslos enthüllt wie Roisin Donovan. »Ein Bild von ihr!« Kathleen reichte mir einen Schnappschuß.

Ich ließ einen Blick auf das Foto fallen, zwang mich, den Blick wieder zu lösen, und nippte vom Whiskey. »Bedaure«, sagte ich und tat alles, um unberührt zu klingen, »aber ich habe sie nie gesehen.«

»Sie haben doch in Belfast gelebt?«

»Ja. Aber das ist zehn Jahre her.«

»An der Malone Road?« fragte sie.

»Nicht weit davon entfernt«, sagte ich vage. »Aber was soll das? In dem Viertel war ein Kommen und Gehen. Es war eine Gegend, wo vor allem Studenten und Krankenschwestern wohnten, Menschen auf der Durchreise. Ich habe nicht lange dort gewohnt, aber eins kann ich Ihnen versichern: Ich lebte allein.« Ich zwang mich, das Foto noch einmal zu betrachten. Es zeigte eine Roisin, die jünger war als die Roisin meiner Erinnerung, doch die glühende Intensität der Jägeraugen war von der Kamera perfekt eingefangen worden. »Bedaure«, wiederholte ich und warf

ihr das Foto zu. Mein Glas war leer. Ich schenkte mir noch einen Whiskey ein.
Kathleen schloß die Augen, als fiele es ihr schwer, das, was sie sagen mußte, über die Lippen zu bringen; als brauche sie ihre ganze Konzentration, um die rechten Worte zu finden. »Mr. Shanahan«, sagte sie endlich, »ich weiß, es muß hart sein. Ich weiß ja, wie Roisin war – *ist.* Und das heißt, Sie werden mir nicht alles sagen können. Aber Sie sollten wissen, daß unsere Mutter im Sterben liegt, und sie möchte gern wissen, ob Roisin noch lebt oder tot ist. Das ist alles.« Sie blickte mich mit ihren großen grünen Augen an. »Ist das zuviel verlangt?«
Ich nahm einen Schluck Whiskey. Draußen auf der Straße jagte ein Auto vorbei. Die Reifen platschten über den nassen Asphalt. Mir war scheußlich unwohl in meiner Haut. Wenn ich doch bloß das Rauchen nicht aufgegeben hätte!
»Erzählen Sie mir von Ihrer Schwester«, sagte ich. »Mal sehen, ob es mich an etwas erinnert.« Mir war klar, daß ich das Mädchen im Grunde wegschicken müßte, auch wenn es sie frustrieren würde und unglücklich machte. Aber da gab es eine andere Seite in mir, die wollte, daß Kathleen Donovan blieb, damit ich mich mit diesem Ebenbild Roisins quälen konnte.
Kathleen biß sich auf die Lippe. Sie atmete schwer. Sie begann zu erzählen. »Wir sind in Baltimore aufgewachsen. Unsere Eltern sind aber in Irland geboren. In County Kerry. Sie wanderten 1950 aus. Mein Vater ist Gipser, ein guter Gipser, und in Irland war er arbeitslos.« Sie zögerte, als sei ihr bewußt, daß sie vom Thema abkomme. »Meine Eltern haben nie bedauert, in die Staaten gezogen zu sein. Sie wollten Irland vergessen. Roisin dagegen war geradezu besessen von Irland. Ich weiß nicht, wann es begonnen hat. Irgendwann auf der High-School, nehme ich an. Sie hatte eine Heidenwut auf Vater und Mutter, weil wir in Amerika lebten. Sie wollte unbedingt Irin sein.«

»Der Gemütszustand ist mir vertraut«, sagte ich.
»Sie lernte Gälisch. Sie lernte irische Geschichte. Sie lernte, irisch zu hassen. Und dann zog sie nach Irland.« Kathleen zögerte erneut. Sie musterte mich. In einem Auge zeigte sich eine Träne. »Das alles ist Ihnen doch bekannt, oder?«
Ich schüttelte den Kopf. »Ich habe Ihnen doch schon gesagt, daß ich von alldem nichts weiß.«
Kathleen begann zu weinen. Lautlos. Ihre Augen füllten sich mit Tränen. Sie liefen ihr über die Wangen. Sie griff in die Manteltasche, nahm ein zerknülltes Papiertaschentuch heraus und wischte sich wütend die Tränen ab. »Ich bin müde«, sagte sie. »Ich muß jedoch erfahren, was mit ihr geschehen ist. Ich will wissen, ob sie noch lebt.«
Ich versuchte, mitfühlend zu klingen. »Wenn ich Ihnen doch nur helfen könnte.«
»Sie *können* mir helfen!« betonte Kathleen. »Roisin hat Sie in ihren Briefen genannt! Sie hat erwähnt, daß Sie ein Haus in Cape Cod haben. Sie hat erwähnt, daß Sie Jachtsmann sind!« Sie putzte sich die Nase und wischte neue Tränen ab. »Tut mir leid. Es ist die Erschöpfung!«
»Paul Shanahan ist kein so seltener Name«, warf ich ein.
Sie tat die schwache Ausflucht abrupt und kopfschüttelnd ab. »Ich bin drei Wochen in Irland gewesen. Ich habe dort mit Menschen gesprochen, die Roisin kannten. Die haben mir immer wieder Ihren Namen genannt. Die haben erklärt . . .« Sie hielt es zurück.
»Sie haben *was* behauptet?« ermunterte ich.
»Daß Sie mit der IRA in Verbindung stehen.« Sie warf mir ihre unwahrscheinliche Wahrheit an den Kopf. »Daß Roisin deshalb mit Ihnen zusammensein wollte. Weil Sie für Roisin die Eintrittskarte zur IRA waren.«
»Ich?« Es gelang mir tatsächlich, erstaunt zu klingen.
»Ein Mann, mit dem ich gesprochen habe«, Kathleen ließ nicht locker, »ist fest überzeugt, daß Sie zur IRA gehören.

Nach seiner Meinung ist das eins der größten, bestgehüteten IRA-Geheimnisse.«
»Du lieber Himmel!« Ich hob die Vorhänge, um nach unten auf die Straße zu blicken. »Iren klatschen für ihr Leben gern, Miss Donovan. Im Erfinden von Geschichten sind sie Weltmeister. Doch daß in der IRA Amerikaner Heldenrollen spielen – das kommt nur in den Bars von Dublin und in schlechten Romanen vor. Ich bin nach Irland gezogen, um das Handwerk des Schiffsbauers zu erlernen, bin geblieben, weil mir das Land gefiel, und weitergezogen, weil ich dort zum Leben nicht genug verdienen konnte.« Ich ließ die Vorhänge wieder fallen. »Ich bin Schiffsingenieur und -gutachter, Miss Donovan. Ich gehöre nicht der IRA an und bin auch in der Vergangenheit nie Mitglied gewesen. Ich bin Ihrer Schwester nie im Leben begegnet.«
Kathleen sah mich mit großen Augen an. Ich wäre am liebsten zu ihr gerannt, um sie in die Arme zu nehmen und ihr die Wahrheit zu gestehen und für das, was geschehen war, um Verzeihung zu bitten. Aber ich blieb, wo ich war. Ihr Gesicht verriet das innere Ringen, ihren Konflikt zwischen Glauben und Nichtglauben. Einerseits hatte das, was ich gesagt hatte, überzeugend geklungen; andererseits waren ihr eine Menge Hinweise bekannt geworden, die genau das Gegenteil besagten. »Ich habe anderes gehört«, sagte sie.
»Fahren Sie fort«, sagte ich in einem Ton, als wäre ich sicher, daß keine Geschichte der Welt in mir Erinnerungen an die Schwester wecken könnte.
»Ich habe ein Gerücht gehört. Demnach ist Roisin tot – sie soll hingerichtet worden sein, wegen Verrats an der IRA. Ein Polizist in Dublin hat mir berichtet, er habe gehört, daß sie für den amerikanischen Geheimdienst gearbeitet habe und nach Irland geschickt worden sei, um herauszufinden, welche Leute Waffen aus Amerika schicken.

Nach seinen Informationen hat sie eine Kugel im Kopf und liegt in Ravensdale Forest begraben.«
Ich zuckte die Schultern. »Tut mir leid. Das sagt mir gar nichts.«
Mein Leugnen half nichts. »Der Polizist hat mir auch gesagt, daß Roisin Seamus Geoghegan verraten hat. Von Seamus Geoghegan haben Sie aber schon gehört, oder?«
»Das ist doch der Kerl, den die USA den Briten ausliefern sollen, stimmt's?«
»Sie sind ein Freund von ihm!« warf Kathleen mir vor.
Ich lachte. »Wir wollen mal ernst bleiben, ja? Ich bin Schiffssachverständiger.«
»Ich habe mich mit Seamus Geoghegans Bruder getroffen, Mr. Shanahan. In Derry. Der hat mir erzählt, daß Sie zur IRA gehören. Das war wirklich kein Kneipenklatsch. Von ihm weiß ich, daß sein Bruder sich eine Zeitlang in Ihrer Wohnung in Belfast aufgehalten hat. Von ihm weiß ich auch, daß sein Bruder Roisin in Ihrer Wohnung kennengelernt hat. Er hat es mir selbst berichtet!« Sie rief es laut, wie aus Protest gegen meine Taubheit.
Ich schüttelte müde den Kopf. »Tut mir leid«, sagte ich, »aber ich kenne Seamus Geoghegan nicht, ich bin seinem Bruder nie begegnet, und Ihre Schwester ist mir unbekannt. Ich muß wirklich bedauern.«
Kathleen tat meine Worte mit einer heftigen Geste ab. »Es mag ja stimmen, Mr. Shanahan. Vielleicht hat sie ja für den amerikanischen Geheimdienst gearbeitet und Geoghegan verraten! Aber deswegen müssen Sie doch nicht ebenfalls zum amerikanischen Geheimdienst gehören. Oder ist das der Grund, warum Sie mir keine Auskünfte geben? Weil Sie nicht dürfen?« Sie machte eine Pause. Ihre Augen glühten vor Verzweiflung. »Um Himmels willen!« fuhr sie fort. »Meine Mutter hat noch ein Jahr zu leben! Vielleicht nicht einmal das! Sie möchte doch bloß die Wahrheit erfahren! Sie möchte Gewißheit haben! Ver-

suchen Sie doch zu begreifen, was es für eine Mutter bedeutet, um ein Kind zu trauern und nicht einmal zu wissen, ob tatsächlich Grund zum Trauern besteht! Manchmal denkt Mutter, Roisin würde zurückkommen, sie würde doch noch irgendwo auf der Welt leben. Um der Liebe Christi willen, Mr. Shanahan! Ich bin kein Sicherheitsrisiko für Sie! Ich möchte nur dies eine wissen! Das ist alles! Sie müssen es mir auch gar nicht mit Worten sagen! Nicken Sie einfach mit dem Kopf, das genügt mir schon!«

Das Gasfeuer zischte. Kathleen blickte zu mir hoch. Ich hielt den Atem an. »Ich kann Ihnen wirklich nicht helfen«, sagte ich.

»O Sie Schuft!« sagte Kathleen Donovan erschöpft.

»Sie sollten jetzt besser gehen«, sagte ich sanft. »Kann ich Sie irgendwohin fahren?«

»Fahren Sie zur Hölle!« Sie griff nach ihrem Mantel und stand auf. Ich dachte schon, sie wollte mir ins Gesicht spucken. Sie drehte sich dann aber nur um und schritt davon. Die Wohnungstür fiel ins Schloß. Gleich darauf hörte ich ihre Schritte unten auf dem Bürgersteig.

Du lieber Gott! Ich ließ mich aufs Sofa fallen, lehnte den Kopf zurück und schloß die Augen. Roisin, Roisin, Roisin. Verdammt. Ich sah sie vor mir, ihr Lächeln, ihr Lachen, ihre Geste der Zärtlichkeit. Doch sie war tot. Und ich war ein Schuft. Ich hätte Kathleen die Wahrheit sagen können, die ganze Wahrheit. Aber ich hatte mich schon lange gegen die Wahrheit gesträubt. Die Wahrheit macht einen Menschen verletzlich. Sie verrät ihn. Lügen sind ein Schild, ein Nebel, ein Labyrinth, in dem man Neugierige abschüttelt. Diese Kathleen Donovan könnte eine Kreatur des britischen Geheimdienstes sein oder vielleicht sogar der IRA. Brendan Flynn könnte sie geschickt haben, um zu sehen, ob ich mich Kathleen gegenüber als IRA-Mitglied bekannte, und mich dann als Sicherheitsrisiko entlarven – so daß man mir auch das libysche Gold nicht an-

vertrauen könnte. Und falls ich mich so dekuvriert hätte, würde Brendan es nie riskieren, mich am Leben zu lassen, weil ich von der Rakete in einem Warenlager in Miami wußte, und bald würde ein Todeskommando der Provos in Nieuwpoort landen und ich als eine von Kugeln durchsiebte Leiche in der Yser treiben.
Also, sagte ich mir zum Trost, hatte ich recht gehabt, Kathleen nichts zu sagen. Denn die erste Regel lautet: Trau keinem. Und die zweite: Sag nie die Wahrheit; die Wahrheit ist wie Gold. Und diese Regeln waren in Ordnung, auch wenn man deswegen ein Mädchen weinend in Nacht und Wind hinausschicken mußte und man selbst dann den Rest der Flasche Jameson leeren mußte, um die Erinnerung an das gequälte Gesicht des Mädchens undeutlich zu machen, und auch wenn man der langen Liste von verdammten Sünden noch eine Sünde hinzufügen mußte. Lieber Gott, dachte ich, nimm mir diese Erinnerungen!

Im November hörte ich nichts aus Tunesien. Es wurde Dezember. In den Straßen von Nieuwpoort kämpfte die Weihnachtsbeleuchtung gegen den Winterregen an. Ich lebte sparsam und fragte mich schon, ob der ganze Deal abgeblasen sein könnte. Die Kubaner hatten möglicherweise für ihre Stinger andere Käufer gefunden. Vielleicht hatte Halil auch einen anderen Jachtfahrer gefunden, der ihm den *Corsaire* nach Miami brachte. Als Shafiq mit mir den ersten Kontakt aufgenommen hatte, war alles dringlich und in heller Aufregung gewesen; inzwischen schien das ganze Unternehmen auf Kriechgang reduziert, falls sich überhaupt noch etwas bewegte. Es wäre ja denkbar, daß wieder einmal eine Sache bereits im Planungsstadium sauer geworden war. So endeten schließlich die meisten Aktionen; die rasende Begeisterung des Anfangs wurde allmählich von der Realität abgetragen. Aber das Sicherheitsrisiko eines Kontaktversuchs mit Dublin, um das herauszufinden, ging ich nicht ein. Ich wartete geduldig in der Hoffnung, meine Firma nicht umsonst stillgelegt zu haben.

Kathleen Donovan unternahm keinen weiteren Versuch, mit mir in Verbindung zu treten. Nachts, allein in der kalten Wohnung, hat es mir so manches Mal leid getan, ihr nicht die Wahrheit gesagt zu haben, und ich tröstete mich dann wieder mit dem Gedanken, daß sie doch nur geschickt worden war, um mich zu Indiskretionen zu verleiten. Möglicherweise hatten die Briten sie geschickt, sagte ich mir; vielleicht war sie ja auch gar nicht Roisins Schwester, sondern nur ein Ebenbild, das die Briten angeheuert hatten. Die Briten waren skrupellose Hunde; sie hatten schon viele IRA-Männer auf dem Gewissen, die auf beiden Seiten der irischen Grenze sang- und klanglos verschwunden waren. Der britische Geheimdienst, so fing ich an, mir einzureden, war mit vierjähriger Verspätung auf eine kalte Spur gestoßen und hatte das Mädchen auf mich gehetzt, um mich in eine Falle zu locken. Dazu den Namen von Seamus Geoghegan zu benutzen schien mir ein genialer Schachzug. Hatte Seamus tatsächlich einen Bruder? Er hatte ihn mir gegenüber nie erwähnt; aber selbst wenn er einen Bruder hatte – würde der jemals ausgesagt haben, daß ich der IRA angehörte? Was mir Kathleen Donovan da erzählt hatte, so überlegte ich, war durch und durch faul. Dann sah ich ihren leidenden Blick vor mir und begann von neuem zu schwanken: Sie konnte nicht falsch sein. Sie hatte etwas Unschuldiges, das absolut echt wirkte. Aber, so machte ich mir andererseits klar, in der Geheimwelt klingt das Falsche doch immer echt.

Die Winternächte wurden länger und länger. Ich hörte noch immer nichts aus Tunesien oder Dublin. Falls Michael Herlihy auf die Stinger eine Anzahlung geleistet haben sollte, so schien sie perdu; es sei denn, die Libyer hatten einen anderen Weg für die Überbringung der fünf

Millionen Dollar gefunden, und das kam mir von allen Alternativen wirklich noch am plausibelsten vor: daß sich bei allen Beteiligten endlich der gesunde Menschenverstand durchgesetzt und sie überzeugt hatte, welche Dummheit es wäre, ein kleines Schiff mit fünf Millionen Dollar an Bord über den weiten Ozean zu schicken.
Ich kratzte mein Bares zusammen. Ein bißchen verdiente ich noch mit gelegentlichen Schiffsgutachten. Das Warten und Nichtstun zehrte jedoch an meinen Ersparnissen. Weihnachten nahte. Ich begann darüber nachzudenken, die *Rebel Lady* zu verkaufen. Sie hatte mich 'n Appel und 'n Ei gekostet, und wenn ich sie im finanzkräftigeren Kontinentaleuropa auf den Markt brächte, könnte ich trotz der Rezession gewiß einen hübschen Profit machen.
Unmittelbar vor Weihnachten weckte mich – mitten in einer kalten Nacht – das Geklapper der Faxmaschine. Ich stürzte ins Wohnzimmer, ohne mir etwas anzuziehen, machte Licht und las die Aufforderung zur Begutachtung einer Kreuzfahrtjacht, die zur Zeit in Marseille lag, ein Kostenvoranschlag für meine Reisespesen und die übliche Honorarforderung seien bitte an M. Jean Piguet zu schicken. Das war der Schlüssel, die chiffrierte Botschaft, die besagte, daß der *Corsaire* fertig war und die goldene Reise beginnen sollte.
Mir pochte vor Aufregung das Herz. Ich hatte lange keinen solchen Adrenalinstoß mehr gefühlt wie jetzt in Erwartung des Risikos, durch diese verführerische Lockung der Gefahr. Es war soweit; ich würde verschwinden.
Geschlafen habe ich in jener Nacht nicht mehr. Ich packte die wenigen Habseligkeiten, die ich für mein neues Leben brauchte, in den Seesack und wartete auf den Anbruch der Dämmerung. Um neun Uhr begab ich mich in ein Café am Fischerhafen und rief dort vom öffentlichen Telefon in Barcelona an. Anschließend führte ich ein langes Gespräch mit Brüssel. Die Würfel waren gefallen. Ich

warf den Seesack in den Kofferraum meines Wagens und verließ Belgien – für immer, genau wie Teodor vermutet hatte.

Shafiq erwartete mich wieder am Flughafen Skanes-Monastir. Er war vor Aufregung ganz nervös. Er reckte den Hals, um über die Köpfe der ankommenden Passagiere einen Blick von mir zu erhaschen. »Hast du etwa gedacht, wir hätten dich vergessen?« fragte er schelmisch.
»Ich hab' schon gemeint, ihr hättet jemand anders für die Aufgabe gefunden«, erwiderte ich.
»Paul! Paul!« rief er tadelnd. »Es hat einfach nur ein bißchen länger gedauert, das Gold aufzutreiben. Sonst nichts. Ist das dein ganzes Gepäck?«
»Mehr brauche ich nicht.«
»Eine so kleine Tasche für eine Weltumseglung?« Shafiq begleitete mich lachend aus dem Flughafen. Es war ein frischer Tag mit Nordwind. Wolken jagten über den Himmel. Shafiq befand sich in gleicher Stimmung – er war nervös und launisch. Er war ohne Zweifel erleichtert, daß die Aktion endlich in Gang kam; damit steigerte sich aber auch seine Angst, daß etwas schiefgehen könnte. »Also, was war deine Meinung über Halil, Paul?«
»Ein gefährlicher Mann.« Ich sagte es bewußt wertfrei.
»Ein gefährlicher Mann! Bloß gefährlich!« Shafiq warf meinen Seesack und die schwere gelbe Jacke aus Öltuch in den Kofferraum seines Leihwagens. »Sind Tiger gefährlich? Tötet ein Falke? Gefährlich!« Er verspottete die Unzulänglichkeit meiner Beschreibung von Halil. Er brachte den Wagen auf Fahrt, als wir den Flughafenbereich hinter uns zurückließen. »Er ist ein großer Mann«, erklärte Shafiq feierlich. »In Palästina wird einmal eine Stadt seinen Namen tragen. Eine große Stadt! Sie wird über den Knochen der Juden errichtet.«
»Was ist mit seiner rechten Hand passiert?«

Shafiq mimte das Abfeuern einer Pistole. »Eine Kugel hat ihn im Handgelenk getroffen und ein paar Nerven und Sehnen abgetrennt. Er kann die Hand noch gebrauchen. Es macht ihm allerdings Mühe. Der Vorfall ereignete sich im Libanon nahe der israelischen Grenze.«
»Ihr könnt Allah danken, daß es das rechte Armgelenk war«, ich sagte es ganz ruhig, »und nicht das linke. Es wäre eine Schande, wenn die hübsche Uhr draufgegangen wäre.«
Shafiq warf mir einen Blick zu, lächelte und brach auf einmal in brüllendes Gelächter aus. »Das ist gut, Paul! Du bist nicht blind, wie? Aber du wirst nichts sagen. Ist das klar? Kein Wort! Halil hat einen langen Arm und einen tödlichen Griff.« Mir fiel sofort auf, daß Shafiq nach wie vor das Pseudonym Halil benutzte statt des Spitznamens il Hayaween. Wir mochten beide wissen, wer Halil war. Es offen zuzugeben, und sei es nur untereinander, hätte jedoch eine Herausforderung des Schicksals bedeutet.
»Werde ich Halil heute treffen?« wollte ich wissen.
»Nicht hier. Auch nicht in Monastir. Aber er wird dir das Gold liefern.«
»Wo?«
»In Ghar-el-Melh. Es liegt an der Nordküste. Dort ist es sicherer. Viel sicherer. Da schauen nicht so viele Augen zu.«
»Werde ich meine Crew dort kennenlernen?«
»Nein. Sie ist gestern hier angekommen.« Shafiq seufzte aus Erleichterung darüber, wie ich mir sagte, daß ich ihm Brendans zwei Revolverhelden abnahm.
»Wie sind sie?« fragte ich.
»Sie sind jung«, sagte er großspurig und auf eine Art, als ob man ihnen wegen dieser Eigenschaft all ihre Sünden verziehe. »Es ist ein Jammer«, fuhr er fort, »aber wir konnten dir keine Palästinenser zur Unterstützung mitgeben. Sie hätten bei der Ankunft in Amerika Mißtrauen geweckt.«

»Da hast du sicher recht«, bemerkte ich trocken.
»Also mußt du dich mit diesen beiden zufriedengeben.« Es war ein widerwilliges Urteil.
»Bist du ihnen früher schon einmal begegnet?«
»Noch nie.« Er sah düsterer drein denn je und schüttelte einmal kurz den Kopf. »Es ist nicht wie in der alten Zeit, Paul. Ich habe nichts mehr mit Irland zu tun. Ich erfahre nichts mehr. Ich arbeite einfach in der Zentrale – bis auf ein paar Botengänge. Nach Marseille komme ich manchmal noch. Weiter nördlich nie.« Seine Stimmung war umgeschlagen, als er das traurige Bekenntnis machte. Ich nahm an, daß Shafiq durch Roisins Anschuldigung mitbelastet worden war, ich sei einer der geheimen Sonderagenten der CIA, einer von denen, die Halil umschrieben hatte als »Agenten, die es gar nicht gibt«. Was hatte sie da nur für eine super Geschichte erzählt! Wenn ein Agent gar nicht existierte, konnte er nicht aufgespürt werden, und das hieß, daß jeder ein Agent sein könnte, sogar Shafiq, und aus dem Grund war der arme Shafiq in die niederen Ränge delegiert worden, mußte er Unruhe stiften unter arabischen Immigranten in Frankreich, durch Botschaften, die er in den Moscheen der Hintergassen Marseilles Klerikern mit ihrem Wahnsinnsblick überbrachte. Als für Halils Goldtransport über den Atlantik die Wahl dann auf mich fiel, muß Shafiq reaktiviert worden sein, weil man glaubte, daß er mich am besten von neuem anheuern könnte. Kein Wunder, daß er so erfreut getan hatte, wieder in Paris zu sein; es war seit vier Jahren sein erster Aufenthalt in der Stadt seiner Träume gewesen. »Nur Botengänge«, fügte er in einem Ton von Selbstmitleid hinzu.
»Wenn man dich zur Zusammenarbeit mit Halil abordert«, ich versuchte, ihn auszuhorchen, »mußt du aber doch ein wichtiger Mann sein.«
»Oh, gewiß. Man vertraut mir.« Er gab sich alle Mühe, überzeugend zu klingen; es gelang ihm nicht. Er zuckte

mit den Schultern. »Die Dinge ändern sich, Paul. Sie ändern sich laufend.«
»Eins begreife ich nicht«, sagte ich und schaute von Shafiq weg in das monotone Flackern eines Orangenhains. »Wie ist es möglich, daß sich ein so bedeutender Mann wie Halil und ein erfahrener Mann wie du«, die Schmeichelei sollte ihn ködern, »mit einer Belanglosigkeit wie Irland abgeben? Brendan Flynn kann tun, was er will – dadurch wird Israel nicht einen Tag früher vernichtet. Und trotzdem setzt eure Bewegung ihre besten Männer für ihn ein! Das ist alles so«, ich unterbrach, wie um nach dem richtigen Ausdruck zu suchen, und schlug dann voll zu, »ohne Sinn und Verstand, Shafiq!«
Ich hatte geahnt, daß solche Kritik Shafiq treffen würde, und in der Tat – er schüttelte wütend den Kopf. »Was wir hier tun, ist nur ein kleiner Teil eines großen Plans, Paul. Siehst du – wie nennt ihr das doch? Ein Rädchen! Du siehst nur ein Rädchen, während sich um uns herum, unsichtbar, ein riesiges Räderwerk dreht.« Ihm gefiel der Vergleich. Er schmückte ihn aus, indem er beide Hände vom Steuer nahm und in der Luft heftig drehte. »Halil ist der Planungsoffizier für die weltweite Bestrafung der Feinde Iraks! Und die Feinde des Irak sind die Feinde der Palästinenser! Wo immer diese Feinde leben, wird Halils Werk offenbar werden! Das ist überhaupt nicht ohne Sinn und Verstand.«
Ich musterte ihn schweigend im Bewußtsein, daß ich es nicht wagen würde, die offensichtlichen Fragen zu stellen. Ich konnte nur zu sammeln versuchen, was an Krumen zu finden war. »Stinger? In Irland?«
Shafiq machte eine wegwerfende Handbewegung. »Jeder weiß, daß England tut, was Amerika will, und Amerika ist Herr über Israel, und deshalb muß England leiden. Eure Luftabwehrraketen werden England weh tun. Sie sind natürlich nur ein kleiner Teil der Strafe, die den Westen tref-

fen wird, weil er sich den legitimen Forderungen des Irak und der Palästinenser widersetzt.« Er hatte sich beim Herunterleiern der abgenutzten Propagandaphrasen ziemlich in Rage geredet.

»Ah, jetzt wird mir alles klar!« sagte ich in einem Ton, der verriet, daß ich schuldhaft blöd gewesen war. »Wir mußten warten, bis das Gold aus dem Irak eintraf! Ist es Gold aus Kuwait?«

Shafiq hob eine Hand – eine Geste, die ich als positive Bestätigung deuten konnte, mit der er aber auch eingestand, bereits zuviel enthüllt zu haben.

»Eins begreif' ich noch immer nicht.« Ich versuchte, ihn zu weiteren Indiskretionen zu bewegen. »Warum schickt Halil Geld mit einem Schiff, wenn er die Summe auch elektronisch überweisen könnte?«

»Ha!« Shafiq begleitete den verächtlichen Ausstoß mit einem weiteren Aufwerfen der Hände. Der Peugeot kam von der Fahrbahn ab, raste auf den entgegenkommenden Verkehrsstrom zu und löste ein Hupkonzert aus. »Man weiß doch«, sagte Shafiq, als er die Kontrolle über den Wagen wiedergewonnen hatte, »daß die Amerikaner jeden elektronischen Geldtransfer in der ganzen Welt lokalisieren können! Mit dem Computer ist das möglich! Also werden wir wieder altmodisch. Wir werden das Gold schmuggeln. Wie Piraten! Das müßte dir doch gefallen, Paul. Gefällt es dir nicht?«

»Aber sicher«, sagte ich. »Und ob mir das gefällt!« Mir gefiel aber noch mehr, daß ich einen Zipfel der Wahrheit erhascht hatte, der Wahrheit il Hayaweens – daß die Stinger nicht einfach dazu gedacht waren, den Briten zu schaden, sondern Teil einer weltumspannenden Terrorkampagne waren, mit der Saddam Hussein gegen seine Feinde losgehen wollte. Und daß der Koordinator dieses angedrohten Abschlachtens il Hayaween sein sollte, um dessentwillen Regierungen in aller Welt ihre Flug- und Seehäfen sowie

Militäranlagen schützten. Brendan Flynn hatte also, wie mir nun klar wurde, gar nicht mit Tripolis verhandelt, sondern mit Bagdad, und Bagdads Interesse an den Stinger erklärte auch die Preiseskalation, weil eine weltweite Terrorkampagne den Bedarf an illegalen Waffen enorm steigerte und der höhere Bedarf sich in überhöhten Marktpreisen spiegelte. Zusammen ergab das alles einen Sinn. Es war so klar, daß ich mich fragte, wieso ich eigentlich nicht schon früher draufgekommen war.

Shafiq bekam es plötzlich mit der Angst, er könnte allzu indiskret gewesen sein. »Du darfst nichts von dem wiederholen, was ich gesagt habe, Paul! Nichts!«

»Shafiq!« sagte ich ernsthaft und mit einem Ton, als wäre ich in meiner Ehre verletzt. »Shafiq! Wir zwei sind alte Freunde. Wir haben viel zusammen durchgemacht. Wir haben Risiken auf uns genommen, einer für den anderen. Wir haben uns gegenseitig beschützt. Wir haben einander vertraut!« Ich trug dick auf. Ich wußte, das war Musik in Shafiqs Ohren. Und siehe da, ihm traten tatsächlich Tränen in die Augen. »Wir sind Kameraden. Hältst du mich für einen Menschen, der einen alten Kampfgefährten verrät? Mein lieber Freund, ich habe heute nichts gehört, was ich mir nicht längst gedacht hatte, und ich habe nichts gehört, was ich auch nur *einer* anderen Menschenseele weitersagen würde. Meine Mutter möge an Würmern sterben, wenn ich dich anlüge.«

»Dank dir, Paul. Dank dir.« Shafiq atmete angestrengt, wie um die Fassung wiederzugewinnen.

Wir bogen zum Jachthafen von Monastir ab. Es war Winter. Die Pontons wirkten trist. Es lagen eine ganze Menge Jachten dort fest, meist unter Planen, bis der Frühling die Besitzer wieder zum Mittelmeer lockte. Die Wohnboote waren nicht so zahlreich wie gewöhnlich, weil die Aussicht auf Krieg am Golf die Leute von islamischen Ländern fernhielt. Zum Auslaufen schien nur der *Corsaire* bereit.

Im Cockpit standen zwei Männer. »Sind das meine Leibwächter?« fragte ich Shafiq.
»Deine Crew!« Mein Mißtrauen schien ihn zu verletzen. »Sie wird dir hoffentlich gefallen.«
»Da bin ich sicher.« Ich nahm mein Ölzeug und machte mich auf den Weg, um die beiden Männer kennenzulernen, die Brendan geschickt hatte, mich zu überwachen und vermutlich umzulegen, wenn ich meine Nützlichkeit getan hätte.

Mein Gott, schoß es mir durch den Sinn, als ich an Bord der *Corsaire* ging, sollten die beiden etwa das Beste sein, womit die IRA dienen kann? Ich begriff, warum Shafiq für Liam und Gerry keine rechte Begeisterung gezeigt hatte. Sie waren kaum für Heldentaten geschaffen.
Liam war ein dürrer Junge mit einem ausgehungerten müden Gesicht, roten Haaren und abstehenden Ohren. Er hatte einen ängstlichen, ausweichenden Blick – als ob er sein kurzes Leben lang nur unter stärkeren Menschen verbracht hätte, so daß er sich schließlich zerdrückt und verbittert fühlte. Eine Ratte.
Bis auf den kleinen Haarzopf, der seinen dicken Nacken schmückte, hatte sein Kumpan nichts von einer Ratte an sich. Gerry war ein bulliger Typ mit rotem Gesicht. Er trug ein billiges Hemd, das sich über dem kräftigen Rücken und dem vorstehenden Bauch spannte. Er hatte ein massiges Kinn, winzige Augen und kurzgeschnittenes schwarzes Haar. Er grüßte mich mit mürrischem Nicken. Er schien gleich bei der ersten Begegnung die Rangordnung klären zu wollen.
Ich schob meinen Seesack in die Afterkabine und forderte die beiden auf, mir von sich zu erzählen. »Als Seeleute, die auf einem Schiff zusammen sind, dürfen wir uns nicht fremd sein«, meinte ich fröhlich. »Also, erzählt mir von eurem Leben. Wie alt seid ihr überhaupt?«

Sie waren beide dreiundzwanzig Jahre alt, in Belfast geboren und aufgewachsen und lebten jetzt beide in Dublin. Sie gaben sich als kampferprobte Veteranen der IRA aus, doch ihr Prahlen klang unsicher und überzeugte mich keineswegs. Sie hatten das beschränkte Vokabular aller Hungerleider, die kaputten Lungen von Kettenrauchern und den engen Horizont von Ignoranten. Sie dienten als Kanonenfutter in Aufständen und Revolutionen, sie waren der Abschaum verfallener Industriestädte und sollten während der nächsten drei Monate nun also meine Schiffsgenossen sein. Ob sie schon einmal zur See gefahren seien, wollte ich wissen. Liam schüttelte den Kopf. Gerry berichtete, längere Zeit auf dem Hummerfangboot seines Onkels verbracht zu haben, verriet sich aber durch Schwäche in den Details, und als ich fragte, ob er einen einfachen Kurs halten könnte, zeigte er sich empört. »Ich kann auf mich aufpassen, Mister!«

Liam war viel ängstlicher. »In dem kleinen Boot wolln wir übern Atlantik?«

»Ja.«

»Verdammich.« Er wurde bleich.

»Es wird dir guttun«, versicherte ich ihm. »Ein bißchen Farbe in dein Gesicht bringen. Wenn wir in Miami ankommen, wirst du ein tüchtiger Seemann sein.«

»Aber ich werde verdammt seekrank, Mister!« sagte Liam.

»Wie bitte?« fragte ich entsetzt. Flynn hatte mir eine Crew ausgesucht, die unter Seekrankheit litt?

»Ich hab's Mr. Flynn gesagt. Das macht nichts, hat er mir gesagt. Es wär' wie auf so 'ner verdammten Kreuzfahrt, hat er gesagt. Ehrlich.«

»Das Flugzeug war echt gut«, meinte Gerry vorwurfsvoll, als ob die Unterkunft auf der *Corsaire* nach dem Charterflug von Dublin beiden eine richtige Enttäuschung wäre. Sie waren zum erstenmal geflogen. Die Jungfernfahrt auf der Jacht löste bei ihnen weniger Begeisterung aus.

Shafiq war sichtlich froh, die Verantwortung für die beiden los zu sein, und reichte mir Halils schriftliche Instruktionen. Die Sache war ziemlich einfach. Ich sollte den *Corsaire* zum nordtunesischen Hafen Ghar-el-Melh bringen, wo wir auf das Gold zu warten hätten. Sobald die Münzen an Bord der *Corsaire* versteckt waren, sollten wir Kurs auf Miami nehmen. »Und mit wem soll ich Kontakt aufnehmen, wenn ich in Miami bin, verdammt?« fuhr ich Shafiq an. Ich konnte doch nicht das Risiko eingehen, Michael Herlihy einfach in seinem Bostoner Büro anzurufen und dabei vom FBI abgehört zu werden.

»Die zwei wissen, wer kontaktiert werden muß.« Shafiq deutete auf die beiden irischen Jungen.

»Ihr wißt Bescheid?« bollerte ich.

»Ja, Mister«, erwiderte Gerry.

»Ist das eine Art, Revolutionen zu machen!« sagte ich unglücklich. »Dann wollen wir mal anfangen.«

Ich verstaute meine paar Habseligkeiten, legte meinen Sextanten in eine Schublade des Kartentisches und wühlte durch die Vorräte, die il Hayaween hatte an Bord bringen lassen. Ich brauchte zwei Stunden, um alles an Bord zu überprüfen. Es schien nichts zu fehlen; auch die zehn Meter langen Plastikröhren waren da, die ich außer Sichtweite schaffte, in ein tiefes Schließfach im Cockpit. Und als uns nichts mehr unter den Zinnen von Monastir zu halten vermochte, ließ ich den Motor des *Corsaire* an und holte die Vertäuung ein. Dank des Einflusses der Palästinenser wurden wir mit den zeitraubenden bürokratischen Formalitäten, die eine Abfahrt aus Tunesien normalerweise begleiten, gar nicht belästigt. Nach dem Abschied von Shafiq und einem Zuruf an Liam und Gerry, sich außer Gefahr zu halten, manövrierte ich den *Corsaire* rückwärts von den Pontons fort und nahm dann Kurs aufs offene Meer.

Beim ersten Heben der Wellen fing Liam an zu kotzen. Er

hielt sich den Bauch. Seine Wangen färbten sich grünlich. Ich befahl ihm, an Deck zu bleiben. Ich legte wirklich keinen Wert darauf, daß das Schiffsinnere nach Erbrochenem stank. Er lag flach und stöhnte unglücklich, als wir in anhaltenden Nordwind hineinfuhren. »Hast du schon mal von Michael Herlihy gehört?« fragte ich Liam. Er schüttelte elend den Kopf. »Der ist noch schlimmer als ihr«, sagte ich gutgelaunt. »Der wird schon seekrank, wenn er ein Schiff sieht.«

»O Gott!« Allzu schlecht konnte es ihm allerdings nicht gehen; denn er zündete sich eine Zigarette an. »Wie lang dauert's bis zum Bestimmungsort?« wollte er wissen.

»Bis nach Ghar-el-Melh zwei Tage«, erklärte ich fröhlich, »über den Atlantik dann zwei bis drei Monate.«

»Monate?« Er schaute mich an, merkte, daß es kein Witz war, und bekreuzigte sich. »Da helfe mir Gott.«

Es wurde kalt, als wir am Morgen gen Norden in den Golf von Hammamet fuhren. Liams Seekrankheit hatte sich nicht gelegt. Er bestand trotzdem auf seinen Anteil vom reichlichen Mittagessen, für das Gerry Eier und Brot in ausgelassenem Fett briet; und die süße Cola, die sie in Monastir gekauft hatten, trank er auch. Es kam ihm binnen Sekunden wieder hoch. Gerry runzelte die Stirn über den Eimer, den ich Liam auf den Schoß gestellt hatte. »So 'ne Verschwendung von gutem Essen.«

Ich fragte sie weiter nach ihrem Leben aus und hörte die nur allzu vertraute Geschichte von Kindern aus Belfast, die in trostlosen Siedlungen geboren werden und hineinwachsen in die Hoffnungslosigkeit von Dauerarbeitslosigkeit. In einem anderen Land hätten sie möglicherweise einfache manuelle Arbeit finden können; in Ulster gab es nicht mal Fußböden zu wischen. Die Sinnlosigkeit ihres ganzen Lebens hatte sie innerlich mit einem Haß erfüllt, der einzig und allein durch das Doppelvergnügen von Alkoholgenuß und dem Herunterziehen von anderen auf das eigene Elendsniveau erträglicher werden konnte. Sie hatten weder Schulbildung noch Berufsausbildung und taugten deshalb in ihrer Verbitterung zu nichts außer dem Dienst als Fußsoldaten für Irlands Unruhen, doch selbst diese Berufung war zerronnen. Sie nannten keine Einzelheiten, wie es dazu gekommen war – jedenfalls waren sie an die Ordnungskräfte verpfiffen worden, und gegen sie lief ein Haftbefehl. Deshalb mußten Liam und Gerry fliehen, nach Süden fliehen, über die unbewachte Grenze mit der Republik Irland, und dort, in dem sogenannten Freistaat Irland, hatten sie in Dublin in einer Siedlung Unterkunft gefunden, die genauso finster war wie das Belfaster Ghetto, dem sie entflohen waren.

»Wie gefällt es dir in Dublin?« fragte ich Gerry. Liam war kaum bei Bewußtsein. Gerry schien den Nachmittag zu genießen. Wir hatten Wind und eine unruhige See, weiter nordöstlich dann eine steife Gegenbrise, die riesige Salzwasserfontänen aufwarf. Ich fuhr unter Segel, um Treibstoff zu sparen, und beabsichtigte, nach Anbruch der Dunkelheit zu wenden – zurück nach Cap Bon. Ich hatte mich noch immer nicht an das Schiff gewöhnt, das schwerfälliger schien, als nach seinen Linien zu vermuten gewesen wäre. Es lag tief im Wasser und kam nur langsam voran; dabei hätte ein Schiff dieser Länge auf solcher See eigentlich dahinjagen müssen. Der frühere Besitzer hatte ihm, vielleicht aus übermäßiger Vorsicht, zuviel Ballast aufgeladen. Er hatte es gewiß so gewollt, ein sicheres, fügsames Schiff, und bei Schönwetter im Sommer mochte es angenehm sein, auf ihm zu segeln; doch für diese unruhige, böige Reise im Winter war der *Corsaire* schlecht geeignet. Der Gedanke an das zusätzliche Gewicht von weiteren tausend Pfund bereitete mir Kopfschmerzen. Doch wenn ich das Schiff nicht auf den Strand zöge und ihm ein bißchen Blei aus dem Kiel schnitte, war da nichts zu machen. Im übrigen war ein überschweres Schiff, das sich durch die Wellen kämpfte, immer noch besser als ein hüpfendes Leichtgewicht.

»Dublin is' furchtbar, verdammich«, antwortete Gerry auf meine Frage, wie ihm das Leben in der irischen Hauptstadt gefiele. Liam stöhnte zustimmend.

»Wieso furchtbar?« wollte ich wissen.

»Weil sich im verdammten Dublin verdammt keiner um uns kümmert«, erklärte Gerry empört. Wie Liam auch gebrauchte er das Wort »verdammt« zur Abschwächung, zur Verstärkung und als Ersatz für alle möglichen Ausdrücke, die ihm bei seinem beschränkten Wortschatz gerade fehlten. »Dublinern ist alles verdammt egal!« fuhr er fort. »Ich meine, Jessas, wir ha'm unser verdammtes Leben für Irland riskiert, haben wir doch, ehrlich, und die verdammten Iren scheißen drauf. Und dann kam die verdammte Garda, stell dir vor, und sagt, sie weiß, wer wir sind und warum wir in Dublin sind. Wenn wir nur 'n kleinen Finger heben, täten sie uns einbuchten und die verdammte Seele aus 'm Leib haun. Ich kämpf' für euer verdammtes Irland, hab' ich dem verdammten Bullen gesagt, dafür sollten Sie mir verdammt noch mal dankbar sein. War das 'n Scheißkerl. Sagt mir, ich soll mich verpissen, verdammt.«

»Das ist hart«, sagte ich voller Mitgefühl. Ich hatte es in meiner Dubliner Zeit miterlebt, daß IRA-Aktivisten, die in den Süden geflüchtet waren, bevor sie im Norden verhaftet werden konnten, erwarteten, wie Helden behandelt zu werden und statt dessen auf totale Gleichgültigkeit stießen – sogar auf Abscheu für ihre Taten. Ich habe einmal beobachtet, wie ein Nordire einem Dubliner einen ganzen Abend lang von sich und seinen Heldentaten erzählte. Der Dubliner hat hinterher völlig erschöpft gemeint, wenn die Engländer sich an Irland rächen wollten, müßten sie ihm bloß Ulster überlassen.

Der schwerfällige *Corsaire* brauchte volle drei Tage, um

Ghar-el-Melh zu erreichen – ein kleiner Hafen, der von alten Befestigungen umgeben war. Die Hafeneinfahrt versandete; ich war deshalb gezwungen, bei Flut – oder was im Mittelmeer eben als Flut gilt – über die Schwelle des Hafenbeckens zu kriechen. Mein Pilotbuch enthielt die Information, daß dieser sterbende Hafen einst Zuflucht der gefürchteten Piraten der Berberküste gewesen war. Liam und Gerry interessierte allerdings nur die Frage, ob sich in dem Dorf unter den verlassenen Burgzinnen ein Pub finden ließe. »Wohl kaum«, sagte ich.
»Keinen verdammten Alkohol?« fragte Liam, der sich im Schutz des sicheren Hafens von seiner Seekrankheit erholt hatte, mit entsetzter Stimme.
»Nicht einen Tropfen.«
»Und wie lang werden wir hierbleiben?«
»Bis das Gold eintrifft«, erklärte ich.
»Sie haben wirklich keinen verdammten Alkohol an Bord?« flötete Gerry.
»Keinen Tropfen«, log ich. Ich hatte in Wahrheit zwei Flaschen Jameson versteckt, die ich für Weihnachten aufsparte. Ich hatte gehofft, daß wir uns dann längst auf hoher See befänden. Weihnachten kam. Das Gold war noch immer nicht da. Also blieben wir einfach in dem verlassenen Hafen liegen.
Unser Festmahl bestand aus gebratenem Frühstücksfleisch, Dosenerbsen und Pommes frites. Anschließend holte ich die Überraschung heraus, den Whiskey. Wir saßen zu dritt im Salon, und nachdem der Whiskey ihnen die Zunge gelöst hatte, erzählten Liam und Gerry mir alte, wohlbekannte Geschichten aus Belfast. Um mich zu beeindrucken, sprachen sie zunächst von ihren heroischen Leistungen, von Bomben, die britische Patrouillen zerfetzt oder ganze Teile der Innenstadt dem Boden gleichgemacht hatten. Die Geschichten waren lahm und ohne den scharfen Witz von Belfast, was darauf schließen

ließ, daß die Wahrheit für Liam und Gerry nicht ganz so farbenprächtig ausgesehen hatte. Ich brachte ihren Ballon schließlich zum Platzen, als ich erzählte, ich hätte selbst eine Zeitlang in Belfast gelebt und Seamus Geoghegan nach seiner Flucht aus Derry bei mir Unterschlupf geboten.

»Sie kennen Seamus?« fragte Liam ungläubig.

»Sicher. Sehr gut sogar.« Ihre Achtung für mich stieg spürbar. Liam und Gerry waren vor mir längst auf der Hut, weil ich für sie ein seltsamer Fisch war – Ausländer, mit Bart, großgewachsen, kompetent und schweigsam. Als sie nun entdecken mußten, daß ich Seamus kannte, wurde ich für sie fast so gottähnlich wie Seamus selbst.

»Sie kennen ihn wirklich?« fragte Gerry.

Ich legte zwei Finger über Kreuz. »Ehrenwort.«

»Jessas.« Er lächelte schwach und runzelte dann die Stirn – ob er dachte, daß es schwierig werden könnte, mich zu töten? Einen Fremden umzubringen ist leicht, einen Menschen, den man kennt, viel schwerer, und weder Gerry noch Liam schienen mir Menschen, die kaltblütig morden konnten – so großspurig sie auch taten. Vielleicht sollten sie mich ja auch bloß bis Miami begleiten, wo dann andere für meinen Tod – falls er geplant war – sorgen sollten.

Im Laufe des Heiligabends machten die Geschichten von Mut und Tapferkeit lustigeren Geschichten Platz. Die beste kam von Liam – die Geschichte vom kleinen Jungen, der die Nagelbombe warf. »Er war bloß 'n kleiner Junge.« Liam drückte seine Zigarette auf seinem Teller in der Schweinerei von Soße, Zigarettenstummeln und kalten Erbsen aus. »Er war höchstens zehn oder elf. Oben in Turf Lodge, da ist's passiert. Eines Abends gab's einen Aufstand, nichts Großes, nur um die Zeit totzuschlagen. Die verdammten Briten hatten 'ne verdammte Patrouille geschickt, die sollte 'n paar Köpfe zusammenschlagen. Da

haben die Jungs den Kleinen beiseite genommen und gefragt, ob er 'ne Nagelbombe werfen möchte.« Liam unterbrach, um sich eine neue Zigarette anzustecken. »Er sagte ja. Klar hat er ja gesagt, weil alle kleinen Jungs nur drauf warten, daß sie mal was tun können. So ist es doch. Wissen Sie, was 'ne Nagelbombe ist, Mister?«
»Klar weiß er das, verdammich!« sagte Gerry. »Er hat doch in Belfast gelebt, oder?«
»Ich weiß Bescheid«, versicherte ich Liam. Die Nagelbombe war eine lange, mit Sprengstoff gefüllte Metallröhre, die an beiden Enden mit Zehn-Zentimeter-Nägeln verstopft war. Sie wurde wie ein Stock geworfen und hagelte beim Explodieren einen tödlichen Schauer von Nägeln unter die Gegner.
»Da haben sie den kleinen Jung' mitgenommen, hinters Haus, klar, und zeigen ihm die Bombe, und sagen ihm, wenn er die Bombe richtig wirft, gibt's mehr für ihn zu tun, größere Sachen, verstehen Sie?« Das Erzählen machte Liam Spaß. »Sie geben ihm also das Bömbchen und zünden die verdammte Zündung an und sagen ihm, er soll rennen, verdammt, und das tut er auch, und er wirft die verdammte Bombe gegen die verdammten Briten und dreht sich um und saust verdammt los, als säß' ihm der Satan im Arsch. Aber etwas hat er vergessen. Ehrlich.« Liam brach ab, um die Spannung zu erhöhen.
Ich tat, als ob ich die Geschichte noch nie gehört hätte. »Er hat etwas vergessen?« fragte ich unschuldig.
»Seinen verdammten Hund!« Gerry konnte sich einfach nicht bremsen. Er mußte sich in Liams Erzählung einmischen. »Er hat den verdammten Hund vergessen!«
»Wer erzählt hier eigentlich die verdammte Geschichte?« Liam war so empört, daß er seine Schüchternheit vergaß. »Nun mach keine verdammten Sprüche!«
»Einen Hund?« fragte ich.
»Jawohl!« Liam wandte sich wieder mir zu. »Der kleine

Jung' hat einen Hund, klar, und der verdammte Hund betet den kleinen Jung' an. Der Hund sieht die Bombe auf die verdammten Briten zusegeln, und der Hund denkt, das is' 'n Stock, denkt er. Er denkt, der Jung' spielt mit ihm Stockholen, klar? Also rennt der Hund hinter der Bombe her, weil er 's für 'n Spiel hält. Ist es aber nicht. Das ist 'ne verdammte Bombe! Die Zündschnur raucht. Da haben sogar die verdammten Briten angefangen zu lachen, und die Masse schreit den verdammten Hund an: Laß, hau ab, verdammt. Da hat der Hund die Bombe aber schon zwischen den Zähnen, klar, und bringt die Bombe wieder zu sei'm klein' Herrn, klar, und die Leute laufen weg, alle, ja, so war's, weggelaufen sind sie, und der Hund wedelt doch verdammt mit sei'm klein' Schwänzchen, und der kleine Jung' rennt wie verrückt, und seine Mami schreit, er soll sich verdammt aus 'm Staub machen, bevor er in verdammte Stücke zerrissen wird, aber je schneller der kleine Jung' rennt, desto schneller rennt der Hund hinter ihm her.« Liam hielt inne, um sich Tränen aus den Augen zu wischen. Er lachte so hemmungslos, daß er kaum die Pointe herausbringen konnte. »Und dann macht die verdammte Bombe päng.«

»Heilige Muttergottes, wie das gekracht hat!«

»Überall lagen Stückchen vom Hund!« Liam konnte sich vor Lachen kaum halten. »Auf den verdammten Dächern! Überall Hundefleisch!«

»O Gott, haben wir gelacht!« Gerry klopfte auf dem Tisch des Salons Beifall.

»Keiner wurde verletzt«, sagte Liam.

»Außer 'm Hund«, sagte Gerry und begann wieder zu lachen.

»Der kleine Jung' hatte seinen Hund vergessen, verstehn Sie?« Liam wollte sichergehen, daß ich die Feinheiten seiner Geschichte kapiert hatte. In der Takelage über uns seufzte der Wind und bewegte den langen, weiß gestriche-

nen Rumpf der Ketsch und schlug mit wehleidigem Klappern ein Fall gegen den Aluminiummasten. Die Luke der Hauptkajüte stand offen. Ich konnte die Sterne sehen. Im Mondschein trieb vereinzelt eine zarte, längliche Wolke. Gerry gönnte sich einen großen Schluck Whiskey und füllte seinen großen Becher nach. »Komisch, daß Sie Amerikaner sind«, sagte er.
»Wirklich?«
»Doch, ist es«, sagte er aufsässig. »Ich mein', daß Sie nach Irland kommen und dort leben! Jessas, wenn ich so eine Chance hätte, ich würde doch nicht aus Amerika wegziehen, um in Belfast zu sein! Nie im Leben! Ich würd' in Amerika bleiben! Mir einen Job suchen und Geld verdienen, oder?« Ihm schien zu dämmern, daß für ihn alle Aussichten auf eine normale Existenz bereits dahin waren: die Hoffnung auf eine feste Anstellung, eine Frau, eigene Kinder und die kleinen Glückseligkeiten, die die Welt auf Kurs halten.
»Ich hab' 'nen Vetter gehabt, der ist nach Amerika gezogen.« Liam, dem der Erfolg seiner letzten Geschichte Mut gemacht hatte, sprach im erwartungsvollen Ton eines Mannes, der einen Witz erzählt. »Er landet auf 'm Flughafen in New York, ehrlich, und sein Onkel holt ihn ab, und sie verlassen den Flughafen, und da liegt ein Hundert-Dollar-Schein auf der Straße. Er liegt einfach so da, ehrlich! ›Na, heb ihn auf!‹ sagt der Onkel. ›Nun mach schon, Jung', heb ihn auf.‹ Und mein Vetter sieht ihm direkt in die Augen und sagt: ›Da bin ich gerade erst angekommen, und du rechnest damit, daß ich sofort mit Arbeiten anfange?‹« Liam wartete, daß ich lachte, und als ich dann lachte, grinste er voller Stolz.
Gerry setzte ein kurzes, pflichtschuldiges Lächeln auf, aber ihn deprimierte der Gedanke an Amerika und all seine leuchtenden Verheißungen, die außerhalb seiner Reichweite lagen. »Früher haben wir an den Yankees viel

Geld verdient«, sagte er trübe. »Wir haben ihnen Gummikugeln verkauft! Sie haben eine Menge gezahlt, damit sie eine Gummikugel für den Kaminsims kriegten.« Die schwarzen Kugeln, dicke phallische Geschosse, die Menschen eher außer Gefecht setzen als töten sollten, waren von den britischen Truppen zum Niederkämpfen von Straßenaufständen benutzt und hochgeschätzte Souvenirs der irischen Leiden geworden. Ich erinnerte mich an einen klugen Mann, der in Derry eine gewinnträchtige Heimindustrie aufgebaut hatte, indem er aus alten Autoreifen schwarze Pseudokugeln schnitt. Er hatte angeblich mehrere hundert solcher Fälschungen verkauft, bevor die Provos drohten, ihm eine richtige Kugel durch die Kniescheiben zu jagen, falls er seinen Handel nicht einstellte; sie begriffen nämlich, daß sie Marktanteile verloren.

»Und dann gab es da so ein Spiel, das wir mit den Yankees gespielt haben«, sagte Gerry nach einer Weile.

»Ein Spiel mit den Yankees?« fragte ich.

»Wissen Sie, Mister, mit den Yanks, die Belfast besucht haben, um ein bißchen vom Ärger mitzuerleben. Ich mein', das waren gute Typen, ehrlich. Sie haben uns Geld gegeben, aber dafür wollten sie natürlich was sehen, oder? Wenn sie von dem ganzen verdammten Ärger nix gesehn hätten, wär'n sie doch ganz ohne verdammten Grund die verdammt weite Strecke nach Nordirland geflogen.«

»Also, was war das für ein Spiel?« Ich kannte die Antwort. Es machte ihnen jedoch soviel Spaß, mir Geschichten zu erzählen, daß es unfair gewesen wäre, ihnen die Freude zu verderben.

Liam, der sich besser ausdrücken konnte, nahm den Faden auf. »Wir haben uns mit ihnen in einer Bar getroffen, klar, und gefragt, ob sie die IRA kennenlernen wollten, und sie haben natürlich nicht gewußt, daß wir die IRA waren, oder? Wie sollten sie auch? Ich meine, wenn du all den Yankees, die da herumliefen, erzählen würdest, daß du zur Bewegung gehörst, hätten sie es doch den verdammten Briten erzählen können. Also, die Yankees haben immer ja gesagt, klar, ich meine, wozu wär'n sie sonst hergekommen? Sie kamen den ganzen weiten Weg von Boston oder Chicago herüber, um uns ein bißchen zu unterstützen, auf die Schulter zu klopfen, Sie verstehen, und einen Schein in die Hand zu drücken – klar, daß sie die IRA sehen wollten. Also haben wir gesagt: Geht morgen früh um zehn zu dem und dem Haus. Wir haben ihnen die Adresse gegeben, es war immer ein verlassenes Haus, eines von denen, die halb ausgebrannt waren, und wir haben gesagt, dort würden sich ein paar Jungs treffen, bevor sie eine Bombe legen oder einen Soldaten erschießen.«

»Einem Yankee kann man alles erzählen«, fügte Gerry ein. »Die glauben alles!«

»Sie wollten es glauben, wenn Sie verstehn, was ich meine«, erklärte Liam, der mich nicht verletzen wollte.

»Und was ist dann passiert?« fragte ich, als ob Seamus Geoghegan mir nicht schon vor zehn Jahren genau die gleiche Geschichte erzählt hätte.

»Also, sie sind natürlich hingegangen«, sagte Liam, »und manchmal sind ihre Frauen mitgekommen, weil die Frauen genauso sind wie die Männer. Sie waren fürchterlich aufgeregt! Weil sie meinten, sie würden die richtige IRA treffen! Sie würden den Helden begegnen! Sie wußten nur nicht, daß wir die verdammten Briten über die Sicherheitsleitung angerufen hatten. Sie wissen, was die Sicherheitsleitung ist?«

»Klar weiß er das, verdammich«, unterbrach Gerry. Die Sicherheitsleitung war eine Telefonnummer, an die jeder anonym Informationen über Terroristen melden konnte. Die Sache lief maschinell, wie beim Anrufbeantworter. Nach dem Namen des Anrufers wurde nicht gefragt – weshalb über die Sicherheitsleitung auch eine Menge von Privatfehden erledigt wurden.

Liam grinste. »Also, wir haben dann die verdammten Briten angerufen und gesagt, daß ein paar Provos sich am nächsten Morgen um Viertel nach zehn bei dem und dem Haus treffen würden, und dann aufgelegt. Sie können sich wohl denken, was dann passiert ist!«
»Erzähl mir's!«
»Die Yankees sind aufgetaucht« – Liam grinste bei dem Gedanken daran, wie schlau die ganze Idee war – »und haben gewartet, und auf einmal kommt eine verdammte Patrouille der Briten, und die hat vor lauter Schiß die Hosen voll, weil sie mit einem verdammten Hinterhalt rechnen. Die Briten stürmen das Haus, als wär's die Landung in der Normandie. Und dann finden sie bloß die Yankees! Aber sie wissen ja nicht, daß es Yankees sind, nicht gleich sofort! Und deshalb nehmen sich die Briten die Yankees ein bißchen vor, verstehn Sie, und geben ihnen ein verdammt hübsche Tracht Prügel!« Liam lachte und schüttelte den Kopf. »Es hat immer geklappt! Die Briten sind jedesmal verdammt drauf hereingefallen, und die Yankees sind nach Hause gefahren und haben zu Hause erzählt, wie verdammt brutal die verdammten Briten waren, und haben nie herausgekriegt, daß ihnen die IRA die Prügel eingebrockt hat! Und nachher haben sie uns noch mehr Geld geschickt, vor allem, wenn eins von ihren Weibsbildern was abgekriegt hat! Jessas. Wie wenn man einem Baby Bonbons klaut! So einfach war das!« Er kicherte. Plötzlich wurde er melancholisch. »Das waren schöne Zeiten. So schön war's nie mehr.«
Gerry schwenkte den Whiskey in seinem Becher. Trotz der offenen Kajüte stank die Kabine fürchterlich nach Zigarettenrauch und ungewaschenen Körpern, nach Whiskey und Nahrungsresten. »Die Provos haben sicher verdammte Tausende von Pfund damit gemacht, daß sie den Yankees verdammt gute Prügel besorgten. Klar, nicht nur den Yankees. Also die Holländer, die mußten immer be-

sonders dicht dran sein. Ganz besonders die protestantischen Pfarrer. Die wollten doch beweisen, daß sie die Katholiken liebten, wenn Sie verstehn, was ich meine? Aber die meisten war'n Amerikaner. Ehrlich.« Er hielt inne. Er schwelgte offenbar in Erinnerungen an die gute alte Zeit in der Heimat mit ihren Schlägereien. Dann muß ihm unversehens ein Gedanke durch den Kopf geschossen sein. Er sah mich nämlich plötzlich ganz schräg an. »Wir warten hier wirklich auf fünf Millionen Dollar?«

Ich nickte. »So ist es.«

»In Gold?«

»In Gold«, sagte ich.

»Verdammich«, sagte Gerry nachdenklich. Ihm kam bestimmt die Idee, das Geld zu stehlen; doch seinem Kopfschütteln nach zu urteilen, folgte er der Stimme der Pflicht. »Es wär' *die* Aufgabe unseres Lebens, hat Brendan gesagt. Für die Bewegung. Hat er nicht recht?«

»Da bin ich ganz sicher«, sagte ich. »Ganz sicher.« Am nächsten Morgen kam mit einem kalten Nordwind auch das Gold.

Vor dem Gold traf il Hayaween ein. Er kam in einem Mercedes mit schwarzgetönten Scheiben in Begleitung seiner beiden Leibwächter in dunklen Anzügen, die einem Fischer befahlen, sie zur *Corsaire* überzusetzen. Il Hayaween orderte Gerry und Liam barsch außer Hörweite nach unten und die Leibwächter aufs Vordeck. Er blickte auf die kostbare Blancpain-Uhr an seinem Arm. »Der Trawler sollte bis Mittag hier sein.«

»Gut.«

Er wischte die Ducht im Cockpit mit einem Taschentuch aus Leinen sauber, bevor er sich setzte. Er wirkte etwas verlegen, was ich darauf zurückführte, daß ihm Schiffe fremd waren. »Ist es brauchbar?« Er machte mit der heilen Linken eine vereinnahmende Geste zum *Corsaire.*

»Es bewegt sich wie ein Schwein.«
»Wie ein Schwein?«
»Es rollt – wie eine trächtige Sau. Es ist einfach zu schwer. Aber ich schaffe es. Ich bring's nach Amerika. Falls das der Sinn Ihrer Frage gewesen sein sollte.«
»Und zwar schnell.«
Ich zuckte mit den Schultern. »Kann sein, daß die Stinger Irland rechtzeitig zum 24. April erreichen. Eine Wette würde ich aber darauf nicht abschließen. Oder es müßte garantiert werden, daß sie *vor* dem Eintreffen des Goldes in Miami abgeschickt werden.«
»Wieso zum 24. April?« Il Hayaween sah mich fragend an.
»Zum fünfundsiebzigsten Jahrestag der Osteraufstände. Darum geht's Flynn und Herlihy doch, oder? Den Briten zu diesem Jubiläum ein besonderes Osterei zu schenken.«
Er blinzelte, als ob er den Zusammenhang nicht kapierte, und schüttelte den Kopf. »Der Krieg wird früher beginnen.«
»Der Krieg in Kuwait?« fragte ich.
»Natürlich.« Er blickte zu den Weiden, die statt Bojen die unsichere Einfahrtsrinne zum Hafenbecken markierten. »Wir bauen darauf, daß Ihre Organisation die Verteidigung des Irak gegen imperialistische Aggression unterstützt.«
Was sollte ich darauf entgegnen? Ich überlegte. Ich war früher einmal der wichtigste Träger für solche Mitteilungen an den Armeerat der Provisorischen Irisch-Republikanischen Armee gewesen; dem hatte Roisin ein Ende gemacht. Trotzdem schien il Hayaween eine Antwort zu erwarten. Ich nickte und versprach, die Botschaft zu übermitteln.
Er schüttelte verärgert den Kopf, als ob er für derartige Kommunikationen mit dem Armeerat meiner Hilfe nicht bedürfe, und hob mühsam die verkrüppelte Hand, um sich eine Zigarette anzuzünden. »Das Versprechen Irlands

haben wir schon. Werden die Iren aber ihr Versprechen halten?« Er warf mir einen forschenden Blick zu.

»Davon bin ich überzeugt«, sagte ich wahrheitsgemäß. Daß die IRA dem Irak für eine Terrorkampagne Unterstützung zugesagt hatte, überraschte mich nicht; immerhin waren die Araber schon seit Jahren der wichtigste Förderer der IRA, und einem so spendablen Gönner hätte der Armeerat solche Bitte gar nicht abschlagen können. Mich überraschte etwas anderes – daß il Hayaween dieses Versprechen des Armeerats mir gegenüber erwähnte. Durch seine nächsten Worte wurde mir dann jedoch einiges klar.

»In Teheran und Damaskus haben reaktionäre Kräfte sich dafür ausgesprochen, daß wir abwarten sollen, wie effizient die irakischen Streitkräfte sind, bevor wir mit der globalen Terrorkampagne beginnen. Wir haben ein derartig furchtsames Vorgehen selbstverständlich zurückgewiesen.« Er zog an der Zigarette, als ob der Rauch ihm Kraft gäbe. »Wir erwarten Taten von euch, Shanahan.«

»Die werden Sie bestimmt bekommen«, sagte ich. Die wahre Bedeutung dieser Worte il Hayaweens war mir nicht entgangen. Wenn Damaskus und Teheran zu Vorsicht und Zurückhaltung rieten, mußte es unter den Palästinenserführern Spannungen geben. Einige hatten bestimmt für Syrien, andere für den neutralen Iran Partei ergriffen, während eine dritte Gruppe mit il Hayaween an der Spitze zu Saddam Hussein hielt. Diese Spannungen gefährdeten ganz offensichtlich den Erfolg seiner Pläne für einen weltweiten Terrorismus, und nun suchte er seine verbliebenen Truppen verzweifelt auf Kurs zu halten. Seine Verzweiflung war so groß, daß er sogar meine Meinung wissen wollte, ob die IRA ihr Versprechen halten würde – eine ganz unnötige Sorge, wie ich meinte. Das stärkste Bindeglied der IRA zur arabischen Welt war Libyen, und Libyen schien sich unverändert für Saddam

Husseins Ambitionen stark zu machen. »Die Iren liefern Ihnen den versprochenen großen Knall«, versicherte ich ihm.

»Ich will mehr als Bomben.« Er schwieg. Eine starke Bö fegte über das Wasser im Hafen und trieb den Rauch der Zigarette zur Küste. »Wo liegt das Problem bei den Boden-Luft-Raketen der Sowjets, die Libyen der IRA geliefert hat?« fragte er unvermittelt.

»Soweit ich weiß«, sagte ich, »beschleunigen sie nicht schnell genug. Dadurch bleibt den britischen Hubschraubern Zeit, Leuchtkugeln abzuwerfen und sie abzulenken. Außerdem haben die Sowjetraketen keine große Reichweite, und ihre Abschußvorrichtung ist zu schwer – sie machen logistisch Probleme. Im übrigen sind sie nicht zuverlässig. Manchmal gehen sie überhaupt nicht los.«

»Wenn aber ein so unbefriedigendes Geschoß funktioniert – reicht es dann zur Vernichtung eines Jumbo-Jets, der vom Londoner Flughafen aufsteigt?«

Du großer Gott, dachte ich, wagte den Schreck aber nicht zu zeigen. Ich nickte flüchtig. »Ach so. Bestimmt. Ja.«

»Wenn man es aus der Nähe des Flughafens abfeuern würde? Aus einem nahegelegenen Haus? Oder von einem abgestellten Lastwagen? Gäbe es dort eine brauchbare Abschußstelle für so eine Rakete? Sie sind doch gewiß schon auf dem Flughafen in London gewesen?« Il Hayaweens Fragen klangen harmlos banal. Das Böse mutet oft harmlos an.

»Technisch ist das machbar«, sagte ich und gab mir Mühe, begeistert zu klingen.

»Sie meinen, es gäbe dort so eine Abschußstelle?« Er ließ nicht locker.

»Die gäbe es. Ja.« Ich dachte an die Industrieanlagen in unmittelbarer Nähe der Startbahnen von Heathrow und malte mir aus, wie von einem Lastwagen ohne Dach eine Rakete in die Höhe schießt und einem Flügel eines Linienjets den Motor wegreißt und die Riesenmaschine vom Himmel holt, so daß sie auf dem Boden explodiert. »Dafür wären wohl mehrere Stellen geeignet«, bemerkte ich mit ruhiger Stimme.

»Ich werde unseren Stabschef informieren, daß ein El-Al-Jumbo oder eine britische Maschine als Gegenleistung für die Waffen, die wir eurer Revolution geschenkt haben, akzeptabel wären. Ich darf erwähnen, daß ein derartiger Angriff nach der Meinung eines Experten praktisch durchführbar ist. Ja?«

»Aber gewiß. Ja«, sagte ich eifrig, hatte allerdings meine Zweifel, ob der Armeerat der Provisorischen IRA mir und meiner Expertenmeinung viel Gewicht beimessen würde. Nicht, daß er Skrupel gehabt hätte, das Leben von Zivilisten zu opfern. Im Gegenteil, ihre Vision vom Neuen Irland war ja auf den Gräbern solcher Menschen erbaut. Nur waren Leute wie Brendan Flynn sehr empfindlich, was eventuelle Konsequenzen einer schlechten Presse in den Vereinigten Staaten für sie bedeuten könnte; sie wußten sehr wohl, daß bereits ein halbes Dutzend von massakrierten Flugpassagieren aus den USA ausreichen könnte, um die amerikanischen Iren für immer von ihren IRA-Träumereien zu heilen. Die Dollar amerikanischer Förderer waren zwar mit der Zeit weniger geworden, aber noch immer nicht so wenig, daß man in Belfast oder Dublin bewußt auf die Spenden verzichten wollte.

»Sie haben mir sehr geholfen«, sagte il Hayaween verlegen mit offensichtlich ungewohnter Höflichkeit. Ich überlegte, warum ein Mann seiner diabolischen Reputation sich die Mühe machte, so mit mir zu reden. Das konnte nur ein Symptom des Desasters sein, das den globalen terroristischen Plänen des Irak drohte. Il Hayaweens Ruf war durch Abweichler in Syrien und im Iran gefährdet; möglicherweise gab es sogar in Libyen im Hinblick auf irakische Siegeschancen Bedenken. Doch il Hayaween würde nie

aufgeben. Er würde durchhalten bis zum bitteren Ende. Bis zuletzt würde er von in der Luft explodierenden Linienmaschinen und den unschuldigen Toten träumen, die das Unrecht der Welt begleichen könnten.
Bald darauf kroch ein Trawler über die äußere Schwelle des Hafens und ging im Innern der schützenden Sandbank vor Anker. Er trug weder Flagge noch Registriernummer am Bug. Es war, wie il Hayaween bestätigte, das Schiff, das uns das Gold brachte. Ich machte den *Corsaire* los, ging zum alten, rostenden Fischerboot und wies Gerry und Liam an, die Säcke mit den Münzen vom einen zum anderen Schiff zu tragen. Als die ersten Säcke eintrafen, legte ich die Kabinensohle des *Corsaire* frei und entfernte die Bretter des Bodens. Man sah den leeren Bauch des Schiffs; wie eine längliche Schüssel aus Faserglas sah er aus, in der massive Schrauben den schweren, mit Blei gefüllten Kiel hielten. Wir schütteten die Münzen hinein. Der *Corsaire* sackte noch tiefer ins Wasser, als der zusätzliche Ballast von tausend Pfund in seinem Bauch klirrte.
Die Übernahme der Fracht dauerte zwei Stunden. Es war nicht nötig, Vorsichtsmaßnahmen zu treffen, um unser Tun zu verheimlichen. Eine Störung durch die tunesischen Behörden war ausgeschlossen. Dennoch schien die Crew des Trawlers erleichtert, als alles vorbei war. Hatte die Anwesenheit il Hayaweens sie nervös gemacht? Oder die Unverfrorenheit, mit der seine Leibwächter ihre Uzi-MPs trugen? Der Skipper des Trawlers stach so rasch wie möglich wieder in See.
Il Hayaween vergewisserte sich, daß die Münzen in der Bilge der *Corsaire* eingebettet waren. »Dort sind sie gut versteckt?«
»So hab' ich schon vieles weggeschafft«, beruhigte ich ihn. »Ich werde das Gold dort versiegeln. Dann wird niemand den alten vom neuen Boden unterscheiden können.«

»Versprechen Sie es mir?«
»Ich verspreche es Ihnen. Aus dem Grund geben Sie den Auftrag doch auch mir, oder? Weil ich davon etwas verstehe? Also – machen Sie sich keine Sorgen.«
»Ich werde dafür bezahlt, mir Sorgen zu machen«, sagte er und schnipste mit den Fingern nach seinen Leibwächtern. Als sie ins Cockpit eintraten, streckte er die Hände nach ihren Maschinenpistolen aus. »Die sind für Ihre Crew.« Er legte die MPs auf die Dulch.
»Für mich keine?« fragte ich scherzend.
»Sie haben die Aufgabe, das Gold zu verstecken und nach Amerika zu bringen. Die zwei andern haben die Aufgabe, das Gold zu bewachen.« Er meinte – mich zu bewachen. »Werft die Waffen über Bord, bevor ihr in Miami ankommt«, befahl er Gerry und Liam.
»Werden wir, Sir, werden wir.« Obwohl il Hayaween im Aussehen oder Auftreten gar nichts Auffälliges hatte, schien Gerry den Palästinenser noch immer als Erzengel des Satans zu empfinden, sich selbst und seinen Freund Liam dagegen im besten Fall als Kobolde.
»Wenn Sie mich enttäuschen«, warnte il Hayaween uns drei, »werde ich Sie bis in den letzten Winkel der Erde verfolgen und umbringen, sobald ich Sie finde. Glauben Sie nur nicht, daß Sie dann eines schnellen Todes sterben.« Er schnitt eine Grimasse. Oder sollte das ein Lächeln sein? Er drehte sich zu dem Fischerboot um, das vom Kai herbeigewinkt worden war.
Ich schickte Gerry und Liam wieder an die Arbeit. Ich blies das Dingi des *Corsaire* auf. Gerry mußte mir Sand vom Strand holen, den ich zwischen die Goldmünzen schüttete. Als Gold und Sand dann festgefügt und geglättet worden waren, so daß ihre Oberfläche der ursprünglichen Linie der Bilge entsprachen, deckte ich die Mischung mit Glasfasermatten und Stoffstreifen ab. Liam half mir dabei, doch seine Ausdauer reichte nicht einmal

für eine so einfache Tätigkeit. »Es ist verdammt langweilig«, schimpfte er, um sich dann ins Cockpit zurückzuziehen, wo er sich eine Zigarette ansteckte und grimmig auf das graugrüne Wasser im Hafen starrte.

Ich erledigte die Arbeit allein, mischte das Harz mit dem übelriechenden Härtungsmittel, strich die Mischung dann über die vorbereitete Fasermatte und wartete anschließend im Cockpit, daß die Matte hart wurde und trocknete. Während der belanglosen Unterhaltung mit Liam und Gerry mußte ich an ganz andere Dinge denken. Mich störte das absolut Amateurhafte der ganzen Aktion. Bei dem Hintergrund der Ressourcen auf seiten des Irak und der Palästinenser sowie der Schlauheit und Erfahrung der IRA auf unserer Seite wollte es mir nicht in den Kopf, daß wir das Gold auf so beschwerliche Art zu schmuggeln hatten. Und dann die beiden griesgrämigen Jungs – sollten das etwa die besten Wachmänner sein, die die IRA für diese Aufgabe finden konnte? Und der *Corsaire* – verfügte der Irak wirklich über kein geeigneteres Schiff?

»Woran denken Sie, Mister?« Gerry schnippte einen Stummel ins Wasser.

»Ich denke, das Harz müßte bald trocken sein«, log ich.

Nach Einbruch der Dunkelheit mischte ich die weiße Farbe mit dem Härtemittel und trug sie auf die Kabinensohle auf. Gegen Mitternacht war alles trocken und fest; das Gold lag unter einem falschen Boden verborgen. Dessen Weiß war zwar nicht absolut deckungsgleich mit dem übrigen Faserglas der Kabine, aber es wurde durch die Kabinensohle überschichtet, und falls jemand das Schiff durchsuchen sollte, könnte er annehmen, daß die flache Bilge wissentlich mit einem rauhen, leicht verfärbten Anstrich belassen worden war, weil sie ja ohnehin nicht gesehen wurde. Ich legte die Holzsohle darüber, rollte den Teppich des Salons aus und lichtete Anker. Mit Hilfe einer

Taschenlampe lotste ich das Schiff vorsichtig durch das seichte Wasser der Hafeneinfahrt, und endlich tauchte der durch das Gewicht des Goldes im Bug noch schwerfälligere *Corsaire* in eine kurze, harte Welle. Liam stürzte zum Schandeckel steuerbord. Seine Uzi klapperte auf dem Teak der Cockpitgräting, als er sich elendiglich ins Meer erbrach.

Ich setzte die Segel der Jacht, drehte den Motor ab und nahm Kurs in die Nacht.

Wir segelten aufs winterliche Mittelmeer hinaus, in kurze graue Wellen, widrige Winde und lebhaftes Fahrwasser hinein. Ich hielt auf Norden zu, weitab von der Küste Afrikas, über den am meisten befahrenen Seeweg, auf dem Riesenschiffe zwischen der Enge von Gibraltar und dem Suezkanal blindlings ost- und westwärts dampften. Ohne Dreck – meist Plastikflaschen und -tüten – waren aber auch die weniger stark befahrenen Wasser nicht. Mir fiel der Satz eines Freundes ein: Wer etwas von Meeresströmungen versteht, kann das Mittelmeer anhand der Städtenamen auf den Plastiktüten navigieren, die von allen Küsten treiben.

Meine beiden Aufpasser hatten begriffen, daß ihre Aufgabe Wachsamkeit erforderte, und sich ein Wachprogramm auferlegt. Demgemäß versuchte Gerry am ersten Nachmittag nach Verlassen Tunesiens in der vorderen Kajüte zu schlafen, während der seekranke Liam mit der Uzi auf den Knien im Cockpit kauerte und sich mühte, sein Elend nicht offen zu zeigen. »Dir ginge es besser«, riet ich, »wenn du weniger von dem fetten Zeug essen würdest.«

»Gebratenes tut gut«, sagte er stur. »Dichtet den Magen.«

»Womit denn? Mit Motoröl? Und du solltest aufhören zu rauchen.«

»Nun hörn Sie auf, Mister! Was wissen die verdammten Ärzte schon?«

»Bist scharf drauf, jung zu sterben, Liam?«

»Mein Opa, also, wie ein verdammter Schornstein hat mein Opa gequalmt, ehrlich, und sich zum Frühstück immer was gebrutzelt! Blutwurst, gebratenes Brot, Schinken, Eier, Kartoffeln, Wurst, Tomaten. Alles. Und in ausgelassenem Speck gebraten! Er wurde trotzdem dreiundsiebzig!«

»Das ist doch kein Alter!«

»In dieser verdammten Welt schon!« Liam zog kräftig an seiner Zigarette und erstickte fast an einem Krampf in der Kehle. Er krümmte sich, um sich zu übergeben. Die Uzi fiel krachend zu Boden.

»Hoffentlich ist die Waffe gesichert«, meinte ich, als das Würgen aufhörte.

»Ich bin doch kein verdammter Anfänger«, stöhnte er kreuzunglücklich und richtete die müden, geröteten Augen zum turmhohen Dreieck des Hauptsegels. »Für ein Stück Sodabrot gäbe ich alles«, sagte er. Der Gedanke an diese irische Delikatesse löste sofort wieder einen Krampf aus. Er würgte, spie die Zigarette aus und beugte sich über den Dollbord, um ins gurgelnde Meer zu kotzen.

»Ich wüßte ein Mittel gegen deine Seekrankheit«, sagte ich nach dem Ende des Anfalls.

»Was denn, um Gottes willen?« Er hockte sich gegen den Wind, um schon wieder eine Zigarette anzuzünden.

»Eine Flasche Lebertran und eine Flasche Whiskey in einem Zug leer trinken. Die nächsten eineinhalb Tage sind die Hölle. Aber du wirst nie wieder seekrank. Ich schwör's dir.«

»O mein Gott. O verdammich.« Er drehte sich wieder um. Das gleiche hatte ich einmal Michael Herlihy empfohlen – mit dem gleichen Erfolg. Wir waren damals beide Teenager; ich hatte ihn brutal in ein kleines Catboot gedrückt und zwei Stunden später an den Strand zurückgebracht. Wie ein totes nasses Eichhörnchen sah er aus. Das hat er mir vermutlich nie verziehen.

Liam warf sich wieder über die Ducht. Er sah zu, als ich die Motorluke öffnete und einen Schraubenschlüssel zum Auspuffsystem des Motors mitnahm. Ich löste die Abgasröhre vom Auspufftopf. Wir standen unter Segel. Der Motor war kalt und still. Ich holte das zehn Meter lange elastische Rohr aus dem Fach im Cockpit und verklammerte es mit der Spitze des Auspuffs. Ich schob das freie Ende des Rohrs durch das vordere Schott des Maschinenraums ins Steuerbordspint des Salons. Liam, der sich eben vom jüngsten Anfall seiner Seekrankheit erholte, musterte die sich windenden Schleifen des Rohrs, die die Luke zum Motorraum und den Boden des Cockpits füllten. »Was machen Sie da?«

»Ich will die Bilgen durchpusten, damit die Farbschicht auf der Abdeckung über dem Gold trocknet.«

»Sehr vernünftig«, sagte er, als verstünde er, wovon ich sprach. »Sehr vernünftig!«

Ich stellte die automatische Steuerung ein und begab mich in den Salon, wo ich die verschließbaren Fächer öffnete, den Schlauch durchzog und in den Baderaum des Schiffs einführte, wo es unter dem Abfluß des Duschbeckens eine Pumpe gab, die sich bei Wasser selbsttätig einschaltete. Das Gitter der Tür zum Bad, durch das Frischluft hereindrang, sollte übermäßig dicker Schimmelbildung in der Duschkabine vorbeugen. Dieses Türgitter machte das Bad für meine Zwecke ideal. Ich schnitt den überstehenden Schlauch ab; den Rest trug ich ins Cockpit und warf ihn über Bord – mein Beitrag zur Verschmutzung des Mittelmeers. »So«, tröstete ich Liam. »Schon erledigt.«

»Wird es den Gestank vertreiben?« fragte er. »Der Gestank hier unten im Schiff ist verdammt schlimm. Ehrlich.«

»Das kommt vom Härtemittel für den Harz. Wird bald vorbei sein.«

»Ein Gestank wie unter der Achselhöhle von 'ner Nutte.«

»Du kaufst dir die falschen Nutten, Liam.«

Der Unterton des Vorwurfs stimmte ihn sauer. Dann muß er wohl an die Belohnung gedacht haben, die an unserem Ziel auf ihn wartete, weil sein Gesicht sich plötzlich aufhellte. »In Amerika soll's nette Mädchen geben.«

»Sauber sind sie!« sagte ich vielversprechend. »Und sie

passen auf, daß ihre Männer auch sauber sind. Darauf legen sie großen Wert.«
»Ich hab' mich vorm Abreisen gründlich gewaschen – von oben bis unten!« gab er entrüstet zurück.
»Die Mädchen werden dir nachlaufen«, versicherte ich ihm. »Besonders in Boston. Da lieben sie irische Helden. Auf der Parade am St.-Patricks-Tag werden sie dich zum Großmarschall küren. Der Kongreßabgeordnete O'Shaughnessy wird sich mit dir knipsen lassen. Dort ist alles ganz anders als in Dublin. Du wirst schon sehen.«
»Es wird wunderbar. Ehrlich.« Liams Gesicht war weiß wie Milch. Er sah leidend zu, als ich eine Karte entfaltete. »Wo sind wir nur, verdammt?«
»Hier.« Ich wies auf einen Punkt vor der Küste Tunesiens. Er blickte zum Horizont, suchte Land auszumachen. »Ich seh' überhaupt nichts.«
»Die Küste liegt gerade außer Sichtweite«, erläuterte ich. In Wirklichkeit befanden wir uns viel weiter nördlich. Liam war im Grunde alles egal. Er war so seekrank, daß er es nicht mal gemerkt hätte, wenn wir zur Hölle gesegelt wären.
Abends aßen meine zwei Wärter Sandwiches, die sie mit klebriger tunesischer Cola und billigem, löslichen Kaffee herunterspülten. Ich gab Liam vier starke Schlaftabletten, damit der Gestank des Härtemittels ihn nicht wachhielt, und schickte ihn in seine Koje in der vorderen Kajüte. Gerry blieb noch eine Weile bei mir im Cockpit, bis Dunkelheit und Tatenlosigkeit ihn zu langweilen begannen und er seine Uzi mit nach unten nahm. Er liebte seine Waffe. Er hatte sie stets bei sich, streichelte sie unentwegt. Sie gab ihm Rang und Würde. Ich beobachtete ihn vom Cockpit aus. Er befühlte die Verarbeitung der Waffe. »Ich werde das Kajütendach schließen müssen«, rief ich ihm später zu.
»Ich brauch' frische Luft«, jammerte er.

»Dein Licht verdirbt mir die Nachtsicht. Mach das Licht aus oder die Luke zu.«
Er zog es vor, die Luke zu schließen. Ich wartete, bis meine Augen sich an die Dunkelheit gewöhnt hatten, um mich dann aufs vordere Deck zu begeben. Als ich leise die Luke schloß, hörte ich Liams rhythmisches Schnarchen. Ich begab mich wieder ins Cockpit und wartete.
Ich steuerte den *Corsaire* in nordwestlicher Richtung aufs offene Meer zwischen Sardinien und den Balearen. Die Nacht war stockfinster und kühl. Das schwere Schiff kam langsam voran. Wegen des zusätzlichen Gewichts tat es sich mit der unruhigen See schwer. Das unangenehme Schlingern entsprach meiner Stimmung. Ich war nervös. Mein Herz war wund. Ich spürte in der Brust einen Schmerz, den ich als körperlichen Ausdruck des Gewissens deutete. War ich im Lauf der Jahre dem Tod gegenüber gefühllos geworden? Im Bewußtsein einer vermasselten Vergangenheit und eines vertanen Lebens schien die Zukunft so trostlos dunkel vor mir zu liegen wie das Meer. Die kurzen Wellen knallten gegen den Steven, stürzten sich weiß über den Bug und liefen laut durch die Speigatts ab. Kurz nach zehn Uhr sah ich ein Containerschiff ostwärts dampfen, mit einer Lichtsäule wie ein hohes Bürohaus. Es zog am Horizont davon. Wir waren in der grausamen Finsternis wieder allein.
Als ich um Mitternacht den Motor anließ, ging mein Herz auf Grundeis. Der Anlasser ächzte, griff. Der Motor pegelte sich auf einen gleichmäßigen, gedämpften Takt ein. Ich ließ ihn im Leerlauf, als ob ich bloß die Batterien aufladen wollte. Die Segel trugen uns weiter aufs Meer hinaus. Vom Salon her war nichts zu hören. Ich folgerte, daß Gerry und der stark betäubte Liam schliefen. Wenig später schaltete sich die automatische Pumpe unter dem Duschbecken ein. Sie spuckte ein Weilchen Wasser über Bord. Von den beiden unten wachte noch immer keiner auf.

Ich ließ den Motor laufen. Der *Corsaire* arbeitete sich durch die Nacht auf dem Mittelmeer. Die Bugwelle spritzte weiß gegen das dunkle Wasser, schäumte kurz und fiel nach hinten. Die Sterne waren hinter den Wolken verborgen. Der Leuchtturm auf Kap Spartivento mit seinen starken Scheinwerfern lag in weiter Ferne. Ich steuerte nach Kompaß. Nach jeder Stunde trug ich die Meilen, die wir schätzungsweise zurückgelegt hatten, ins Log ein. Sechs, fünfeinhalb, wieder sechs – jede Seemeile brachte den *Corsaire* mit seiner sterbenden Fracht Europa näher. Ich sollte die muslimische Küste Nordafrikas entlangjagen, auf die Meerenge von Gibraltar zu, dann Südwest zu den Kanarischen Inseln, von wo uns die Passatwinde über den Atlantik treiben sollten. Statt dessen betrieb ich den Mord an zwei Menschen. Im Dunkel bei wilder See leitete ich die Abgase in die Hauptkajüte. Das Kühlwasser sammelte sich im Duschbecken, das ins Meer entleert wurde; doch das giftige Gas strömte ins Schiffsinnere.
Um vier Uhr morgens – es war noch dunkel – schaltete ich den Motor aus. Es war plötzlich sehr still.
Ich wappnete mich zum Öffnen der Kajütentreppe. Ein Stoß gräßlicher warmer, gasiger Luft kam mir entgegen. Ich mußte würgen. Ich hustete, wich zurück. Das qualmige Gas wirbelte aus dem Salon und verschleierte das dünne Licht. Gerry war über dem Tisch zusammengesunken. Die gekrümmten Finger lagen an den Kopf gepreßt im kurzen Haar mit dem albernen Zopf. Er rührte sich nicht. Ich atmete in der frischen Luft einmal tief durch, bevor ich zum stickigen Salon hinunterging. Gerry war noch warm, als ich ihn berührte. Sein Puls war still. In der vorderen Kabine lag Liam mit offenen Augen auf dem Rücken. Sein toter Blick starrte zur geschlossenen Luke. Sein Schlafsack stank nach Urin. Seine bleiche, picklige Haut war von der Wirkung des Kohlenmonoxids gerötet. Ein Rinnsal von Kotze auf Backe und Kissen war festge-

trocknet. Ich legte ihm einen Finger an den Hals. Liam war ebenfalls tot. Ich drückte die Luke der Kajüte auf. Der kühle Luftstoß war mehr als willkommen.
Ich wollte Liam in den Salon schleppen, was bei dem Gewicht der Leiche und den plumpen Bewegungen des Schiffes allerdings so gut wie unmöglich war. Eine ganze Stunde lang knotete ich Rollen und Seile zusammen, um die beiden Toten aus dem faulig riechenden Schiffsinneren zu hieven und mit dem Klüverfall neben den Mast zu hängen. Wie das Fleisch beim Metzger hingen sie an den Tauen, die ich ihnen unter die Achseln geschlungen hatte. Ihnen die Schlafsäcke über die Körper zu ziehen war in solchem Schwebezustand relativ leicht. Ich arbeitete im Schein der Navigationslampen. Mit den Bleigewichten, die mir il Hayaween so freimütig geliefert hatte, bekamen die Säcke ein beträchtliches Gewicht. Ich zurrte die Öffnungen um die Hälse der Toten zu. In Liams leidenden Augen reflektierte das grüne Steuerbordlicht, als ich die Taue unter großen Anstrengungen festzog. Ich umwickelte die herunterhängenden Säcke mit noch mehr Tauen, um die Luft möglichst völlig hinauszupressen, bevor ich die Falle senkte und die Toten auf die Steuerbordreling legte. Ich löste die Haltetaue, machte das Fall fest und schwang die schweren Schlafsäcke über Bord. Ein Klatschen, ein Schauer von Gischt – weiter nichts. Die Dämmerung war eben hell genug, ich konnte sehen, wie die Leichen sofort sanken.
Ich holte die Waffen und warf sie den beiden nach. Ich löste die elastische Rohrleitung und warf sie ebenfalls über Bord. Ich fühlte mich total erschöpft. Ich machte Kaffee und klappte eine Scheibe Brot um ein Stück Dosenschinken. Beim Frühstücken wurde mir fast schlecht.
Ich schloß den Auspuff wieder an. Die Wolkenwand begann sich aufzulösen. Sonnenlicht drängte durch einen wäßrigblauen Himmelsspalt, als ich Vorräte abwarf – Pro-

viant für drei Monate –, dann die Dinge, die ich zum Verstecken des Goldes gebraucht hatte, Reste vom Harz, Härtemittel, die Matten und die Pinsel. Bis auf zwei Pinsel und eine volle Dose weißer Farbe flog alles über Bord. Der *Corsaire* zog einen Schweif von Müll hinter sich her. Um Brot und Kekse kämpften Möwen.

Ich säuberte das Duschbecken von den Ablagerungen des Auspuffs und durchsuchte das Schiff nach letzten Spuren von Gerry und Liam. Ich warf ihre Sachen über Bord: die billigen Plastiktaschen und Textilien, die Zahnbürsten, die sie eben erst gekauft und noch nicht gebraucht hatten, die lächerlich vielen Tafeln Cadbury-Schokolade und die leere Bierdose, die Gerry als Andenken an seinen ersten Flug aufbewahrt hatte. Ich schleuderte ihre brandneuen irischen Reisepässe ins Meer und die Postkarten von Monastir, die sie nicht abgeschickt hatten, obwohl Liam auf einer Karte in fehlerhaftem Englisch einen Anfang gemacht hatte: »Liebe Mammi, bis jezt ist es schön. Das Eßen ist schlim. Grüß Donna und Oma . . .«

Ich durchsuchte ihre Kleidung, bevor ich sie über Bord warf, und fand, wie erwartet, eine irische Telefonnummer – auf einem gefalteten Kartonstückchen, das in der Brusttasche von Gerrys Jackett steckte. Gerry hatte bestimmt den Auftrag bekommen, nach Ankunft in Miami dort gleich per R-Gespräch anzurufen. Die Leitung gehörte vermutlich einem IRA-Sympathisanten, dessen Wohnung und Telefon die Provos noch nie benutzt hatten, weshalb kaum ein Risiko bestand, daß die Garda Siochána, die irische Polizei, die Leitung abhörte. Ich prägte mir die Nummer ein und warf das Stück Karton dem Dreck im Meer hinterher. Ich spritzte das Schiff sauber, blickte zurück und versuchte zu beten; Sühne für die Tat dieser Nacht. Mir kam aber kein Gebet in den Sinn. Ich redete mir ein, Liam und Gerry seien im Dienste des Neuen Irland gestorben. Daß ein Irland in der Hand von ihresgleichen

kein lohnenswertes Leben böte, hätten sie sich nie vorstellen können; sie hatten nur ein Irland gekannt, das sie nicht ertragen konnten, und es deshalb irgendwie ändern wollen. Jetzt ruhten sie auf dem Meeresboden, und ich segelte allein mit dem Gold von Saddam Hussein weiter.
Ich hatte zwei Menschen ermordet. Ich hatte es kaltblütig getan, mit systematischer Vorbereitung, nur für meinen persönlichen Vorteil. Ich hatte sie nicht umgebracht, um die Massaker von Unschuldigen zu vereiteln, die il Hayaweens Erkundigungen über Linienmaschinen und Boden-Luft-Raketen durchblicken ließen. Ich hatte die beiden wegen der fünf Millionen Dollar getötet. Ich wollte zwar il Hayaweens Terroraktivitäten verhindern; unabhängig davon plante ich aber auch, das Gold zu stehlen; das hatte ich vom ersten Moment an vorgehabt, als ich in Miami von diesem Gold erfuhr. Das Stehlen des Goldes war für mich kein Problem. Ich hatte ein anderes Problem: zu überleben, um etwas vom Gold zu haben.
Dazu hatte ich mir eine schlichte Geschichte ausgedacht: Daß den überlastigen *Corsaire* auf rauher See eine böse Woge von hinten getroffen und zum Sinken gebracht hatte, daß ich Liam und Gerry ohne Erfolg zu retten versucht hatte, daß mit dem Schiff auch das Gold verlorengegangen war, daß ich allein auf einem Rettungsfloß überlebt hatte. Ich würde mich nach der Ankunft in Amerika einige Wochen versteckt halten und die Geschichte mit aller Unverfrorenheit auftischen, wenn die IRA mich entdeckte. Liam und Gerry hätten die Geschichte zum Platzen gebracht; das war der Grund, warum sie sterben mußten.
Ich versuchte den Mord dadurch zu rechtfertigen, daß ich mir klarmachte: Sofern ich die Reise bis zuletzt überstanden hätte, wäre ich ihnen zum Opfer gefallen; und falls sie mich nicht getötet hätten, wären wir drei miteinander von anderen umgebracht worden. Wenn man mit dem Teufel speist, braucht man einen langen Löffel – und Gerry und

Liam, sagte ich mir, mußten doch wissen, an wessen Tisch sie sich gesetzt hatten. Ich gab mir Mühe, ihre Ermordung zu rechtfertigen. Es blieb aber Mord und lastete auf meinem Gewissen, als ich Barcelona erreichte. Barcelona gehörte ebenfalls zu meinem Plan.
Die Reise bis dorthin war furchtbar. Das Meer war stark befahren und ich auf dem Schiff ganz allein. Ich wagte das Cockpit nicht zu verlassen. Ich nickte zwischendurch kurz am Steuer ein und stahl mir, wann immer es sicher schien oder die Müdigkeit mich überwältigte, hin und wieder ein Stündchen Schlaf. Einmal schreckte ich nachts auf, als ganz aus der Nähe das Klopfen von Dampfermotoren im Dunkel zu hören war. Als ich mich in Panik umdrehte, sah ich die Lichter eines Riesenschiffes, das in weniger als hundert Meter Entfernung vorbeistampfte.
Als die kalten Nordwinde von der französischen Küste her vorübergehend nachließen, stellte ich die automatische Steuerung ein, schnallte mir eine Halteleine an und kauerte auf der Schwimmbrücke unter dem zuckerlöffelförmigen Heck. Ich nahm die weiße Farbe, die ich – zur Übermalung des falschen Bodens – als unerläßliches Requisit auf die Liste für il Hayaween gesetzt hatte, und strich den Schiffsnamen sowie den französischen Heimathafen Vendres weg. Dann zerriß ich alle Papiere des *Corsaire* und warf die Fetzen ins Meer.
Als am nächsten Tag die zweite Schicht der weißen Farbe getrocknet und die alte Schrift völlig überdeckt war, rollte ich die Buchstaben für den neuen Namen aus, die ich mir mit der Post hatte aus Belgien kommen lassen. Ich mußte immer wieder die schwerfällige Neigung des überlasteten Schiffs ausgleichen, um nicht die Balance zu verlieren, als ich den neuen Namen in die frische Farbe einrieb. Der *Corsaire* wurde zur *Rebel Lady;* aus Port Vendres wurde Boston, Mass. Danach befestigte ich die Plakette des Herstellers der alten *Rebel Lady* seitlich am Bug des *Corsaire.* An-

schließend beugte ich mich riskant über das untere Geländer der Kanzel, um mit den selbstklebenden Buchstaben und Ziffern, die ich in Nieuwpoort gekauft hatte, auf beiden Bugs die Registriernummer der *Rebel Lady* aus Massachusetts anzubringen. Zum Schluß wurde die französische Trikolore durch das Sternenbanner ersetzt – der *Corsaire* existierte nicht mehr; an seiner Stelle war die vierundvierzig Fuß lange *Rebel Lady* des Dr. James O'Neill zur Heimfahrt bereit.

Zwei Tage danach manövrierte ich die *Rebel Lady* in die Handelsdocks von Barcelona. Ich hatte einen ganzen Tag lang zu tun, ihre Decks abzuräumen, die Segel herunterzunehmen und den Mast abzuwinden. Als alles Rundholz sicher verstaut war, wurde sie aus dem Wasser gehievt. Der Kranführer schob ein Fenster seiner Kabine auf und rief mir durch den dünnen schmutzigen Regen etwas zu, das ich nicht verstand. Ich zuckte die Achseln. Der Vorarbeiter übersetzte es für mich ins Französische. »Sie wiegt soviel wie ein Sechzig-Fuß-Schiff, sagt er.«

»Mir sind schwere Schiffe lieber.«

»Wie Frauen, he?« Er wiederholte den Witz lachend auf katalanisch, für den Kranführer, der die *Rebel Lady* mit großem Geschick in einen Container ohne Verdeck lud.

Ich lieh mir einen Elektrobohrer. Mit Hilfe von Schablonen, die ich aus Nieuwpoort mitgebracht hatte, brachte ich die Identifikationsnummer des Schiffskörpers auf dem Heckwerk an und dann, wie das amerikanische Gesetz verlangte, auch noch an einer verborgenen Stelle – auf dem falschen Boden. Als auch das erledigt war, schloß ich die Luken zu, übergab die *Rebel Lady* der Reederei, zahlte die Rechnung bar und ging auf die Docks, um ein Taxi zu nehmen. In ein bis zwei Tagen würde die *Rebel Lady* auf ein Containerschiff verladen und als Deckladung mitsamt dem Geheimnis ihres dunklen Bauchs über den winterlichen Atlantik nach Amerika verschifft werden.

Auch ich würde nach Amerika reisen, aber nicht über den Atlantik. Die Angst vor il Hayaween machte mich vorsichtig. Ich fuhr mit dem Zug nach Nizza und von da aus nach Paris, wo ich die Métro zum Flughafen nahm. Ich rief wieder in Brüssel an, erzählte eine Lüge und stieg in eine Maschine nach Singapur. Ich verschwand von der Bildfläche. Ich reiste in östlicher Richtung rund um die Welt und doch, wie die umgetaufte *Rebel Lady,* dem heimatlichen Hafen entgegen.

Eine Nacht verbrachte ich in einem Hotel in der Nähe des Changi-Flughafens in Singapur, flog, noch immer erschöpft von Jet-lag und Schlaflosigkeit, am heißen, feuchten Morgen bei Dämmerung nach Hongkong, wo ich zwei Stunden auf den Anschlußflug nach San Francisco zu warten hatte, und kam mit meinem gefälschten amerikanischen Paß und dreckigen Seesack in meiner leuchtendgelben Ölzeugjacke zu Hause an.

Der Flug nach Boston hatte Verspätung. Ich kaufte mir einen Packen Zeitungen. Die Iraker wollten noch immer nicht aus Kuwait abziehen – trotz der alliierten Truppen, die in Saudi-Arabien Stellung bezogen. Saddam Hussein kündigte seinen Feinden nach wie vor die Mutter aller Schlachten an. Er tat immerhin so zuversichtlich, daß ich überlegte, ob die Pläne il Hayaweens nicht vielleicht doch gewisse Chancen hätten. Vielleicht lagen überall in der Welt Saboteure im Verborgenen, die im Namen von Allah, Saddam und Palästina morden, verkrüppeln und zerstören wollten. Ich dachte an die dreiundfünfzig Stinger und den Mann mit einer verkrüppelten Hand, der von mir hatte wissen wollen, wie schwierig es sei, Linienmaschinen abzuschießen, und fing an, beim Gedanken an meinen nächsten Flug zu zittern. Sei nicht albern, mahnte ich mich; was die Irakis planten, würde doch erst nach Beginn der Schießereien in der Wüste in Gang gesetzt werden.

Die Maschine nach Boston hätte San Francisco nachmittags um halb zwei verlassen sollen. Es war fast sechs Uhr abends, als sie sich über der Bucht in die Lüfte erhob und über der Sierra Nevada Kurs nach Osten nahm. Wir landeten folglich erst in den frühen Morgenstunden. Es hatte geschneit. Die Temperatur war unter Null. Geschlafen hatte ich zuletzt über dem westlichen Pazifik. Mit ein bißchen Vernunft hätte ich die restliche Nacht in einem Hotel in Boston verbracht. Doch der Jet-lag und ein Gefühl freudiger Erwartung hielten mich wach, und mir schien nur noch eins wichtig zu sein – mein Haus in Cape Cod zu erreichen. Ich mietete mir also einen Wagen und fuhr über die Straßen von Massachusetts. Auf den Banketten lag hoher Schnee.

Die Fahrt dauerte etwas länger als zwei Stunden. Mir tat vor Erschöpfung alles weh, doch der Gedanke an das Haus, das auf mich wartete, füllte mich mit fiebriger Spannung. Wie ein gejagtes Tier, das sein geheimes Versteck sucht, sehnte ich mich nach der Geborgenheit und wohltuenden Vertrautheit des eigenen Heims. Es gab ein gewisses Risiko, daß das Haus in Cape Cod von meinen Feinden beobachtet wurde. Ich hielt es aber für eher unwahrscheinlich, weil ich seit sieben Jahren nicht dagewesen war; Shafiq und seine Freunde wußten nicht einmal von diesem Haus. Als ich über den Cape Cod Canal fuhr, brachen die Wolken auseinander. Der Mond stand wie gestochen am sternklaren Himmel. An Bäumen, Briefkästen und Zäunen waren in seinem Licht gelbe Zettel zu erkennen. Vor einem Haushaltsgeschäft stand ein großes, beleuchtetes Schild mit dem Gebet, Gott möge unsere Truppen segnen. Das Radio war sogar in den frühen Morgenstunden voller Kriegsdrohungen. Dann wurde *God Bless America* gespielt. Mir traten Tränen in die Augen. Es war so lange her, daß ich nicht daheim gewesen war – schrecklich lang.

Es war vier Uhr früh, als ich auf den Feldweg bog, der ans Meer führte. Von der kiefernbesetzten Sandhöhe am Rand der Marschen sah ich auf einmal meilenweit. Die frostharten Gräser stachen wie Nadeln in die Winterluft. Silbern und schwarz lag der ferne Atlantik da. Das Wasser in der nahegelegenen Bucht funkelte wie blanker Stahl. In der Marsch war vom Schnee wenig liegengeblieben, nur gerade genug, um die schwarzen Schatten weiß zu durchsetzen. Ich hielt auf dem Kamm der Düne an, stellte Scheinwerfer und Radio ab und saß einfach nur da, mit Blick auf die Aussicht – mittendrin und tintenschwarz unter dem Sichelmond wartete still mein Haus. Dieses Haus und der Lichtschein der Leuchttürme von Cape Cod waren die einzigen Neuerungen, seit die Pilgerväter hier amerikanischen Boden betreten hatten oder, genauer noch, seit die umherziehenden Indianerstämme in den Weiten des in den Atlantik hineinragenden sandigen Landvorsprungs nach Muscheln gegraben hatten.
Ich drehte die Scheibe herunter. Mit der eiskalten Luft drangen die Geräusche der fernen Wellenbrecher ins Auto, und mit diesen Geräuschen keimte meine Liebe zu dieser Landschaft plötzlich wieder auf. Hier war ich zu Hause, hier war ich sicher, dieses Fleckchen Erde gehörte mir. Vor fünfzig Jahren hatte mein Vater das Haus gekauft, als er Ruhe suchte vor Huren, Zuhältern und Anwälten, die sein geschäftliches Leben so unruhig machten. Nun würde es meine Zufluchtsstätte sein. Hier, sagte ich mir, könnte ich endlich ein ehrliches Leben führen. Ohne Geheimnisse. Ich war wieder daheim.
Daheim. Ich saß lang so da. Ließ die kalte Luft in das Wageninnere strömen. Dachte nach. Beobachtete. Aber in den Salzmarschen regte sich nichts. Ich nahm nicht an, daß meine Feinde hier auf mich warteten. Doch bewährte Gewohnheiten sichern ein Überleben. Deshalb setzte ich das Warten und das Beobachten fort.

Ich ließ das Haus nicht aus dem Auge. Ich hörte das Meer. Ich war ohne jede Angst. Hier war nichts zu spüren vom Haß des Nahen Ostens oder der Verbitterung von Ulster. Hier war der sichere Hafen, wo ich mich verbergen konnte, bis *Rebel Lady* in Amerika eintraf; dann würde ich mich stellen und den offiziellen Stellen Rede und Antwort stehen. Ich hatte sie aus Brüssel nur angerufen, um wegen der Stinger-Raketen und vor il Hayaween zu warnen; um mitzuteilen, ich sei fest überzeugt, daß eine Serie von schrecklichen Anschlägen auf die zivile Luftfahrt bevorstand, Racheakte, weil Amerika Saddam Husseins Pläne durchkreuzt hatte. Ich hatte der CIA gegeben, was sie an Informationen brauchte, um die Aufstellung der Stinger verhindern zu können. Man würde mehr wissen wollen, würde alles fordern, was ich an Informationen gesammelt hatte, alles, woran ich mich erinnerte, seit ich vor zwölf Jahren als Agent ohne Rückkoppelung, ohne Basis ausgesandt worden war.
Denn Roisin hatte ja recht gehabt. Ich war einer von den Agenten, die nicht existierten, einer der geheimen Sonderagenten der CIA. Ich war auf die Welt losgelassen worden und sollte draußen bleiben, bis ich etwas entdeckt hatte, das heimzubringen sich lohnte. Ich war einer der Agenten, die keine Losungen und Fußspuren hinterließen. Ich bekam keinen Lohn. Ich hatte nichts zu erwarten. Mein Name stand auf keiner amtlichen Liste, war in keinem Computerprogramm gespeichert; es gab keine Akte, die ihn enthielt. Offiziell existierte ich überhaupt nicht. Simon van Stryker, der mich für das Projekt angeworben hatte, nannte uns seine »Agenten ohne Kontakt«, weil es keine Bindungen oder Marionettenfäden gab, die unsere Feinde nach Langley, Virginia, hätten zurückverfolgen können. Ich kehrte aus freien Stücken zurück, zu einem Zeitpunkt, den ich selbst gewählt hatte – und würde der CIA keineswegs alles mitteilen. Die *Rebel Lady* und

ihre Fracht gehörten mir. Das Gold Saddam Husseins sollte keineswegs dazu beitragen, das amerikanische Haushaltsdefizit abzutragen. Es sollte mich in meinem Alter sichern.

Welches Alter? Da saß ich nun im kalten, dunklen Wagen und schaute hinaus auf die Marsch, die im Mondschein vor mir lag, und erinnerte mich, wie ich einst davon geträumt hatte, dieses Haus gemeinsam mit Roisin zu bewohnen. Ich hatte sogar davon geträumt, so wahr mir Gott helfe, daß sie hier an der Küste unsere Kinder aufziehen würde. Auf den Traum hatte sie gespuckt. Das schien ihr der Traum eines öden, einfallslosen Narren. Ich erinnerte mich an den Ausdruck ihrer Augen nach der Hinrichtung, als sie alles Wilde verloren hatten, und das wiederum rief die Erinnerung an Liams Blick wach, der in dem grünen Schein der Navigationslampe so vorwurfsvoll auf mir geruht hatte. Armer Liam. Als ich seinen Schlafsack über seine Leiche gezogen hatte, klebte die getrocknete Kotze an meinen Fingern, und ich war in Panik geraten, als ob ich mit einer ansteckenden Krankheit in Berührung gekommen wäre. Ich mußte an meine Kindheit denken und an Hochwürden Sifflard, der uns von der einen Sünde wider den Heiligen Geist erzählt hatte, für die es keine Vergebung gibt, eine Sünde, von der niemand genau wußte, worin sie eigentlich bestand, und ich fragte mich, ob sich darunter wohl jeder etwas vorstellte und ob ich mich ihrer bereits schuldig gemacht hatte und zu den Schrecken ewiger Verdammnis verurteilt war.

Ich kurbelte die Scheibe hoch, legte die Kupplung ein und fuhr auf mein Haus zu, das einhundertfünfzig Jahre zuvor von einem Kapitän namens Alexander Starbuck erbaut worden war, als er sich von seinem einträglichen Walfang im Südmeer zurückgezogen und dann mit seiner Familie in Nantucket zerstritten hatte. Er war auf die Marsch von Cape Cod gezogen und hatte sich ein Zuhause geschaffen, hier, wo er die Winde des Atlantik spüren konnte. Mein Vater hatte Starbuck House von der Urenkelin des Kapitäns erworben und gehofft, hier seinen Lebensabend zu verbringen – nur hatte sein Traum sich nie erfüllt. Jetzt würde ich es zu meinem Zuhause machen. Ich fuhr langsam in die Einfahrt mit dem Split aus zerdrückten Muscheln, die unter den Reifen knackten, und hielt im großen Rund vor dem Haus. Das Licht meiner Scheinwerfer fiel auf die silbergrauen Schindeln aus Zedernholz. Das Haus war typisch für die Gegend von Cape Cod: ein schlichtes, flaches Gebäude mit zwei Fenstern zu beiden Seiten der Haustür und einer Steiltreppe, die von der Eingangshalle nach oben führte, zur gemütlichen Mansarde, die Kapitän Starbuck an die Kajüte eines Walfangschiffes erinnert haben muß. Seit 1840 war nur die Garage angebaut worden, die mit den gleichen Schindeln wie das Hauptgebäude gedeckt war und daher auch genauso alt wirkte. Es war ein Haus wie auf einer Kinderzeichnung, ein Haus, das mit seiner Umgebung in Einklang stand, *mein* Haus – der Gedanke war wunderbar tröstend, als ich die Scheinwerfer ausschaltete und aus dem Wagen stieg. Ich holte den Seesack aus dem Kofferraum, *fand* die Hausschlüssel, die ich vor sieben Jahren sicher versteckt hatte, und trat auf die Haustür zu.

Der Schlüssel knirschte im Schloß. Strom hatte es in dem Haus hier nie gegeben, und eine Taschenlampe hatte ich nicht bei mir. Doch der Mond schien so hell, daß ich den Eingang erkennen konnte. Meine Schwester Maureen, die hier Ferien machte, hatte an den Wandhaken bei der Tür ein paar gelbe Regenmäntel hängengelassen. Sonst war die Halle genau so, wie ich sie vor sieben Jahren verlassen hatte. Der Seekoffer aus Holz mit seinen Handgriffen aus Tau – eine Antiquität, die ich in Provincetown erworben hatte – stand nach wie vor unter dem Treppenaufgang; auf dem bemalten Deckel stand eine Kerze im Zinn-

kerzenständer. Ich tastete an seinem Fuß nach einer Streichholzschachtel.
In dem Moment erstrahlte elektrisches Licht. Ich wich geblendet zurück, doch bevor ich entkommen konnte, schlug mir etwas ins Gesicht. Es war schrecklich. Ich sah überhaupt nichts mehr. Ich wollte vor Schmerz schreien, konnte nicht einmal mehr atmen, weil ich keine Luft mehr bekam, griff mit den Händen nach den Augen, die entsetzlich brannten, und verlor das Bewußtsein.

ZWEITER TEIL

Fünf Minuten später war Polizei da, zwei Wagen, die heulend über den Feldweg rasten und auf der Muscheldecke der Einfahrt vor dem Haus brutal bremsten. Ein hocherregter junger Beamter sprang mit vorgehaltener Pistole vorn raus und brüllte mich an: »Keine Bewegung.«
»Haut doch ab! Wann werdet ihr erwachsen?« sagte ich erschöpft. »Seh' ich aus, als ob ich wegrennen würde?«
Ich konnte wieder halbwegs sehen und das Mädchen, das mich angegriffen hatte, durch die beißenden Tränen gerade erkennen. Sie saß jetzt auf den Stufen und hielt die alte Walfangharpune, die früher an der Schlafzimmerwand hing. Mit der gräßlichen Harpune hätte sie mich zum Krüppel machen können; die hatte sie aber nicht gebraucht, sondern eine Gummiflasche, die neben ihr auf der steilen Treppe stand. »Er hat bei mir eingebrochen«, erklärte sie den drei Polizisten lakonisch, die aufgeregt in den Flur drängten. »Er behauptet, O'Neill zu heißen. Dr. O'Neill.« Es klang verächtlich. Daß mit der Lady nicht zu spaßen war, hatte ich bereits hinreichend erlebt.
»Möchten Sie, daß ich einen Krankenwagen rufe?« fragte ein Polizist. Ein älterer Beamter kniete neben mir und zog mir sanft die Hände vom Gesicht.
»Was haben Sie ihm angetan?« fragte er das Mädchen.
»Ammoniak.«
»Gütiger Himmel! Haben Sie's verdünnt?«
»Nicht die Spur.«
»Gütiger Himmel! Hol Wasser, Ted. Dürfen wir Ihre Küche benutzen, Ma'am?«
»Durch *die* Tür.«
»Sie haben *Ammoniak* benutzt?« fragte der erste Polizist im Ton ehrfürchtigen Staunens.

»Ich hab' kräftig gedrückt.« Das Mädchen zeigte den Beamten die Flasche mit flüssiger Seife, die sie mir durch das Treppengeländer ins Gesicht gespritzt hatte. »Ich hatte mal 'n Freund, der war bei der Polizei in Los Angeles«, erklärte das Mädchen. »Von dem weiß ich: Einem Psychopathen soll man nicht mit Worten kommen. Man muß ihn nur rasch kaltstellen. Da ist Ammoniak genau richtig. Außerdem legal.« Mit dem letzten Satz sicherte sie sich ab.
»Gewiß.« Der andere Polizist kam mit einem Topf Wasser aus der Küche zurück. Ich atmete inzwischen wieder mehr oder weniger normal. Aber die Augen taten mir höllisch weh. Der Beamte goß mir Wasser aufs Gesicht. Die Polizeiradios vor dem Haus klangen unnatürlich laut durch die stille, kalte Nacht.
»Wir werden ihn gleich fortschaffen, Ma'am«, versicherte der ältere Polizist, ein Sergeant, dem Mädchen.
»Bringen Sie den Schuft unter die Erde!« rief das Mädchen rachsüchtig.
»Wie lautet Ihr Name doch, Mister?« fragte der Sergeant.
»Mein Name«, sagte ich so herrisch, wie es mir unter den Umständen eben möglich war, »ist Dr. James O'Neill.« Ich suchte in einer Innentasche nach meinem falschen Paß.
»Vorsicht!« Der Sergeant machte eine Bewegung, um mich zurückzuhalten, und entspannte sich, als er merkte, daß ich keine Waffe zog. »Ich kenne Sie doch!« meinte er plötzlich.
Ich blinzelte. Meine Sicht war noch immer verschwommen, aber ich konnte ihn identifizieren – Ted Nickerson. Ich hatte ihn zuletzt in der Abschlußklasse gesehen. Verdammt noch mal, dachte ich, so war das aber nicht geplant. Ich hatte für ein paar Wochen in Cape Cod untertauchen wollen, bis mein Schiff ankam. Es paßte mir wirklich nicht in den Kram, daß die Nachricht von meiner Rückkehr nach Amerika die Runde machte, nur damit Michael Herlihy oder il Hayaween mich schnappten.

»Du bist Paul Shanahan!« rief Ted. »Was bedeutet . . .« Er brach ab. Er schaute das Mädchen an.
»Was bedeutet: Dies ist mein Haus«, bestätigte ich.
»Es ist nicht sein Haus«, betonte das Mädchen hartnäckig. »Ich habe es gemietet! Ich habe einen Mietvertrag für fünf Jahre!« Sie zitterte in ihrem dünnen Nachthemd unter einem alten Wollbademantel. Es war *mein* alter Wollbademantel! Sie war barfuß. Sie hatte langes, schwarzes Haar. Ihr Gesicht hatte asiatische Züge.
»Das Haus gehört den Shanahans.« Ted Nickerson bestätigte meine Eigentümerschaft, widerstrebend, und behielt mich fest im Blick. »Du bist's wirklich, Paul, nicht wahr?«
»Jawohl.«
»Quatsch!« stieß das Mädchen hervor. Es klang wie eine Explosion. »Das Haus gehört einem Typen in Boston. Patrick McPhee heißt der Typ.«
»McPhee ist mein Schwager«, erklärte ich ihr. »Er ist mit meiner Schwester Maureen verheiratet. Wenn ich verreise, gebe ich ihr die Schlüssel zu diesem Haus. Das ist alles! Sie verbringt hier ihre Sommerferien und das gelegentliche Wochenende. Mehr nicht.«
Das Mädchen starrte mich an. Mit der Erwähnung Maureens hatte ich sie wohl überzeugt, daß ich nicht der vermutete Vergewaltiger war, sondern die Wahrheit sagte. Ted Nickerson wirkte nach wie vor perplex. Möglicherweise gab ihm mein falscher Name zu denken. »Was macht dein Gesicht, Paul?«
»Tut verdammt weh.«
»Ammoniak ist ein übles Zeug«, meinte er mitfühlend. »Ein wirklich übles Zeug.«
»Wie hätte ich das wissen können?« Das Mädchen war in die Defensive gegangen. »Er klopft nicht an. Er kommt einfach ins Haus . . .«
»Ganz so, als ob es seins wäre?« formulierte ich den Satz für sie zu Ende.

»Ach, Scheiße!« sagte sie böse. »Warum nennen Sie sich dann Dr. O'Neill?«
»Das geht Sie einen feuchten Dreck an!« knurrte ich und rappelte mich hoch. Meine Augen tränten noch immer. Nach dem Gefühl in der Kehle zu urteilen, hatte ich mit unverdünnter Schwefelsäure gegurgelt. Aber ich erholte mich. »Wer hat hier die Stromleitung gelegt?« wollte ich wissen.
»Ich!« entgegnete das Mädchen trotzig. »Ich bin Malerin. Für meine Arbeit brauch' ich anständiges Licht.«
»Haben Sie auch ein Telefon installieren lassen?« fragte Ted Nickerson.
»Klar.«
»Dürfte ich wohl mal telefonieren?«
»Bedienen Sie sich. In der Küche.«
Das Mädchen kam mißtrauisch die Treppe herunter, die Kapitän Starbuck so steil gebaut hatte wie Kajütentreppen auf seinen alten Walfangschiffen. Ein Polizist saß draußen im Streifenwagen. Zwei standen nervös an der offenen Haustür. »Können wir die Tür zumachen?« fragte das Mädchen. »Mir ist kalt.«
»Natürlich, Ma'am.«
Ich ging ins Wohnzimmer, hörte Sergeant Nicholson in der Küche ins Telefon bellen, fand den Schalter, machte Licht und bemerkte auf dem niedrigen Sofa eine Packung Papiertaschentücher. Ich nahm ein paar heraus, um mir die Augen zu reiben. Es half. Ein Rest von Ammoniak brannte allerdings noch immer ganz fürchterlich.
Bis auf die Beleuchtung und die Gemälde hatte sich in diesem Zimmer mit seiner Holztäfelung aus heller, alter Eiche und der niedrigen Balkendecke aus Fichte kaum etwas geändert. Den Eichenfußboden hatte das Mädchen behutsam gegen Farbflecken abgedeckt. Im Steinkamin lag Asche, auf die ich jetzt die zerknüllten Papiertaschentücher warf.

»Gehört Ihnen das Haus wirklich?« Die junge Frau war mir ins Wohnzimmer gefolgt.
»Ja.«
»Verdammt!« sagte sie wütend und trat mit vor der Brust gefalteten Armen an eins der kleinen Fenster, die ostwärts auf den Ozean blickten. »Der Briefträger hat mir gesagt, er glaube nicht, daß es Patrick McPhee gehört. Ich hab' das aber nur für ärgerliches Geschwätz gehalten.«
»McPhee ist schon immer ein Schwein gewesen«, sagte ich aufgebracht. »Maureen konnte gar nichts Schlimmeres tun, als den zu heiraten. Also – wie lange wohnen Sie hier schon?«
»Drei Jahre. Ich bin aber nicht immer da. Ich komm', wann es mir paßt. Ich hab' eine Wohnung in New York.«
»In Manhattan?«
»Klar doch. Wo denn sonst?« Sie drehte sich zu mir um, mit einem Blick, als ob ich an allem schuld wäre. »Das mit den Augen – tut mir leid.« Sie sprach es widerstrebend aus.
»Bedanken Sie sich bei Patrick.« Ich kann meinen Schwager nicht ausstehen.
»Aber ich hab' Geld in das Haus investiert! Ich hab' die Leitungen für Strom und Telefon legen lassen!« Sie sagte es vorwurfsvoll. »Ich hab' sogar einen Kostenvoranschlag für Zentralheizung machen lassen, aber da hat Maureen gemeint, ich solle mein Geld nicht verschwenden. Das kam mir komisch vor damals, ich hab' aber nicht nachgebohrt. Ganz schön blöd von mir, wie? Aber ich bin einfach zu gern hier. Wegen des Lichts.« Zur Erklärung winkte sie brüsk zum Fenster hinüber.
»Ich weiß«, sagte ich. In Herbst und Winter ist das Licht am Kap so klar und so scharf, daß die Welt wie neugeschaffen wirkt. Unzählige Maler hat dieses Licht angelockt, obwohl die meisten es dann nie haben einfangen können. Ob diese junge Frau eine gute Malerin war, konn-

te ich nicht beurteilen, da ich noch immer nicht klar sehen konnte. Im trüben Schein der Lampe kam es mir so vor, als ob ihre Bilder Wut verrieten. Der Eindruck hätte allerdings auch meiner Stimmung entspringen können.

»Ich heiße Sarah«, sagte sie in versöhnlichem Ton. »Sarah Sing Tennyson.«

»Paul Shanahan«, sagte ich und hätte fast hinzugefügt: »Nett, Sie kennenzulernen«, aber soviel Höflichkeit schien mir dann doch unangebracht. »Sing?« fragte ich statt dessen. »Das ist aber ein komischer Name.«

»Meine Mutter war Chinesin.« Sarah Sing Tennyson war eine hochgewachsene Dame. Sie hatte ungewöhnlich langes, glattes, rabenschwarzes Haar und ein schmales Kaninchengesicht. Die Missetäterin ist ja sogar hübsch, dachte ich mißmutig. Falls sie tatsächlich zu Unrecht im Haus war, weiß der Teufel, was die Juristen aus der Situation machen würden.

»Wann haben Sie den Strom hergebracht?« fragte ich lahm. Die Kosten dafür würde ich ihr erstatten müssen.

»Vor zwei Sommern.«

»Ich habe keine Leitungen draußen gesehen.«

»Ich mußte die Kabel unterirdisch legen lassen, weil die ganze Küste Naturschutzgebiet ist. Leitungsmasten sind hier nicht erlaubt. Telefondrähte übrigens auch nicht.« Sie warf mir einen ungemein feindseligen Blick zu. »Eine sehr kostspielige Angelegenheit.«

Um so dümmer von Ihnen, dachte ich. »Wieviel Miete zahlen Sie Patrick?«

»Was geht Sie das an?« fuhr sie hoch.

»Es ist mein gottverdammtes Haus!« gab ich zurück. »Und wenn mein gottverdammter Schwager *mein* gottverdammtes Haus an irgendein gottverdammtes Mädchen vermietet, geht mich das sehr viel an, verdammt noch mal.«

»Ich bin kein Mädchen!« Sarah Sing Tennyson entflammte in unvermittelt heftiger Aggressivität. Eine gewisse Irri-

tation hätte ich ja verstehen können, weil sie mitten in der Nacht aus dem Schlaf gerissen worden war; doch solche Reizbarkeit schien ungewöhnlich. »Ich bin eine Frau, Mr. Shanahan! Oder würden Sie sich gern mit ›Junge‹ anreden lassen?«
Du großer Gott, dachte ich, das alte Europa hat's gut, daß ihm dieser Wahnsinn entgeht. Weitere Albernheiten blieben mir erspart, weil sich die Küchentür öffnete und Ted Nickerson mich mit einem prüfenden Blick ansah. Er hielt den Hörer noch immer in der Hand. »Paul?«
»Ted.«
»Ich sprech' gerade mit einem gewissen Gillespie. Peter Gillespie. Sagt dir der Name etwas?«
»Nicht das geringste«, antwortete ich wahrheitsgemäß.
Nickerson hatte mich vom Moment des Wiedererkennens an komisch angesehen. Jetzt schien seine Verwirrung zu wachsen. »Er behauptet, er hätte damit gerechnet, dich in Europa zu treffen. Ergibt das einen Sinn?«
Himmeldonnerwetter, dachte ich. Der CIA war schneller gewesen als erwartet. Er hatte auf meine Warnsignale damit reagiert, daß er einen Suchalarm ausgegeben hatte.
»Wir sind vor zwei Tagen benachrichtigt worden, nach dir Ausschau zu halten«, sagte Ted Nickerson.
»Sag Gillespie, ich werde mich in ein paar Wochen bei ihm melden.«
Ted schüttelte den Kopf. »Ich habe Anweisung, dich festzuhalten, Paul. Schutzhaft.« Er griff mit der freien Hand nach seiner Pistole. Sarah Sing Tennyson hielt die Luft an.
Ich hob meine Hand wie zur Bitte. »Okay, Ted. Kein Grund, dramatisch zu werden.«
»Du bist nicht verhaftet, Paul«, meinte Ted vorsichtig. »Du stehst nur unter Polizeischutz.« Er sprach in den Hörer und ließ den Mann am anderen Ende der Leitung wissen, ich befände mich in sicherem Gewahrsam.
Was hieß: Ich hatte alles vermasselt.

Ich traf Peter Gillespie am nächsten Morgen mit dem Agenten Stuart Callahan auf dem Polizeirevier. Callahan sollte mein Leibwächter sein. »Wir dachten, gewisse Leute könnten Sie eventuell am Reden hindern wollen«, sagte Gillespie zur Erklärung. »Die Typen mit den Raketen. Stimmt's?«
»Das könnte wohl wahr sein«, sagte ich, obwohl ich annahm, daß die Leute, die mich am Reden hindern wollten, sich viel mehr Sorgen um die fünf Millionen in Gold machten als um die Stinger-Raketen.
»Sie haben gefrühstückt, Mr. Shanahan?« Gillespie hatte sich überaus korrekt bei mir ausgewiesen.
»Sicher.«
»Also, wenn Sie soweit sind?« Gillespie lag offenbar sehr daran, mit der Einsatzbesprechung zu beginnen. Schließlich trug ich ein ganzes Jahrzehnt von Geheimnissen für die CIA-Databank mit mir herum. »Im Flughafen Hyannis wartet ein Flugzeug auf uns.«
»Moment mal!« protestierte ich. Es war noch keine acht Uhr, ich hatte in meiner Haftzelle nur zwei Stunden leichten Schlaf gefunden und fühlte mich wie eine aufgetaute Leiche. »Ich muß vorher noch jemand treffen. Ich muß telefonieren und dann noch einmal zu meinem Haus zurück.«
»Falls Sie«, hob Gillespie an, »Rasierapparat oder Zahnbürste brauchen sollten . . .«
»Ich muß ein Telefonat führen«, unterbrach ich ihn, »und anschließend muß ich zu meinem Haus.«
Es war Gillespie anzumerken, daß ihm das nicht paßte. Er wußte jedoch nicht so recht, wie er mich anpacken sollte. Obwohl man mich über Nacht eingesperrt hatte, war ich kein Gefangener, andererseits aber doch ein Exot. Ich hätte selbst zur CIA gehören können; andererseits war ich aber aus der zwielichtigen, fremden Welt des internationalen Terrorismus gekommen. Das machte mich myste-

riös. Ob sie befürchteten, ich wäre angesteckt von den haßerfüllten Kreaturen, die aus den Slums und Flüchtlingslagern der Alten Welt kamen und der Neuen Welt übelste Alpträume bescherten? Gillespie war gerade und groß gewachsen, fit, übertrieben höflich und busineßlike. Das Telefonieren gestattete er mir ungern; doch angesichts meiner Entschlossenheit winkte er mich zu einem Schreibtisch.

Ich mußte mit einem alten Freund sprechen. Es wäre mir lieber gewesen, allein und ungestört mit ihm reden zu können, weil ich mein Anliegen an Johnny Riordan als rein persönliche Angelegenheit betrachtete, doch bezweifelte, ob der CIA der gleichen Auffassung war. Gillespie war anwesend; ich hatte keine andere Wahl. Ich mußte das Risiko eingehen, daß der CIA von Johnny erführe.

Johnny war seit Kindestagen mit mir befreundet, seit sein Vater im Auftrag meines Vaters nach unserem Haus in Cape Cod sah. Der alte Eamonn Riordan war Fischer gewesen, und ein guter dazu, doch sein Sohn war noch viel besser. In allem, was Schiffe, Meer und Lebenskunst betraf, war Johnny ein Naturtalent. Er war ein starker Mann, ein Muskelberg mit gutem Willen, gesundem Menschenverstand und hilfsbereit. Er war aber auch jemand, den ich äußerst ungern in Probleme irgendwelcher Art hineinzog; denn Johnny hatte Kinder und war glücklich verheiratet und außerdem ein durch und durch guter Mensch, der Haß höchstens für jene Politiker empfand, die ihm unentwegt sein Leben schwermachten. Johnny hielt sich mit Hummerfang, Muschelsuchen oder Schleppfischen am Cape mühsam über Wasser, doch in den mageren Monaten – und in den meisten Jahren waren alle zwölf Monate mager – mußte er, um die Familie ernähren zu können, auch andere Arbeiten annehmen, wie etwa Ladenregale einräumen. Das Opfer schien Johnny vertretbar, solange er weiterhin fischen konnte; denn er liebte das Meer; ich habe wohl nie einen tüchtigeren Fischer gekannt. Seit sieben Jahren hatte ich nicht mit Johnny gesprochen, wußte jedoch, daß ihn mein Anruf nicht im mindesten überraschen würde. Er war zu Hause. »Bist endlich heimgekehrt, wie?« Er lachte. »Da wirst du erst mal ein anständiges Essen brauchen.«

»Nein«, sagte ich. »Ich muß dich sprechen. Hier bei mir. Jetzt. Ist das möglich?«

»Klar doch. Die Politiker erlauben uns ja nicht, auf Fischfang zu gehen. Wir könnten ja wirklich was fangen. Ich sag' dir, Paulie, die Abgeordneten brächten es nicht fertig, mit bloßen Händen den eigenen Hintern zu finden, nicht mal, wenn man ihn violett anstriche. Hast du schon von den neuesten Einschränkungen gehört?«

»Komm herüber!« sagte ich. »Bitte, Johnny! Sofort!«

Als Gillespie und Callaghan mich absetzten, stand Johnnys Kleinlaster schon in der Auffahrt. Hintendrauf wedelten zwei Golden Retriever; ein Kleinlaster ohne wenigstens einen Hund war in Cape Cod schier undenkbar. Ich dachte, daß Johnny in der Führerkabine auf mich wartete; statt dessen fand ich ihn vor Sarah Sing Tennysons Kamin, wo er meiner Mieterin starke Geschichten aus der Zeit der Prohibition erzählte: wie die Männer von Cape Cod die Beamten an der Nase herumgeführt hatten und sich in einigen sumpfigen Stellen und Fallenlagern noch heute Verstecke mit kanadischem Whisky befänden. Sarah Sing Tennyson war von Johnnys natürlicher Begeisterungsfähigkeit bezaubert. »Na schau mal, wer da kommt!« Er begrüßte mich enthusiastisch. Er hatte dichtes, schwarzes Haar, einen breiten, schwarzen Bart und ein offenes, ehrliches Gesicht.

»Du hast meine Mieterin kennengelernt?« Ich machte eine Geste zu Sarah.

Sie lächelte dünn. »Klopfen Sie vorher nicht an, wenn Sie anderer Leute Haus betreten?«

»Dies hier ist mein Haus«, sagte ich.
»Es ist gut, daß eine Künstlerin drin wohnt, meinst du nicht?« Johnny wollte die Atmosphäre entspannen. Er deutete auf Sarah Sing Tennysons Bilder; die meisten zeigten den Naunset-Leuchtturm, der allerdings so düster dargestellt war, daß sie gleich einen Wachtturm der Hölle hätte malen können. »Ich habe ihr erzählt, wie man mir in der Schule das Malen beibringen wollte! Die reine Zeitverschwendung! Ich konnte ja nicht mal einen Kasten zeichnen! Nicht mal mit Lineal! Ihnen auch einen schönen Morgen!« Der Gruß galt Gillespie, der mir gefolgt war.
Ich schob Johnny in die Küche, bevor er über Wetter, Fischerei und Küste loslegen konnte. »Machen Sie sich's in meinem Haus bequem, Shanahan, ja?« rief Sarah Sing Tennyson mir nach.
»Mr. Shanahan!« Gillespie schien besorgt, daß ich durch die Hintertür entwischen könnte.
»Es geht um eine Familienangelegenheit«, sagte ich mit Bestimmtheit, zerrte Johnny in die Küche und zog die Tür hinter uns zu.
»Was ist los?« fragte Johnny. »Sie behauptet, sie hätte das Haus gemietet! Ich hab' gewußt, daß sie immer mal ein Weilchen hier war. Ich habe mir gedacht, sie hätte es sich für die Wochenenden von Maureen geliehen. Nun hab' ich Maureen hier aber seit Monaten nicht mehr gesehen und daher auch nicht fragen können. Maureens Mann ist manchmal hier, aber . . .«
»Das ist völlig egal«, schnitt ich Johnny das Wort ab. Gillespie würde uns nur zu bald unterbrechen; ich wagte nicht, auch nur eine Minute zu verschwenden. »Hör zu!« sagte ich zu Johnny. »Man wird dir ein Schiff anliefern. Es kommt aus Spanien. Ich habe es so arrangiert, daß es zu dir kommt. Es kommt als Deckladung aus Barcelona. Ein Zollbeamter aus Boston wird sich telefonisch bei dir mel-

den. Ich weiß nicht, wann das Schiff hier eintreffen wird, wahrscheinlich aber in sechs bis sieben Wochen. Okay? Zoll dürfte eigentlich keiner zu zahlen sein, weil es in Massachusetts registriert ist. Hier hast du die Schiffspapiere.«
Ich zog die Dokumente für die *Rebel Lady* aus der Tasche meines Ölzeugs und drückte sie einem nachdenklichen Johnny in die Hand. »Falls es Probleme geben sollte, wird dir das hier helfen.« Ich löste Hundert-Dollar-Noten aus dem Packen, den ich bei der Auflösung meines belgischen Bankkontos abgehoben hatte. »Bis zum Cape ist alles bezahlt. Du wirst aber einen großen Kran mieten müssen, um das Schiff vom Laster zu kriegen.« Ich gab ihm noch mehr Scheine. »Es wiegt fast achtzehn Tonnen. Frag mich nicht, warum es so schwer ist. Der ursprüngliche Eigentümer hatte vermutlich Angst, es könnte bei starkem Wind kentern. Der Name des neuen Eigentümers steht auf diesen Papieren. Er hat darum gebeten, daß du es entgegennimmst, verstanden? Du hast zugestimmt, es hier über Winter zu lagern.«
Johnny blätterte durch die Hundert-Dollar-Scheine und sah mich mißbilligend an. »Es geht nicht wieder um Rauschgift, Paulie, oder? Sonst will ich nämlich nichts mit der Sache zu tun haben. Dann brauchst du mich gar nicht erst zu bitten.« Er streckte mir das Geld entgegen.
Ich drückte es ihm wieder in die Hand. »Ich schwöre es, Johnny. Es hat nichts mit Drogen zu tun. Beim Grab meiner Mutter: Im Schiff gibt es keine illegalen Sachen.«
»Gar nichts?« Er wirkte noch immer mißtrauisch.
»Es hat Gold an Bord«, gab ich widerstrebend zu. »Das ist auch der Grund, warum ich verhindern möchte, daß etwas bekannt wird. Falls dich jemand fragen sollte, worüber wir uns hier unterhalten: Du hast mir versprochen, dich während meiner Abwesenheit um dieses Haus zu kümmern. Verstehst du, Johnny? Das Schiff ist ein Geheimnis.«

»Gold! Im Rumpf?« Der Gedanke schien Johnny zu freuen. Er schaute voller Verblüffung zu, als ich den Rest der Hundert-Dollar-Scheine wieder in meinen gefälschten Paß legte, die übrigen falschen Papiere von Teodor dazutat und eins von den Reservebrettern des Schlafzimmerbodens an der Küchendecke herunternahm. Johnny stützte die Decke, während ich die Oberfläche eines alten schwarzen Deckenbalkens abtastete. Ich fand die Stelle, wo ich den Balken ausgehöhlt hatte, in die ich jetzt den Paß, die Papiere und das Geld schob.
»Mit dem Schiff dürfte es keine Probleme geben«, sagte ich. »Die Papiere sind in Ordnung. Außerdem werde ich wahrscheinlich längst zurück sein, bevor es ankommt.«
»Du gehst wieder fort?« Johnny klang enttäuscht. Nach all den Jahren tat mir das Kompliment gut.
»Ich werde nur ein paar Wochen fort sein. Aber hör zu!« Ich drückte ihm einen Finger gegen die Brust, um ihm die Bedeutung meiner Worte klarzumachen. »Es kann sein, daß ein paar richtige Mistkerle nach dem Schiff suchen. Ich habe die Spuren ziemlich gut verwischt, doch falls jemand Streit sucht, gibst du nach. Dann gib ihnen, was sie wollen, und halt dich raus. Das sind böse Burschen, Johnny, echt böse Burschen. Freunde von Michael Herlihy und noch schlimmere Typen. Falls Michael dir also Fragen stellt, sagst du ihm einfach, du paßt auf das Schiff auf und weißt gar nichts, und wenn er oder sonstwer das Schiff unbedingt haben will, dann laß es ihnen! Verstehst du mich? Ich möchte nicht, daß dir oder deiner Familie etwas passiert.«
Beim Namen Mick Herlihys wurde Johnny ganz unglücklich. »Das ist eine IRA-Sache, stimmt's?« Wie die meisten Iren in Amerika war Johnny stets der Meinung gewesen, die irischen Probleme sollten auf der anderen Seite des Atlantik bleiben. Sein Vater hatte sich über das Unrecht an den Iren in Rage geredet, wie mein Vater auch, aber

Johnny war nicht nach Haß zumute – nicht mal nach Haß auf die Briten.
»Wie geht es deinem Vater?« fragte ich ihn, um seine Frage nach der IRA-Verquickung nicht beantworten zu müssen.
»Er starb letztes Jahr, Gott hab' ihn selig.«
»O mein Gott.« Ich bekreuzigte mich. »Armer Eamonn.«
»Nach Mutters Tod hat ihn das Leben eigentlich nicht mehr interessiert«, sagte Johnny. »Ich hab' ihn nicht mal mehr aufs Schiff locken können! Er hat damals schon bei uns gewohnt. Julie hat alles getan, damit er das Interesse am Leben nicht verlor, weißt du, sie hat ihn gebeten, mit den Kindern zum Strand zu gehn und was nicht alles, aber er wollte nur seine Ruhe. Hochwürden Murphy sagte, manche Leute wissen einfach, wann ihre Zeit gekommen ist. Ich nehme an, Vater war überzeugt, daß es für ihn soweit war.«
»Das mit deiner Mutter habe ich auch nicht gewußt«, gab ich zu. »Es tut mir leid.«
»Du hättest Kontakt halten sollen, Paulie«, rügte mich Johnny, doch es klang milde, und dann fragte er noch einmal, ob das Gold an Bord des Schiffes etwas mit der IRA zu tun hatte.
Die Antwort blieb mir erspart, weil ein argwöhnischer Gillespie die Küchentür aufstieß. »Was geht hier vor?«
»Paulie sagt mir eben, was ich mit dem Haus machen soll, wenn er fort ist.« Johnny log mit der Überzeugung eines arglosen Menschen. »Bist du dir sicher, daß du keine Schutzwände aus Aluminium willst?« fragte er mich. »Das Salz frißt die Schindeln, Paul. Du solltest es dir überlegen.«
»Bloß kein Aluminium! Bleib bei Zedernholz!« Ich, der geübte Täuscher, klang weit weniger überzeugend. Gillespie schien es aber nicht zu merken.
»Wenn Sie fertig sind?« Er machte eine Geste des Gehens.

»Noch eins, Johnny«, sagte ich so laut, daß Sarah Sing Tennyson es hören mußte, »sieh um Gottes willen zu, daß du das Mädchen aus dem Haus kriegst!«
Sarah Tennysons Wut erreichte im Nu den Siedepunkt. »Und wagen Sie sich bloß nicht wieder her, Shanahan!« rief sie mir über Gillespies Schulter zu. »Ich habe heute morgen mit meinen Anwälten gesprochen. Ich habe den Mietvertrag guten Glaubens geschlossen und die Miete pünktlich bezahlt, also bin ich zu Recht in diesem Haus.«
Johnny, der immer Frieden stiftet, suchte sie zu besänftigen, doch sie schob den kräftigen Mann einfach beiseite. »Hören Sie, Shanahan? Für die Dauer des Mietvertrags ist das mein Haus, und falls Sie hier noch mal einbrechen, dann gnade Ihnen Gott: Ich werde Sie verklagen und das Haus anstelle von Schadenersatz behalten. Dann werden Sie Ihren Fuß nie mehr in dieses Haus setzen. Nie wieder! Verstehen Sie mich, Shanahan?«
»O mein Gott!« murmelte Gillespie beeindruckt – kein Wunder: Eine Sarah Sing Tennyson in Fahrt war bühnenreif.
»Ich verstehe es so«, erwiderte ich, »daß Ihr Anwalt sich mit dem Anwalt meines Schwagers auf Ihrer beider Kosten bereichern kann. Mich geht das Ganze überhaupt nichts an. Ich will mit der Geschichte nichts zu tun haben. Sehen Sie zu, daß Sie Ihr Geld von Patrick McPhee zurückkriegen. Mir schicken Sie die Rechnung für die Installation von Telefon und Strom. Und dann können Sie Ihre Kleckserei mitnehmen und mir die Hausschlüssel zurückgeben und verschwinden!«
Sie zeigte auf die Haustür. »Machen Sie, daß Sie aus dem Haus kommen. Alle zusammen!« Ihre verächtliche Handbewegung schloß Johnny, Gillespie und mich ein. »Hinaus!«
»Sie packen Ihre Sachen! Und dann an die Luft mit Ihnen!« schrie ich, als ich aus meinem eigenen Haus gewor-

fen wurde. Es war nicht gerade ein wirksamer Protest, aber mehr schien mir in dem Moment nicht möglich. Sarah Sing Tennyson blieb die unbestrittene Siegerin des Augenblicks.
»Wir tun am besten, was sie sagt«, murmelte Gillespie. Wir trotteten zur Auffahrt, wo Stuart Callaghan im Auto wartete. Dort stand auch der Leihwagen, den ich am Logan-Flughafen gemietet hatte, der mir jedoch kein Kopfzerbrechen bereitete. Ich hatte dazu die Kreditkarte des französischen Häftlings benutzt. Und irgendwann würde der Wagen schon zu seiner Verleihfirma zurückfinden.
Während des Anfahrens schaute ich mich um. Da stand Sarah Sing Tennyson mit vor Wut und Zorn verzerrtem Gesicht und behielt uns im Auge, um sicherzugehen, daß wir den Besitz auch wirklich verließen. Ich warf ihr eine Kußhand zu, bekam als Antwort einen drohenden Finger, und dann waren wir über den Sandkamm hinweg und mitten im Fichtengehölz.

»Ich mag Sarah Tennyson nicht«, erklärte ich Gillespie, »aber jemand sollte sie warnen, daß es für sie gefährlich wäre, in dem Haus zu bleiben.«
»Ich werde mich drum kümmern.« Gillespie vermerkte es in einem kleinen Notizbuch, um dann durch das Fenster auf das gewaltige Wolkenmassiv unter uns zu schauen. Wir waren zum kleinen Stadtflughafen in Hyannis gefahren und in unserem Sechssitzer von plötzlichem Nieselregen überrascht worden. Gillespie hatte mich bereits wissen lassen, daß die Agency mich so viele Wochen lang aus dem Verkehr ziehen wollte, wie nötig wären, um meine Geheimnisse aus mir herauszubekommen. »Wir sind ziemlich aufgeregt, weil Sie wieder da sind«, hatte er mir bekannt, als das Flugzeug durch die Wolkenschicht über Hyannis stach. »Bei uns waren nicht alle überzeugt, daß das Kontaktlose Programm realistische Chancen hätte.«

»So heißt es noch immer? Das Kontaktlose Programm?« Gillespie schielte zum Piloten, aus Sorge, daß unsere Unterhaltung mitgehört werden könnte. Der Mann war jedoch durch schwere Ohrhörer isoliert. »So heißt es noch immer.«

»Und Sie meinen, die Einsatzbesprechung mit mir wird Wochen dauern?«

»Sie haben uns bestimmt viel zu erzählen.«

Ich dachte an die *Rebel Lady* und konnte nur hoffen, daß Johnny mit ihr keine Schwierigkeiten bekam. Gillespie war wieder mit seinem Notizbuch beschäftigt, Callaghan machte ein Nickerchen, und die Maschine zog über der grauen Wolkenwand durch einen winterklaren Himmel. Ich hatte mir im Flughafen eine Zeitung gekauft, die von beiden Seiten der kuwaitischen Grenze Kriegsvorbereitungen meldete. Die Zeitung berichtete auch von Bemühungen, militärische Auseinandersetzungen noch in letzter Minute zu stoppen. Der Abgeordnete O'Shaughnessy hatte mit seinem Antrag, den Einsatz amerikanischer Truppen auf ein Jahr zu verbieten, im Kongreß Schiffbruch erlitten; seine Botschaft vom Weltuntergang verkündete er weiterhin; jetzt behauptete er, das Pentagon habe fünfzigtausend Schutzmasken an den Persischen Golf transportiert, weitere seien geordert; er drängte den Präsidenten ein letztes Mal, den ökonomischen Sanktionen eine Chance einzuräumen. Im Innenteil stand ein Artikel über eine weltweite Vorsorge gegen erwartete Terroranschläge des Irak; in Europa wurden die Flughäfen von Panzerwagen patrouilliert; die Zahl der Luftreisenden war drastisch gesunken; die Botschaften westlicher Staaten versahen sich überall mit Sonderschutz. Saddam Hussein war glücklich, im Mittelpunkt einer globalen Nervosität zu stehen, und schwor, er würde nie kapitulieren, sondern die alliierten Soldaten und ihre Heimatländer im Blut der Ungläubigen ertränken.

»Anschnallen!« rief der Pilot, als das Flugzeug plötzlich in die Kurve ging und Höhe verlor. Als wir in die Wolken eintauchten, liefen an den Fenstern Regentropfen entlang. Die Maschine flatterte, stürzte in ein Luftloch und stieg auf einer unheimlichen Aufwärtsströmung wieder hoch. Ein Alarm tutete. Die Klappen wurden ausgeklinkt. Die Servomotoren heulten auf. »Ein bißchen hart!« entschuldigte sich der Pilot. »Bedaure!«

Noch ein Rucken, noch ein Piepen des Alarms, dann ließen wir die Wolken über uns und flogen nur ein paar Meter über braunschwarzem Land mit Schneestreifen. Ich glaubte schon, wir würden notlanden, aber dann lag nasser Asphalt unter uns, die Räder setzten auf, dampften, kreischten, und wir hatten Boden unter den Füßen. »Wilkes-Barre Scranton heißt Sie willkommen«, verkündete der Pilot witzig. »Kein guter Tag zum Fliegen.«

Die Maschine kam dem kleinen Terminal nicht zu nahe, sondern rollte auf zwei wartende Wagen zu, eine Limousine mit schwarzgetönten Scheiben und ein Polizeiauto. Bei der Limousine standen zwei Soldaten mit Smokey-Bear-Hüten. Beide trugen Gewehre. Der CIA traute il Hayaween anscheinend einen großen Aktionsradius zu.

Wir nahmen die Interstate 84 in östlicher Richtung und fuhren in die schneebeladenen Wälder der Poconoberge. Die Eisstürme hatten die kahlen Bäume gesplittert; Steinkanten am Rand der Straße hingen voller Eiszapfen. Wir fuhren schnell, die Soldaten voraus. Tief im Gebirge bogen wir von der Interstate ab und schlängelten uns über immer schmalere Straßen bis zu einem riesigen Schild mit der Aufschrift: *U. S. Department of Agriculture, Rabies Research Station, Zutritt strengstens verboten.* Die State Troopers hatten endlich ihre Sirenen abgestellt, hielten an der Seite und winkten uns an sich vorbei.

Ich grinste. »Eine Forschungsstelle für Tollwut! Der verrückte Hund bin wohl ich?«

Gillespie hob die Schultern. »Es hält Neugierige fern.«
Die Limousine hielt an einem Checkpoint mit uniformierten Wachen. Zu beiden Seiten des Tors verliefen hohe Mauern aus Naturstein mit offenem Stacheldraht auf der Oberkante. Die Wachen musterten mich, prüften Gillespies Ausweis, dann öffneten sich die Stahltore automatisch, und die Limousine rollte in ein Parkland mit schneebedeckten Rhododendren. Wir fuhren durch gepflügte Schneerinnen, über eine Steinbrücke, die sich über einen zugefrorenen Bach spannte, und dann kam ein massives Haus mit Spitzdach in Sicht – ein französisches Herrenhaus, das unerklärlicherweise in nordamerikanischer Wildnis gelandet war.
Dort sollte ich offenbar vorläufig residieren. Unter dem Kupferdach dieses Hauses würde man mich von meinen Geheimnissen befreien. Es schien gar nicht übel, in solchen Verhältnissen Geheimnisse preiszugeben. Die große Säulenhalle führte, wie bei einem Palast, in ein Foyer mit einem Steinkamin, einem massiven geschnitzten Tisch und Sesseln aus Leder. Von der dunklen Holztäfelung der Wand blickten drei ausgestopfte Elchköpfe herab. An drei Seiten der Halle schwang sich eine Holztreppe um einen hochverzierten Messingkandelaber nach oben. Das Haus war der Regierung wohl von dem schnauzbärtigen Magnaten vermacht worden, dessen Glanzporträt im silbernen Rahmen über dem Kaminsims hing, einem Gummibaron. Es war im neunzehnten Jahrhundert erbaut worden. Bequem. Aber kalt. »Sagen Sie bloß, die Zentralheizung ist wieder ausgefallen!« klagte Gillespie, als er die schwere Eingangstür schloß.
»Ich werde nachsehen«, sagte Callaghan und stürzte durch eine Seitentür davon.
Von der Eingangshalle kam man zu einer Bibliothek, deren Regale, wie ich später entdeckte, mit den gesammelten Werken der amerikanischen Gründungsväter vollge-

stopft waren – genau die Art von pflichtbewußter, unlesbarer Literatur, wie man sie bei einem patriotischen Millionär erwartet. Es gab ein Eßzimmer, eine Küche und einen Übungsraum. Die vielen anderen Zimmer des Landhauses waren verschlossen. Hier fanden noch andere Aktivitäten statt; während meines Aufenthalts dort sah ich nämlich Unbekannte auf dem Gelände spazierengehen; einmal hörte ich im Eßzimmer hinter der versperrten Tür Frauenlachen. Meine Vernehmung wurde in der Isolation der wenigen Räume durchgeführt, die von der Halle des Haupteingangs und über die Treppe dort zu erreichen waren. Mein Wohnquartier befand sich im ersten Stock; ein Bad, eine kleine Küche und ein luxuriöses Schlafzimmer mit breitem Bett, Sofa, Schreibtisch, Läufern, einem Bücherschrank mit Thrillern, der Reproduktion eines faden Landschaftsgemäldes von Corot und einem Fernseher. Hier oben funktionierte die Heizung im Unterschied zum Erdgeschoß nur zu gut. Im Schlafzimmer zischte und knackte ein Heizkörper unter einem vergitterten Fenster, das sich nicht öffnen ließ. Ich beugte mich zum Bücherschrank mit den Thrillern. »Eine hübsche Auswahl.«
»Nicht, daß wir glaubten, Sie würden viel Zeit zum Lesen haben«, sagte Gillespie. »Wir haben vor, uns an den meisten Tagen recht lang mit Ihnen zu unterhalten. Obwohl es für Sie auch einige freie Abende geben wird. Der Kühlschrank ist reichlich bestückt. Aber falls Sie besondere Wünsche haben sollten, in gewissem Rahmen natürlich, sagen Sie es uns bitte. Bier ist vorhanden. Hochprozentiges nicht. Der Fernseher funktioniert.«
»Das Telefon auch?« Ich zeigte auf den Apparat neben dem Bett.
»Selbstverständlich.«
»Und wird nicht abgehört?«
»Darauf kann ich, ehrlich, weder so noch so antworten.« Gillespie errötete bei dem halben Geständnis, daß ich un-

ter Beobachtung stand, aber nur ein Vollidiot hätte es anders erwartet. Er schob mich zur Tür. »Es gibt viel zu tun, Mr. Shanahan. Begeben wir uns nach unten? Fangen wir an?«

Die Vergangenheit auseinanderzunehmen. Eine Geschichte zu erzählen, von Bombenlegern und Schützen, Jungen und Mädchen, Helden und Geliebten. Zeit für die Beichte.

Ich war müde, hundemüde. »Wir wollen es heute kurz machen«, versprach Gillespie. »Aber Ihre Nachrichten an unsere Leute in Brüssel waren irgendwie rätselhaft.« Es war sehr taktvoll von ihm, nicht zu fragen, wieso ich in Amerika aufgetaucht war, obwohl ich angekündigt hatte, mich in der Brüsseler US-Botschaft zu melden; und auch nicht zu fragen, wieso ich einen falschen Namen angenommen hatte. »Sie haben Stinger erwähnt? Ein Treffen in Miami? Sie haben eine Verbindung zu Saddam Hussein angedeutet? Zu il Hayaween?«

Das war für Gillespie das Dringlichste: herauszukriegen, was der Irak im Schilde führte. Also erzählte ich ihm alles über die Begegnung in Miami, wo Michael Herlihy und Brendan Flynn mich mit den Kubanern Alvarez und Carlos bekannt gemacht hatten, die sich, wie ich meinte, allerdings auch genausogut als Hinz und Kunz hätten vorstellen können; die Namen bedeuteten gar nichts. Ich berichtete, daß die IRA für anderthalb Millionen Dollar dreiundfünfzig Stinger-Raketen gekauft hatte.

Gillespie notierte die Summe. Ich war überzeugt, daß die Bibliothek abgehört wurde, daß irgendwo hier im Landhaus Tonbänder jede Silbe aufspulten, die ich sprach. Aber Gillespie war der Typ, der Notizen machte. »Und warum wurden Sie zu dem Treffen eingeladen?« wollte er wissen.

»Weil ich für die IRA einmal als Verbindungsoffizier zu externen Terrororganisationen tätig gewesen bin. Ich war der Kerl, der die Mäuse beschaffte. Ich war ihr Goldesel.«

Gillespies Kopf schoß hinter dem Notizbuch in die Höhe. Ich dachte schon, daß er vor Staunen einen Pfiff loslassen würde, aber er konnte die Regung doch noch unterdrücken. Meine Worte bedeuteten: Falls ich meine Aussage mit Details zu belegen vermochte, konnte das Kontaktlose Programm der CIA einen überwältigenden Erfolg verbuchen. »Sie haben mit allen anderen Terrororganisationen Kontakt gehalten?« fragte er.

»Meines Wissens ja, obwohl es sich konkret hauptsächlich um die Palästinenser und Libyer gehandelt hat. Wir hatten auch mit den Basken zu tun, aber die sind für uns nie so wichtig gewesen wie die Kerle des Nahen Ostens.«

»Die Rote-Armee-Fraktion? Die Baader-Meinhof-Gruppe?« fragte Gillespie.

»Nie gesehen.«

»Die Südamerikaner?« fragte er hoffnungsvoll.

Ich schüttelte den Kopf. »Aus Kuba und aus Nicaragua hat die IRA brüderliche Grußbotschaften erhalten. Materielle Unterstützung nie. Die hatten wir auch gar nicht nötig. Wir haben von den Libyern genügend Waffen und aus Amerika genug Geld bekommen. Warum sollten wir uns da mit einem Haufen halbverrückter Nicaraguaner abgeben?«

»Immerhin!« Gillespie war beeindruckt von meinen Nahostkontakten, auch wenn ich den guten Eindruck abschwächte, als ich ihm mitteilte, daß die IRA mir ihr Vertrauen zuletzt für vier Jahre entzogen hatte – was bedeutete, daß meine Informationen weitgehend veraltet waren.

»Warum hat man Ihnen nicht mehr getraut?«

»Das ist eine ziemlich lange Geschichte.«

»Wir werden darauf zurückkommen. Ich verspreche es Ihnen.« Er pochte mit dem Radiergummi am Bleistiftende auf sein Notizbuch. »Warum sind Sie in Europa geblieben, wenn Sie vier Jahre lang inaktiv waren? Warum sind Sie nicht heimgekehrt?«

»Weil ich die Hoffnung nie aufgegeben habe, reaktiviert zu werden. Sie hatten mich ja nie völlig abgeschnitten.«

»Zu unserem Glück nicht.« Wir saßen uns in der üppigen

Bibliothek am massiven Eichentisch gegenüber. Es war ein angenehmer Raum. Im Kamin brannte Feuer. Es gab eine Bar. Und hier gab es genügend Friese aus Eiche als Versteck für Mikrofone. Trotz Gillespies Notizbuch – diese Überwachungsmechanismen existierten, das wußte ich, nicht nur in diesem Raum, sondern auch in meinem Schlafzimmer, weil die Agency meine Antworten auf die geringsten Anzeichen von Streß überprüfen wollte. Gillespie jagte einer Ware nach, die so selten ist wie Regenbogengold, nämlich nach der Wahrheit, und wollte sichergehen, daß ich ihm kein Falschgold ablieferte. War ich in diesem kritischen Moment heimgekehrt, weil der Feind mich umgedreht hatte? Vielleicht erzählte ich Lügen, um ihre Aufmerksamkeit in eine bestimmte Richtung zu lenken, während il Hayaween aus einer ganz anderen angriff? Ich mochte der Held des Kontaktlosen Programms sein, der aus der Finsternis der Welt zurückgekommen war. Das hieß aber noch lange nicht, daß man mir vertraute.

Genausowenig wie ich plante, ihnen zu vertrauen. Ich hatte meine Geheimnisse. Das wichtigste: die fünf Millionen Dollar in Gold an Bord einer umbenannten Jacht. Die fünf Millionen Dollar waren meine Pension. Ich würde nicht einmal erwähnen, daß solch eine Summe überhaupt diskutiert worden war. Das Geld war für die amerikanische Regierung unwichtig. Wichtig waren für sie die Stinger. Wichtig war il Hayaween und Saddam Husseins Plan, weltweit Terror zu verbreiten.

»Ihrer Behauptung zufolge hat il Hayaween erwähnt, mit einer Rakete vom Typ Roter Stern in Heathrow eine Linienmaschine abschießen zu wollen?« fragte Gillespie.

Ich nickte. »Das wäre viel leichter, als eine Bombe an Bord zu schmuggeln.«

»Aber wieso mit einer sowjetischen Rakete? Warum nicht mit den Stinger?«

»Weil die Stinger in Amerika geblieben sind. Ich nehme an, daß sie die Stinger nie nach Irland schaffen, sondern von Anfang an in den USA aufstellen wollten.«

»Sie meinen . . .« Gillespie sah mich sprachlos an.

»Ich meine: Wenn wir Saddam Husseins Streitkräfte in Kuwait angreifen, wird er Flugzeuge über Washington und Miami und New York vom Himmel holen. Wo immer er kann.«

Gillespie erbleichte bei dem Gedanken, daß die Umgebung jedes wichtigen Flughafens in Nordamerika bewacht werden müßte. »Glauben Sie, daß die IRA dabei mitmachen würde?«

»Nein«, erwiderte ich mit Bestimmtheit, »weil nämlich die IRA auf amerikanische Unterstützung angewiesen ist. Ein Teil ihrer Mittel und ein Großteil ihrer Respektabilität hängt davon ab, daß die Amerikaner die Iren für harmlose kleine Kobolde halten, die auf einer idyllischen kleinen Insel wohnen und von den bösen Engländern ungerecht behandelt werden. Wenn amerikanische Zivilisten mit Waffen der IRA in die Luft gejagt werden, würden diese Märchenvorstellungen platzen. Ich vermute deshalb, daß il Hayaween die IRA für seine Zwecke benutzt. Die Palästinenser können zum Ankauf der Raketen nicht nach Miami reisen; die Iren können es. Weiß Gott, was il Hayaween im Schilde führt, wenn die Raketen einmal bezahlt worden sind.«

»Wie ist die Bezahlung durchgeführt worden?«

»Üblich«, sagte ich, »ist eine elektronische Überweisung. Mit dem Geld selbst habe ich persönlich nie zu tun gehabt, nur mit der Anforderung. Ich weiß nur, daß die Libyer gern eine Bank namens BCCI benutzten . . .«

»Über die wissen wir Bescheid«, sagte Gillespie bedeutsam und entschuldigte sich sofort mit einem Heben der Schultern, weil er mich unterbrochen hatte. »Fahren Sie bitte fort!«

»Viel mehr gibt es da nicht zu erzählen. Ich verlangte die Zahlung von Shafiq. Der sagte mir, es sei allem zugestimmt worden. Dann habe ich eine Nummer in Irland gewählt, um mitzuteilen, daß alles auf dem Wege sei und daß sie ihr Geld bekämen. Eine halbe Million hatte die IRA bereits angezahlt – weshalb ich Shafiq nur um eine Million gebeten habe.«

»Sie haben die Telefonnummer in Irland?«

Ich gab ihm die Nummer, die ich in Gerrys Anzug gefunden hatte, machte ihn jedoch aufmerksam, daß sie mit ziemlicher Sicherheit einem bloßen Empfänger von Mitteilungen gehörte, der keinen Schimmer hätte, worum es bei den Mitteilungen ging.

Stuart Callaghan, dessen Pflichten als Leibwächter seit der Ankunft im sicheren Herrenhaus beendet schienen, hatte im großen Kamin der Bibliothek Feuer gemacht. Auf Gillespies Weisung nahm er nun die Einzelheiten über den Handel mit den Stinger auf, um sie dann nach Langley durchzutelefonieren, damit die Suche nach den Raketen intensiviert werden konnte. Meine Geschichte beunruhigte Gillespie noch immer. »Aber wer sind die zwei Kubaner? Kuba-Amerikaner? Oder echte Kubaner?«

»Keine Ahnung.«

Gillespie trommelte mit dem Bleistift auf den Tisch. »Den Genossen Fidel muß es richtig jucken, Bruder Saddam zu helfen, wie?«

»Kann schon sein. Ich weiß es nicht.«

»BCCI.« Er kreiste die Initialen der Bank mit Bleistift ein. »Die Libyer überweisen Geld gewöhnlich telegrafisch?«

»Meistens. Zum Herumtragen im Koffer ist Geld zu schwer.«

Mein Versuch zu scherzen entlockte ihm ein schwaches Lächeln. »Dann müßte es einen Überweisungsbeleg geben?«

»Mit Sicherheit.«

»Auch von der Anzahlung der halben Million. Von wo könnte die überwiesen worden sein?«
»Aus Boston vermutlich. Herlihy benutzt bestimmt ein Dutzend Banken.«
»Man muß nach dem Geld suchen«, sagte Gillespie leise. »Es ist immer so: Man folgt der Spur des Geldes.« Er sah mich an. »Warum sind Sie mit falschem Paß eingereist?«
»Woher wissen Sie, daß ich unter falschem Namen eingereist bin?«
»Weil wir Ihretwegen alle Grenzübergänge alarmiert hatten.«
»Vielleicht bin ich über die kanadische Grenze gekommen?«
»Die Kanadier kooperieren bei generellem Grenzalarm«, sagte Gillespie leise. »Und was ist mit Ihrem Mietwagen? Die Kreditkarte, die Sie benutzt haben, ist französisch? Und gehört in Wirklichkeit einem Strafgefangenen?«
»Gewohnheit«, erwiderte ich. »Reine Gewohnheitssache. Ich habe wohl zum Abschied ein letztes Mal gefälschte Papiere gebrauchen wollen. Eine Laune.«
»Sie haben den Reisepaß und die Kreditkarte noch?«
»Ich habe sie weggeworfen. Wie schon gesagt, es war ja die letzte Gelegenheit. Ich werde doch keine gefälschten Papiere mehr benötigen. Stimmt's?«
»Nein, das werden Sie nicht.« Gillespie tat, als ob er mir glaubte. Er klappte sein Notizbuch zu und legte ein Gummiband um die Lederdeckel. »Ich denke, damit haben wir das Dringlichste erledigt. Es wäre mir lieb, Paul, wenn Sie sich jetzt ein wenig ausruhen würden. Sie wirken erschöpft. Könnten wir Sie dann am Nachmittag abholen? Bis dahin wird ein Kollege eingetroffen sein.«
»Van Stryker?« Simon van Stryker hatte mich rekrutiert. Ich hatte ihn gern gemocht. Ich freute mich seit Jahren darauf, ihn wiederzusehen und seine Glückwünsche zu hören.

»Van Stryker ist inzwischen ein ziemlich hohes Tier. Aber Sie werden ihm begegnen, zur gegebenen Zeit. Er interessiert sich persönlich für Sie.« Gillespie brach ab. Er wirkte, ich muß es zu seiner Ehre gestehen, etwas verlegen. »Wir haben einen Psychiater der Agency gebeten, an den weiteren Sitzungen teilzunehmen. Es ist bei uns so üblich.«
»Um festzustellen, ob ich noch alle Tassen im Schrank habe?« fragte ich leichthin.
»So ungefähr, ja«, erwiderte er im gleichen Ton. Aber der Seelendoktor wäre natürlich anwesend, um aufzudecken, wann ich log.
»Kann mir ja nur recht sein«, sagte ich.
»Prima.« Gillespie lächelte. Ich lächelte. Einfach prima.

Der Psychiater war eine echte Überraschung – eine Frau, die nach ihrer äußeren Erscheinung Babysocken für ihr Enkelkind hätte stricken sollen, statt eine Einsatzbesprechung im Umfeld des Terrorismus zu überwachen. Sie war aber bestimmt viel schlauer, als ihr matronenhaftes Gehabe vermuten ließ. Sie war eine Schwarze in den mittleren Jahren, die mir ein freundliches Lächeln schenkte, bevor sie sich den Schnee von den Überstiefeln schüttelte und im Erkerfenster am anderen Ende der Bibliothek Platz nahm. »Gräßliches Wetter«, sagte sie gelassen. »Einfach gräßlich. Ist es Ihnen recht, wenn ich Sie Paul nenne? Ich bin Carole. Carole Adamson.«
»Soll mir recht sein.«
»Sie müssen mich gar nicht beachten, Paul. Ich bin hier nur, um zuzuhören.« Sie trug einen dicken Wollpullover mit Holzknöpfen, und ihr Lächeln war angenehm vertraulich. Sie machte mir aber trotzdem angst, weil ich überzeugt war, daß Psychiater obskure Fähigkeiten besaßen und daß Carole Adamsons kluger, wachsamer Blick jede Lüge und Ausflucht, und sei sie noch so gering, sofort bemerken würde. Ich konnte sie nicht sehen, ohne mich

im Stuhl zu drehen. Ich war mir ihres bohrenden Blicks aber sehr wohl bewußt.
Gillespie begann die Nachmittagssitzung mit dem Hinweis, daß FBI-Agenten die Suche nach den Stinger-Raketen und deren kubanischen Verkäufern aufgenommen hätten. Unterdessen, so erklärte er, möchte er sich Klarheit über die Hintergründe meiner terroristischen Kontakte verschaffen. »Ich möchte gern bis zu den Anfängen zurückgehen«, sagte er. »Wer hat Sie bei der IRA eingeführt?«
»Ein Typ namens Joey Grogan.«
»Hat das in Amerika stattgefunden?« fragte Gillespie. »Oder in Irland?«
»In Boston«, sagte ich leicht verärgert. Ich war hier, um über il Hayaween und die palästinensischen Trainingslager zu berichten; statt dessen ackerte Gillespie nun diese alten Kamellen durch. »Warum schauen Sie nicht in der Akte nach?« wollte ich wissen.
»Weil das Kontaktfreie Programm keine Akten führt«, merkte Gillespie in tadelndem Ton an, als hätte mir das klar sein müssen. »Ich weiß über Sie nur das, was ich in Polizeiakten nachlesen kann. Was die Agency betrifft, Mr. Shanahan, so existieren Sie überhaupt nicht. Wir müssen also ganz am Anfang beginnen. Wo wohnt Mr. Grogan?«
»Er ist tot.« Der arme Joey war 1986 an einem Emphysem krepiert und seine Witwe sofort nach Florida verduftet – mit sechzehntausend Dollar, die die Friends of Free Ireland in den irischen Bars von Boston gesammelt hatten. Die Friends sammelten dem Anschein nach zur Unterstützung der Witwen und Waisen von IRA-Soldaten – was angesichts der großzügigen Sozialfürsorge seitens der britischen Regierung kaum nötig war; es wurde ohnehin allgemein angenommen, daß die Spenden zum Kauf von Waffen dienten. Von diesem Geld kam de facto allerdings

nicht viel über die irischen Bars in Boston hinaus, und das wenige, was in Irland ankam, landete eher in einem Pub als bei der Witwe eines IRA-Schützen.

»Sie sind von der IRA angeworben worden, bevor Sie uns begegnet sind?« fragte Gillespie. »Bevor Sie van Stryker kennenlernten?«

»Ich habe sie unterstützt, gewiß, aber der IRA bin ich erst beigetreten, als ich nach Irland übersiedelte.«

»Sie geben aber zu, daß Sie der IRA vorher bereits seit langem anhingen. Hatte das ideologische Gründe?«

»Ideologische Gründe?«

Gillespie zuckte die Schultern. »Die Provisorische IRA ist laut eigener Aussage eine marxistische Organisation, nicht wahr?« Er nahm wirklich alles sehr genau.

Ich lachte. »Ich bitte Sie! Halten Sie sich an die Realitäten!«

»Stimmt das etwa nicht?« Er hatte blasse blaue Augen, die nicht ganz so freundlich waren, wie seine bescheidene Art vermuten ließ.

Ich schüttelte den Kopf. »Die IRA gibt vor, marxistisch zu sein, wenn sie mit sozialistischen Förderern wie Oberst Gaddafi verhandelt, und sie behauptet, gut katholisch zu sein, wenn sie es mit den amerikanischen Iren in Boston zu tun hat. Die meisten IRA-Leute würden einen Kommunisten nicht mal erkennen, wenn sie mit Hammer und Sichel vergewaltigt würden. Zwei oder drei Mitglieder des Army Council gehören wahrscheinlich der KP an, doch die IRA selbst ist entweder eine gute altmodische patriotische Befreiungsbewegung oder aber eine besonders grausame kriminelle Vereinigung – je nachdem, ob man in der Nachbarschaft wohnt oder weit weg.«

»Weshalb sind Sie dann beigetreten?«

»Weil die Iren mein Stamm sind! Weil ich von Tom Tone und Patrick Pearse gehört habe, als in meiner Familie noch keiner daran dachte, mir von George Washington zu erzählen. Weil ich Geschichten über die große Hungersnot in Irland mit der Muttermilch eingesogen habe. In Südboston lebt wohl keine einzige Familie ohne Anspruch auf Vorfahren, die von Cromwell mit dem Schwert niedergemacht worden sind oder im Aufstand von 1898 massakriert wurden oder während der Hungersnot starben oder von den Black und Tans zusammengeschlagen worden sind! Solche Ansprüche sind unsere Stammeszeichen!«

Gillespie wollte über meine Kindheit informiert werden; da gab es jedoch keinerlei dunkle Geheimnisse. Ich war ein glückliches Kind gewesen und hatte meine Kindheit entweder im Haus der Familie in Boston, im Refugium meines Vaters in Cape Cod oder im Umkreis seiner geschäftlichen Tätigkeit verbracht. Ihm gehörte viel – von der Green Harp Bar in Charlestown bis zu einer Marina in Weymouth; das meiste Geld machte mein Vater aber mit Bordellen am Scollay Square.

»Bordelle?« fragte Gillespie peinlich berührt.

»Sie wurden abgerissen«, sagte ich, »damit das neue Rathaus gebaut werden konnte. Manche Leute haben gar nicht gemerkt, daß sich etwas verändert hat.«

»Und Ihre Mutter? Was hat sie zu den Geschäften Ihres Vaters gesagt?«

»Meine Mutter hat zur Jungfrau Maria gebetet. Sie hat geglaubt, daß jede Mutter auf Erden ist, um zu leiden, und sie hätte es sich auch gar nicht anders gewünscht. Sie hat meinen Vater erduldet und ihre drei Kinder vergöttert.«

»Aber Sie müssen Ihrer Mutter doch großen Kummer bereitet haben?« Gillespie lächelte, um mir zu zeigen, daß es nicht als persönliche Beleidigung gemeint war. »Wir haben uns die Mühe gemacht, uns Ihre alte Polizeiakte zu besorgen.«

»Ich habe es Ihnen doch schon gesagt: Mutter glaubte, daß Frauen auf Erden sind, um zu leiden. Der Priester und die Nonnen haben ihr das gesagt. Sie wollte es nicht anders.« Nicht, daß meine Polizeiakte mehr enthielt als die üblichen Jugendsünden. Als Zehnjähriger stand ich erstmals vor Gericht, weil ich einen Mann windelweich geprügelt hatte; er hatte meine Schwester beleidigt. Zwei Jahre später saß ich vier Monate wegen Hehlerei.

»Sie saßen auch in Haft, als Ihr Vater starb?« bemerkte Gillespie.

»Ja.«

»Wie ist er gestorben?«

»Er befand sich im Hinterraum einer Bar in Southie, als ein paar Mistkerle die Idee hatten, das Haus in Brand zu setzen. Vorher haben sie ihn erschossen.«

»Warum?«

»Wegen eines Versicherungsschwindels, hat man uns erzählt.«

»Sie glauben das?«

»Vielleicht hat ihnen sein Bier nicht geschmeckt?« Ich lächelte.

Gillespie musterte mich nachdenklich. »Es muß Sie sehr getroffen haben.«

»Was?«

»Der Tod Ihres Vaters. Sie waren erst einundzwanzig Jahre alt, viel zu jung, um den Vater zu verlieren.«

»Was soll das?« fuhr ich ihn an. »Ich habe gemeint, ich sei hier, um euch Typen zu helfen, und Sie versuchen mir anzuhängen, ich sei weich im Kopf, weil mein Papi gestorben ist? Auf die Therapie kann ich verzichten, Gillespie. Und ein kameradschaftliches Gespräch brauche ich genausowenig. Ich habe eine glückliche Kindheit gehabt. Ich habe Boston als wundervollen Spielplatz empfunden. Ich finde es traurig, daß meine Eltern beide tot sind. Aber ich lutsche deshalb nicht am Daumen. Ich bin kein Päderast. Ich heule nachts nicht im Bett. Können wir also bitte weitermachen, verdammt?«

Carole Adamson suchte mich zu beruhigen. »Es ist für uns wichtig, Herkunft und Hintergrund zu kennen, Paul. Ihr Leben ist der Kontext der Antworten, die Sie uns geben.«

»Was ist mit den Mördern Ihres Vaters geschehen?« Mein Protest hatte Gillespie überhaupt nicht gerührt.

»Keine Ahnung«, sagte ich. »Man hat die Scheißkerle nie gefunden.«

»Ich dachte, zwei mutmaßliche Mörder seien im Charles River aufgefunden worden? Erwürgt?«

»Was Sie nicht sagen«, meinte ich ganz unschuldig.

»Und ein dritter wurde in einer Bar in Roxbury gefunden. Mit dem Kopf in der Toilette. Er war ertrunken. Die Polizei glaubt, daß Sie und Ihr Bruder sich in der Tatnacht in der Bar aufgehalten haben, konnte aber keine Zeugen finden, die den Verdacht bestätigt hätten.«

»Haben Sie vorhin nicht gesagt, ich sei zu der Zeit im Gefängnis gewesen?«

»Die Kommission, die über Strafunterbrechung entscheidet, hat Ihnen zur Teilnahme an der Beerdigung Strafunterbrechung gewährt. Ihr Bruder hat vom Marinekorps Urlaub bekommen.«

Ich zuckte die Schultern und breitete die Hände aus, als wisse ich von dem allen rein gar nichts.

Gillespie blätterte in seinem Notizbuch um. »Ihr Bruder ist in Vietnam gefallen?«

»In Hue. Um es Ihnen gleich zu sagen: Nein, ich habe wegen seines Todes keine Wut auf Amerika.«

Gillespie ignorierte die unpassende Bemerkung. »Und wie haben Sie nach dem Tod Ihres Vaters Ihren Lebensunterhalt verdient?«

»Ich habe seine Geschäfte weitergeführt.«

»Auch die Bordelle?«

»Wie ich bereits sagte: Sie sind abgerissen worden. Nein, ich habe nur die Marina in Weymouth und die Green Harp Bar in Charlestown behalten. Alles andere habe ich verkauft.« Einundzwanzig war ich damals und reich, stinkreich, doch das Geld war geschmolzen wie Eis in der Sommernacht. Die Anlegeplätze der Marina überließ ich Freunden umsonst, in der Green Harp Bar konnten Freunde ihre Zeche einfach anschreiben lassen, und ich flog nach Irland, um mich vor bewundernden Einheimischen als reichen Amerika-Iren aufzuspielen. Den Buchmachern brachte ich ebenfalls Glück. An einem Tag ließ ich hunderttausend Dollar auf der Rennbahn von Fairyhouse; die setzte ich auf ein Pferd mit dem Namen Sally-So-Fair, das hundert zu eins begann und als letzter Lahmarsch endete. Ich hatte geschworen, dieses Pferd könne nicht verlieren, hauptsächlich aus dem Grund, daß ich die beiden vorhergehenden Nächte mit zwei Huren verbracht hatte, die beide Sally hießen und blond waren; allerdings waren auch beide rassiger als das Pferd.

Ich mußte die Marina und einen fünfzigprozentigen Anteil der Bar verkaufen, um meine Schulden zu bezahlen. Ich habe meiner Mutter versprochen, ein braver Junge zu sein, aber das war ein Versprechen, das sich leichter geben als halten ließ. Mein Anteil an der Green Harp Bar brachte mir Geld; das Geld zerrann jedoch für Wein, Weiber und Pferde. Nach dem Wunsch meiner Mutter hätte ich eine anständige katholische Jungfrau heiraten sollen, doch der Windelgeruch des achtbaren Lebens war mir bereits in die Nase gestiegen, und ich wußte: Das war nichts für mich. Ich brauchte den Kitzel von Gefahr, und den verschaffte mir Joey Grogan.

Joey war eine leidenschaftliche Natur. Er war ganz besoffen vom irischen Mythos, besessen von dem Wunsch, die Heimat seiner Vorfahren zu befreien. Ich hatte ihn kennengelernt, als er in der Green Harp Bar erschien, um die Spendenbüchse der Friends of Ireland zu leeren. Sie stand bei uns neben den Sammelbüchsen für die Kirchengemeinde, für multiple Sklerose, für »Kinder ins Ferienlager«, für United Way und alle möglichen anderen guten Zwecke, solange sie nur nichts mit Protestanten zu tun hatten. Joey räumte alle Büchsen ab und erklärte, es gebe nur einen einzigen förderungswürdigen Zweck – ein geeintes Irland. Ich sah belustigt zu, wie er die anderen Büchsen öffnete und die mickrigen Beträge auf seinen Haufen schüttete. Später gewann er mich dafür, eine Waffensendung nach Ulster zusammenzutragen – kleine Sachen, meist alte Handfeuerwaffen, die wir an den Straßenecken Bostons gekauft hatten; sie waren aber gut genug, wie Joey erklärte, um Briten zu töten. Wir schickten sie in einer Containerladung Strumpfhosen über das Meer.

»Strumpfhosen?« fragte Gillespie ungläubig.

Fünf Jahre später schickten wir, wie ich angab, schwere Sachen: Armalites, Ingrams und sogar ein paar M60-MGs, die aus einem Waffendepot der Nationalgarde geklaut worden waren. Zu dem Zeitpunkt war Amerika als Hauptquelle von Waffen für die Provisorische IRA allerdings bereits durch den Nahen Osten ersetzt worden. Wir waren in die Zweitliga abgestiegen; Tabellenerster war Libyen. »In welchem Jahr ist das gewesen?« fragte Gillespie.

»Die M60er haben wir 1976 geliefert. Um die Briten an ein anderes 76 zu erinnern.«

»In dem Jahr, als Ihre Mutter gestorben ist?«

»Gott habe sie selig. Sie hatte Krebs.«

Schweigen. Im Kamin knackte und spuckte ein Holzscheit. Ein Funke flog auf, der grell und rauchend auf dem Coirteppich schwelte, der den Parkettfußboden vor ebensolchen Funken schützen sollte. »Haben Sie sich nach dem Tod Ihrer Mutter«, fragte Gillespie milde, »frei gefühlt, in den Drogenhandel einzusteigen?«

»Mit Drogenhandel habe ich nie zu tun gehabt!« fuhr ich ihn an. Die Einsatzbesprechung war feindselig geworden. Ich schäumte wegen dieses Herumwühlens in meiner Ver-

gangenheit. Es schien mir irrelevant. Außerdem hatte ich mich in einem Beichtstuhl noch nie wohl gefühlt, weil ich es haßte, über meine Handlungen nachzudenken. Ich war spontan, großherzig und töricht; Nachdenken lag mir nicht. Um die Wahrheit zu sagen: Ich *hatte* Rauschgift geschmuggelt, weil ich schnell zu Geld kommen wollte, und zwar zu viel Geld; so wie ich Gerry und Liam getötet hatte, um noch schneller zu noch viel mehr Geld zu kommen. Aber wenn ich so etwas tat, so hieß das noch lange nicht, daß ich mir darüber Gedanken machte; die Neigung meiner Landsleute, Selbstbeschauung zu üben und mit sich ins Gericht zu gehen, war mir zuwider. Mein Vater hatte mich gelehrt, das Leben auszukosten, ohne mich mit Nabelschau und Reflexionen abzugeben; die Sitzungen mit Gillespie aber drohten lange, unangenehme Blicke in den Rückspiegel zu werfen. Das gefiel mir ganz und gar nicht.
Gillespie blätterte in seiner Akte. »1977 wurden Sie beim Boca Inlet in Florida festgenommen, auf einem Schiff mit dem Namen *Fighting Irish*. Das Schiff hatte eine halbe Tonne Marihuana geladen. Die Küstenwacht hatte Sie von den Turks- und Caicosinseln her verfolgt.«
»Bin ich etwa gerichtlich belangt worden?« Ich griff an.
Natürlich nicht. Anstatt mich vor Gericht stellen zu lassen, war ich nämlich untergetaucht, und dazu verholfen hat mir ein Herr aus besseren Kreisen namens Simon van Stryker mit seinem »Kontaktfreien Programm«. Ich war sauber geworden.

Simon van Stryker war ein WASP-Superstar, dank seiner Herkunft mit unschätzbaren Privilegien ausgestattet, von makellosen Verhaltensformen und einer sanften Art, die dennoch erkennen ließ, daß er so brutal sein konnte wie eine ausgehungerte Hyäne. Er war von hoher Statur und elegant; er hatte eine herrliche Stimme und blaßgrüne Augen, die kalt waren wie die Seen vor Neuschottland.

Mir war bei unserer ersten Begegnung gleich klar, welche Art Mensch ich vor mir hatte, ihm umgekehrt auch. Ich war Ire aus wohlhabender Familie; er gehörte zur Fischfangaristokratie, die unseren Menschenschlag noch nie gemocht hatte. Für sie waren wir maßlose Trinker, die sich ungehemmt vermehrten, ungepflegt sprechende papistische Einwanderer, die das vollkommene, protestantische Amerika im neunzehnten Jahrhundert verdreckt hatten. Trotzdem warb mich van Stryker an, wurde er mein Lehrmeister und Freund. Van Stryker rettete mich vor weiß Gott wie vielen Jahren Knast in den wilden Everglades mit ihren Alligatoren, Klapperschlangen, Korallennattern, vor aidskranken Vergewaltigern, die in den Duschen lauerten.
Statt dessen hatte er mich in ein Haus in Georgia gebracht, das dem Haus gar nicht unähnlich war, wo Gillespie jetzt meine Geheimnisse auseinandernahm. Unter Kamelien und Azaleen hatten van Stryker und seine Leute mich unter die Lupe genommen und präpariert.
»Sind Sie ein Patriot?« hatten sie wissen wollen, aber die Frage war unnötig. Es reichte schon das Lied »America, the Beautiful«, und schon liefen mir Tränen über die Backen. Wir Shanahans sind Gefühlsmenschen. Wir sind schließlich Iren, die Heulsusen der westlichen Hemisphäre, und als Amerikaner war ich selbstverständlich ein Patriot. Amerika war schließlich mein Heimatland. Die Liebe zu meiner Heimat war tief in mir verankert wie auf Meeresgrund, stark und unantastbar, und der Wind konnte noch so blasen und die Wogen noch so hoch schlagen, dieser Grund blieb ruhig und still und unverändert. Mir war Patriotismus angeboren. Er lag mir im Blut. Sie müssen nur »The Star-Spangled Banner« spielen – schon geht bei mir das Flennen los.
Was ich dann für Irland empfände?
Die Frage war leicht zu beantworten. Irland, das hieß vier-

zig Farbtöne Grün und freundliche Augen und Kleeblätter und die Landstraßen, die immer auf einen Menschen zulaufen, und die Parade am St.-Patricks-Tag, wenn ganz Südboston himmlisch besoffen ist. Irland, das hieß Volkstänze und gute Unterhaltung, Warmherzigkeit und Kameradschaft.

Und England? wollten sie wissen.

England war das Land, aus dem die gefühllosen Stinker kamen: die Bankmanager, Republikaner, Golfer und Episkopalisten.

Und es sei verzeihlich, kaltblütige Menschen umzubringen?

»Ich habe keinen von diesen Mistkerlen umgebracht!« protestierte ich.

Wozu meine Arbeit für die Friends of Free Ireland in Boston diene? Ob ich etwa kein Geld für diesen Zweck sammle?

Klar, aber sei es denn schlimm, wenn das Geld zum Kauf von Waffen und Bomben benutzt würde, um die Engländer aus Irland zu vertreiben? Hatten die Engländer die Iren etwa nicht jahrhundertelang abgeschlachtet?

Ob ich je miterlebt hätte, wie ein Kind von einer Bombe zerrissen worden sei, hatte mich van Stryker gefragt.

Ich hatte die Frage abgetan, doch Simon van Stryker besaß Fotos von dem Kind, einem dreijährigen Mädchen, das mit seiner Mutter an einer Bushaltestelle in Belfast gewartet hatte. Auch die Mutter war ums Leben gekommen; ihr hatte die Bombe die Beine abgerissen. Die Bombe war das Werk der IRA gewesen. Für ein Neues Irland.

Ich sah mehr Fotos: Einer Frau war das Haar abgeschnitten worden, bevor die Kobolde sie verhöhnt und mit heißem Teer und mit Hühnerfedern vollgeschmiert hatten, nur weil ihr Mann, der drei Frauen zu Witwen und elf Kinder zu Waisen gemacht hatte, lebenslänglich hinter Gittern saß und sie ihre Einsamkeit dadurch gelindert hatte, daß sie mit einem anderen Mann schlief. Die Frau war neunzehn Jahre alt. Ihr Liebhaber war ein Katholik, der an den Rollstuhl gefesselt war, nachdem sie ihn zusammengeschlagen hatten – sie: die Männer der IRA.

Und hier: ein Mann, dem die Kniescheiben durchschossen worden waren. Ein sechzehnjähriger Junge hatte abgedrückt; sein Opfer würde nie mehr laufen können. Das Opfer war ein Katholik. Er war beschuldigt worden, der Ulster Defence Association, also einem der paramilitärischen Verbände der Protestanten, Informationen geliefert zu haben. In Wahrheit hatte der Mann nie mit ihnen gesprochen. Das Ganze war ein Irrtum gewesen, und die Provisorische IRA hatte sich nachher entschuldigt, wie so oft. Mit Entschuldigungen überzeugte man Boston und New York, daß man ehrenhaft war.

Und hier: noch ein Mann, auch er Katholik, dem die Kniescheiben durchschossen worden waren. Ihm hatte eine Eisenwarenhandlung gehört, Nägel hatte er verkauft, billige Nägel und Klebstoff, doch er hatte sich geweigert, der IRA das geforderte Schutzgeld zu zahlen, und da waren sie eines Nachts mit geladenem Gewehr gekommen und hatten ihm die Kniescheiben durchschossen, während seine Frau in der Küche schrie. Anschließend erschossen sie seinen Hund, damit das Bellen aufhörte, und drohten der Frau, falls sie nicht mit dem Heulen aufhörte. Den Laden brannten sie nieder.

»Sehen Sie sich das an«, hatte mir Simon van Stryker befohlen. »Schauen Sie genau hin.« Ich erinnere mich noch an die Magnolienbüsche zu beiden Seiten, deren Blüten den Weg übersät hatten. Wie eine Schneewehe sah es aus. Die Blütenblätter waren an den Rändern braun und gerollt.

Der Terrorismus, so erklärte mir Simon van Stryker in Georgia, als wir uns wieder im Hause befanden, sei kein Ziel und Zweck, sondern nur Mittel. Den Sünder könne

man lieben; die Sünde müsse man hassen. Der Terrorismus sei seinem Wesen nach Willkür. Er müsse die Unschuldigen treffen. Um den Erwachsenen zu schockieren, müsse der Terrorismus das Kind töten – und dem Hilflosen weh tun, um die Aufmerksamkeit der Welt zu gewinnen. Der Terrorismus, van Stryker hatte es damals immer und immer wieder betont, ist böse. Egal, wie edel und gut der Zweck sei, dem der Terrorist diene, die Methoden bleiben böse. Wenn der Terrorismus mit einer Fahne im schönsten irischen Grün behängt werde, sei er dadurch nicht besser.
»Sie haben aber doch keine andere Wahl!« Ich wollte mit ihm argumentieren.
»Sie haben sich für das Böse entschieden«, sagte er. Ein Terrorist entscheide sich ganz bewußt für die Kugel und für die Bombe, weil er genau wisse, daß er ohne diese Waffen reduziert sei auf die Ebene der Politiker, die sich mit den Alltagsproblemen von Erziehung, Gesundheitswesen und Arbeitslosigkeit plagen müssen. Für solche Probleme hätten Terroristen keine Lösung; daher sprächen sie in metaphysischen Kategorien, erklärten, mit ihren Kugeln das Millenium herbeizuführen und mit Bomben die Welt gut und vollkommen zu machen. Doch Terrorismus, so hatte von Stryker behauptet, bleibe Terrorismus; ich dürfe eines nie vergessen: Wie gut ein Zweck auch sein möge, es sei falsch, Terrorismus als Mittel zum Zweck einzusetzen.
»Welche Jahre?« hatte ich gefragt.
»Die Jahre«, sagte er, »die Sie sonst wegen Drogenhandels im Zuchthaus verbringen würden. Ich habe Ihnen diese Jahre erspart. Jetzt werden Sie sie mir schenken. Und Amerika.«
Die Sektion für Terrorismusbekämpfung in der CIA setzte, wie Stryker erläuterte, die üblichen Methoden der Spionageabwehr gegen die verschiedenen Gruppen von

Terroristen und Aufständischen ein, die amerikanische Interessen bedrohten. Die gewöhnlichen Methoden seien jedoch selten erfolgreich. Terroristen seien zu vorsichtig, um einander ihre Pläne per Telefon mitzuteilen, die ja angezapft sein könnten; und sie seien zu erfahren, um ihre Informationen mit einem größeren Kreis von Menschen zu teilen, die durch Bestechung zu Verrat bewogen werden könnten. Die Organisation in Zellen sei hervorragend geeignet, die Terroristen gegen Angriffe der Geheimdienste zu sichern. Wenn eine Zelle zerstört wurde, waren andere Zellen nicht in Mitleidenschaft gezogen. Die Geheimnisse der Terroristen waren durch eine Gerüchtemauer und Gräben von Fehlinformationen geschützt. Manche Terroristen bekannten sich nicht einmal zu den von ihnen verübten Greueltaten, sondern zogen es vor, daß man im Westen nie erfuhr, wer das Leid verursacht hatte.

»Und die Zielscheibe ist die westliche Welt«, erklärte mir van Stryker. »Wir sind die Reichen; deshalb müssen wir angegriffen und mißhandelt und bombardiert und gedemütigt werden. Doch es gibt im Westen eine eigenständige Terrororganisation, die von den Terroristen in aller Welt geachtet wird. Wenn es uns gelänge, in diese Organisation *einen* guten Mann einzuschleusen, wäre es möglich, mit ein bißchen Glück, daß er tief in ihre unbekannten Randzonen eindringt und dann eines Tages, wenn er die Zeit für gekommen hält, Nachrichten von dieser Reise mit nach Hause bringt.«

»Sie sprechen von mir.«

»Ich meine Sie.«

»Sie erwarten von mir, daß ich die Iren verrate?«

»Welche Iren?« Er hatte mich voller Verachtung auf die Hörner genommen. »Die IRA verabscheut die Regierung des Freistaats in Dublin ganz offen mit der gleichen Intensität, wie sie London haßt. Die irischen Wähler stimmen *nicht* für die IRA: Der größte Teil der Bevölkerung Irlands wünscht sich nichts sehnlicher als das Verschwinden der IRA! Übrigens ist mein Feind keineswegs bloß die IRA. Meine Feinde sind die Freunde der IRA: die Libyer und die Palästinenser.«

»Und wie soll ich an die herankommen?«

»Das überlassen Sie der IRA. Wir rüsten Sie nur mit den Fähigkeiten aus, die die IRA auf den Gedanken bringt, Sie seien der ideale IRA-Kurier. Die IRA-Aktivisten können sich in Europa nicht bewegen, ohne in einem Dutzend Länder sofort von der Polizei beobachtet zu werden. Doch einen amerikanischen Jachtkapitän, der Schiffe zubringt, werden die irische Garda und die Spezialabteilung von Scotland Yard unbehelligt lassen.«

Wir gingen über einen feuchten Pfad zwischen glitzernden Blättern von Magnolienbüschen. »Und wenn die IRA sich nicht so verhält, wie Sie annehmen?« fragte ich van Stryker.

»Dann habe ich Ihre Zeit und viel öffentliches Kapital verschwendet.«

»Und was habe ich davon?« fragte ich trotzig weiter.

»Sie sind frei, Paul. Sie sitzen nicht in irgendeinem Gefängnis in Florida. Sie können ein Handwerk erlernen. Sie bekommen das Startkapital zur Gründung Ihrer eigenen Firma. Und Sie erhalten eine Freifahrtkarte nach Irland.«

»Und wann werden Sie mich wieder freigeben?«

»Wann kehrt ein Fischer heim zum Hafen?«

»Wenn sein Fischbecken voll ist.«

»Also – bringen Sie mir reichen Fang, wenn es soweit ist.«

Wir waren am Rand des Gartens stehengeblieben, oberhalb eines tiefen Tals, durch das sich ein Güterzug gen Norden schlängelte. »Warum ich?« wollte ich wissen.

Van Stryker hatte gelacht. »Weil Sie ein Schurke sind, Paul – Schuft, Halunke, Gauner. Akademiker, Karrieretypen

und Manager finde ich wie Sand am Meer. Aber wie oft finde ich wohl einen durchtriebenen Halunken, der Waffen nach Irland verschifft und die Mörder seines Vaters ermordet hat? Nein, streiten Sie es nicht ab.« Van Stryker schenkte mir ein schrulliges, fast liebevolles Lächeln. »Wenn man mit dem Teufel speist, Paul, braucht man einen sehr langen Löffel. Sie sind mein Löffel.«
»Und wenn ich nicht zurückkehre?«
Van Stryker zuckte mit den Schultern. »Ich habe nicht behauptet, die Sache sei risikolos. Vielleicht bleiben Sie dort und unternehmen gar nichts? Vielleicht verraten Sie mein Projekt? Kann sein. Möglich, daß ich nie wieder von Ihnen höre. Ich kann Ihnen nur die Chance zu einem neuen Leben bieten. Was Sie draus machen, ist Ihre Sache. Sie sind nicht der einzige, den ich in die Finsternis hinausschicke. Wenn nur einer von euch zurückkommt, könnte die Sache sich schon gelohnt haben.«
Und nun war ich zurückgekehrt, um ihm meine Geheimnisse zu verraten.
Bis auf eins.

Während der nächsten Tage eruierte Gillespie den äußeren Rahmen der Jahre, die ich im Ausland verbracht hatte. Er erfragte Namen, Ortschaften, Fakten, Daten. Und als er den chronologischen Ablauf geklärt und eine ungefähre Idee davon gewonnen hatte, was ich an Geheimnissen berichten konnte, holte er die Experten, die mit dem Hubschrauber einflogen, um von mir zu lernen – die CIA-Spezialisten für nahöstliche Terrororganisationen.
Meine irischen Jahre und Geschichten ackerte Gillespie allein mit mir durch. Ich berichtete ihm, wie ich nach Dublin und anschließend, auf Brendan Flynns Weisung, nach Belfast übergesiedelt war, wo ich eine Firma zur Begutachtung und Zustellung von Jachten gründete, eine Tätigkeit, die als Cover für den Schmuggel von Waffen,

Sprengstoff und Schützen über die Irische See ideal war. Ich schilderte, wie ich in Belfast selbst zwei Bomben gelegt hatte; nicht, weil die IRA wirklich noch einen Attentäter gebraucht hätte. Man wollte nur prüfen, ob man mir trauen konnte.

»Sind bei den Explosionen Menschen ums Leben gekommen?« fragte Carole Adamson.

»Nein«, sagte ich. »Wir haben telefonisch vorgewarnt.«

»Wir?« fragte Gillespie.

»Die Einheit wurde von einem Mann namens Seamus Geoghegan angeführt. Er war aus Derry herübergebracht worden.«

»Mr. Geoghegan ist uns bekannt«, sagte Gillespie. Seamus lebe heute in Boston, berichtete Gillespie, und wehre sich gegen britische Auslieferungsgesuche, indem er behauptete, ein politischer Flüchtling zu sein, der auf den durch die amerikanische Verfassung garantierten Schutz ein Anrecht habe. Die Briten konterten, er sei ein ganz gewöhnlicher Mörder; die englandfreundlichen Amerikaner erklärten, er sei illegal eingewandert; die Englandhasser feierten ihn als Helden. Es war ein Durcheinander, das nur dazu dienen konnte, Anwälte noch reicher zu machen. Gillespie fragte mich nach Seamus; ich konnte dem, was sie bereits wußten, nichts hinzufügen.

»Was haben Sie nach den Attentaten empfunden?« fragte Gillespie. Draußen fiel leichter Schnee. Er deckte die schon schneebehäuften Büsche mit einer neuen Glanzschicht ein.

»Ich habe nur getan, was van Stryker von mir verlangt hat. Ich infiltrierte die IRA«, gab ich trotzig zurück.

»Aber es hat Ihnen Spaß gemacht?« bohrte Gillespie.

»Ich habe mich hinterher betrunken. Beide Male.«

»*Hat* es Ihnen Spaß gemacht?« Er gab nicht nach.

»Es hat mich erregt«, gab ich zu. »Wenn man eine Bombe legt, geht man Risiken ein, das Gefühl solcher Hochspannung möchte man nicht verlieren. Deshalb geht man in eine Bar, trinken, wenn man die Sache hinter sich hat. Man prahlt. Man hört andern beim Prahlen zu.« Das entsprach durchaus der Wahrheit; ich hätte aber genausogut sagen können, wir hätten uns betrunken, weil wir nicht an das denken wollten, was wir eben getan hatten. Weil wir genau wußten, daß mit der Bombe nichts erreicht war und daß nie etwas erreicht werden würde. An den Sinn des Terrors glauben – das tun nur die Fanatiker an der Spitze der Bewegung und ihre jüngsten und dümmsten Rekruten. Alle anderen sind nur Gefangene der eigenen Rolle. Mir stand plötzlich Seamus Geoghegan vor Augen: Wie Espenlaub hatte er gezittert, nicht aus Angst, nein, sondern aus einer Art Hoffnungslosigkeit. »Es ist schrecklich«, so hatte er mir an jenem Tag gesagt, »aber wenn wir beide in Liverpool geboren worden wären, Paulie, würden wir für die verdammten Briten kämpfen, stimmt's?« Der Kampf hatte nichts Ideologisches. An ihm war nichts konstruktiv. Das Ganze war bloß ein Stammesritual, ein Schrei. Gewohnheit. Protest. Es war aber auch aufregend, voller Kameradschaftlichkeit mit viel Witz und Whiskey und Mut. Legitim wurde die Gewalt durch den guten Zweck; der lieferte uns die vordergründigen Rechtfertigungen, mit denen wir unser Gewissen beruhigten.

»Plagt Sie Ihr Gewissen heute?« fragte Carole Adamson.

Aber auf die Art von Verhör ließ ich mich nicht ein. »Ich tat es doch für Amerika. Hab' ich nicht recht?«

Um Amerikas willen hatte ich triumphiert, als mich die IRA im Jahr 1980 bat, als ihr Verbindungsoffizier zu anderen Terrororganisationen zu fungieren. Ich war für die IRA der Mann, der sich in der ganzen Welt frei bewegen konnte, ohne Mißtrauen zu wecken. Die IRA kam auch von sich aus auf die Idee, ich solle aufs europäische Festland ziehen, wo ich mit meinem Beruf noch weniger auffallen würde. Ich zog mit meiner Firma nach Nieuwpoort um, wo ich Hannah als Teilzeitsekretärin anstellte, in der Nebengasse gegenüber meiner Wohnung meiner Katze das Leben rettete und zum Nutzen van Strykers auf den dunklen Meeren zu fischen begann.

»Was für Geschäfte haben Sie mit diesen anderen Terrorgruppen gemacht?« fragte Gillespie in dem für ihn typischen, sanften, stets gleichbleibenden Ton.

Ich breitete die Hände aus, wie um anzudeuten, daß eine Antwort auf die Frage Ewigkeiten beanspruchen könnte, und gab ihm dann eine Kurzfassung. »Die Basken waren auf unsere Erfahrung mit Bombenattentaten scharf. Die Palästinenser dagegen kamen sich großartig vor, uns mit Waffen versorgen zu können. Bei denen war ich sozusagen als Beschaffungsoffizier.«

»Die Waffen stammen alle aus kommunistischen Ländern?«

Ich nickte. »Die meisten Waffen kamen aus Rußland. Der Sprengstoff vor allem aus der Tschechoslowakei. Der Kremlin wollte seinen Anteil aber nicht zu offen aufscheinen lassen. Deshalb hat er Muammar al-Gaddafi als Mittelsmann benutzt.«

»Und damit hat sich Gaddafis Engagement erschöpft? Er war bloß Mittelsmann?«

Ich schüttelte den Kopf. »Er ist der Pate der IRA.«

»Der Pate?«

»Was immer die IRA braucht – Gaddafi gibt es ihr. Nicht, weil ihm an Irland liegt. Vermutlich weiß er nicht einmal, *wo* es liegt. Nein, weil er England haßt.« Nachdem Margaret Thatcher US-Bombern für den Angriff auf Tripolis die Benutzung britischer Basen erlaubt hatte, war Gaddafis Haß noch gewachsen. Danach war ihm für die IRA-Männer nichts zu gut gewesen. Sie waren Allahs Lieblinge geworden, Krieger des Propheten, Gaddafis auserwählte Rachewerkzeuge.

»Er liefert nicht nur Waffen?« fragte Gillespie.

»Waffen, Ratschläge, Training, Unterschlupf.«
»Waffenausbildung?«
»Die braucht die IRA nicht. Ich weiß andererseits, daß sie mindestens zwei Typen zum Erlernen von Verhörmethoden nach Tripolis geschickt hat. Vorher hat die IRA jemanden, den sie des Verrats verdächtigte, einfach zu Mus geschlagen, oft genug ist der arme Teufel dabei draufgegangen, bevor man einen Piepser aus ihm herausbringen konnte. Heute gebraucht die IRA libysche Methoden. Die sind schmerzvoller und viel sicherer.« Ich schwieg. Ein großer Klumpen Schnee glitt vom Dach und ging auf dem Weg vor dem Fenster nieder.
»Sie haben das Training der beiden Männer organisiert?« fragte Gillespie.
»Ja.«
»Ihre Namen?«
»Ihre Namen sind mir nicht genannt worden. Ihre Kodenamen lauteten John und Michael.« Gillespie zeigte mir später Fotos von IRA-Männern. Die beiden, die ich nach Tripolis begleitet hatte, befanden sich nicht darunter.
Aus Langley trafen die ersten Experten ein, darunter ein kleiner, hocherregbarer Mann mit Brille, der irrwitzig viel über die Methoden des Einschleusens von illegalen Einwanderern in Südfrankreich wußte. Er wollte erfahren, welche Terrorgruppen die gleichen Routen benutzten. Ich half ihm, so gut ich konnte. Ein zweiter, strohtrockener Typ interessierte sich für die finanziellen Verknüpfungen zwischen Libyen und den verschiedenen Terrorgruppen. Ein dritter fragte nach dem ostdeutschen Übungslager bei Tantow, das ich zweimal besucht hatte. Mit jedem Tag kamen weitere Fotoalben, weitere Bilder, weitere Stunden der Langeweile vor steifen Seiten mit ausdruckslosen Gesichtern.
Eine dunkelhaarige Frau kam, um über Libyen und seine Unterstützung des Terrorismus zu sprechen. Sie zeigte

mir ein Foto von Shafiq, und ich berichtete von seiner Schwäche für Pomade und seiner Gier nach französischen Frauen, über seine eleganten grauen Anzüge und seine Neigung für Cachous und Gauloises. Sie erkundigte sich, wie Shafiq sich mit mir in Verbindung setzte, nach den Orten, wo wir uns getroffen hatten, und den Kodes, die wir bei Telefonaten verwendet hatten. Ich berichtete vom Zentrum für Widerstand gegen Imperialismus, Rassismus, Rückständigkeit und Faschismus, nannte den Namen des Hurenhauses in Marseilles, das Shafiq als seine Privatdomäne betrachtete, und überlegte, wie lang es wohl dauern würde, bis ein westlicher Agent Shafiq von den Eingangsstufen des Bordells in ein wartendes Auto zerren würde, dessen Türschlösser hinten entfernt worden waren, damit nicht in letzter Minute noch etwas schiefgehen konnte; statt dessen hatten die Türen Spanner, die bei zunehmendem Tempo nur noch fester hielten. Oder Shafiq würde von einer schmalen französischen Blondine verführt, die ihn aussaugen würde, bevor sie ihn der Rache von Oberst Gaddafi anheimgäbe.

»Sie sind Gaddafi begegnet?« fragte die Frau. Sie war attraktiv. Sie hatte ein waches Gesicht und einen schnellen Verstand. Von ihr habe ich erfahren, daß Shafiq verheiratet war und mit Frau und drei Töchtern in einer Wohnung in Tripolis lebte. Ihren Namen weiß ich bis heute genausowenig wie die der anderen Experten vom CIA-Hauptquartier.

»Ich bin Gaddafi begegnet«, sagte ich und schilderte seine Wut nach dem amerikanischen Angriff auf Tripolis. »Er war besonders wild auf die Briten und Thatcher, weil die Bomber von britischen Stützpunkten starten durften.«

»Sie haben also die Waffenlieferungen ausgehandelt, die er der IRA aus Rache geschickt hat?« fragte sie.

»Die brauchte ich gar nicht auszuhandeln. Ich mußte ihn bremsen, damit er nicht sein ganzes Arsenal schickte.«

»Und seine Racheakte gegen Amerika?«
»Ich vermute, daß er es war, der den Jumbo über Lockerbie heruntergeholt hat«, meinte ich. »Darüber hat er allerdings mit mir nicht gesprochen. Nur über die IRA.«
»Dann wollen wir uns mal über il Hayaween unterhalten«, sagte nun die CIA-Frau rachsüchtig. »Gott, was würde ich drum geben, sein Fell an meiner Scheunentür anzunageln.«
Ich beschrieb ihn gewissenhaft – sein Aussehen, seine Art, sich zu kleiden, seine Englischkenntnisse, die Armbanduhr, seine verkrüppelte rechte Hand und seine Vorliebe für amerikanische Zigaretten. Das meiste hatte ich bereits in früheren Sitzungen mit Gillespie erwähnt. Die Frau brachte Fotos von Blancpain-Uhren mit; ich sollte das Modell identifizieren, das ich in Wien gekauft hatte. Ich sollte für sie auch ein paar von den Legenden bestätigen, die sich um ihn rankten; doch über seine Sünden wußte ich nichts. Ich hatte nur Gerüchte gehört – so etwa, daß er israelische Schulkinder massakriert hätte. »Glauben Sie das?« fragte die Frau.
»Ich denke schon.«
Gillespie, der an allen Sitzungen teilnahm, erfaßte ein Schauder. »Wie kann ein Mensch im Bewußtsein solcher Taten überhaupt weiterleben?«
»Vielleicht ist er ohne Phantasie?« Carole Adamson machte den Vorschlag von ihrem Sitz am Fenster aus.
Ich schüttelte den Kopf. »Die besten Killer sind voller Phantasie. Man braucht Phantasie, um so gerissen zu sein wie il Hayaween. Die Phantasie macht ihn ja so gut – und sein Glaube, ein Werkzeug Gottes zu sein.«
»Hält sich die IRA auch für einen Handlanger Gottes?« fragte Gillespie ohne den geringsten Unterton von Ironie.
Ich lachte. »Es gibt da eine alte Geschichte, Gillespie. Eine Maschine setzt in Belfast zur Landung an. Der Pilot schaltet das Mikrofon ein, heißt die Passagiere in Alde-

grove Airport willkommen und gibt dann bekannt, daß die Temperatur fünfundfünfzig Grad Fahrenheit beträgt, von Norden käme ein leichter Regen und wer seine Uhr auf Lokalzeit umstellen wolle, müsse sie dreihundert Jahre zurückdrehen.« Der Witz fiel nicht auf guten Boden – es war wie der Bauchklatscher einer schwangeren Stabhochspringerin. Gillespie und die CIA-Expertin runzelten die Stirn. Carole Adamson schüttelte nur den Kopf – zum Zeichen, daß sie nicht kapierte, was ich meinte. »Vor dreihundert Jahren«, erläuterte ich, »wurde Europa durch die Religionskriege zerfetzt. Da bekämpften sich Protestanten und Katholiken. Nun stellen Sie sich mal eine kleine Insel vor, deren Bewohner sich in dreihundert Jahren noch immer die Köpfe einschlagen – im Namen von Kommunismus und freier Marktwirtschaft.«

»Sie meinen, daß die Unruhen in Irland religiöse Ursachen haben?« fragte Gillespie. Er gab sich tatsächlich Mühe zu verstehen. Für die meisten Amerikaner ist der Terrorismus ja eine komische Sache – eine Seuche, die von den Verrückten in den Slums der Alten Welt und in den Flüchtlingslagern der Dritten Welt auf die Neue Welt übergegriffen hat. Gillespie wollte von mir die Ursachen dieser Krankheit erfahren.

Ich schüttelte den Kopf. »Die Religion ist in Irland nur das Etikett – damit man weiß, auf welcher Seite man steht. Das wahre Problem sind die Menschen, die spüren, daß sie ihr Leben nicht in der Hand haben, arbeitslose Menschen, die in Sozialwohnungen leben, schlecht essen und sich zu Tode rauchen und erkennen müssen, daß ihre Kinder die gleiche Hoffnungslosigkeit erwartet. In der Situation schlagen sie einfach um sich. Wen sie dabei treffen – das ist ziemlich egal.«

»Sie halten das Ganze also für ein ökonomisches Problem?« fragte die schicke dunkelhaarige Frau in ernstem Ton.

»Das Problem liegt nicht im Ökonomischen begründet, aber eine schlechte Wirtschaftslage heizt die Misere natürlich an. Die IRA-Kampagne der fünfziger Jahre brach zusammen, weil sich niemand benachteiligt vorkam und weil die Leute viel zu sehr damit beschäftigt waren, die Raten für ihre Autos und Fernsehgeräte zu zahlen. Heute gibt es in Belfast keine Arbeit, die Menschen sehen keine Zukunft vor sich, sie sind ohne Hoffnung – ihnen bleibt nur der Spaß, sich zu rächen. Was können die armen Schweine auch sonst tun? Sie wissen: Die Iren im Süden können sie nicht ausstehen, und die Briten würden Ulster am liebsten verlassen. Mit den Nordiren will im Grunde keiner etwas zu tun haben. Also schlagen sie mit der einzigen Methode zurück, die ihnen geblieben ist. Mit Kugeln und Bomben. Und ihr einziges Vergnügen besteht darin, andere so elend zu machen, wie sie selbst es sind.«
Schweigen. Draußen fing es an zu schneien.
»Gibt es denn kein Gewissen mehr?«
»Die Klugen marinieren ihr Gewissen im Alkohol, und die Dummen vertrauen den Klugen.« Ich sagte das leichthin, doch ich dachte an Seamus Geoghegan und die Frage, die ich ihm einmal gestellt hatte: Ob er keine Gewissensbisse empfinde? Da hat er lang nachgedacht und am Ende den Kopf geschüttelt. »Das Gewissen kümmert mich einen Dreck«, hatte er geantwortet. »Nicht mal einen Dreck.« Damit wollte er sagen: Über eine solche Frage denkt man am besten gar nicht nach; das Nachdenken macht einen Menschen nur unglücklich.
»Meines Erachtens wird das Gewissen in der westlichen Welt überbewertet«, sagte die Frau nachdenklich.
Gillespie schien antworten zu wollen, aber da klingelte das Telefon. Ich hatte nicht einmal gewußt, daß es im Zimmer ein Telefon gab, und sprang auf, als ob ich bei einer Sünde ertappt worden wäre; selbst Gillespie schien von dem lauten Klingeln erschrocken. Er rappelte sich hoch

und eilte in eine Ecke, wo er vorsichtig den Hörer abnahm. Er sprach ein paar Worte in die Muschel und kam mit einem Ausdruck des Erstaunens im Gesicht zu uns zurück. »Es ist Krieg«, sagte er laut, ohne daß er es eigentlich zu uns sagte. »Gestern nacht hat es angefangen. Wir befinden uns im Kriegszustand.«

Über dem Königreich Nebukadnezars flogen die Bomber der Amerikaner und ihrer Alliierten. Über dem Land der zwei Flüsse, wo einst der Garten Eden geblüht und Babylon, die Stadt der Städte, floriert hatte, zischten Tomahawk-Marschkörper. »Du großer Gott!« hatte Gillespie bei der Nachricht gemurmelt und vorgeschlagen, die Besprechung zu unterbrechen, damit wir im Eßzimmer fernsehen könnten. Die Nachrichten wirkten unwahrscheinlich optimistisch. Sie meldeten unglaublich genaue Treffer, auffallend geringe Verluste an Flugzeugen. Auf seiten der Alliierten entfaltete sich Hoffnung.

Von irakischen Reaktionen war bisher nichts zu hören, von Terrorangriffen schon gar nicht. Ich rechnete irgendwie damit, daß Linienmaschinen vom Himmel fielen oder Bomben die Zentren westlicher Städte aufrissen, doch statt dessen war auf den Bildschirmen unentwegt das Flimmern von Leuchtspuren über Bagdad zu beobachten, der Schein explodierender Bomben am Horizont. Es gab Bilder von Kampfbombern, die von saudiarabischen Pisten in die Höhe kreischten und die Räder einzogen, während die Nachbrenner die Kriegsflugzeuge dem Feinde entgegen gen Norden jagten.

Ich saß am weitesten vom Bildschirm entfernt. Ich sah die alliierten Flugzeuge im Angriff auf den Irak und mußte an die israelischen Kampfbomber über Hasbaiya denken; deren Bomben oder auch Raketen waren eingeschlagen, bevor die Palästinenser wußten, daß der Feind sich über ihnen befand. Ein kurzes Aufblitzen am Himmel, ein Schwenken der Flügel, eine Welle von Donner, und schon waren die Kriegsmaschinen in der glühenden Hitze wieder verschwunden, während die brennenden Leuchtkör-

per, die sie abgeworfen hatten, um die Abwehr der Verteidiger zu täuschen, noch langsam erdwärts sanken. Hinterher taumelten einige betäubte Überlebende aus Rauch und Felsstaub hervor.
Ich wußte, daß Gillespie mich früher oder später über Hasbaiya vernehmen würde. Ich wünschte, es bliebe mir erspart. Ich dachte schon, daß er das Thema gleich nach dem Mittagessen anschneiden würde, doch statt dessen bat er die dunkelhaarige Frau höflich, ob sie mit neuen Fragen einen Moment warten könne, und erkundigte sich noch einmal nach den dreiundfünfzig Stinger.
Gillespie hatte das Problem, daß weder der FBI noch die CIA eine einzige objektive Bestätigung für meine Geschichte vom Treffen in Miami und dem Verkauf der Raketen zu finden vermochten. Gillespie reichte mir Fotos von Lagerhäusern in der Nähe der Hialeah-Rennbahn; doch es half ihnen auch nicht weiter, als ich das Gebäude identifizierte, wo ich die Stinger gesehen hatte. Eine Durchsuchung des Lagerhauses verlief ergebnislos. In den dortigen Unterlagen ließen sich keine Kubaner mit dem Namen Alvarez oder Carlos aufspüren. Als Gillespie mich jetzt zur nachmittäglichen Sitzung in die Bibliothek begleitete, berichtete er, die Telefonnummer in Irland gehöre, wie sich herausgestellt habe, zu einem Laden in Enniskillen, dessen achtundsechzigjährige Besitzerin, eine alte Jungfer, mit Devotionalien handele. Brendan Flynn aber habe, als er mit meiner Geschichte von der Zusammenkunft in Miami konfrontiert wurde, der irischen Polizei ganz gelassen erklärt, zu dem Zeitpunkt habe er an einer Konferenz der Universität Utrecht über die Zukunft Irlands teilgenommen. Zwei angesehene Professoren für internationales Recht und ein Pfarrer der holländischen reformierten Kirche hatten eidesstattliche Erklärungen abgegeben, die Brendans Aussage bestätigten. Ich mußte laut lachen. Brendan zeigte immerhin Stil.

»Solche Männer würden doch nicht lügen!« rügte mich Gillespie.
»Solche Typen lügen das Blaue vom Himmel herunter! Ich bitte Sie, Gillespie! Akademiker und Kirchenmänner? Die sind völlig vernarrt in Terroristen! Die finden sich hinreißend mit ihrer Behauptung, Terroristen seien Werkzeuge Gottes. Vor allem die Holländer! Ich habe selbst an solchen verdammten Konferenzen teilgenommen. Die Holländer sind graue Mäuse. Deshalb stehen sie liebend gern auf der Seite der Bösen. Geben Sie sich doch mal in Utrecht als Terrorist zu erkennen – da würden ein halbes Dutzend Pfarrer und sechs Universitätslehrer sie auf den Knien anflehen, Ihnen den Arsch lecken zu dürfen. Die eidesstattlichen Erklärungen für Brendan können Sie in die Mülltonne werfen.«
»Und Michael Herlihy? Zwei Bostoner Anwälte sind bereit zu bezeugen, daß er an dem Tag eidliche Aussagen aufgenommen hat.«
»Sie trauen amerikanischen Anwälten? Was ist mit Marty Doyle? Habt ihr den schon verhört?«
»Er behauptet, Herlihy den ganzen Tag über chauffiert zu haben. In Boston und Umgebung.«
»Er lügt! Er hat mich zu dem Lagerhaus und später mit Brendan Flynn zum Flughafen von Miami gefahren. Holt euch den Kerl, nehmt ihn in die Mangel. Er wird alles ausplaudern.«
Gillespie seufzte. »Wir befinden uns hier in Amerika. Wir haben uns an die Regeln zu halten.« Sein Blick erteilte mir eine Rüge. »Im übrigen muß ich Ihnen mitteilen, daß die britischen und irischen Behörden von Stinger-Raketen nichts gehört haben. Nicht das geringste.«
»Ich habe aber mit meinen eigenen Augen eine gesehen.«
»*Sagen* Sie. Sagen *Sie.*« Er glaubte mir nicht. Soviel war klar. »Wir werden weiterhin Ausschau halten.« Er sagte es ohne Begeisterung und wandte sich wieder der dunkel-

haarigen Frau zu, die während des Gespräches über Stinger und Alibis geduldig gewartet hatte. »Sie wollten mit Mr. Shanahan über einen besonderen Punkt sprechen?«
»Hasbaiya«, sagte sie kurz.
Ich drehte mich zu ihr um. Das Feuer im Kamin knackte und zischte. »Was haben Sie gesagt?«
»Hasbaiya.«
Natürlich interessierten sie sich für Hasbaiya. In mir krampfte sich beim Gedanken an den Ort alles zusammen. Ich spürte den prüfenden Blick Carole Adamsons.
»Ich bin in Hasbaiya gewesen«, sagte ich betont ruhig.
»Wie oft?«
»Mir hat's gereicht.«
»Zweimal? Zehnmal? Zwanzigmal?« Die Frau ließ sich nicht mit einer pauschalen Antwort abspeisen.
»Achtmal. Zuerst 1982, zuletzt 1986.«
»Sie haben an Trainingskursen teilgenommen?«
Hasbaiya war *das* Trainingslager der Palästinenser, *die* Hochschule des Todes. Es war weder die einzige noch die größte terroristische Ausbildungsstätte der Welt. Vor dem Zusammenbruch des kommunistischen Systems unterhielten die Sowjets sogar ein halbes Dutzend Einrichtungen dieser Art. Doch Hasbaiya war das Nonplusultra des Bösen.
»Sind Sie dort als Ausbilder tätig gewesen?« fragte die Frau erwartungsvoll.
»Nein. Ich habe Auszubildende nur dort eingeführt.«
Ich erläuterte: Ein palästinensisches Trainingslager durfte niemand besuchen, ohne daß eine Vertrauensperson für ihn die Garantie übernahm. Ich hatte die Verantwortung dafür, daß der Mensch, den ich zum Übungslager brachte, auch wirklich der war, der er sein sollte, und nicht etwa ein israelischer oder amerikanischer Agent.
»Und Sie haben acht IRA-Männer in das Lager geführt?« wollte die Frau wissen.

»Vier IRA-Männer, eine Frau und drei Basken. Die IRA war im Grunde nicht der Meinung, daß ihre Männer noch geschult werden müßten, hat aber gelegentlich jemanden hingeschickt.«

»Wie lange haben Sie gebraucht, um sie einzuführen?« fragte die Frau. »Einen Tag?«

»Fünf Minuten. Ich habe die Person zum Büro des Kommandanten gebracht, guten Tag gesagt, und das war's.«

»Und Sie sind gleich wieder abgereist?«

»Manchmal. Manchmal hat man mich auch eingeladen, ein paar Tage zu bleiben.«

»Berichten Sie über das Lager.«

Ich schilderte Hasbaiya. Es war an den oberen Hängen des Bekatals auf dem Grund einer alten Weinkellerei errichtet worden. Der größte Teil des Areals wurde als Übungsgelände verwendet, um aus palästinensischen Flüchtlingen SA-Männer zu machen. Ganz oben am Hang lag eine abgetrennte Zone, wo Terroristen sich in den Methoden des Überfalls aus dem Hinterhalt, des Mordens und Zerstörens vervollkommneten. In Hasbaiya herrschte das Credo vom Tod als optimales Einschüchterungsmittel: Solange der Mensch den Tod fürchte, sei der beste Freund des Terroristen der Mord; damit der Tod den erwünschten Nutzen bringe, müsse der Terrorist jedoch mit ihm auf vertrautem Fuße stehen; deshalb setzte Hasbaiya den Tod als integrales Element des Schulungsprogramms ein. Jeder Auszubildende wußte davon, daß dort Männer und Frauen starben und Furcht Unwürdigkeit dokumentiere.

Gillespie unterbrach. »Lassen Sie mich das klarstellen. Sie behaupten, dort seien Auszubildende umgekommen?«

»Manchmal schon.« Ich mußte an Roisin denken, sprach dann jedoch von einem anderen amerikanischen Mädchen – von einem Mädchen, das nach Hasbaiya gezogen war mit dem Feuereifer eines Menschen, der die Welt ver-

ändern will. »Ihr Name war Kimberley Sissons«, sagte ich, »und sie kam aus Connecticut. Ihr Vater war Firmenjurist, wenn ich mich nicht irre. Sie hatte in Harvard studiert.«
»Und sie wurde dort umgebracht?« fragte die Frau von der CIA-Zentrale.
»Ja.«
»Aus welchem Grund?« fragte Gillespie, der immer alles ganz genau wissen mußte.
»Dafür brauchten sie dort keinen besonderen Grund.« Ich zögerte erneut. Wie könnte ich ihm das Unerklärliche nur erklären? »Haben Sie gedient?« fragte ich Gillespie.
»Im Marinekorps.«
»Gut. Ich habe mal gehört, daß ein Rekrut bei der Armee oder beim Marinekorps zum Abendessen gelegentlich ein lebendes Kaninchen bekam und hungrig ausging, wenn er nicht den Mumm hatte, es zu töten. Für ähnliche Zwecke hat man sich in Hasbaiya der Mädchen bedient.« Gillespie und die Frau sahen mich völlig entgeistert an.
»Mädchen?« sagte die Dunkelhaarige.
»Getötet wurden hauptsächlich westliche Mädchen. Nicht ausschließlich. Aber meistens.«
Carole Adamson mischte sich ein. »Hatte das etwas mit einem religiösen Vorurteil zu tun?«
»Es hatte mehr damit zu tun, daß die westlichen Mädchen Widerspruch leisteten.«
»Widerspruch leisteten?«
»Schauen Sie.« Ich tat mein Bestes, es verständlich zu machen. »Die Palästinenser gehören einer Kultur an, die von der Frau verlangt, dem Mann untertan zu sein. Und da kamen nun diese Mädchen aus der amerikanischen Mittelschicht mit ihrem revolutionären Eifer, den ihnen ein marxistischer Professor an der Universität Stanford oder in Harvard eingeimpft hatte. Da mußte es doch Friktionen geben. Die Mädchen waren ausnahmslos Feministinnen, diskutierfreudig und multikulturell orientiert. Es fiel

ihnen daher ziemlich schwer hinzunehmen, daß ihr Platz innerhalb der Revolution für die Mittellage zwischen einer verlausten Matratze und einem ungewaschenen Palästinenser prädestiniert war.« Meine Stimme klang gemein; mir zitterten aber die Hände unter dem Tisch. Die Dunkelhaarige musterte mich schweigend.

»Sie wurden also erschossen?« fragte Gillespie. »Nur weil sie Fragen gestellt haben?«

»Nicht immer erschossen. Kimberley Sissons wurde mit einem Kupferdraht erdrosselt.«

»Nur weil sie widersprochen hat? Weil sie auf ihre Rechte bestand?« Carole Adamson war entsetzt.

»Ich habe es Ihnen doch schon gesagt«, meinte ich. »Weil man ein Exempel statuieren wollte.«

»Und wer hat das Exempel statuiert?« fragte Gillespie.

»Ein anderer Schulungsteilnehmer erhielt den Befehl zum Töten. Wenn er gezögert oder nicht gehorcht hat, kam er als nächster an die Reihe. Mit der Methode hat man dort Schulungsteilnehmern eine andere Einstellung zum Tod beigebracht.« Ich schwieg. Die Atmosphäre von Hasbaiya hatte ich irgendwie nicht wiedergegeben: diese fiebrige Erregung, die dort alle infizierte, diese Begeisterung zu töten, das Gefühl des Triumphs über Gefahren.

»Vielleicht wollten Sie das Gewissen abtöten?« sagte ich.

»Haben *Sie* in Hasbaiya jemand getötet?« fragte Gillespie.

»Wie schon gesagt: Ich habe selbst nicht an Schulungen teilgenommen. Ich habe Leute nur hingebracht.«

»Sie haben unsere Frage nicht beantwortet«, warf Carole Adamson mit ungewohnter Schärfe ein.

»Doch, ich habe einen Mann getötet«, gab ich zu.

»Und warum? War es Ihnen befohlen worden?«

Ich schüttelte den Kopf. »Es geschah in einem Kampf.«

»Wer war der Mann?«

»Er hieß Axel«, sagte ich. »Den Familiennamen habe ich nicht gekannt. Er hat den Streit angefangen. Nicht ich.«

»Wann war das?«
»Während meines letzten Besuchs.«
»Im Jahr 1986?«
»Genau.«
»Und Sie haben nur jemand dorthin gebracht?«
»So ist es.«
»Er hat Sie angegriffen? Aus welchem Anlaß?«
Ich hob die Schultern. »Weiß Gott.«
»Wie haben Sie ihn getötet?«
»Mit einem Spaten«, sagte ich. »Wie bei einem Schlag mit der Axt.« Ich hatte die Wahrheit gesagt – allerdings nur ein winziges Bruchstück der Wahrheit. Das übrige war mein ganz persönlicher Alptraum und nichts für Gillespies Notizbuch, Carole Adamsons Diagnose oder das enzyklopädische Wissen der Dunkelhaarigen über Palästinenser und Libyer.
Gillespie konsultierte die anfänglichen Seiten in seinem Notizbuch, wo er die Rahmendaten meiner Geschichte vermerkt hatte, die Chronologie. »1986«, sagte er. »Damals hörte das Vertrauen der IRA Ihnen gegenüber auf?«
»Ja.«
»Hatte das etwas mit Hasbaiya zu tun?«
Ich zögerte erneut. Draußen vor dem Fenster fiel dichter Schnee; er funkelte in Myriaden Lichtflecken. »Doch«, räumte ich ein. Ich war mir ja darüber im klaren, daß ich einen Teil meiner persönlichen Geschichte herausrücken mußte. »Ich brachte ein amerikanisches Mädchen nach Hasbaiya«, sagte ich. »Sie hat mich beschuldigt, ein CIA-Agent zu sein.«
»Der Name des Mädchens?« Gillespie kritzelte in seinem Buch.
»Roisin Donovan«, sagte ich möglichst gelassen.
»Amerikanerin, sagten Sie?« Er sah mich prüfend an.
»So wie ich«, sagte ich. »Irischer Herkunft, aber sie stammte aus Baltimore.«

»Berichten Sie von ihr.«
Ich tat unwissend. »Um ehrlich zu sein, viel war mir von ihr nicht bekannt, außer daß sie nach Nordirland gezogen war und sich in der Frauensektion der Provisorischen IRA sehr aktiv engagiert hat.« Ich hatte Herzklopfen bekommen. Carole Adamson war meine Nervosität bestimmt aufgefallen. Ich reagierte überempfindlich auf alle Regungen im Zimmer: auf das Knistern des heruntergebrannten Feuers, das Ächzen meines Stuhls, den kratzenden Bleistift Gillespies, den fragenden Blick der Dunkelhaarigen.
»Weshalb hat das Mädchen Sie beschuldigt? Schildern Sie die Umstände.«
Ich atmete tief durch. »Ich begleitete sie nach Hasbaiya. Wir trafen im Lager ein. Ich brachte sie zu Malouks Büro. Malouk war der Kommandant. Sie ging hinein, sprach mit ihm, und zehn Minuten später wies er mich an, im Lager zu bleiben. Was mir gar nicht paßte, weil ich in der folgenden Woche einen Auftrag zu erfüllen hatte, die Zustellung eines Schiffs. Doch einem Mann wie Malouk widersprach man nicht. Ich habe also zugestimmt. Abends nahm er mich gefangen.«
»Weil Roisin Donovan Sie beschuldigt hatte?«
»Genau.«
»Was hatte sie ihm gesagt?«
»Sie informierte ihn«, sagte ich, »daß der CIA den Plan verfolge, europäische Terroristengruppen zu infiltrieren, und dabei keine Führungsoffiziere im Feld oder Briefabwürfe oder sonstige Kommunikationswege verwende, weil er die absolute Geheimhaltung dieser Agenten sichern wollte. Sie nannte sie verstohlene Spione, weil sie nämlich unauffindbar seien. Sie meldeten sich in Washington erst zurück, wenn sie ihre Mission erfüllt hätten.« Ich starrte sekundenlang schweigend aus dem Fenster. Am dunklen Waldrand in der Ferne stand witternd ein Reh und ver-

schwand. »Sie hat behauptet, ich sei einer von diesen verstohlenen Spionen«, schloß ich verbittert.

»Soll das heißen, daß sie über van Strykers Projekt Bescheid wußte?« fragte Gillespie.

»Sie wußte von seiner Idee, im Feld keinerlei Form von Kommunikation zu verwenden.«

»Hat sie van Stryker erwähnt?«

»Nein.«

»Irgendwelche andere Namen?«

»Nein.«

»Das sieht ganz nach einer Beschuldigung aus, die aus der Luft gegriffen wurde.« Gillespie klang verächtlich.

Ich hob die Schultern, wie um anzudeuten, daß er da recht hatte. Die Wahrheit war allerdings weniger schön. Ich hatte mit Roisin oft über eine mögliche Infiltration der IRA durch einen amerikanischen Agenten der CIA gesprochen. Wir waren beide der Meinung, daß der CIA seinen britischen Verbündeten damit einen Gefallen tun würde, gleichzeitig aber für eigene Zwecke Gerüchte aufschnappen wollte, die in terroristischen Kanälen Europas zirkulierten. Wir hatten die Idee weiter ausgeschmückt, überlegt, wie das alles vor sich gehen und der Agent seine Enttarnung verhindern könnte. Es war nicht Roisin gewesen, die solche Männer als verstohlene Spione bezeichnet hatte, sondern ich. Ich hatte sie überhaupt auf den Gedanken gebracht. Ich hatte mit dem Feuer gespielt. Wie ein untreuer Ehemann einen blöden Kitzel empfinden mag, wenn er den Namen seiner Geliebten gegenüber der Ehefrau erwähnt, so hatte ich einfach nicht widerstehen können, van Strykers Ideen als eigenes Hirngespinst auszugeben. Ich konnte mir denken, welche psychologischen Rückschlüsse Gillespie und Adamson ziehen würden, falls ich das gestände. Ich verschwieg es lieber.

Gillespie blätterte um. »Und die Leitung von Hasbaiya hat der Anschuldigung Glauben geschenkt?«

»Sie wußte nicht, ob sie ihr glauben sollten oder nicht. Sie hat ihnen aber einen höllischen Schrecken eingejagt.«
»Was hat sie daraufhin unternommen?«
»Sie sandte eine Nachricht nach Irland, um festzustellen, ob mich dort jemand verdächtigte, und das hat mir das Leben gerettet. Seamus Geoghegan war offenbar in Roisins Wohnung untergetaucht, und genau an dem Tag, als Roisin in den Libanon abreiste, von den Briten verhaftet worden. Die Briten gaben an, von einem Informanten verständigt worden zu sein. Damit konnten sie nur Roisin meinen. Sie hatte also anscheinend selbst Verrat geübt und versuchte nun, den Verdacht breiter zu streuen, um alle zu verwirren.« Ich machte eine traurige Miene. »Das hat immerhin genügt, mich verdächtig zu machen, und dieser Verdacht hat wiederum gereicht, um mich von weiteren Aktivitäten auszuschließen.«
»Was ist mit Miss Donovan passiert?« fragte Gillespie.
»Sie wurde erschossen«, sagte ich düster.
Schweigen im Raum. Carole Adamson notierte etwas auf einen Zettel, den sie zusammenrollte und über den Tisch schob. Gillespie entfaltete das Papier. Im Kamin zerstob ein Holzscheit in einem Funkenschauer. Gillespie rollte den Zettel zu einem Bällchen, das er ins Feuer warf. Der Wurf ging daneben, prallte vom Sims ab auf den Coirläufer. »Wie lange sind Sie mit ihr zusammengewesen? Ich meine, wie lang hat die Reise nach Hasbaiya gedauert?«
»Drei Tage. Wir trafen uns in Athen, flogen nach Damaskus und sind dann mit dem Wagen in den Libanon gefahren.«
»Sie müssen sich also mit ihr unterhalten haben?«
»Klar.«
»Ist es während dieser drei Tage zwischen Ihnen zu Intimitäten gekommen?« fragte Gillespie.
»Nein!« Ich gab mir Mühe, ob solcher Vorstellung meine Verachtung auszudrücken.

»Worüber haben Sie sich während der Reise unterhalten?«

»Über nichts Besonderes«, sagte ich. »Sie war nicht sehr gesprächig.«

»Sie müssen doch über etwas gesprochen haben!«

»Die Landschaft, irisches Bier, die Hitze. Plaudereien. Weiter nichts.«

»Hat sie Ihnen gefallen?« drängte Gillespie.

»Keine Ahnung.« Ich fühlte mich verdammt unwohl in meiner Haut. »Verflixt, sie ist doch völlig unwichtig.«

Erneutes Schweigen. Draußen nahm das Tageslicht ab. Wir befanden uns mitten im Winter. Die Tage waren kurz. Die Dunkelhaarige sah auf die Uhr. »Ich muß gehn, Peter«, sagte sie zu Gillespie. »Ich fahre ungern im Dunkeln.«

»Selbstverständlich.« Der Bann war gebrochen. Ich empfand Erleichterung. Die anderen Personen am Tisch streckten sich. Sie machten Konversation. Die Dunkelhaarige dankte mir für meine Zeit, erklärte, ich hätte ihnen sehr geholfen, und folgte Carole Adamson ins Foyer, um den Mantel zu holen. Gillespie meinte, er müsse sich mal die Hände waschen.

Sie ließen mich in der Bibliothek allein. Ich dachte an Hasbaiya. An Roisin. Seamus hatte mir einmal gesagt, man könne das Gewissen in Alkohol ertränken. »Darauf hebe ich einen«, hatte er gesagt, und ich bediente mich vom Whiskey in der Bar und nahm die Flasche mit ans Erkerfenster. Ich schaute hinaus in den Schnee, trank, schaute wieder in den Schnee, und plötzlich fiel mir das Papierbällchen auf dem Läufer vor dem Kamin ein, das Papier, auf dem Carole Adamson ihre Notiz an Gillespie geschrieben hatte. Ich drehte mich um, hob es auf, dröselte es auf und las ihre dringliche Mitteilung. »Er erzählt Lügen! Faustdicke Lügen!« Das war nun wirklich kein Wunder.

Nur in einem hatte Roisin Glück – daß sie einen schnellen Tod starb.
Ich habe später gehört, daß Brendan Flynn persönlich diesen Gnadenakt verlangt hatte. Er machte geltend, daß Roisin weder Zeit noch Gelegenheit gehabt hätte, die Palästinenser zu verraten, sondern nur die Iren und daß deshalb die Iren die Art ihres Todes zu bestimmen hätten, und er entschied, daß sie eines schnellen Todes sterben sollte. Ich habe mich immer gefragt, ob Brendan um diesen Gefallen bat, weil auch er ihr Geliebter gewesen war. Wie dem auch sei: Roisin wurde zu einem vertrockneten Wasserlauf geführt und erschossen. Sie bekam eine Kugel in den Kopf. Ihr Blut spritzte in die weiße Hitze des Himmels und klatschte an die schwefelgelben Felsen. Ich erinnere mich an den Ausdruck von Trotz und Empörung auf ihrem Gesicht. Ihre Haut war stark gerötet; sie hatte einen Sonnenbrand. Ihre helle Haut reagierte auf Sonne sehr empfindlich.
Ich wurde angewiesen, sie am Fuß des Hügels zu begraben. Ein Deutscher namens Axel Springer erbot sich, bei mir zu bleiben, obwohl er dann keine Hilfe war, als ich mit dem langstieligen Spaten ein flaches Loch in die Erde hackte. Er redete nur. Er war ein Theologiestudent aus Heidelberg. Seine wahre Religion, sagte er, sei jedoch die Rote-Armee-Fraktion. Mir war schleierhaft, warum er seine Hilfe angeboten hatte. Es dämmerte mir erst, als er mich davon abhielt, Roisins schmale Leiche in das Steingrab zu rollen. »Ich möchte sie mir ansehn«, sagte Axel. Sein Englisch hatte einen starken Akzent. »Sie war sehr hübsch.«
»Sie war schön«, verbesserte ich. Hübsch war Roisin nie gewesen, dafür war sie zu wild, zu heftig engagiert und jeglicher Form von Schwäche abhold.
»Es ist ein sexuelles Element, weißt du«, sagte Axel.
»Was?«
»Das solche Mädchen am Terrorismus fasziniert.«

»Das soll wohl ein Scherz sein«, sagte ich.
»Ich scherze nie«, sagte Axel ernst. »Die Korrelationen zwischen Sexualität und Terrorismus sind von amerikanischen Feministinnen erforscht worden. Sie sehen eine direkte Verbindung zwischen sexuellem Verlangen und terroristischer Aktivität. Es hat mit der Aufhebung von Inhibitionen zu tun, gesellschaftlich wie im Bett. Die Leseliste kannst du von mir haben, wenn du willst.« Er lächelte und hielt mir eine Packung Zigaretten hin. Damals habe ich geraucht. Ich nahm mir eine Zigarette, beugte mich vor, als er mir Feuer gab, und sog den Rauch dankbar ein. »Die Lagerleitung«, fuhr Axel fort, »ist sich dieser sexuellen Verbindung natürlich voll bewußt. Deshalb fördert sie die Teilnahme solcher Mädchen an den Schulungen. Gute Schülerinnen sind die Mädchen kaum. Aber sie sind trotzdem von Nutzen.«
»Von Nutzen?«
»Es liegt doch auf der Hand!« Axel stieß eine Rauchwolke aus, die talabwärts zog. »Die Araber wollen weiße Mädchen. Als Rache für den Kolonialismus. Aber an der hier hätten sie keinen Spaß gehabt.« Er deutete mit einer Kopfbewegung auf Roisin.
»Warum nicht?«
»Zu dürr! Sieh sie dir doch an!« Er bückte sich und riß Roisins dünnes Hemd auf. »Siehst du? Bloß Pickel!« Er zeigte auf Roisins Brüste, die ganz weiß und klein waren. »Pickel!« wiederholte Axel, konnte seinen Blick aber nicht losreißen. Da wurde mir klar, warum er zurückgeblieben war mit dem Vorwand, mir bei ihrer Bestattung zu helfen. »Deck sie zu«, sagte ich. »Es ist nicht recht, sie halb nackt zu beerdigen.«
Da hat mich Axel ganz schief angesehen. »Wie heißt du?«
»Paul.«
»Paul. Du leidest unter amerikanischen bourgeoisen Inhibitionen. Mach dich davon frei! Sie sind ungesund.«

»Ich habe gesagt, du sollst sie zudecken!« fuhr ich ihn an. »Okay! Okay!« Doch statt ihr das zerrissene Hemd über den Leib zu ziehen, streichelte er ihre kleinen weißen Brüste mit der rechten Hand. Da habe ich mit der Kante des Spatens zugeschlagen. Ich habe ihn so hart getroffen, daß die Stahlkante ihm zehn Zentimeter tief in den Schädel sank. Er war trotzdem nicht sofort tot. Er machte ein komisches Geräusch, halb Schmerzlaut, halb Protest, als ich ihn von Roisins Leiche zerrte. Er hat noch die ganze Zeit gelebt, die ich brauchte, um Roisin zu begraben und ihr flaches Grab mit einem Haufen Steine abzudecken, damit Tiere und Vögel ihrem Fleisch fernblieben. Axel konnte nicht sprechen, beobachtete mich aber und gab komische Laute von sich, als ich ihm sagte, er würde zur Hölle fahren und in der Ewigkeit unaussprechliche Qualen leiden. Als er endlich gestorben war, habe ich ihn nicht begraben. Ich überließ ihn den Tieren, deren Schreie die Nacht erfüllten, und ging mit meinem blutigen Spaten zurück ins Lager, wo ich meine Tat gestand. Um Axels Tod hat sich niemand gekümmert. Der Tod war ein Kult in Hasbaiya.
Draußen vor dem Fenster fiel der Schnee ins wachsende Dunkel der Dämmerung.

Der Luftkrieg im Golf dauerte an. Die Vergeltungsakte gegen Amerika blieben noch immer aus. Kein einziges Flugzeug stürzte vom Himmel. Nicht eine Bombe demolierte das Zentrum einer Großstadt. Es schien ganz so, als ob meine Geschichte, daß Saddam Hussein sich terroristisch an Amerika rächen wollte, nichts weiter war als – eine Geschichte. Phantasie. Gillespie fragte mich weiterhin nach den Kubanern in Miami und nach den anderthalb Millionen Dollar, doch ich spürte, daß er mir eigentlich kein Wort glaubte.
Die Tage verstrichen unter einer Schneedecke. Ich wen-

dete Seiten in Fotoalben und bemühte mich um Erinnerungen an Treffen, die Jahre zurücklagen. Die Tage bekamen eine öde Monotonie. Ich sah mir morgens im Frühstücksfernsehen die Nachrichten an, jedesmal in Erwartung einer Meldung, daß die alliierten Bodentruppen die irakische Armee angegriffen hätten, doch es blieb beim Luftkrieg. Eines Morgens sah ich den Kongreßabgeordneten O'Shaughnessy im TV seine Sorge ausdrücken, daß ein Bodenkrieg Tausende von amerikanischen Leben kosten würde. Es wäre besser, so erklärte Tommy der Trottel, wenn man die Bombenangriffe ein paar Monate lang fortsetzte. Ich wollte das Gerät gerade abschalten, als die Nachrichtenübersicht ein Bombenattentat in London meldete. Die Provisorische IRA hatte einen Lieferwagen in Whitehall geparkt, und im Lieferwagen war eine Batterie verborgen, die Geschosse auf Downing Street richtete. Der neue Premier und sein Kabinett waren knapp davongekommen. Die Bilder zeigten den ausgebrannten Lieferwagen im Graupelregen. Am späteren Morgen hat mich Gillespie dann, ganz wie erwartet, zu diesem Attentat befragt. Ich konnte allerdings nur die Vermutung äußern, daß der aufsehenerregende Angriff ursprünglich der bei der IRA verhaßten Margaret Thatcher gegolten hatte, jedoch verzögert worden sei, damit er Teil der weltweiten irakischen Terrorkampagne würde – eine Verzögerung, die der IRA zwar eine Chance zum Mord an Margaret Thatcher genommen, doch Oberst Gaddafi und Saddam Hussein zweifellos Genugtuung bereitet habe.
London wurde von zwei weiteren Terroranschlägen heimgesucht. Beide galten Bahnhöfen. Ein Penner kam ums Leben. Die Bomben waren in Mülltonnen plaziert und in der Zeit des Stoßverkehrs explodiert. Bei beiden handelte es sich um primitive Anschläge, die nichts mit der Raffinesse des Attentats auf Downing Street gemeinsam hatten. Ich wies Gillespie darauf hin, die IRA sei wahrscheinlich

in der Hast ihres Eifers, Saddam Hussein von ihrer kooperativen Einstellung zu überzeugen, zu derartigen Primitivitäten getrieben worden. Die Einheit Irlands hatten die Londoner Anschläge nicht um einen Tag nähergebracht. Das Wohlwollen des großzügigsten Förderers, Libyen, hatten sie der IRA bestimmt gesichert.

In den folgenden Tagen setzte mich Gillespie – vermutlich als Reaktion auf Anfragen aus London – unter Druck. Was ich über aktive IRA-Einheiten wüßte? Aber da konnte ich ihm kaum helfen. Ich kannte nur zwei Spitzenmänner der IRA, Brendan Flynn und Seamus Geoghegan. Andere waren bereits tot, oder ich hatte sie nie persönlich kennengelernt. Gillespie war offenbar der Auffassung, ich verschwiege sie ihm. Er irrte. Ich verheimlichte Goldmünzen, aber keine Menschen.

Als Gillespie sich nach meinen Zukunftsplänen erkundigte, wurde mir klar, daß die Einsatzbesprechung dem Ende zuging. Er bot mir die Sicherheiten des Programms zum Schutz von Zeugen für die Regierung an. »Wir beschaffen Ihnen einen neuen Namen, eine neue Sozialversicherungsnummer, andere Arbeit und einen Betrag, damit Sie in einer Gegend weitab von Ihrer bisherigen Heimat seßhaft werden können. Da würde Sie niemand mehr aufspüren.«

»Eine Stellung als Hausmeister bei einer Schule in South Dakota? Vielen Dank, aber da muß ich ablehnen. Ich kehre zum Cape zurück.«

Er runzelte die Stirn. »Wäre das vernünftig?«

»Wahrscheinlich nicht. Aber dort bin ich zu Hause.«

Er war besorgt. »Aber Sie müssen sich doch Feinde gemacht haben. Die werden wissen, wo Sie zu finden sind.«

»Ich will mich nicht verstecken.«

Er lächelte schwach. »Sie brauchen das Gefühl von Gefahr, stimmt's? Ein normales Leben fänden Sie unerträglich.«

»Ich hab' die Gegend am Cape gern. Das ist alles.«
»Na schön.« Er sagte es jedoch zögernd.
Am Abend darauf kam endlich Simon van Stryker, um mir seinen Segen zu geben. Man hatte mir vorher nicht Bescheid gesagt, daß er käme; Gillespie war allerdings den ganzen Tag über voller Erwartung gewesen, und als wir vor dem Essen in der Bibliothek zusammensaßen, sah ich ein Tablett mit Eiseimer, Kristallgläsern, einem altmodischen Sodasyphon, zwei Marken Scotch Whisky und eine Flasche Sherry. »Es gibt ein Fest?« fragte ich.
»Irgendwie schon«, sagte Gillespie und drehte sich zum Fenster um, als das Geräusch eines Hubschraubers durch die Doppelglasfenster der Bibliothek brummte. Über den dunkler werdenden Schnee schoß ein greller Lichtstrahl, der schrumpfte, als der Hubschrauber niederging. Eine Wolke aus herumwirbelnden weißen Kristallen verwandelte den Strahl in weißen Nebel, und in dieser flimmernden weißen Wolke tauchte dann die Maschine selbst auf, um sich auf den verschneiten Rasen zu senken. Die Landelichter verlöschten. Hier im Raum sprach keiner ein Wort. Ein Scheit stürzte aufs brennende Feuer. Funken stoben hoch. Carole Adamson blickte sinnig ins Glas. Gillespie strich sich das Haar glatt. Gleich darauf öffnete sich mit hohlem Klang die Eingangstür. Stimmengemurmel im Foyer. »Das wird er sein«, sagte Gillespie unnötigerweise.
»Wer?« fragte ich. Da wurde die Tür aufgestoßen. Beim Anblick des hochgewachsenen, schlanken Mannes in makelloser Abendkleidung schien es auf einmal unmöglich, sich Simon van Stryker in anderem Aufzug vorzustellen. Sein Haar war weißer geworden. Er mußte inzwischen in den Sechzigern sein, aber er wirkte absolut fit. Sein Gesicht war immer noch schmal und voller Leben. Er schritt durch das Zimmer direkt auf mich zu. »Paul Shanahan! Sie haben Wort gehalten! Gut gemacht!« Er streckte mir seine Hand entgegen. Ich schüttelte sie verlegen.

Van Stryker begrüßte Carole Adamson. »Ich hatte noch keine Gelegenheit, Ihnen zu Ihrem Aufsatz im *New England Journal of Medicine* meinen Glückwunsch auszusprechen. Zwei Punkte würde ich gern im Detail mit Ihnen besprechen, aber das hat vielleicht Zeit? Und Peter!« Er reichte Gillespie die Hand. »Sie haben lang arbeiten müssen. Gut gemacht!« Er schenkte uns ein Lächeln. Der Raum vibrierte von seiner Präsenz. Er hielt die Hände ans Feuer, zitterte und nickte zum Angebot eines Whiskys. »Aber nur einen kleinen, Peter. Man erwartet mich zu einem ziemlich anstrengenden Diner im Weißen Haus. Ich werde zu spät kommen. Immer noch besser, als sich gar nicht zu zeigen.« Er stand vor dem Kamin und ließ den Blick über die hohen Regale voller ungenießbarer Bücher gleiten. »Hier hat uns schon so mancher außergewöhnliche Mensch sein Leben erzählt, Paul. Für mich ist dieser Raum gewissermaßen der Beichtstuhl Amerikas.«

»Erhalte ich jetzt Absolution?«

Van Stryker lachte. Er bedankte sich bei Gillespie für seinen Whisky. Er nahm einen Schluck und stellte das Glas auf den Kaminsims. Er würde es bestimmt nicht mehr anfassen. »Bedienen Sie sich!« Er winkte mich zum Tablett mit den Drinks. Vor dem Fenster rumorte der Motor des Hubschraubers. Van Stryker konnte offenbar nicht lange bleiben. Ich war froh, daß er sich überhaupt die Mühe gemacht hatte, den Weg zu diesem seltsamen Landhaus in den schneebedeckten Bergen zu finden. Das Wiedersehen mit ihm tat mir gut. Vierzehn Jahre lang war er mein Mentor gewesen. »Was ist nur aus Ihren Stinger-Raketen geworden, Shanahan?« fragte er.

»Ich weiß es nicht.«

»Möglicherweise haben sie ja gar nicht existiert?«

»Kann schon sein. Aber eine habe ich selber berührt.«

Er musterte mich mit seinen blassen, blauen Augen. »Haben Sie uns auch alles erzählt, Paul?«

»Mindestens dreimal, wie mir scheint.«

»In Ordnung, Paul«, sagte van Stryker und fixierte den Coirteppich. »Angenommen, daß es die Stinger-Raketen nicht gibt, Shanahan, oder aber nur eine einzige dieser Bestien – warum könnte man Sie dann nach Miami geschickt haben?«

»Ich weiß es nicht.«

»Daß *Sie* dort waren, wissen wir. Wir haben Ihre Spuren im Computerspeicher der Fluggesellschaft entdeckt.« Er sah noch immer zu Boden. »Aber zu welchem Zweck?« fragte er leise.

»Könnte es sich um eine Aktion gehandelt haben, die dann vorzeitig abgeblasen wurde?« Daß sie abgeblasen worden sein könnte, weil irgendein gerissener Lump das Geld für den Ankauf gestohlen hatte, erwähnte ich allerdings nicht. »So geht's doch mit den meisten Aktionen.« Ich fing van Strykers Blick. Mir wurde klar, daß er überlegte, ob ich möglicherweise einen *seiner* Rohrkrepierer repräsentierte. »Und wo bleibt die restliche Terrorkampagne von Saddam Hussein?« fragte er. »Sollte das *alles* versandet sein?«

»Möglicherweise«, sagte ich.

»Alles, bis auf die Anschläge der IRA«, meinte er bitter. »Sie hat von allen Verbündeten Saddam Husseins als einzige blutig zugeschlagen. *Ein* Toter in der Londoner Victoria Station. Mehr bringt il Hayaween nicht zustande?«

Auf meine Antwort schienen alle zu warten. Ich hob die Schultern. »Wie mir il Hayaween erklärt hat, unterstützen Syrien und der Iran die irakische Terrorkampagne nicht«, sagte ich, als ob damit alles geklärt sei.

»Das ist richtig«, bemerkte van Stryker ungeduldig. »Aber nur ein toter Penner? Kann das Saddam Husseins Optimum sein?«

»Sie hätten den britischen Premier fast erwischt«, meinte ich.

Van Stryker schüttelte den Kopf. »Nach unseren Analysen hatte die IRA dieses Attentat seit Monaten geplant. Es wurde nur den arabischen Freunden zuliebe verschoben. Nein! Das kann nicht alles sein!« Er klang zornig. »Haben Sie uns *wirklich* alles erzählt, Paul?«

»Selbstverständlich.« Die Lüge versetzte mir einen Stich, aber ich beruhigte mich mit dem Gedanken, daß ich ja nur den korrekten Kaufpreis für die Raketen und die Zahlungsweise der Libyer für mich behalten hatte. Ich hatte ein Recht auf das Gold. Trotzdem quälte mich ein Schuldbewußtsein, weil ich das Gold verheimlichte. Solche Wirkung hatte van Stryker auf mich. Er war ein Mensch, in dessen Bannkreis man loyal sein wollte. Aber, so sagte ich mir dann wieder, Gold ist so harmlos wie ein Scheck oder eine Banküberweisung. Relevant war hier nur das, was mit dem Gold gekauft werden sollte. »Könnten die zwei Kubaner«, schlug ich vor, »versucht haben, die IRA hereinzulegen?«

»Ein ziemlich gefährliches Spiel«, erwiderte van Stryker mit gequältem Lachen.

»Nicht für Leute, die weit genug weg sind. In Kuba ist die IRA noch nie aktiv geworden.«

»Das wäre ihr auch nicht zu empfehlen!« Van Stryker sah auf die Armbanduhr und sprach Gillespie an. »Wie schätzen Sie Shanahan ein, Peter?«

»Ich halte die Einsatzbesprechung für äußerst nützlich«, sagte Gillespie ohne Begeisterung. »Ich bin nicht überzeugt, daß er uns alles mitgeteilt hat, was er über die IRA weiß, aber das ist nie unser primäres Ziel gewesen. Das Rätsel der Stinger haben wir noch nicht gelöst. Vielleicht werden wir es auch nie lösen. Was er uns über die palästinensischen Gruppen und über Libyen berichtet hat, ist jedoch äußerst wertvoll.«

»Die Israelis sind mit uns zufrieden – wollen Sie darauf hinaus?« Van Stryker sprach mit Gillespie und sah mich

an. »Sie glauben also, Mr. Shanahan hat nicht umsonst gelebt?«
»Bestimmt nicht«, erwiderte Gillespie energisch.
»Dr. Adamson. Wie beurteilen Sie Paul Francis Shanahan?«
»Ich habe mir noch kein abschließendes Urteil gebildet. Er hat uns bisher nicht gestattet, ihn so zu sehen, wie er ist. Er hält sich bedeckt, weil er sich dagegen wehrt, befragt zu werden – weshalb er diese Einsatzbesprechung auch als einen Kampf aufgefaßt hat.«
»Und wer hat gewonnen?« fragte van Stryker leichthin.
»Ich habe beim Punktezählen die Übersicht verloren.« Urplötzlich war Carole Adamson gar nicht mehr mütterlich tröstend. Sie zeigte sich messerscharf. »Er hat sein wahres Selbst hinter einer Maske von Frivolität versteckt.«
»Sie meinen, er ist ein Betrüger?« Van Stryker war nach wie vor freundlich. »Haben wir ihn nicht gerade deshalb für diese Aufgabe ausgesucht?«
»Aber wen täuscht er denn? Ich will Ihnen eins sagen – hinter der glatten Maske verbirgt sich mehr als sein wahres Selbst. Mr. Shanahan verheimlicht uns alles, was für ihn von persönlichem Nutzen sein könnte.«
»Paul?« Van Stryker wandte sich mir mit vollendeter Höflichkeit zu.
»Ich habe nichts verheimlicht«, betonte ich mit herrlich vorgetäuschter Unschuld.
»Sie sind mit falschen Papieren eingereist, oder etwa nicht?« Van Stryker stellte die Frage ganz gelassen.
»Aus rein nostalgischen Gründen«, erklärte ich frohgemut. »Ich werd' es nie wieder tun. Ich verspreche es Ihnen.«
Carole Adamson warf mir einen abwägenden Blick zu. »Wegen der Papiere würde ich mir keine Gedanken machen. Ich würde ihm nur ein paar Fragen zu Roisin Donovan stellen. Die müßten seine Maske eigentlich lüften.«

Van Stryker streckte seine Hände zum Feuer. »Daß Sie in dem Punkt gelogen haben, wissen wir. Sie hat mit Ihnen in Belfast zusammengelebt. Sie behaupten trotzdem, Sie nicht gekannt zu haben?«
»Ist mir denn nicht einmal ein Intimleben gestattet?«
»Nicht im Beichtstuhl Amerikas.« Er lächelte, musterte mich und schaute von neuem ins Feuer. »Sie hatten doch ein Verhältnis?«
»Ja.«
»Sie hat eine Menge anderer Liebhaber gehabt. War Ihnen das bekannt?«
Ich überlegte. Wieviel wußten sie über Roisin? Ich wollte nicht über Roisin reden. »Mir war durchaus bekannt, daß sie noch andere Liebhaber hatte«, sagte ich abwehrend.
»Tut Ihnen das weh?«
Ich hatte nicht die Absicht, auf diese oder ähnliche Fragen zu antworten. Ich war in die Finsternis ausgeschickt worden, um Informationen zu sammeln, nicht aber Rohmaterial für eine Psychoanalyse. Deshalb schwieg ich. Van Stryker wärmte seine Hände. »Nicht, daß die Frage wichtig wäre«, meinte er ungerührt, »weil das Mädchen ja tot ist und Sie Gott sei Dank sehr lebendig sind. Sie sind schon immer ein Überlebenskünstler gewesen, Paul. Ein Schurke und ein Gauner, aber ein Mensch, der überlebt.« Er lächelte mir zu. »Ich bin hier, um Ihnen zu danken.«
»Um mir zu danken?« Solche Höflichkeit überraschte mich.
»Sie sind meine erste drahtlose Marionette, die wieder heimgekehrt ist. Sie haben einen Schatz an Informationen mitgebracht. Dafür danke ich Ihnen. Und wir schulden Ihnen Geld.« Er hob die Hand, um meinem Ausdruck von Verwunderung zuvorzukommen. »Ich weiß, ich weiß – wir haben vereinbart, daß wir Ihnen nichts zahlen würden. Und offiziell schulden wir Ihnen auch nichts. Ich werde aber dafür sorgen, daß die Agency für Sie eine Sum-

me abzweigt. Nur als Zeichen unseres Dankes. Es kann dauern, vielleicht Monate. Und wir haben natürlich weitere Fragen an Sie. Ich bin mir absolut sicher, daß wir weitere Fragen an Sie haben. Fragen sind das einzige, was nie ein Ende findet. Peter weiß, wo Sie sich aufhalten werden, ja?«
»Ich kehre nach Cape Cod zurück«, sagte ich.
»Ich beneide Sie. Nancy und ich besitzen ein Sommerhaus in Martha's Vineyard, sind allerdings nie genug dort. Wir sind zu beschäftigt. Wir segeln sogar ein wenig, sofern wir dazu kommen.«
»Sie haben ein eigenes Schiff?« fragte ich.
»Einen *Nautor Swan«*, erwiderte er nonchalant. »Länge: einundsechzig Fuß. Trägt Nancys Namen. Wir halten sie in Edgartown. Jetzt ist sie natürlich an Land gezogen. Steht auf unserem Hof. Auf Kufen.«
Es konnte nur ein *Nautor Swan* sein, dachte ich, und Nancy war garantiert eine schöne Frau, und sie hatten erfolgreiche Kinder, und das Sommerhaus auf Martha's Vineyard war ein Landsitz an der Küste. Wie sich das für die Oberschicht gehörte.
Van Stryker zog eine Visitenkarte aus der Jackentasche. »Falls Sie in Ihrem Unbewußten etwas ausgraben sollten und mit mir darüber reden wollen – unter der Nummer bin ich immer erreichbar.« Er reichte mir die Karte. »Und danke, Paul, daß Sie so große Risiken auf sich genommen haben.«
Ich nahm die Karte. Es kam mir richtig dumm vor, Lügen erzählt zu haben – keine wichtigen Lügen, doch ich empfand, daß ich weder Strykers Generosität noch seinen Dank verdient hatte. Aber natürlich hatte ich sie mir verdient, sagte ich mir dann wiederum. Ich war der arme Teufel, der sich ins Bekatal, in die Hintergassen von Tripolis gewagt hatte. Ich war ein Held, dem man Dank schuldete, einen Tusch und einen Haufen Gold – alles.

»Ich muß jetzt wirklich gehen!« sagte van Stryker. Er schenkte Carole Adamson und Peter Gillespie ein Lächeln zum Abschied, reichte mir noch einmal die Hand, und schon war er fort. Gillespie ließ einen Seufzer der Erleichterung hören. Von draußen blendeten die Lichter des Hubschraubers herein. Der Hubschrauber hämmerte sich in die Lüfte.

Am nächsten Morgen ließen sie mich ziehen. Gillespie gab mir fünfhundert Dollar in bar und ein Flugticket nach Boston. Es war Sonntag. Irgendwo im Tal läutete eine Kirchenglocke Alarm. Der Morgen war kalt und still. Unter der Wintersonne glitzerte eine Lage Neuschnee. Ich zog mein gelbes Ölzeug an und trat hinaus in den neuen Tag. Ich war wieder ein freier Mensch. Und unterwegs nach Hause.

Ich wußte, wie sehr Michael Herlihy darauf brannte, die Wahrheit über das verschwundene Gold zu erfahren, so sehr, daß er es am liebsten aus mir herausprügeln würde. Michael war jedoch Jurist, und ein vorsichtiger dazu, und hatte in seinem Leben noch nie etwas getan, ohne es sich vorher gründlich zu überlegen und sich zum eigenen Schutz nach allen Seiten abgesichert zu haben. Wenn ich also unerwartet und überraschend in Boston eintrudelte, hatte ich vermutlich eine gute Chance, wieder verduftet zu sein, bevor er reagieren würde – eventuell sogar bevor er registriert hatte, daß ich in Massachusetts angekommen war.

Ich war mir andererseits darüber im klaren, daß sich eine Konfrontation mit Michael nicht ewig aufschieben ließe. Wenn ich meine restlichen Lebenstage in Cape Cod verbringen und ungestört segeln und fischen wollte, mußte ich Michael und seine Helfershelfer zum Schweigen bringen oder kaufen. Es war aber auch unerläßlich, daß Sarah Sing Tennyson ein für allemal aus meinem Haus gejagt würde. Was konkret bedeutete: Ich müßte dem aufgeblasenen Affen in den Schwanz kneifen, der meine Schwester geheiratet hatte.

Der aufgeblasene Affe hieß Patrick McPhee – ein extrem impulsiver Mann mit einem gewaltigen Bauch und einer Visage zum Reinschlagen. Ein Säufer. Versager. Streithahn. Lümmel. Alle hatten Maureen vor der Heirat gewarnt, aber meine Schwester hat in McPhee den hochgewachsenen, feschen jungen Baseballspieler mit seiner glorreichen Zukunft in Spitzenvereinen gesehen, von der er prahlte, und die Heirat nach anfänglichem Drängen unumgänglich gemacht, indem sie schwanger wurde. Va-

ter tobte, gab ihr eine großzügige Mitgift und geleitete sie über den Teppich im Schiff der Erlöserkirche zum Altar. Sie trug ein mit Spitzen gesäumtes Brautkleid von herrlichstem Weiß, und zum Dank bekam sie schon nach ein paar Tagen die ersten blauen Flecke. »Mir ist die Haustür ins Gesicht geschlagen, als ich vom Einkaufen heimkam«, hat sie unserer Mutter erklärt. Einen Monat später war sie über einen Bordstein gestolpert, dann beim Aussteigen vom Bus gestürzt und so weiter, und so fort.
Patrick hatte, wie zu erwarten gewesen war, in kleinen Vereinen gespielt und versagt. Sein Wurfarm, der bei Maureen im Zufügen von Prellungen so saubere Arbeit leistete, hatte Pudding in den Muskeln, wie sich herausstellte. Er kehrte nach Boston zurück, wo er trank, zunahm und von früheren Ruhmestaten und Maureens Geld lebte.
Das Geld war längst verpraßt und von Maureens stürmischer Liebe nur ein zerfallenes Haus und die Nachkommenschaft von fünf griesgrämigen Buben geblieben, die ganz nach dem Vater kamen. Herr, erbarme dich, dachte ich, als ich die wintrige, regennasse Straße hochfuhr – aber wir *sind* eine schlimme Familie gewesen.
Auf mein Klopfen kam Maureen selbst zur Tür und starrte mich im ersten Moment nur sprachlos an. »Ach, mein kleiner Bruder!« sagte sie schließlich. Sie hatte zugenommen. Neben dem rechten Auge zeigte sich eine Quetschung. Offenbar hatte sie sich vor dem Schlag zu spät geduckt.
»Darf ich eintreten?«
»Du bist schon so weit gekommen, warum dann nicht auch den letzten Schritt?« Sie stieß die Tür auf, um mich in die Küche zu lassen. »Du erinnerst dich an Terence?«
Terence war Maureens Jüngster und inzwischen zwölf oder dreizehn Jahre alt. Er stopfte am Küchentisch ein Sandwich mit Erdnußbutter und Marmelade in sich hinein. Er trug ein »Wüstensturm«-T-Shirt, das sich über sei-

nen fetten Bauch spannte. »Sag Onkel Paul guten Tag«, befahl ihm die Mutter, aber der Junge hatte den Mund zu voll, um auch nur ein Wort herausbringen zu können. Er hob einfach die Hand zum Gruß. In der Ecke plärrte ein Fernseher, im Wohnzimmer nebenan ebenso laut ein anderer mit anderem Programm.

Terence ließ sich vom Stuhl gleiten und zog die Tür des Kühlschranks auf. Er musterte die reichlichen Vorräte und fällte ein vernichtendes Urteil. »Kein Sodawasser.«

»Ich werd' dir welches kaufen, Süßer«, sagte Maureen.

»Warum holst du dir nicht selbst welches?« schlug ich gütlich vor.

»Laß ihn in Ruh!« intervenierte Maureen, die eindeutig Übung hatte, ihre Kinder vor dem Zorn erwachsener Männer zu schützen. »Hier! Komm, Süßer«, sagte sie zu Terence. »Hol dir was Leckeres.«

»Wo sind denn die anderen kleinen Lieblinge?« fragte ich, als Terence aus dem Zimmer war und Maureen beide TV-Geräte ausgeschaltet hatte.

»Wahrscheinlich in Roscoe's Bar. Beim Poolspielen. Und Ihre Lordschaft befindet sich natürlich im Gemeindehaus. Wo sonst?« Maureen nahm am Tisch Platz und steckte sich eine Zigarette an. Der Aschenbecher quoll über. Ihre Finger waren braun gefärbt wie von Holzlack. Sie musterte mich ein Weilchen. »Gut siehst du aus. Und wo bist du die ganze Zeit gewesen?«

»Während der vergangenen sieben Jahre?« Ich ließ meinen Seesack an der Tür zu Boden fallen und holte mir eine Tasse Leitungswasser. In der Spüle stapelte sich das schmutzige Geschirr. »Meistens in Belgien. Sonst mal hier, mal da. Eigentlich wollte ich Patrick sprechen.«

»Wegen dieses Mädchens?«

Ich nickte. »Sarah Sing Tennyson.«

Sie zuckte die Schultern. »Ich habe dem gnädigen Herrn gesagt, daß er ihr das Haus nicht vermieten soll. Es ist uns

in letzter Zeit allerdings nicht gerade rosig ergangen. Aber wann ging's uns schon rosig? Eine Zigarette?«
»Ich habe aufgehört.«
»Sei froh. Ich hab's versucht und bin dreißig Pfund schwerer geworden. Da hab' ich wieder angefangen. Die dreißig Pfund bin ich trotzdem nicht wieder losgeworden. Du bist in Schwulitäten, nicht wahr?«
»Nein.«
»Ich kann's riechen. Wie Rauch vom Scheiterhaufen. Du weißt, daß sie nach dir gesucht haben?«
»Wer denn?«
»Herlihy und seine Freunde. Die haben eine Stinkwut auf dich, Paul. Sagst du mir, warum?«
»Nein.«
»Warum frag' ich überhaupt?« Sie rappelte sich hoch, ging durchs Zimmer und angelte sich eine kleine Flasche Gin und ein Fläschchen Jameson aus einem hohen Schrankfach. Ich sah, wie dick sie um die Hüfte und an den Fesseln geworden war. Mein Gott! dachte ich. Sie war zwei- oder dreiundvierzig. Sie wirkte zwanzig Jahre älter; nur das Haar war glänzend und dicht geblieben, das war noch wie früher. »Bedien dich.« Sie nahm wieder Platz und schob mir die Whiskeyflasche zu.
»Patrick wird diese Tennyson abschieben müssen«, sagte ich.
Maureen lachte. »Viel Glück! Du kennst Patrick doch. Er hat vor jeder Frau Schiß. Außer, wenn er mit ihr verheiratet ist. Er wird dir versprechen, sich drum zu kümmern, und dann nichts tun.«
»Wieviel nimmt er an Miete?«
»Fünfhundert pro Monat. Und dabei überläßt sie ihm noch das Haus, wenn sie nicht da ist. Weiß Gott, warum.«
»Fünfhundert?« Die Summe überraschte mich. Gewiß, das Haus *war* monatlich fünfhundert Dollar wert; im Sommer hätte man es sogar für fünfhundert pro Woche ver-

mieten können. Doch für eine Teilzeitnutzung – Sarah Sing Tennyson mußte verrückt sein.

»Nicht, daß ich von dem Geld was zu sehen bekäme«, sagte Maureen trübe. »Seine Eminenz behält alles für sich.«

»Hat er Arbeit?«

»Merken kann man's nicht. Mal hier, mal da.« Er hatte sich also nicht verändert. Patrick hatte eine Zeitlang als Zuhälter, dann für einen Schuldeneintreiber in Roxbury gearbeitet, meistens jedoch von den geringen Einkünften gelebt, die immer noch aus Maureens Erbe flossen, und nun offenbar von der Miete, die er unrechtmäßig für mein Haus bezog.

Ich schenkte mir großzügig vom Whiskey meines Schwagers ein und mußte grinsen, als ich auf dem Etikett die Warnung des Gesundheitsministers vor Alkohol las. »Seit wann gibt's solchen Quatsch auf den Flaschen?«

»Seit sogar das Telefon nicht mehr funktioniert.« Sie zeigte das Flackern eines Lächelns, eine Andeutung der alten Maureen. »Du bist zu lang weg gewesen, Paul. Du hörst dich ja schon wie ein Ausländer an.«

»Jetzt bin ich wieder da.«

»In Boston?«

»Am Cape Cod. Wann bist du zuletzt dagewesen?«

»Das muß fast vier Jahre hersein. Seine Exzellenz hat es nicht gern, daß ich hingeh'. Wenn das Tennyson-Mädchen nicht da ist, geht er mit seinen Freunden vom Gemeindehaus. Mit mir nie.« Sie zog an der Zigarette. Ich hatte die Schlüssel zum Haus in Cape Cod Maureen gegeben, damit sie eine Fluchtburg hatte. Daß Patrick es zu seinem Vergnügen benutzte, hatte nicht in meiner Absicht gelegen.

»Und was macht er dort?«

Sie machte eine wegwerfende Geste. »Mann spielen, weißt du? Beim Kartenspiel Geld verlieren, Bier trinken, und im Herbst geht er auf Entenjagd.«

»Sie werden es nicht mehr lange tun«, sagte ich. »Ich zieh' wieder ein. Hast du Johnny Riordan kürzlich getroffen?«
Sie schüttelte den Kopf. »Seit drei Jahren nicht mehr. Bei seinem letzten Besuch hier hat sich Patrick mit ihm angelegt. Zur Schlägerei ist es nicht gekommen, aber sie haben sich angebrüllt, daß die Wände wackelten. Johnny ist seitdem nicht mehr hiergewesen.«
»Und worüber haben sie sich gestritten?«
Sie seufzte. »Das Übliche. Du weißt schon.« Sie erklärte es trotzdem. »Patrick war gerade aus Irland zurückgekehrt und hat über die Briten Luft abgelassen. Sie wären schlimmer als die Nazis. Johnny hat ihn nicht ernst genommen.«
»Patrick ist in Irland gewesen?« Ich konnte meine Überraschung nicht verhehlen.
»Die Reise ist von den Friends of Ireland organisiert worden. Eine Woche in Dublin, eine Woche in Belfast. Patrick, Hochwürden Shea von der Erlöserkirche und Michael Herlihy natürlich. Außerdem irgendein junger Kerl vom Büro des Kongreßabgeordneten. Nach der Rückkehr hat Patrick große Töne gespuckt. Er hätt's ganz allein mit England aufgenommen! Manchmal wünsch' ich mir, verdammt, wenn er's doch bloß täte! Also, er gehört jetzt zum Vorstand. Ist eine große Nummer geworden. Hat viel zu tun. Wenn er nicht gerade Whiskey trinkt oder beim Pferderennen Geld verliert, plant er den Krieg gegen England.« Sie steckte sich mit der heruntergerauchten Zigarette eine neue an. »Kehrst du wirklich heim?«
»Ja.«
»Mit einem Sack voller Probleme.« Sie schwieg eine Weile. Der Rauch ihrer Zigarette stieg in einer ruhigen Säule hoch, die sich über ihrem Haar schlagartig auflöste. »Hat es was mit einer Frau zu tun?«
Ich winkte ab. »Die Freundin hat mich verlassen. Die hat gemeint, durch mich würde sie nie reich werden, und sich mit einem Franzosen abgesetzt.«

»Recht hat sie. Was ist aus dem Mädchen geworden, das du in Irland gern gehabt hast?«
»Sie ist tot.«
»Armes Ding.« Sie machte mit der Rechten ein Zeichen des Kreuzes. »Paß auf dich auf, Paul.«
»Das tu' ich doch immer.«
Sie verzog das Gesicht. »Schon wieder Drogen?«
»Damit hab' ich schon lang nichts mehr am Hut.«
»Bin ich froh, Paul. Das war eine schlimme Sache. Was willst du denn jetzt machen?«
»Weiß ich nicht. Soll ich mir ein Fischerboot kaufen? Thunfisch fangen? An den Kais von Cape Cod warten schon die japanischen Händler, wie ich höre, um frischen Thunfisch aufzukaufen. Zehn oder sogar fünfzehn Dollar das Pfund. Bar in die Hand, schwarz. Mit Thunfischfang käme ich ganz gut über die Runden.«
»Kämst du. Sicher.« Mit Träumen, die nie wahr wurden, kannte Maureen sich aus. Auf dem Gebiet war sie Expertin.
Ich nahm meine Tasche und ging zur Tür. »Patrick ist im Gemeindehaus, hast du gesagt?«
»Den lieben langen Tag. Von mir aus kann er auch die ganze Nacht bleiben.« Sie erhob sich, kam zu mir herüber und legte mir die Arme um den Hals. Sie sagte kein Wort, aber ich spürte, wie sie innerlich weinte. Ob über ihr vertanes Leben oder aus Erleichterung über meine Heimkehr, das war mir nicht klar.
Ich wich leicht zurück und berührte sie zärtlich an der wunden Prellung am rechten Auge. »Stammt die von Patrick?«
»Nein, von Mutter Teresa. Was glaubst du denn, wer mir so etwas antut?«
Ich gab ihr einen Kuß. »Sei lieb zu dir«, sagte ich, und als ich aufschaute, sah ich Terence in der Küchentür stehen, der uns entsetzt beobachtete. Er hatte es wahrscheinlich

noch nie erlebt, daß ein Mensch zärtlich zu seiner Mutter war, litt also unter einem Kulturschock. Ich hob den Finger. »Sie ist meine Schwester, du Rabauke.«

»Wo sind meine Trainingsschuhe, Mutti?«

»Ich werd' sie dir suchen, Süßer.« Sie entzog sich mir.

»Und du wolltest mir auch Sodawasser kaufen, okay? Und die Chips hier sind alt.«

Ich ließ die Tür ins Schloß fallen und machte mich aus dem Staub.

Der Saal wurde stets »Gemeindehaus« genannt, obwohl es überhaupt nicht das Haus der Kirchengemeinde war, sondern einer der vielen Bruderschaften in Boston gehörte, die nur zu glücklich war, das große Backsteingebäude herzugeben – als Gemeindesaal, Vereinslokal und Treffpunkt, wo die irische Sippschaft Freud, Leid und politischer Empörung Ausdruck geben konnte. Das Gemeindehaus war während der Hungerstreiks, in denen IRA-Männer in Long Kesh starben, Schauplatz leidenschaftlicher Zusammenkünfte gewesen; ebenso Mitte der Siebziger, als die Rassenschulkrise Boston in ein Schlachtfeld verwandelte und die Männer des Viertels schworen, kein einziges schwarzes Kind würde die Schwelle ihrer Schule je überschreiten. *Die* Schlacht war lange verloren, doch der ältere Kampf ging weiter, wie zwei begeisterte Parolen bezeugten, die in riesigen grünen Buchstaben an die Mauer des Gemeindehauses gepinselt waren. »Briten raus aus Irland« und »Unterstützt die Provos!« Diese Sprüche waren zu beiden Seiten flankiert von grellen Ornamenten mit irischen Trikoloren, Harfen und Sturmgewehren als Motiven.

Die andere Begeisterung des Gemeindehauses galt dem Sport. Im Klartext: dem Basketball und insbesondere der Boston Celtics. Hier kamen die Männer her, um dem Spiel der Celtics auf einer übergroßen TV-Projektionslein-

wand zu folgen. Wenn die Celtics spielten, rückte sogar die irische Politik an zweite Stelle.
Als ich an jenem Sonntag die Tür aufdrückte, war auf der großen Leinwand aber kein Sportereignis zu sehen. Die Menge folgte einem Nachrichtenprogramm. Der Landkrieg am Golf hatte endlich begonnen; im Wüstensand des Irak wurde Saddam Husseins Mutter aller Schlachten ausgetragen. »Die kriegen was auf den Arsch!« begrüßte mich ein Mann, den ich noch nie gesehen hatte. »Mann, kriegen die von uns was auf den Arsch! Auf den Arsch!«
Ich drängte mich durch zur Bar. Der Saal war voll, rauchgeschwängert und stank nach Bier. Es war laut. Ich blickte mich um. Von Patrick war nichts zu sehen. Also gab ich Charlie Monaghan hinter der Bar ein Zeichen. Charlie brach mitten in seiner Beschäftigung ab, starrte zu mir herüber, schaute weg, schlug sich an den Kopf, sah erneut herüber, grinste, ließ seine Kunden stehen und marschierte mit ausgestreckter Hand auf mich zu. »Heilige Muttergottes, bist du das ganz persönlich, Paulie?« Er griff über die Theke, um mich zu umarmen. »Erst hab' ich gedacht, es wär' ein Gespenst. Ehrlich. Aber du bist's wirklich, oder?«
»Klar. Wie geht's?«
»Großartig! Einfach großartig! Kein Grund zum Klagen im Moment. Hast du die Nachrichten gehört? Wir schlagen den Arschlöchern die Scheiße aus dem Leib! Ich spreche nicht vom Irak, ich rede vom Basketball. Womit willst du feiern?«
»Gib mir ein Guinness.«
»Geht auf Kosten des Hauses, Paulie.« Er überließ seinen Assistenten die übrigen Kunden, um mir die fundamentale Mitteilung zu machen, daß Larry Bird sich von seiner Operation am Hacken erholt hätte und, wie Charlie Monaghan sich ausdrückte, laufe wie ein Rehbock im Frühjahr. »Er spielt wie ein Gott! Wie ein Gott! Dabei hat man

im letzten Jahr noch erzählt, er würde das Feld nie wieder betreten, mit so einer Fußverletzung bestimmt nicht, und außerdem sei er schon dreiunddreißig. Und jetzt müssen die andern Teams ihn doppelt bewachen. Kannst du dir das vorstellen, Paulie? Daß man auf Larry Bird zwei Männer ansetzen muß! Das ist wie in der guten alten Zeit, Paulie!« Charlie war in Letterkenny im County Donegal aufgewachsen, doch wenn man ihn über die Celtics reden hörte, dann war's, als ob er sein ganzes Leben im Schatten des Stadiums Boston Garden verbracht hätte. »Ich will dir was sagen, Paulie«, fuhr er fort. »Dieses Jahr werden wir Weltmeister. Kein Problem!«

Ich konnte seinen Redestrom gerade lange genug unterbrechen, um zu fragen, wo sich Patrick befände.

»Patrick Ewing? Der spielt heut bei den Knickerbockers. Das mußt du doch gewußt haben, Paulie?«

»Doch nicht *der* Patrick! Mein Schwager!«

»Ach so, du meinst *Padraig*, wie er sich inzwischen nennt! Dem ist Patrick nicht mehr gut genug. Es muß Padraig sein und sonst gar nichts.« Charlie lachte. Kein Wunder – ein Mensch, der schon mit seiner Muttersprache Schwierigkeiten hatte, mußte lächerlich affektiert wirken, wenn er sich die gälische Form seines Namens zulegte. »Der ist im Wohnraum«, fuhr Charlie fort. »Er ist aber beschäftigt. Ehrlich.« Der Wohnraum war das Hinterzimmer des Gemeindehauses, wo viel Privates erledigt wurde.

»Beschäftigt? Womit denn?«

Charlie schnitt die Schaumkrone vom Guinness, füllte nach und schob mir das Glas über die Theke. Er zwinkerte wie ein Verschwörer, als er sich mit der schaumigen Schneide des Messers die Nasenflügel berührte. »Ein Gespräch mit Tommy dem Trottel.«

»Mit dem Kongreßabgeordneten?«

»Genau. Mit dem Affen, der Saddam Hussein ein ganzes Jahr schenken wollte, damit der seine Armee auf Schwung bringen kann. Zu dumm zum Erfolg, zum Versagen zu reich.« Es war das vernichtende Urteil, das ein Kolumnist des *Boston Globe* über Tommy den Trottel gefällt hatte. Es saß wie ein Fischhaken im Kiemen eines Barsches. Den Spitznamen hatte der Abgeordnete durch einen Zufall bekommen; der war eine Erfindung von Charlie, der ein ›d‹ aussprach wie ein ›t‹, klare Vokale gewissermaßen durch den Kakao zog und Konsonanten verschlurrte. Auf die Weise wurde bei ihm aus dem Kongreßabgeordneten Thomas O'Shaughnessy dem Dritten auf immer und ewig Tommy der Trottel.

Und dieser Tommy der Trottel sollte mit meinem Schwager konferieren? »Du guter Gott!« sagte ich. Denn dumm mochte der Kongreßabgeordnete O'Shaughnessy ja sein; für Patrick McPhee war er aber trotzdem noch immer feine Gesellschaft. Thomas O'Shaughnessy gehörte zur Bostoner Geldaristokratie; seine Familie zählte zu den reichsten in Massachusetts. Sein Großvater, Tommy O'Shaughnessy senior, war aus County Mayo eingewandert und mit Zement reich geworden, und Tommys Vater hatte den Reichtum der Familie mehr als verdoppelt. Weil er sich jedoch um den Wohlstand der Familie sorgte, falls sein Sohn je die Geschicke der Firma leiten sollte, hatte Tom O'Shaughnessy junior dem Sohn, Thomas dem Dritten, als Ersatz für einen Posten in der Firma einen Sitz im Repräsentantenhaus erkauft. Einem Bostoner Gerücht zufolge hat dieser sichere Wahlkreis die Familie weit über acht Millionen Dollar gekostet, aber sie hatte ihn damit immerhin auf einen Posten manövriert, wo er den Profit aus der Zementproduktion nicht direkt beeinträchtigen konnte.

»Herrje! Und was macht Tommy der Trottel dort?«

»Pläne natürlich.«

»Was für Pläne?« Das Guinness war viel zu kalt. Aber damit würde ich nach meiner Rückkehr in die Heimat leben lernen müssen.

Charlie lehnte sich über die Theke und senkte die Stimme. »Du kennst Seamus Geoghegan?«
»Natürlich kenne ich Seamus. Wir sind befreundet.«
»Und du weißt, daß er sich momentan in Boston aufhält? Und daß die Briten seine Auslieferung fordern? Ihr erster Versuch ist mißglückt. Sie versuchen es jetzt über das Appellationsgericht. Das heißt, wir brauchen Geld für seine Verteidigung.«
»Wir – das heißt die Friends of Ireland?« mutmaßte ich, da mein Schwager ja Funktionär dieses Vereins geworden war.
»Du hast's erfaßt, Paulie. Patrick gehört zum Vorstand. Ehrlich. Michael Herlihy bestimmt natürlich, wo's langgeht, er brauchte aber wen, der die Kasse und die Mitgliederliste in Ordnung hält, da hat Patrick sich freiwillig gemeldet, als er aus Irland zurückkam. Hast du *nicht* gewußt? Jessas, nein. Bei der Rückkehr aus Belfast quoll Patrick der Dampf aus den Ohren. Für Irland tät' Patrick doch heut alles.«
Charlie kicherte und stützte die Ellenbogen auf die Theke – Auftakt für eine gute Geschichte. »Letzten September hat er sogar einen Bus gemietet und eine Gruppe nach Meadowlands in New Jersey gefahren. Zwei britische Militärkapellen gaben dort in der Brendan Byrne Arena ein Konzert, und Patrick hatte die famose Idee, allen Autos auf dem Parkplatz die Reifen durchzuschneiden. Das, so erzählte er uns bei der Ankunft, sei eine Tat für ein freies Irland. Als dann aber eine Polizeistreife auftauchte, lief Padraig schneller als Dünnschiß von einer heißen Schippe!« Charlie lachte. »Aber wenn du ihn heute erzählen hörst, meinst du, damals sei die Schlacht um Ulster zur Hälfte gewonnen worden.«
»Und nun haut er den Kongreßabgeordneten O'Shaughnessy um Rechtshilfe für Seamus an?«
Charlie nickte. Als ich mich gleich in Gang setzte, hob er

warnend die Hand. »Er will nicht gestört werden, hat er gesagt.«

»Zum Teufel! Ich gehöre zur Familie! Du meinst wohl, er wird mich bei meiner Rückkehr nicht willkommen heißen wollen?« Ich zwinkerte Charlie zu, nahm mein Guinness und meinen Seesack und begab mich zum Wohnraum.

Dort saßen sie zu fünft. Zwei waren mir unbekannt. Drei kannte ich ziemlich gut – Patrick, Tommy den Trottel und zu meiner Überraschung, obwohl es mich im Grunde nicht hätte wundern sollen, der helle Junge aus Derry, Seamus Geoghegan höchstpersönlich.

»Wer verdammich ...«, begann Patrick zu schimpfen, als ich mich durch die Tür schob. Als er mich erkannte, fiel ihm buchstäblich das Kinn herunter.

Ich ließ meinen Seesack zu Boden sinken. »Patrick. Herr Kongreßabgeordneter«, grüßte die anderen mit einem Nicken und schenkte Seamus ein Lächeln. »He, du Gauner!«

»Paulie!« Er grinste und breitete die Arme aus. »Paulie!« Er kam um den Tisch herum und umarmte mich.

»Paß auf! Mein verdammtes Guinness, du Affe!« wehrte ich mich.

»Du sitzt in der Scheiße, weißt du das?« Er flüsterte mir rasch das Allerwichtigste ins Ohr, trat zurück und hob die Stimme. »Phantastisch siehst du aus. Ehrlich!«

»Und du erst«, sagte ich und stellte das, was vom Guinness übriggeblieben war, auf den Tisch. »Wie geht's, Patrick? Oder muß man dich jetzt mit Padraig anreden?«

»Wir haben gerade eine Vorstandssitzung«, erklärte er großtuerisch.

»Halt's Maul«, sagte ich im besten Belfaster Akzent. Tommy der Trottel machte ein irgendwie komisch besorgtes Gesicht, aber das war bei ihm normal; denn der Abgeordnete hatte in seinem Leben noch nie etwas ganz kapiert. »Sie erinnern sich an mich, Herr Abgeordneter?«

»Selbstverständlich«, sagte er, ohne mich beim Namen zu nennen, was darauf schließen ließ, daß er mich nicht einmal von George Washington hätte unterscheiden können.
»Dürfte ich Ihnen Robert Stitch vorstellen?« Tommy wahrte den Ton. Er setzte seine Höflichkeit als Waffe gegen Intelligenz ein, übrigens recht erfolgreich; vor allem unter Frauen war er als angenehmer, wohlerzogener und gesitteter Junge geschätzt. »Robert ist einer meiner Kongreßassistenten«, sagte er zur Erklärung.
Stitch war ein Bostoner Mandarin der reinsten Sorte und gehörte zur Fischereiaristokratie. Er gönnte mir – knapp, unfreundlich – ein Nicken. Mit Weiterem wartete er ab, bis er wußte, ob ich der Bewegung nützlich oder hinderlich wäre.
»Mein juristischer Berater.« Seamus reckte seinen Kopf zu einem wildgelockten, bärtigen, bebrillten Mann, der mir stehend die Hand entgegenstreckte.
»Chuck Sterndale«, sagte der Anwalt mit einem Lächeln. »Freut mich, Sie kennenzulernen, wer immer Sie sein mögen.«
»Ich bin Paul Shanahan«, sagte ich.
»Paulie war mit mir gemeinsam in Belfast. Ehrlich«, sagte Seamus munter. »Als ich zum erstenmal aus Derry weglief und die Arschlöcher hinter mir her waren, da hat mich Paulie in seiner Wohnung versteckt. Wir haben uns herrlich verstanden, stimmt's, Paulie?«
»Wir hatten was drauf.« Ich drückte mich ganz bewußt nach Belfaster Art aus.
»Wir hatten echt was drauf. Ehrlich.«
»Sie sind Ire, Mr. Shanahan?« fragte Stitch vorsichtig.
»Der Abstammung nach. Geboren wurde ich eine Meile von hier. Im Unterschied zu anderen, die ich namentlich angeben könnte, bin ich aber in Ulster gewesen, um persönlich einen Beitrag für unsere Sache zu leisten. Ich weiß natürlich, daß es den Kampf ruhmreich weiterbringt,

wenn man in Meadowlands in New Jersey Autoreifen zersticht. Ist aber doch nicht ganz das gleiche wie in Belfast mit dem Gewehr schießen.«
Das saß. Wie geplant. »Was weißt ’n du schon, verflixt?« Patrick hatte Kartoffelchips im Mund, die über sein Bierglas spuckten, als er mich anbellte. »Ich bin vor drei Jahren in Belfast gewesen! Ich habe selber dort gekämpft! Ich habe meinen Beitrag geleistet! Ich bin von den verdammten Briten zusammengeschlagen worden! Willst du die verdammte Narbe sehen?« Er zog den rechten Ärmel hoch. Auf der Tätowierung *Erin Go Bragh* verlief, kaum sichtbar, ein weißer Kratzer.
»Ach, wie entsetzlich!« spottete ich. »Was ist passiert, Patrick? O nein! Sag bloß, du hast schon wieder ein Mädchen von der Heilsarmee überfallen?!«
»Verpiß dich!« Er schaufelte sich eine Handvoll Chips in den Mund, wie um mir zu zeigen, daß er mir nichts mehr zu sagen hatte. Im vollen Aschenbecher neben ihm brannte eine Zigarette.
Tommy der Trottel hob besänftigend die Hand. »Ich kann Mr. McPhees Geschichte bezeugen. Mr. Stitch war an dem Tag mit Mr. McPhee zusammen und wird bestätigen, daß sie einen klaren Akt nichtprovozierter, brutaler britischer Gewalt erlitten haben. Nicht provoziert! Eine Schande!«
»Was ist dort eigentlich passiert, Kleiner?«
Patrick giftete mich mit einem Blick an, während er überlegte, ob er meine Neugier befriedigen sollte oder nicht. In diesem Konflikt siegte schließlich doch sein Mangel an Bescheidenheit. »Ich hatte eine Verabredung, klar? Eine persönliche Einladung für mich und Mr. Stitch. Wir sollten einige Soldaten der Provisorischen kennenlernen. Männer wie Seamus, die wahren Helden Irlands! Sie wollten uns danken für unsere Unterstützung. Anständige Kerle sind das, wirklich, anständige Kerle. Wir sollten dies verlassene Haus in Ballymurphy aufsuchen, hatte man uns

gesagt. Wir sind hingegangen. Am hellichten Tag. Nur ich allein mit dem Assistenten des Abgeordneten! Du wirst nicht glauben, was dann passiert ist. Du wirst es nicht für möglich halten!«

»Eindeutige, nichtprovozierte, krasse Brutalität!« schob Tommy der Trottel feierlich ein.

Seamus zwinkerte mir zu. Robert Stitch, den die Geschichte nicht gerade mit Stolz zu blähen schien, fixierte die Tischplatte. »Nun erzähl schon, was du erlebt hast!« stichelte ich.

»Es muß eine undichte Stelle gegeben haben«, erzählte uns Patrick. »Wir hatten kaum fünf Minuten gewartet, die IRA-Soldaten konnten noch gar nicht dasein, da näherte sich eine britische Patrouille. Die Briten haben gewußt, daß wir in dem Haus waren! Sie versperrten den Hinterausgang und griffen von vorn an. Angegriffen haben sie uns! Ist das nicht der richtige Ausdruck, Mr. Stitch?«

»Sie haben das Haus gestürmt«, meinte Stitch bedächtig.

»Sie haben uns vorher nicht mal gefragt, wer wir waren!« sagte Patrick empört. »Sie haben einfach angegriffen!«

»Klare, nichtprovozierte, brutale Gewalt«, versicherte mir Tommy der Trottel. Stitch zuckte sichtlich zusammen.

Patrick schüttelte sein bescheidenes Haupt. »Wir haben uns natürlich gewehrt. Reine Notwehr, mehr nicht, aber ich sag' dir, die britischen Hunde werden den Tag nie vergessen, an dem sie Padraig Aloysius McPhee aus Boston begegnet sind. O nein, Sir! Aber sie waren in der Überzahl. Sie waren uns zahlenmäßig haushoch überlegen.«

»Nackte, nichtprovozierte, schamlose, brutale Gewalt«, erläuterte Tommy der Trottel, während Seamus den Atem anhielt, um nicht losprusten zu müssen.

»Und was dann?« fragte ich. Ich hatte die Augen mit einem Ausdruck maßlosen, besorgten Staunens aufgerissen. »Haben Sie euch zwei zum Royal Victoria Hospital gebracht?«

»Wir haben jede medizinische Hilfe vom Feind verweigert«, erklärte mein Schwager voller Stolz. Stitch studierte die Tischfläche mit zunehmender Gründlichkeit.
»Aber der Feind muß euch doch verhaftet haben!« rief ich aus. »Ich meine, heiliger Bimbam, Patrick, du hattest doch einer ganzen britischen Patrouille die Knochen aus dem Leib geschlagen! Wo haben die überlebenden britischen Soldaten euch hingebracht? Zur Castlereagh-Polizeiwache? Zur Wache in Silver City? Zur Polizeistation an der Falls Road?«
»Sie haben ihren Irrtum bemerkt«, sagte Patrick mit unendlicher Würde.
»Du meinst, sie haben sich bei euch entschuldigt?«
»Sie haben entdeckt, daß wir Amerikaner sind«, sagte er, »da *mußten* sie uns ziehen lassen.«
»Eine wirklich einmalige Geschichte!« Ich gab mich tief beeindruckt.
»Klare, nackte, krasse, brutale Gewalt«, sagte Tommy der Trottel. Er war ein hinreißend schöner Junge, mit strengem Gesichtsausdruck, solariumbraun und makellos gepflegt. Sein Vater hatte ihm kürzlich eine teure blonde Ehefrau gekauft, was zu Spekulationen Anlaß gab, daß der Abgeordnete als Präsidentschaftskandidat präpariert wurde. »Unprovoziert!« fügte er noch hinzu.
»Du kannst dir also deinen Spott in den Arsch stecken, du Scheißer«, sagte mir Patrick mit triumphierendem Grinsen.
»Ich bitte um Entschuldigung, Patrick. Ehrlich. Ich hatte ja keine Ahnung, wie tapfer du gekämpft hast. Und jetzt sag mir mal, warum du mein Haus vermietet hast?«
»Ist das relevant?« schaltete sich Robert Stitch ein.
»Maul halten!« befahl ich ihm und trat hinter Patricks Stuhl. »Ein Fünf-Jahres-Mietvertrag, Patrick? Fünfhundert Dollar pro Monat? Das macht dreißigtausend. Willst du mir darüber einen Scheck ausstellen?«

»Darüber reden wir später, Paulie.«
»Darüber reden wir hier und jetzt, du Mistkerl. Los – wieviel hast du bei dir?«
»Doch nicht jetzt, Paulie!« Er versuchte aufzustehen, doch ich legte ihm die Hände auf die Schultern und drückte ihn wieder herunter.
»Wie lang wohnt die Tucke jetzt schon da, Patrick? Seit drei Jahren? Dann hättest du bereits achtzehntausend Dollar eingesackt? Hast du sie parat?«
»Bitte! Paulie!« Er stemmte sich hoch. Ich gab ihm eins über den Schädel. Er rang nach Luft und setzte sich sofort wieder hin.
Ich griff in die Innentasche seines Jacketts und fand seine Börse, die ein Bündel von Zwanzig-Dollar-Scheinen enthielt. Insgesamt vielleicht zweitausend Dollar. »Die nehm' ich mir als Anzahlung, Padraig. Aber ich komm' mir den Rest holen. In der Zwischenzeit läßt du Miss Sarah Sing Tennyson wissen, daß du einen Fehler begangen hast und daß sie sich aus meinem Haus verziehen soll, verdammt. Hast du mich verstanden, Padraig?«
»Das Geld kannst du dir nicht nehmen!« sagte Patrick nervös. »Es gehört mir nicht.«
»Die Miete, die du von Miss Tennyson einziehst, gehört dir genausowenig, Padraig.« Ich schob die Scheine in meine Tasche.
»Aber dieses Geld ist für die irische Sache!« monierte Patrick.
»Dies auch«, sagte ich und beugte mich vor und flüsterte ihm ins Ohr: »Ich bleibe jetzt in Amerika, Patrick, und wenn ich noch *eine* Schwellung bei Maureen entdecke, dann schneid' ich dir die Eier ab und werf' sie den Krähen zum Fraß vor, so wahr mir Gott helfe!« Auf seinem großen Plattgesicht zeigten sich Schweißperlen. Ich richtete mich auf und gab ihm noch eins quer über den rechten Schädel, diesmal so stark, daß er vor Schmerzen auf-

jaulte und fast vom Stuhl fiel. Ich grinste Tommy den Trottel an, der völlig verdattert dastand. »Nackte, nichtprovozierte, krasse Gewalt, Herr Abgeordneter. So ist das bei den Iren. He, Seamus! Komm! Wir heben ein Glas an der Bar. Könnten einen Plan machen, wie wir auf Fischfang gehen, was? Vielleicht fangen wir uns ein paar Blaugestreifte!«

»Klingt phantastisch, Paulie.«

Ich ging zur Tür. Robert Stitch war wie festgefroren. Er befürchtete einen Ausbruch von Gewalttätigkeit. Patrick zitterte wie Espenlaub. Tommy der Trottel sah so aus, als ob er eben in seine Designerhosen gepinkelt hätte. Seamus und sein Anwalt grinsten. »Sorgen Sie dafür, daß Seamus nicht den Briten in die Hände fällt«, rief ich Chuck Sterndale zu.

»Ich tu' mein Bestes, Mr. Shanahan. Aber ein bißchen von dem Geld, das Sie sich da in die Tasche gesteckt haben, wäre mir da eine große Hilfe.«

»Mr. Padraig McPhee schuldet mir ja noch viele Tausende, Herr Rechtsanwalt. Ich schenke sie Ihnen, einverstanden?« Ich sah Patrick an. »Ich genehmige mir jetzt einen Drink mit Charlie Monaghan«, sagte ich. »Anschließend spring ich auf einen Bus nach Cape Cod. Wenn du eine Erklärung für diesen Vorfall brauchen solltest, weißt du ja, wo ich zu erreichen bin. Nur 'n Moment noch, Seamus.«

Ich nahm meine Tasche und ging zur Bar, wo Charlie Monaghan, der genau spürte, wann sich etwas zusammenbraute, mir ein Guinness einschenkte, zur Entschuldigung mit den Schultern zuckte und im Lagerraum verschwand, weil er dort dringend etwas zu tun hatte. Eine Gruppe Jugendlicher spielte Darts. Die meisten Anwesenden im Raum schauten sich die Kriegsnachrichten im Fernsehen an. Ich bemerkte Marty Doyle, Michael Herlihys Faktotum, sah ihn am anderen Ende des Raums verschwinden und nahm an, daß er seinen Herrn und Mei-

ster über mein Auftauchen in Boston informieren wollte. Ich winkte ihm zu. Er ignorierte mich wie ein Gesunder, der den Blick eines Menschen meidet, welchen der Schwarze Tod geküßt hat.
Seamus wartete ein paar Minuten, bevor er mir an der Bar Gesellschaft leistete. Einige Männer, die es gern gesehen hätten, daß von seinem Heldenruhm ein bißchen auf sie fiele, luden ihn zu einer Runde ein, doch Seamus schickte sie zum Teufel, nahm neben mir Platz und stellte die Füße auf die Messingstange. Er war so groß wie ich, hatte schwarzes Haar und fürchterlich blasse Augen. Von den Augen abgesehen war das Gesicht klar, knochig und hager – ganz das Gesicht eines Scharfschützen. »Was geht hier vor, Paulie?« fragte er leise.
»Ich hab' privaten Krach mit Patrick wegen meines Hauses in Cape Cod.«
»Das meine ich nicht. Du weißt ganz genau, daß ich das nicht meine. He, du da!« Das galt einem von Charlies Helfern. »Bring uns ein heißes Powers!« Er schaute zu, wie das heiße Wasser über Zucker und Gewürznelken gegossen wurde und dann ein hochherziges Quantum Whiskey dazukam. Man erwartete nicht, daß er für seine Drinks zahlte. Ein echter IRA-Mann trank hier immer umsonst.
Seamus steckte sich eine Zigarette an und blinzelte mich durch den Rauch an. »Du bist entweder total verrückt, wieder zurückzukommen, oder du trägst kugelsichere Unterhosen. Dein Schwager spricht drinnen über dich ins Telefon. Klein Marty Doyle bläfft Michael Herlihy an, er soll dir in die Knie schießen. Und du genehmigst dir ein Guinness, als ob dir die ganze Welt gehörte. Du weißt doch, daß du Probleme hast, nicht wahr, Paulie?«
»Ist dir das auch schon zu Ohren gekommen, Seamus?«
»Das muß sogar schon dem verdammten Papst zu Ohren gekommen sein! Herrgott noch mal! Sie haben für dich schon die Totenmesse bestellt!«

Ich lachte. Ich mochte Seamus. Ich hatte ihn wirklich gern. Er war ein guter Kumpel. »Weißt du – dies ist der schönste Moment meines Lebens, seit wir uns kennenlernten«, sagte ich. »Kannst du dir das vorstellen?«
»War's so schlimm?« Er schüttelte ungläubig den Kopf. Dann warf er mir einen vorsichtigen Blick zu. »Aber ich höre wirklich allerhand über dich, Paulie, und was ich da höre, gefällt mir gar nicht.«
»Was hast du denn gehört?«
»Daß du mit Geld durchgebrannt bist. Mit verdammt viel Geld.«
»Nur fünf Millionen Dollar«, sagte ich, »in Gold. Kein Grund zur Aufregung, Seamus.«
»Heilige Muttergottes!« Er wäre fast an seinem heißen Powers erstickt, weil ich meine Schuld so offen zugegeben hatte. Aber dann mußte er grinsen. »Du bist wahnsinnig! Das lassen sie dir doch nie!«
»Wer hat denn gesagt, daß ich es habe?« fragte ich. »Das Schiff ist gesunken.«
»So wird es wohl sein, Paulie«, sagte Seamus, »und die Briten werden uns zu Weihnachten die sechs Grafschaften wieder zurückgeben, und der Papst gibt mir den Kardinalshut. Mit wem redest du wohl, he? Herrgott noch einmal, Paulie – falls das Schiff gesunken ist, dann warst du ein Vollidiot, nicht mit unterzugehen.«
Ich zuckte die Schultern. »Es war nicht ihr Geld, Seamus. Es kam aus Libyen oder aus dem Irak. Mit Belfast hatte das nichts zu tun. Nicht die Spur.«
»Ich habe es anders gehört. Ich höre da so Sachen von Stinger.«
Ich nickte zögernd. »Dreiundfünfzig Stinger.«
Seamus schnitt eine Grimasse. »Ich höre, daß sie für die Stinger eine halbe Million als Anzahlung hingeblättert haben. Und daß du versprochen hättest, den Rest herüberzubringen!«

»Herlihy sollte sein verdammtes Maul halten«, sagte ich.
»*Er* hat es mir nicht gesagt«, sagte Seamus. »Ich weiß es aus Irland. Ehrlich. Brendan Flynn hat bestimmt vor, aus deinem Darm Strumpfhalter zu machen.«
»Brendan soll sich zur Hölle scheren«, sagte ich wütend.
»So geht das nicht, Paulie. Das weißt du doch. Du kannst nicht einfach mit dem Geld abhauen.« Seamus hatte sich umgedreht, um mit seinen großen blassen Augen den Raum zu überfliegen. »Soll ich mit ihnen reden? Ich werde ihnen sagen, daß du ihnen das Geld bald bringst. Ich werde ihnen sagen, daß alles nur ein Mißverständnis war und daß keiner von uns Ärger will. Soll ich mit ihnen reden?«
»Du weißt noch nicht alles«, sagte ich grimmig.
»Du meinst, wegen der beiden, die verschwunden sind? Liam und Gerry? Brendan hat mir von ihnen erzählt. Sind sie tot?«
Ich zögerte, bevor ich nickte. »Sie sind tot.«
Einen Moment lang war ich versucht, Seamus zu bekennen, daß ich sie kaltblütig umgebracht hatte, aber das schien Seamus offenbar gar nicht zu interessieren. Er schüttelte nämlich den Kopf. »Die zwei sind Brendan scheißegal. Die zwei sollten sich nur um das Schutzgeld von Taxifahrern und Metzgern kümmern. Sie sollten bloß hier und da ein paar Leuten eins runterhauen, damit die Leute nicht aus der Reihe tanzen. Mehr nicht. Aber nein, sie mußten ihre eigene Schau abziehen, oder?« Was Seamus sagen wollte – sie waren ihren großartigen Geschichten von toten Soldaten und zerbombten Stadthäusern zum Trotz nie mehr als Eintreiber von Schutzgeldern für die IRA gewesen. Ihr Beitrag zum Neuen Irland hatte darin bestanden, daß sie katholische Gastwirte, Ladenbesitzer und Taxifahrer verprügelten, die mit ihren wöchentlichen Spenden für die Provos in Verzug geraten waren. Dieses Geschäft mit Schutzgeldern repräsentierte den bei

weitem größten Teil der IRA-Aktivitäten; bei den protestantischen Gegnern war es in deren Bezirken von Ulster das gleiche. »Liam und Gerry waren damit nicht zufrieden«, erläuterte Seamus. »Sie beschlossen, ein paar Nebenpostämter in Ardoyne und Legoniel auszurauben, und dabei haben sie einen Kerl windelweich geprügelt, der mit Punchy O'Neills Schwester verheiratet war, und Punchy hat sich natürlich beschwert, da hat Brendan den Briten ihre Namen gegeben. Es gelang den beiden aber, vor der Gefangennahme den Freistaat zu erreichen, so daß Brendan für sie sorgen mußte. Die sind nie brauchbar gewesen! Die haben bloß Geld eingesammelt. Herrgott noch mal, es ist Brendan völlig egal, ob sie den Bach runtergegangen sind. Er wird dir wahrscheinlich sogar danken, daß du sie weggeräumt hast. Ehrlich. Um Himmels willen, Paulie, laß mich mit ihm reden! Laß mich die Sache in Ordnung bringen.«
»Kannst es ja versuchen«, sagte ich, allerdings nur, um Seamus glücklich zu machen. Über das Geld würde ich nicht mit mir reden lassen.
»Was soll ich ihm sagen?« fragte Seamus. »Daß du das Geld vorbeibringen wirst?«
»Klar«, sagte ich, obwohl ich es gar nicht meinte.
»Fünf Millionen, wie?« Seamus lachte. »Wenn ich an die Zeiten denke, wo wir es zusammen nicht mal auf fünf Pfund brachten!«
»Reich waren wir nicht«, sagte ich, »aber es waren schöne Zeiten.«
»O ja. Schöner als heute.«
»Dir gefällt es hier nicht?«
»Doch! Gefallen tut's mir schon. Boston ist in Ordnung.« Er ließ die Zigarette auf den Boden fallen und trat sie mit der Stiefelspitze aus. Er hatte pockennarbige Haut. Das hatte die Mädchen aber nie abgehalten, hinter ihm herzusein, doch Seamus, der Eiswasser in den Adern zu haben

schien, wenn es um Bomben oder Kugeln ging, war in der Gegenwart von Frauen hilflos und nervös. Wenn ich ausgegangen und Roisin allein in unserer Belfaster Wohnung war, wartete Seamus lieber auf der Hintertreppe, als sich ohne meine Gegenwart mit ihr zu unterhalten. Nicht, daß ihm Frauen mißfallen hätten. Nur, daß ihn ihre Schönheit und die Macht, die sie auf ihn ausübten, erschreckten.
»Boston ist in Ordnung«, wiederholte er trocken. »Aber Beantown! Was ist das schon für ein verdammter Name für eine Stadt? Beantown!«
»Was ist denn mit Beantown nicht in Ordnung?«
»Darum geht's doch gar nicht. Die Menschen dort sind ja recht nett. Doch, sind sie. Aber es ist nicht wie zu Hause. Das Bier ist verdammt kalt. Die Sommer sind verdammt heiß. Das Fernsehen zeigt andauernd Netzball. *Männer,* die Netzball spielen, verdammt! Das ist ein Spiel für Mädchen, sag' ich.«
»Es heißt Basketball«, sagte ich, als ob er das nicht gewußt hätte, »und ist für die Menschen in Boston so etwas wie eine Religion.«
Er lachte und schüttelte dann den Kopf. »Mir fehlt Derry, Paulie. Es fehlt mir wirklich. Ich meine, ich weiß ja, daß es nichts Besonderes ist, keinen Katzenschiß ist es wert, ehrlich, aber es fehlt mir eben.«
»Mir fehlt Belfast«, sagte ich. Es fehlte mir wirklich. Ich liebte die Stadt. Es war eine dreckige, häßliche, ramponierte Stadt, aber ich war nie so glücklich gewesen wie dort. Auf den ersten Eindruck wirkte die Stadt abweisend und trist: überall Bombenschäden, hoffnungsloser Verfall. Aber die Straßen mit den Backsteinhäusern lebten durch menschlichen Witz und Freundschaft.
Seamus verzog das Gesicht. »Ich denke mir manchmal – wenn sie mich nur einmal nach Hause ließen, nur für einen Tag, ich würd' irgendeinem verdammten Apprentice Boy aus Dank den Arsch küssen.« Er lachte bitter auf. »Ich

hab' das mal einem Typen hier erzählt, der hat nicht mal gewußt, wer die Apprentice Boys sind. Die wissen hier ja nicht einmal, wer die Orange-Männer sind!«

»Mach ihnen das nicht zum Vorwurf«, sagte ich. »Sie lieben Irland. Daran gibt's gar keinen Zweifel. Sie wollen nur nicht wahrhaben, wie kompliziert dort alles ist. Das darfst du ihnen nicht vorwerfen, Seamus. Sie haben das Herz am rechten Fleck.«

Doch Seamus hörte mir gar nicht zu. »Neulich hat hier so ein Typ einen Vortrag gehalten. Wann? Vor sechs Monaten? So ungefähr. Der hat erzählt, die verdammten Briten hätten in Long Kesh eine Gaskammer erbaut und brächten die katholische Bevölkerung systematisch um.« Seamus zog eine Grimasse. »Ich meine, verflixt! Ich mag die verdammten Briten nicht, aber so schlimm sind sie auch wieder nicht. Jedenfalls noch nicht. Aber ich hab' natürlich nichts gesagt. Wozu auch?«

»Genau.«

Er lachte. »Und dein Schwager, wie? Kriegt in Ballymurphy Prügel? Die Jungs machen also immer noch die alten Scherze, wie?« Er schüttelte ganz selig den Kopf. »Was ist Patrick doch für ein Esel! Ich weiß, er gehört zu deiner Familie, Paulie. Aber was für ein Esel!«

»Ich weiß. Ein Ekel ist er.«

»Die Familie – das ist ein weiterer Punkt. Letztes Jahr starb mein Vater, und ich konnte nicht bei ihm sein. Das ist nicht recht – daß ein Sohn nicht am Grab des Vaters steht. Und meiner Mutter geht's gar nicht gut. Irgendwas mit der Lunge. Atembeschwerden oder in die Richtung. Mein Bruder hat mir geschrieben. Aber was kann ich machen?«

Er *hatte* also einen Bruder. Kathleen Donovan hatte mich nicht belogen, und ich fragte mich auf einmal, wozu fünf Millionen Dollar eigentlich gut wären, wenn man sie mit niemand teilen könnte? »Geh zurück nach Irland«, riet ich Seamus. »Deine Ma kann über die Grenze nach Donegal und sich dort mit dir treffen. Das wäre doch möglich.«

»Könnte sie. Aber die verdammte Garda hätte mich im Portlaoise-Gefängnis eingebuchtet, bevor ich auf die Erde spucken könnte. Man sucht mich wegen einer Kleinigkeit, die ich in Dundalk verbrochen habe.« Er lächelte, wie um Verzeihung. Es wäre völlig sinnlos, ihn zu fragen, was für eine Kleinigkeit er da ausgeheckt hatte, obwohl es sich mit einiger Sicherheit um einen Banküberfall gehandelt haben dürfte. Seamus war ein vielgesuchter Mann, doch nirgends mehr als in Nordirland, wo er auf blutige Weise aus Long Kesh geflohen war. Die IRA hatte dabei zwei Männer verloren, glaubte aber, daß der Propagandawert der Freiheit von Seamus den Preis wert war. Doch jetzt, als illegaler Einwanderer in den USA und als ein in Irland und Ulster steckbrieflich gesuchter Hochverräter, füllte die Schlacht um seine Auslieferung auf beiden Seiten des Atlantik ganze Zeitungsspalten. »Ich bin ein verdammtes Symbol, sagt man«, erklärte Seamus düster. »Man sagt, ich solle im nächsten Jahr auf der St.-Patricks-Parade hier Großmarschall sein. Sie wollen mir auf den Eingangsstufen des Staatsgebäudes eine Freiheitsmedaille überreichen. Sogar einen Film wollen sie über mich machen. Kannst du dir das vorstellen? Irgend so ein blöder kleiner Schauspieler will in Hollywood einen Film über mich drehn! Ich will aber nicht in so einem verdammten Film vorkommen, Paul. Ich will nach Hause.«

»Such einen Schönheitschirurgen auf«, riet ich.

»Daran habe ich auch schon gedacht«, meinte er leise. »Ich will dir eins sagen – für all das Geld, das sie aufbringen, nur damit ich nicht in den Knast muß, könnte ich längst wie Marilyn Monroe aussehen. Mit Titten und allem!« Er wurde rot, weil er ein unanständiges Wort ausgesprochen hatte, und ich glaubte schon, er würde sich bekreuzigen, aber dann schüttelte er bloß traurig den Kopf.

»Scheiße, Paul. Ich will nur nach Haus. Ich will keinen Ärger mehr. Das bißchen Kämpfen können Jüngere besorgen, was? Ich hab' ein paar Pfund auf die Seite geschafft, ehrlich, und in der Nähe von Dunnamanagh gibt's ein Stück Land, das wäre genau richtig. Ein paar Rinder, ein paar Äcker und ein hübsches kleines Haus. Das würde mir völlig reichen.« Sein Blick war fern. Er steckte sich eine neue Zigarette an. »Vor kurzem habe ich an Roisin gedacht.« Er lief vor lauter Verlegenheit rot im Gesicht an. Wie arg mochte sie ihn wohl gedemütigt haben?
»Ich denke oft an sie«, gab ich zu.
»Ich habe vor ein paar Wochen einen Brief von ihrer Schwester bekommen. Traf in Chucks Büro ein. Bei meinem Anwalt, weißt du?«
»Hast du ihr geantwortet?«
Er schüttelte den Kopf.
»Was hat sie denn von dir gewollt?«
»Sie wollte wissen, was mit Roisin passiert ist. Oder so ähnlich. Du großer Gott – was hätte ich denn sagen sollen?«
»Die Wahrheit?« fragte ich. Aber das Wort schmeckte wie Asche im Mund.
»Wer, zum Teufel, weiß überhaupt, ob Roisin eine Schwester hat?« fragte Seamus. »Und Chuck hat gemeint, ich sollt' nicht antworten, es könnte ja eine Falle sein von den verfluchten Briten. Du verstehst? Um an Informationen heranzukommen? Er hat den Brief weggeschmissen.«
»Auch gut«, sagte ich vage.
»Was hätte ich denn der Schwester auch schreiben sollen?« fragte Seamus aufgebracht. »Daß Roisin von den verdammten Arabern erschossen worden ist?«
»Genau.«
»Verdammt verrückt – diese Araber. 's wär' schade ums Seil, wenn man sie aufhängen würde.« Seamus starrte zu den grünen ausgeschnittenen Kleeblättern, die den hinteren Spiegel der Bar verzierten. »Sie hat mich nie verraten,

Paulie. Keiner hat mich verraten, Paulie. Die Briten haben erklärt, sie hätten die Information von Roisin bekommen. Haben sie aber nicht. Die haben nur Ärger stiften wollen. Und sie haben's geschafft, wie? Sie haben's geschafft, daß Roisin eine Kugel bekam.« Er runzelte die Stirn. »Ein prima Mädchen ist sie gewesen. Nur hat sie ein Mundwerk gehabt, was? So was habe ich noch bei keiner Frau erlebt.« Er erstarrte. Sein Blick fiel auf den Spiegel, der das andere Ende des Raums einfing. »Sind die zwei Jungs hinter dir her? Was meinst du?«

Dort hinten waren zwei Männer in bis zum Hals zugeknöpften Lodenmänteln aufgetaucht. Sie waren jung. Sie hatten einen breiten Brustkorb. Sie waren von sich und ihrer Kraft überzeugt. Ihr Interesse an mir trugen sie offen zur Schau. Ich nahm an, daß Patrick sie hergepfiffen hatte – in der Hoffnung, sein Geld zurückzugewinnen.

»Die sind hinter mir her, klar«, sage ich zu Seamus.

»Warum?«

»Privatsache. Patrick will das Geld wiederhaben, das ich ihm vorhin abgenommen habe. Er will mich aber nicht selbst drum bitten.«

»Sicher, daß nichts Politisches dahintersteckt?«

Ich schüttelte den Kopf. »Dafür hätte die Zeit nicht gereicht. So schnell kommen Befehle nicht durch.«

»Aber Michael Herlihy hätte doch die nötige Autorität, nein?«

»Nicht für diese Art von Ärger, Seamus. Anweisungen für meinen Tod müßten aus Belfast oder Dublin kommen. Um Himmels willen – meinst du etwa, Brendan würde mich abschlachten lassen, bevor er weiß, wo sich das Gold befindet? Nein, hier geht es um eine Privatangelegenheit, Seamus. Das ist eine Sache zwischen Padraig und mir.«

Er grinste. »Dann steh' ich auf deiner Seite, Paulie. Die zwei gegen uns beide, was?« Er leerte sein Glas. »Die armen kleinen Teufel. Sollen wir sie umlegen?«

»Wir jagen ihnen nur einen Schreck ein.«
»Fang du an. Ich bin zwanzig Schritte hinter dir.«
Er verabschiedete sich mit einem Riesentheater von mir. Ich nahm meine Tasche und zog mein Ölzeug an. Das Ende der Kriegsnachrichten und der Beginn der TV-Sportsendung wurde in der Bar mit Begeisterung aufgenommen. Die beiden Männer behielten mich im Auge. Ich ging zum Seitenausgang. Ich sah, wie Seamus sich noch einen Drink bestellte und mir dann in den winterlichen Nachmittag ins Freie folgte.
Es war Zeit für ein Spiel.

Der Seitenausgang des »Gemeindehauses« hatte früher auf ein Gäßchen geführt; gegenüber hatte die italienische Bäckerei gestanden. Die Bäckerei war längst abgerissen worden; das unbebaute Grundstück wurde von der »Gemeinde« zum Abstellen von gestohlenen Autos und Fuhren von Waren benutzt, die aus den Zollspeichern am Logan Airport verschwanden. Zur Straße hin ragte ein hoher Zaun, der dem Viertel als Meldetafel diente. Nach außen hingen dort haufenweise Plakate, die zu diesem Zeitpunkt einen Kurs zum Verständnis britischer Propagandamethoden in den Vereinigten Staaten ankündigten, Anhörproben für die Marschkapelle der American Children of Ireland, gälischen Sprachunterricht, eine Mitteilung zur Organisation der Parade am St.-Patricks-Tag und Aufrufe zu Spenden zum Gedenken des zehnten Jahrestags der irischen Hungerstreiks und des fünfundsiebzigjährigen Jubiläums der Osteraufstände in Dublin. Diese hohe Plakatwand sicherte dem Grundstück optimale Isolation und Abgeschlossenheit. Und hier stand nun, mit laufendem Motor und offenen Vordertüren, ein Streifenwagen. Sein Blaulicht fegte gespenstisch über eine Handvoll parkender Autos. Drinnen saß niemand; auf dem Rücksitz lagen zwei Polizeimützen – *daher* also die beiden Jungs, die in der Bar aufgekreuzt waren. Und daß sie ihre Uniformen unter zugeknöpften Lodenmänteln versteckt hatten, bedeutete keine Rücksichtnahme auf eine eventuelle Nervosität der »Gemeinde« vor Bullen; sie hatten die irischen Polizisten Bostons gut in der Hand; nur hätten sie in Uniform Aufmerksamkeit erregt. Das hieß, die zwei Jungs wollten sich mich hier draußen in aller Stille vornehmen. Abgesehen vom Polizeiauto standen

auf dem Platz nur zwei Laster, ein roter Lincoln Continental und ein schwarzer Mercedes-Roadster mit dem besonderen Kongreßkennzeichen; er mußte Tommy dem Trottel gehören.
Ich bog scharf nach rechts und lief am Mercedes vorbei auf die Lücke im Zaun zu, die mich auf den East Broadway bringen würde. Der Wind war kalt. Es regnete leicht. Es wurde dunkel. Ich war heilfroh, mein dickes gelbes Ölzeug anzuhaben. Hinter mir schnappte die Seitentür des Gemeindehauses auf. »Shanahan!« hörte ich eine Stimme rufen.
Ich drehte mich um, lief aber weiter, rückwärts.
»Stehenbleiben!« Die beiden Jungs waren nervös, doch fest entschlossen, den starken Mann zu spielen. Sie tasteten unter den engsitzenden Mänteln nach dem Revolver.
Sie hatten ihre Waffen noch nicht herausgebracht, als Seamus durch die Tür des Gemeindehauses trat. Die zwei Polizisten reckten sich. Die Gegenwart eines unerwünschten Zeugen machte sie verlegen. Ich ging auf sie zu. Tat naiv. »Ihr habt mich gerufen, Jungs?«
»Mich müßt ihr gar nicht beachten, Jungs.« Seamus kam lässig die Stufen herunter.
Die Bullen versuchten Seamus abzuschütteln. »Wir wollten uns nur mal kurz mit Mr. Shanahan unterhalten. Rein privat.«
»Rein privat, ehrlich? Paulie ist ein alter Freund von mir. Wir haben keine Geheimnisse voreinander. Was meinst du, Paulie?«
»Ihr könnt ganz offen sprechen, wenn Seamus dabei ist«, sagte ich. »Also, worum geht's? Eine Parksünde? Eine Spende für das Waisenhaus der Polizei?« Ich war sechs Schritte von ihnen entfernt, Seamus drei Schritte hinter ihnen. Die zwei Jungs gerieten trotz des kalten Windes ins Schwitzen – das war kein Wunder; unter Iren hatte Seamus einen gewissen Ruf. »Also, was wollt ihr von mir?«

fragte ich die beiden. Der starke Ulster-Singsang meiner Stimme fiel mir selbst auf. Den Akzent hatte ich während meiner Jahre in Belfast angenommen; er kam bei Streß immer wieder durch. In meinem Rücken blinkte das Blaulicht des Funkstreifenwagens.
»Nichts.« Einer der beiden hatte beschlossen, sich aus der Konfrontation zurückzuziehen. Er hielt mir die offenen Handteller entgegen. »Gar nichts. Vergessen Sie's!«
»Da enttäuscht ihr mich aber, Jungs.« Ich trat einen Schritt näher. Seamus riß den Kopf nach links – ich sollte also den Mann übernehmen. Ich trat noch einen Schritt vor. Da öffnete sich die Nebentür des Gemeindehauses erneut. Auf der obersten Stufe erschien ein sehr aufgeregter Michael Herlihy. »Aufhören! Sofort! Hört ihr mich? John Doyle? O'Connor? Ablassen! Sofort! Alle beide!« Seine Stimme war eisig. Als Marty Doyle ihm mein Wiederauftauchen unter den Lebenden meldete, mußte er ganz in der Nähe gewesen sein, vielleicht im Hinterzimmer von Tully's Tavern, und bei der Nachricht, daß Patrick mich von der gefügigen Polizei weichklopfen lassen wollte, blitzschnell geschaltet haben – das könnte unter Umständen die kleine Angelegenheit mit den fünf Millionen Dollar komplizieren. Bevor mich Michael Herlihy für solche Sonderbehandlung freigäbe, wollte er sich erst einmal vergewissern, wie ich zur Frage des fehlenden Geldes stand, und so war er aus seiner Höhle hervorgestürzt, um Ärger zu vermeiden. »Egal, was ihr vorhabt«, befahl er den beiden Polizisten, »laßt es bleiben!«
»Was habt ihr denn vorgehabt?« fragte ich den Polizisten, dem die Erleichterung deutlich anzusehen war.
»Nichts, Mr. Shanahan. Rein gar nichts. Wir wollten schon wieder fort. Ein Irrtum.«
Sie wollten an mir vorbei zu ihrem Wagen. Ich streckte die Hand aus und hielt sie an. »Ihr habt sicher gehört, daß dieser Parkplatz jetzt eine Aufsicht hat, die das Ein- und

Ausparken für die ›Gemeinde‹-Gäste besorgt. Ist's nicht so, Seamus?«
»Absolut, Paulie.«
Die zwei Polizisten wagten sich nicht zu bewegen. Seamus, der eine beklemmende Aura von Gewalt ausstrahlte, stand unmittelbar hinter ihnen. Sie rührten keinen Muskel, als ich in ihren Streifenwagen stieg, die Handbremse löste und den Rückwärtsgang einlegte. Ich lächelte ihnen durch die Windschutzscheibe zu und knallte den Fuß aufs Gaspedal. Der Streifenwagen schoß nach hinten, gegen die Seitenmauer der angrenzenden Eisenwarenhandlung.
»Tut mir leid, Jungs!« rief ich. »Ich kenn' mich besser mit Schiffen aus als mit Autos.«
Seamus lachte. Herlihy wirkte noch bleicher als sonst. Er blitzte mich an, wagte aber nicht, mich zu stoppen. Die zwei Polizeibeamten standen da wie Kinder, die eine Tracht Prügel bezogen hatten. Beim Anfahren hörte ich Glas vom zerbrochenen Rücklicht zu Boden klirren. Ich gab wieder Gas. Diesmal schoß ich genau auf den Mercedes von Tommy dem Trottel zu. Herlihy zuckte zusammen, als er meine Absicht erkannte. Als ich das Polizeiauto dem schnittigen, schwarzen Sportwagen in die Flanke rammte, machte er die Augen zu. Das Blech verursachte ein entsetzliches Geräusch. »Ich hab' so lang schon kein Auto mehr gefahrn, Jungs!« rief ich. »Aber ich werd's noch schaffen. Nur keine Angst.«
Aus dem Gemeindehaus kam ein Dutzend Männer, die das Quietschen und Krachen des Blechs angelockt hatte. Herlihy kochte vor Wut. Er jagte sie zurück ins Haus. Der Anwalt von Seamus ließ sich nicht herumbefehlen und krümmte sich vor Lachen: Tommy der Trottel und sein piekfeiner Assistent machten ein Gesicht, als ob die ganze Welt eine kaputte Gangschaltung hätte. Patrick, der ja wußte, daß er den Wahnsinn ausgelöst hatte mit seinem Ruf nach Polizei, flüchtete schlotternd vor Michaels Zorn.

»Jetzt!« rief ich. »Diesmal klappt's bestimmt!« Ich legte wieder den Rückwärtsgang ein, gab Gas und setzte den Wagen mit solchem Karacho gegen die Backsteinmauer, daß mein Kopf gegen das Gitter schlug, das die Beamten auf den Sitzen vorn vor allem schützte, was ihre Gefangenen hinten in der Hand halten mochten. Ich schaltete den Motor ab und stieg aus. Die Haube des Kofferraums hatte es arg erwischt: eine Stoßstange des Streifenwagens war verbogen, ein Scheinwerfer völlig hin und der größte Teil eines Kotflügels ramponiert. Beim Mercedes des Kongreßabgeordneten war das teure Blechkleid furchtbar verbeult und verkratzt. »Ersetzen Sie ihn durch ein amerikanisches Auto, Herr Abgeordneter!« rief ich ihm zu. »Jemand wie Sie sollte eigentlich kein europäisches Auto fahren, hab' ich nicht recht?«

Tommy der Trottel wurde von seinem Kongreßassistenten ins Gemeindehaus zurückgedrängt. »Scheiß' auf Sie, Shanahan«, murmelte einer der beiden Polizisten im Vorbeigehen. Sie zogen ihre Jagdmäntel aus und fuhren ihren fürchterlich quietschenden und scheppernden Funkstreifenwagen vom Parkplatz.

Seamus klatschte Beifall. Michael Herlihy, der mir vorkam wie ein Lenin ohne Bart, spuckte mich an. »Das war gar nicht schlau, Paul«, sagte er.

»Sollte auch gar nicht schlau sein, Michael. Nur ein klein bißchen Spaß. Hast du dir in deinem Leben schon mal einen Spaß gegönnt, Michael?« Ich sah Seamus an. »In der Schule war er immer der Klassentrottel, Seamus. Ministrant, Tafelputzer, Liebling bei den Nonnen. Zum Vergnügen ist er in Boston beim Marathon mitgelaufen. Oder hast du sogar das kleine Vergnügen drangegeben, Michael?«

Herlihy trippelte ganz etepetete durch die Pfützen des Parkplatzes und blieb neben mir stehen. »Wo bist du in den vergangenen Wochen gewesen, Shanahan?« Er winkte Seamus weg. Er wollte ungestört ein paar Worte mit mir allein wechseln.

»Ich hab' mich ein klein wenig mit der CIA unterhalten, Michael.« Ich setzte ein engelsüßes Lächeln auf.

»Du hast *was* getan?«

»Du weißt doch, daß ich gesungen habe. Wer hat sich denn bei dir gemeldet? Das FBI oder die Polizei?« Ich grinste auf sein blutleeres Gesicht herab. »Ich machte mir Sorgen, daß die Araber die Stinger-Raketen gar nicht nach Irland schicken, sondern in Amerika einsetzen wollten. Ich habe natürlich gewußt, daß du so etwas nie gebilligt hättest, Michael. Das wäre für das Image der Bewegung doch sehr von Nachteil gewesen. Hab' ich nicht recht? Und deshalb habe ich den Patrioten gespielt.«

Er ignorierte meine Schmeicheleien. »Wo, in Gottes Namen, *ist* das Geld?«

»Findest du es nicht auch komisch«, sagte ich, »daß ihr Anwälte unentwegt diese eine Frage stellt?«

»Wo ist es, Shanahan?« Es war fast ein Zischen.

Ich schnipste traurig mit den Fingern, als ob mir da ein Malheur passiert wäre. »Ich hätt' es dir gleich sagen sollen, Michael. Das Schiff ist gesunken. Es war ein verdammt mieses Schiff, ein richtiger Bleikahn. Westlich von Sardinien. Ich habe die beiden Belfaster Jungs zu retten versucht, aber sie gerieten in Panik. Sind mit dem Schiff untergegangen, wie das viele Gold, von dem das Schiff so schwer war. Ist gesunken wie ein Backstein. Da gab es für die zwei einfach keine Chance. Senkrecht nach unten. Nur ein paar Blasen und eine treibende Rettungsjacke.«

»Erzähl mir keine Märchen!« Michael sagte es drohend.

Ich wußte, daß er mir die Geschichte nicht abnehmen würde. Niemals. Aber auf einen Versuch wollte ich es doch ankommen lassen. »Gott ist mein Zeuge, Michael. Im Westen von Sardinien. Von Norden her kam plötzlich Sturm auf, der Wellengang wurde brutal, und . . .«

»Nein!« Er unterbrach mich schneidend. Der Regen lief ihm über die Brille. Seine Stimme wurde steif. »Du bist zu weit gegangen, Paul. Irland verlangt von dir Antwort auf ein paar Fragen.«

»O nein!« sagte ich. *»Dir* wird man Fragen stellen, Michael. Das Gold kam nicht aus Libyen. Es kam von Saddam Hussein – von dem Hundesohn, der sich gerade alle Mühe gibt, amerikanische Jungs abzuschlachten. Und deshalb wirst du folgendes tun, Michael – du wirst dieses Gold vergessen, du wirst die Stinger vergessen, und du wirst mich vergessen.«

»Du bist verrückt!« Michaels Stimme wurde schrill.

Seamus kam herüber, um Frieden zu stiften. »Ich kümmer' mich um die Sache, Michael«, sagte er besänftigend. »Paulie wird das Geld schon finden. Wirst du doch, Paulie?«

»Halt du dich da heraus, Seamus!« fuhr Michael ihn an. Er wandte sich wieder mir zu. »Ich werde dich umlegen lassen, da helf' mir ...« Michael verriet selten Gefühl. Er war ein geborener Jesuit, ein knallharter, eiskalter Revolverheld mit blassem, schmalem Schreibtischgesicht, doch diesmal, hinter der regenüberströmten Brille, hatte er jegliche Selbstbeherrschung verloren. »Du bringst mir das Geld, Shanahan. Alles. Oder du wirst dir wünschen, nie geboren zu sein!«

»Buh!« sagte ich.

»Verdammt!« Er drehte sich um und schritt über den Parkplatz davon. Am Seiteneingang blieb er stehen, um mir zum Abschied noch einen vor den Bug zu geben. »In Boston gibt es ein britisches Konsulat, Paul.«

»Soll ich den Briten ein paar Fakten auftischen? Willst du darauf hinaus?«

Er zeigte mit dem Finger auf mich. »Es genügt ein Telefonanruf, ein einziger nur, und du hast die Briten am Hals. Du wirst enden wie Gallagher.« Brian Gallagher war ein Waffenhändler gewesen, der von einem Bostoner Gericht von der Anklage freigesprochen worden war, Waffen nach Irland geschmuggelt zu haben – zwei Wochen später war seine Leiche in einem Moor bei Waltham gefunden worden. Er war keines natürlichen Todes gestorben. Es ist nie herausgekommen, wer ihn umgebracht hat. Es gab ein Gerücht, das für den Mord seine Kumpanen verantwortlich machte, die er angeblich um Geld betrogen hatte, doch Michael Herlihy war überzeugt, daß die Briten Agenten ausgeschickt hatten, um das Urteil der Jury zu revidieren. »Ich werde dir keine Träne nachweinen, Paul«, rief Michael, bevor er im Gebäude verschwand.

»Die Briten würden sich's verdammt überlegen, bei uns aufzukreuzen. Was meinst du, Paul?« sagte Seamus.

»Nie im Leben! Michael sieht überall Briten lauern – er schaut vorm Schlafengehen sogar unter seinem Bett nach, weil er sich auf ihrer Suchliste sieht. Es gibt ihm das Gefühl, ein Held zu sein. Der kriegt aber höchstens einen Schlag von seiner elektrischen Zahnbürste. Den kannst du vergessen. Der ist ein Blödmann.«

»Aber ein gefährlicher!« Seamus hob meinen Seesack vom Boden auf und warf ihn mir zu. »Paß auf dich auf, Paulie. Und mach dir wegen Michael oder Belfast keine Sorgen. Ich klär' das für dich. Ich sage, das sei nur ein Mißverständnis gewesen, du würdest ihnen das Geld abliefern.«

»Du bist ein wunderbarer Mensch, Seamus.«

»Zur Hölle mit den Briten, wie?«

»Bis in alle Ewigkeit«, wiederholte ich unsern alten Refrain und hoffte, als ich davonging, bei Gott, daß die Briten kein Team in Neuengland hatten, weil ich bereits in einen Zweifrontenkrieg verstrickt war und keine zusätzliche Front brauchen konnte.

Aber das waren Sorgen, die Zeit hatten. Ich lief mit Patricks Geld in der Tasche durch den Nieselregen zur Haltestelle und fuhr mit dem Bus heim. Nach Cape Cod.

Als das Taxi mich absetzte, war es dunkel. Ich hätte von Hyannis aus Johnny Riordan anrufen können. Er wäre bestimmt gekommen, um mich vom Busbahnhof abzuholen, aber daheim hätte eine böse Überraschung auf mich warten können. Deshalb hatte ich mir ein Taxi genommen und mich am Haushaltsladen absetzen lassen, in der Nähe des Feldwegs, der über den Kamm führt. Ich kaufte Milch, eine Dose Frühstücksfleisch, Brot und Margarine und lief zum Feldweg zurück, der sich durch die Kiefernwälder schlängelte, bis zu meinem Haus in den Salzmarschen. Auf dem Kamm blieb ich stehen. Ich behielt die Salzmarsch und mein Haus lang im Auge. Hoch oben am Himmel zogen Wolken. Unten regte sich nichts, und so schritt ich hinab zum Muschelbelag der Auffahrt, fand meine Schlüssel und mußte entdecken, daß Sarah Sing Tennyson das Schloß ausgewechselt hatte. »Verdammt!« Ich lief ans Küchenfenster, fand einen anständigen Felsbrocken und zertrümmerte eine Glasscheibe. Kein Alarm heulte auf. Niemand rief eine Warnung. Ich durfte also annehmen, daß Sarah Sing Tennyson nicht anwesend war. Ich griff nach oben, tastete nach der Fenstersicherung, löste sie und zog mit ganzem Gewicht am Schiebefenster. Es rührte sich nicht. Die Hexe hatte selbst hier Schlösser einbauen lassen! Ich holte mir also wieder den Felsbrocken und schlug das ganze Fenster ein: Scheiben, Mittelpfosten aus dem neunzehnten Jahrhundert, schlichtweg alles, und als ich die verbliebenen Glasstücke aus dem alten Kitt geschlagen hatte, kroch ich durch den Rahmen auf den Geschirrtrockner. Ich zerriß mir die Jeans. Ein Glasstück, das ich nicht hatte entfernen können, schnitt mir in den Schenkel. Die zwei Tassen und der Teller, die ich versehentlich vom Trockner stieß, zersprangen am Boden. Aber ich war wenigstens zu Hause. Ich tastete mich durch die Küche zu dem ungewohnten Schalter durch, machte Licht und begann, mein Haus in Besitz zu nehmen.

Da ich mir in den letzten paar Wochen mehr Feinde gemacht hatte als Saddam Hussein, mußte ich zunächst einmal dafür sorgen, daß ich mich verteidigen konnte. Ich trat in die leere Garage. Die alten Werkzeuge befanden sich größtenteils noch unter der Bank. Das Brecheisen nahm ich mit ins Wohnzimmer. Dort hatte Kapitän Alexander Starbuck aus vier breiten Steinblöcken einen breiten Kamin gebaut. Den rechten Stein hob ich an und schob ihn ein wenig zur Seite. Gleich vor der Feuerstelle zeigte sich ein schwarzes Loch: das beste von all den vielen Verstecken, die in diesem Hause während der Prohibitionszeit eingerichtet worden waren. Es kam zwar gelegentlich vor, daß dieses Versteck bei sehr hoher Flut im Frühjahr unter Wasser stand – vor allem wenn ein östlicher Wind die Gewässer in der Pleasant Bay staute –, aber der in diesem Loch verborgene Whiskey hat darunter nie gelitten. Das Flutwasser hatte auch der Schicht dicker Plastikbögen nichts anhaben können, die ich um den länglichen Holzkasten gewickelt hatte. Den Kasten, den ich nun aus dem feuchten Sandloch auf den Kamin zerrte, hatte ich zuletzt vor sieben Jahren gesehen, als ich ihn nämlich vor Verlassen des Hauses verpackt und versteckt hatte.
Das Telefon klingelte.
Ich stieß einen Fluch aus.
Es läutete viermal. Dann war aus der Küche ein Knacken zu vernehmen, und plötzlich ertönte die Stimme von Sarah Sing Tennyson. »Ich bedaure, im Moment nicht mit Ihnen sprechen zu können. Wenn Sie aber nach dem Piepton eine Nachricht hinterlassen, werde ich baldmöglichst zurückrufen.« Ein weiteres Knacken, dann der Piepton, und ich dachte schon, der Anrufer hätte aufgelegt, als ich eine männliche Stimme hörte. »Wo bist du bloß, verdammt, Sarah? Ich habe dich in der Mansarde zu erreichen versucht. Hör zu, Baby, ruf mich an, okay? Bitte? Hier ist William, nur für den Fall, daß du meine Stimme

nicht mehr erkannt haben solltest.« Die letzten Worte waren in weinerlichem Ton gesprochen; dieser William, folgerte ich, war von Miss Tennyson ganz schön zu Kleinholz gemacht worden. Ich grinste aus lauter Mitgefühl mit dem armen William. Bei dem Gedanken, daß der FBI oder CIA die Nachricht des liebeskranken Idioten zu knacken suchte, mußte ich herzlich lachen. Ich war mir sicher, daß die Leitung abgehört wurde. Van Stryker mochte mir seinen Dank ausgesprochen haben; das hieß aber noch lange nicht, daß er mir vertraute.

Ich trug den Kasten zu dem langen Tisch, wo ausgedrückte Farbtuben, Skizzenpapier, Schreibblocks und Zeitschriften lagen, machte Platz und schnitt mit Sarah Sing Tennysons Schere durch die Plastikhüllen um den Kasten. Ich nahm den Deckel ab. Der Inhalt war unberührt.

Oben lag ein .45er Automatik-Colt der US-Army aus dem Zweiten Weltkrieg, dessen Magazin zwar bloß mickrige sieben Schüsse enthielt, aber diese sieben Schüsse hatten Kraft. Ich reinigte die Waffe sorgsam, schoß ein paarmal ab, um sicherzugehen, daß alles funktionierte, und schob dann eine Munitionsrunde nach. Ich ließ den Colt in die Tasche meines Ölzeugs gleiten und kam mir gleich sehr viel sicherer vor. Anschließend öffnete ich die Dose Frühstücksfleisch.

Ich machte mir ein paar Sandwiches, würzte, bevor ich hineinbiß, mit Senf von Sarah Sing Tennyson, und weil durch das gebrochene Fenster bitterkalte Luft ins Haus drang, machte ich mit Sarah Sing Tennysons Holz und Scheiten im Kamin Feuer. Mit Pappe und Kreppband meiner Mieterin reparierte ich notdürftig das zerbrochene Fenster. Mit ihrem Kaffee und ihrer Kaffeemaschine machte ich mir eine Kanne frischen Kaffee, die ich mit den Sandwiches zum Kamin trug.

So gut hatte es mir selten geschmeckt. Es war wie der magische Augenblick am Ende einer Wache auf See nach einem bösen Törn am gefrorenen Steuer in beißender Gischt und bei kaltem Wind, wenn das ärgste Fressen, das in der Kombüse eines stampfenden Schiffes zusammengehauen wird, wie ein Festmahl schmeckt. Ich fragte mich wirklich, wieso Fünf-Sterne-Restaurants keine Sandwiches mit Frühstücksfleisch und Senf anboten.

Und ich fragte mich außerdem, was mit der modernen Kunst los war; denn während des Essens fiel mein Blick auf Sarah Sing Tennysons Gemälde. In zwei oder drei Fällen war auf der Leinwand ein Leuchtturm zu erkennen, der irgendwie noch eine entfernte Beziehung zu wirklichen Leuchttürmen hatte, doch im übrigen waren alle ein schrecklich verkorkstes Einerlei. Sarah Sing Tennyson schien die Farben auch nicht mit dem Pinsel aufzutragen, sondern wie Gips auf die Fläche zu klatschen. Andererseits – sie mußte irgendwie anerkannt sein, weil sie ja, wie sie gesagt hatte, von ihrer Kunst lebte. Ihr seltsamstes Machwerk war ein Geklekse aus purpurnen, braunen und weißen Farbtönen. Ich drehte es herum und las auf der Rückwand die ungemein aufschlußreiche Notiz: »Sonnenuntergang, Nauset, Oktober 1990«. Wenn das ein Sonnenuntergang war, dachte ich grimmig, dann befand sich die Umwelt in einem noch viel schlimmeren Zustand, als die Propheten des Weltuntergangs uns weisgemacht hatten. Ich schaltete das Licht aus und trug den Kaffee ans große Fenster.

Windstöße drückten gegen die schwarzen Scheiben. Über dem irritierenden Geräusch konnte ich gerade noch das Rauschen fernen Wassers hören, von dort, wo die Wogen sich am äußeren Rand des freien Strandwalls brachen. Näher zum Haus hin krochen in der kalten Dunkelheit unzählige Flüßchen von der Bucht hoch, wässerten die Salzmarschen und bewegten das Marschgras, wo die besonders saftigen Kammuscheln wuchsen. Dort unten gab es auch Austern und die besten Sandmuscheln der Welt und

Miesmuscheln und Hummer, daß einem das Wasser im Munde zusammenlief. Und wenn eine Familie von Hummern genug hatte, gab es Kabeljau, frischen Schwertfisch oder Blaufisch oder Hering, und in der guten alten Zeit hat es kaum ein Haus gegeben, das bei Winteranfang nicht ein ganzes Reh hängen hatte, und im Herbst gab es Enten und Moosbeeren und wilde Brombeeren. Hier war gut leben – und sterben, erinnerte ich mich. Als ich die Sandwiches gegessen und den Kaffee ausgetrunken hatte, begab ich mich deshalb wieder zu meinem Kasten.

Ich nahm die verbliebene Munition für den Colt heraus und anschließend meine Lieblingswaffe, einen halbautomatischen M1-Karabiner. Es war ein einfaches Schlachtgewehr, ebenfalls aus dem Zweiten Weltkrieg, aber es war ausgereift und schoß ganz wunderbar.

Ich reinigte und lud den M1, der, wie der Colt auch, in Boston gestohlen worden war und eigentlich bei der IRA hätte landen sollen. Ich hatte beide Waffen ausgesondert, weil ich sie für mich behalten wollte. Jetzt würden sie mir helfen, Saddam Husseins Gold zu schützen. Der Gedanke an das Gold erinnerte mich, daß ich am Morgen ein öffentliches Telefon finden mußte, um herauszubekommen, ob Johnny schon von der *Rebel Lady* gehört hatte.

Ich trug die beiden Schußwaffen fürs erste nach oben. Dort hatte Sarah Sing Tennyson keinen Strom legen lassen. Ich mußte mir also eine Kerze suchen und in ihrem Schein den Weg ins Schlafzimmer finden, wo meine alte Walfischharpune wieder an der Wand hing. Die Harpune war ein schlimmes Ding; ihre rostige Eisenspitze war zwei Meter lang, böse verhakt und in einen Holzgriff eingelassen, der ihr weitere zwei Meter Reichweite verlieh. Mit der Harpune sicherte ich die Tür – für den Fall, daß ein Feind mich bei Nacht zu überraschen gedachte. Ich zog mich aus, legte die Waffen in Reichweite, kletterte unter Sarah Sing Tennysons Patchworkdecke und schlief sofort ein.

Ich schlief wie ein Toter. Ich verschlief die Dämmerung bis in den Morgen und verschlief die Flut in der Nacht und die Ebbe des Vormittags. Als ich aufwachte, drang von neuem Flutwasser in die Kanäle des Marschlands. Auf die gelbe Tapetenwand fiel klares Winterlicht. Es leuchtete auf die Fichtenholzkommode und die beiden Staffordshire-Hunde, die Sarah Sing Tennyson dorthin gestellt hatte. Ich konnte den Ozean riechen. In den Laken und auf den Kopfkissen roch ich ihren Duft. Es war so lang her, daß ich *das* in einem Bett wahrgenommen hatte – den Körpergeruch einer Frau. Mir kam gleich wieder Roisin in den Sinn.

In meinem Leben hatte es nach Roisin genug Frauen gegeben, aber keine wie sie. Ich redete mir manchmal ein, daß ich Roisin in der Erinnerung idealisierte, um mich gegen neue Bindungen zu schützen, doch in Wahrheit suchte ich eine Bindung. Ich wollte leben wie Johnny. Ich wollte in einem Haus mit Kindern und fröhlichem Lärm, mit Hunden und Tohuwabohu aufwachen. Ich wünschte mir eine Ehefrau. Ich wünschte mir das, was man in der Welt gemeinhin als normales Leben betrachtete, was in Wahrheit jedoch eine Seltenheit und ein Geschenk war, weil nur Liebe es möglich machte.

Ich drehte mich um. Sarah Tennyson hatte vier Drucke an die Wand gehängt, die das Schlafzimmer vom Treppenschacht abtrennte. Es waren alte Drucke ferner Städte voller Kuppeln und Türme und Torbögen. Wo hatte sie die gekauft? Mit wem? Was für Männer hatten mein Haus betreten, zwischen diesen Laken gelegen, sich in meinem Badezimmer rasiert und ihre abendlichen Drinks mit nach oben genommen, um die länger werdenden Schatten über der Marsch zu beobachten? Hatte der gedemütigte William hier geschlafen und morgens zum Geräusch der Gezeiten in der Marsch die Augen geöffnet? Der Frauengeruch an den warmen Laken weckte Eifersucht.

Ich drehte mich auf den Rücken. Das Mansardenfenster blickte ostwärts, zum Meer hin. Einmal, bei ungewöhnlich hoher Flut, hatte ich die Wellenflecken des Wassers in der Spiegelung der aufgehenden Sonne an der Schlafzimmerdecke gesehen, obwohl die Hochwasserflut meist hundert Meter weg auf der anderen Seite des Decks im Grabensystem stehenblieb. Ich hatte immer davon geträumt, ein altes Punt in den nächstliegenden Kanal zu setzen; und am Rande der Tiefwasserzone der Bucht, wo ein geheimes Priel an Pochet Island vorbeikroch, hatte ich ein kleines Catboot halten wollen, so klein, daß ein Kind mit ihm vorbei an Sampson Island und Hog Island und Sipson Island und Strong Island segeln könnte, bis hin zu dem abrupten Graben, wo der weite Atlantik den freien Strandwall aufgerissen und die Häuser von Chathams Vorland gezerrt hatte. Das war *die* Gegend für Kinder, das war Gottes Abenteuerspielplatz, eine Gegend, wo Kinder sich austoben und trotzdem sicher fühlen konnten. Es war ein Ort, wo man mit Hunden an der Flutlinie langlaufen und im Schlamm nach Kammuscheln suchen und auf gestürzte Bäume klettern und ein Kanu über die Bucht steuern konnte, dorthin, wo die Ozeanstrände sich endlos und menschenleer südwärts erstreckten. Es war ein Ort, wo Gott für einen schlechten Fernsehempfang gesorgt hatte, so daß ein Kind hier ohne diesen schlimmsten aller zersetzenden Einflüsse aufwachsen konnte.

Nur, daß *ich* hier keine Kinder großziehen würde. Ich war vierzig. Ich war nie verheiratet gewesen. Und Roisin, die ich hatte herbringen wollen, weil die Bucht und die Küsten und der dahinterliegende Ozean sie begeistert hätten – Roisin war tot. Du großer Gott! dachte ich, vierzig Jahre alt! Für das Terroristenhandwerk war ich bereits ein uralter Mann. Die Terroristen begannen meist als Teenager und waren Anfang Zwanzig bereits ausgebrannt. Sie lernten Mädchen kennen, die Kinder haben wollten, und

Müttern liegt nichts daran, daß die Väter ihrer Babys lebenslänglich im nordirischen Long Kesh oder im Portlaoise Jail in Südirland einsitzen, und deshalb nervten die milchigen jungen Bräute die Mannsbilder, die Waffen niederzulegen. Ein paar Männer wie Seamus Geoghegan hielten länger durch, aber nur, weil sie nie von einer Frau aus dem Geschäft geturtelt und genörgelt worden waren. Beim Gedanken daran, wie Seamus im Fernsehen den Celts beim Ballspiel zuschaute, kam mir ein Lächeln.
Über mir hörte ich plötzlich ein Geräusch. Ich erstarrte. Dann suchte ich mit der Rechten langsam nach dem Karabiner. Ein Rascheln, ein Huschen, plötzlich, in Sprüngen – ein Eichhörnchen, wie mir klar wurde, das aus seinem Nest in der Fichtengruppe nördlich des Hauses aufs Dach gekommen war. Ich atmete auf, lehnte den Gewehrschaft an die Patchworkdecke, so daß die Mündung zur Decke gerichtet war, und musterte die schmalen, funktionalen Linien der Waffe.
Das würde mein Schicksal sein, dachte ich. Wie mein Bruder in Vietnam, so würde auch ich mit einer Kugel im Bauch sterben, oder im Herzen; oder sie würde die Adern in meinem Kopf sprengen. Ich würde mit einem Adrenalinstoß sterben, knurrend das Feuer auf meine Feinde erwidern, und trotzdem wie ein Hund abgeknallt werden. Besser, durch eine Kugel zu sterben, sagte ich mir dann aber, als einsam und allein, alt und ungeliebt. Ich hatte mich für meinen Weg entschieden; jetzt aber, als ich in meinem Bett den Geruch einer Frau einsog, kamen mir Zweifel, ob es eine weise oder auch nur vertretbare Entscheidung gewesen war. Denn hier, an diesem herrlichen Ort, Kinder aufzuziehen hätte nichts Langweiliges an sich gehabt.
Jetzt aber würde ich hier meinen Feinden entgegentreten. Wie ein zufluchtsuchendes Tier war ich heimgekehrt, doch nur, um den größten Einsatz überhaupt zu spielen,

den Einsatz um Leben und Gold. Falls ich gewönne, würde ich hier meine Ruhe haben und soviel Geld, wie ein Mann sich nur wünschen könnte, und eine Hochseejacht und ein hochbugiges Fischerboot – und was sonst? Bettlaken, die ihren Duft verlören? Ein Catboot, das nie ein Kind segeln würde? Doch das waren nur trübselige Gedanken für lange Nächte, jetzt, an diesem lichtüberfluteten Morgen, mußte ich in die Zukunft denken und sehen, wo Gefahr lauerte.

Brendan Flynn war gefährlich. Doch Brendan war weit weg und würde keine Aktion auf amerikanischem Boden wollen, denn das erste Gebot der IRA lautete: »Du sollst Amerikaner nicht mit der Wahrheit beunruhigen.« Deshalb würde Brendan alles Michael überlassen.

Michael war wütend, weil ich ihn gereizt hatte, und ein gereizter Michael Herlihy war ein hartnäckiger Gegner, aber dumm war er nicht. Er würde einiges in Gang setzen, um wieder an sein Gold zu kommen, sich dabei aber nicht plump verhalten und, typisch Anwalt, am Ende wahrscheinlich einem Kompromiß zustimmen. Vielleicht einer Million? Das schien eine faire Summe; der Preis für die ganzen fünf Millionen würde für Michaels Geschmack jedenfalls zu hoch sein.

Die Briten? Daß die mit von der Partie waren, schien mir zweifelhaft. Michael Herlihy stellte sich gern vor, daß die Briten ein Killerteam an der amerikanischen Ostküste hielten; das war jedoch nur eine Wunschvorstellung Michaels. Es paßte ihm nicht, sich andere Männer in den Slums von Bogside oder an den Zäunen in South Armagh in Gefahr vorzustellen, während er in der Neuen Welt ein schönes Leben hatte, und deshalb phantasierte er sich zusammen, daß auch ihm in seinem Büro in der City oder in seiner düsteren Wohnung nicht weit von Boston Common im finsteren Herzen der Nacht der Schrecken eines Pochens an der Tür bevorstehen könnte. Aber in den

Straßen von Boston patrouillierten keine Elitesoldaten auf der Suche nach Michael. Die Briten konnte ich vergessen.
Blieb der gefährlichste aller Feinde – il Hayaween. Ob der mir aber in Amerika nachstellen würde? Das hier war nicht sein Terrain. In Amerika gab es keine Elendsviertel mit Palästinensern, wo er seine Männer verstecken könnte. Für il Hayaween war Amerika ein fremdes Land, ein funkelnder Himmel, der einen Erzengel des Satans blenden würde. Ich durfte ihn nicht unterschätzen, aber ich war in das einzige Land der Welt gekommen, vor dem er zurückscheute; Europa hatten die Palästinenser begriffen; Amerika verunsicherte sie. Außerdem würde van Stryker mir auf jeden Fall zu Hilfe kommen, falls er es auch nur im entferntesten für möglich hielte, daß il Hayaween mir in die Neue Welt folgte. Vorläufig fühlte ich mich also auch in der Richtung sicher.
Plötzlich knirschten auf dem Muschelbelag der Einfahrt laut Reifen. Ich warf die Bettdecke zurück, riß die Harpune von der Tür, entsicherte die Carbine und lief die steile Treppe nach unten. Ich kauerte hinter der Eingangstür, noch ehe das sich nähernde Fahrzeug anhielt. Binnen fünfzehn Sekunden hatte sich mein Pulsschlag verdoppelt.
Ich horchte. Das mahlende Geräusch der Reifen blieb aus. Ich hörte das Knarren der Handbremse. Ein Klicken – die Wagentür wurde geöffnet, und da riß auch ich die Tür auf und richtete die Carbine dem Eindringling direkt auf die Brust.
Direkt auf Kathleen O'Donovan.
Die mich anstarrte, und mir war plötzlich klar: Es gab keinen Menschen, den ich jetzt lieber gesehen hätte; denn im Zusammenhang mit ihr gab es so viele offene Fragen, und falls ich je wieder ein reines Gewissen haben sollte, so mußte ich bei ihr anfangen. Ich sah, wie ihre Augen sich

vor Schreck weiteten beim Anblick der Waffe. »Nein!« rief sie. »Nein!«
»Tut mir leid.« Ich sicherte das Gewehr, stellte es fort und richtete mich auf. »Tut mir leid«, sagte ich noch einmal, weil sie mich noch immer völlig entsetzt anstarrte, und da merkte ich erst, daß ich splitterfasernackt nach unten gelaufen war. »Ist schon gut«, sagte ich. »Sie haben mich nur geweckt. Kommen Sie herein. Ich brauche nur eine Minute« und raste im Zustand völliger Verwirrung wieder nach oben und betete zu Gott, daß ich diesmal nicht wieder alles versaute. Nicht diesmal, nicht jetzt, da ich sicher daheim war und so schrecklich allein.

Sie wartete draußen. Das Angebot einer Tasse Kaffee lehnte sie ab, lehnte es ab, auch nur ins Haus zu kommen, und bat mich statt dessen, mit ihr spazierenzugehen, zum Strand. Sie war nervös. Das war vielleicht gar nicht verwunderlich, weil sie sicherlich wußte, daß ich sie in Nieuwpoort angelogen hatte. Es muß sie große Anstrengung und viel Mut gekostet haben, mich in meiner Bleibe in Cape Cod aufzusuchen. »Wieso wußten Sie, daß ich hier bin?«
»Gewußt habe ich's nicht. Nur gehofft.« Sie lief auf dem schmalen Pfad lange Zeit mit gesenktem Kopf vor mir her.
»Wenn Sie es unbedingt wissen wollen«, plötzlich schaute sie mir trotzig ins Gesicht, »ich habe, um mehr über Sie zu erfahren, einen Privatdetektiv engagiert, und der hat Ihren Wohnsitz entdeckt.«
»Und Sie sind einfach hergekommen?«
»Weil ich wissen möchte, warum Sie über Roisin gelogen haben«, sagte sie. »Oder bleiben Sie dabei, sie nie gekannt zu haben?«
»Ich habe sie gekannt«, gab ich zu.
Wir gingen schweigend weiter. Der Sand auf dem Pfad war von der trockenen Winterluft und der grellen Sonne aus-

gebleicht wie Knochen. Im Schutz der fernen Dünen lagen Streifen von Schnee. An den Rändern der kleinen Tümpel zwischen den brüchigen, blassen Gräsern glitzerten Stückchen von Eis. Der leichte Wind blies kalt von Nordosten. Kathleen trug einen schwarzen Mantel mit roten Manschetten und einem hohen Kragen, den sie aufgeschlagen hatte, so daß er ihre bestickte Wollmütze berührte. »Ist sie tot?«

»Ja. Seit genau vier Jahren.« Wir waren beide sehr steif.

»Wie ist sie gestorben?«

»Erschossen.« Mehr als dies eine Wort wagte ich nicht zu sagen. Ich spürte mein Zittern.

»In Irland?«

»Nein.«

»Wo dann?«

Ich seufzte. Mein Atem wurde in der Luft zu Nebelreif, der über die Salzmarsch wehte. »Sie ist«, sagte ich, »in einem palästinensischen Schulungslager gestorben, es heißt Hasbaiya. Dort wollte sie das Bombenlegen und Morden lernen. Statt dessen wurde sie selbst getötet.«

»Warum?« Eine furchtbare Anspannung in der Stimme.

»Weil man sie für eine CIA-Agentin hielt.«

»O mein Gott.«

Ich glaubte schon, Kathleen würde sich mitten auf dem Pfad hinsetzen, und streckte die Hand aus, sie zu stützen, doch sie stieß meine Hand weg und ging allein weiter. Der Pfad wand sich zwischen Schilfbüschen und Grasnarben am Kopf der Bucht. Er würde uns bis zur Küste führen, wo die Wogen des Atlantik sich am breiten Strand brachen.

Sie drehte sich nach einer Weile wieder um und sah mich mit ihren grünen Augen herausfordernd an. »Warum haben Sie mir das nicht in Belgien gesagt?«

»Weil ...«, fing ich an und brach gleich ab, weil mir die Wahrheit zu albern vorkam. Ich hatte mich jedoch vor mir selbst verpflichtet, diesem Mädchen die Wahrheit zu sa-

gen, und nannte die damaligen Entschuldigungen, und wenn sie noch so lahm klangen. »Ich weiß, es klingt dumm. Aber ich habe irgendwie Angst gehabt, daß Sie für die Briten arbeiten könnten.«
Sie lachte. Nicht amüsiert, sondern verbittert, voller Verachtung. »Zuerst heißt es, Roisin hätte für den CIA gearbeitet. Und nun soll ich für die Briten tätig gewesen sein?«
Ich suchte ihr mein Verhalten zu erklären. »Geheimhaltung wird zur Lebensgewohnheit: Man reagiert auf alle Fragen mit Lügen. Es tut mir leid. Aufrichtig leid. Ich habe mich nicht getraut, Ihnen die Wahrheit zu sagen.«
»Und aus welchem Grund tun Sie es jetzt?«
»Weil ich es hinter mir habe. Ich bin ausgestiegen. Für mich ist das alles jetzt Vergangenheit.«
»*Was* haben Sie hinter sich?« fragte sie abschätzig. »Die IRA?«
»Ich *war* in der IRA«, erwiderte ich ganz langsam, »aber nur auf Verlangen Amerikas.« Nein, *so* stimmte das nicht. Ich wäre sowieso eingetreten – weil es meiner Stammesmentalität entsprach, weil es Abenteuer versprach. Ob ich in dem Fall aber in der IRA geblieben wäre? Hätte ich überhaupt bleiben *können,* nachdem ich mit angesehen hatte, wie ein erwachsener Mensch zu Kindergröße schrumpfte durch eine Benzinbombe, die mit Seifenflocken angereichert war, damit die Flammen wie brennendes Napalm am Fleisch klebten? »Ich bin für den CIA tätig gewesen«, fügte ich erklärend hinzu.
Sie wandte sich nach einem kurzen, prüfenden Blick von mir ab. Sie glaubte mir nicht. Sie war nur zu höflich, es mit Worten zu sagen. »Und Roisin?« fragte sie. »War Roisin nicht nur in der IRA, sondern auch in der CIA?«
»Sie war nicht in der CIA.«
»Warum ist sie dann erschossen worden?«
Da habe ich ihr die Geschichte vom Verrat an Seamus erzählt, die allerdings wieder nicht überzeugend klang, so

daß ich plötzlich den sehnlichen Wunsch empfand, Kathleen Donovan wäre an diesem klaren, trockenen Wintermorgen nicht zu mir gekommen, und dann bin ich zum Anfang zurückgegangen, zur allerersten Begegnung im rauchgeschwängerten Dubliner Pub, in den Roisin aus der dunklen Nacht mit Regentropfen im Haar hereinschneite, und habe erzählt, bis hin zu dem Tag, als ich Steine auf ihr Grab häufte. Axel habe ich ausgelassen und das Ende unserer Beziehung nur in groben Zügen skizziert; alles andere kam der Wahrheit recht nah.

»Sie hat also keinen Grabstein?« fragte Kathleen, als ich geendet hatte. »Keinen Gedenkstein!«

»Ich habe für sie in Dublin Messen lesen lassen«, sagte ich wahrheitsgemäß.

Kathleen machte eine wegwerfende Handbewegung, als ob sie auf die Wirkung von Seelenmessen keinen Pfifferling gäbe. Nach längerem Schweigen begann sie mir ganz unvermittelt von ihrer älteren Schwester zu erzählen. Sie berichtete, daß Roisin schon als Kind von Irland besessen gewesen war. »Sie hat Irland erstmals mit vierzehn besucht, aber da konnte sie bereits Gälisch, da konnte sie die Namen aller Countys hersagen und alle Straßen in Dublin zwischen St. Stephen's Green und Phoenix Park.«

»Ich kann mich erinnern«, warf ich ein, »wie ich mit ihr einmal die Fernsehnachrichten aus London gesehen habe, die immer mit der Wettervorhersage endeten, und an dem Tag wurde Schönwetter angesagt für England, Schottland und Wales, doch Wolken und Regen über Irland. Roisin geriet fürchterlich in Wut, weil sie meinte, die Wettervorhersage reflektiere bloß die antiirische Einstellung der britischen Meteorologen.«

Kathleen lächelte; solche Reaktion schien ihr vertraut. Ich dachte, wie sehr sie doch Roisin ähnelt, und drehte mich weg, um mir nichts anmerken zu lassen. Nicht an diesem Tag, als ich endlich die meisten meiner Sünden beichtete.

Wir liefen weiter, nach Süden. Zur Rechten konnte ich, über die Ausläufer der Bucht hinweg, mein Haus erkennen; zur Linken, hinter den Dünen, schäumte der Ozean.
»Ich habe mir immer gewünscht, mit Roisin hier zu leben«, gestand ich Kathleen. »Ich träumte davon, daß wir Kinder hätten und an den Wochenenden alle zusammen einkaufen und in der Bucht segeln gingen.«
Kathleen schaute zu mir hoch, mit einem Ausdruck von Überraschung. Einen Moment lang glaubte ich schon, sie würde weinen; statt dessen schenkte sie mir dann ein trauriges Lächeln. »Roisin ist nie sehr mütterlich gewesen. Es sei denn, daß sie sich in Irland geändert hätte.«
Ich schüttelte den Kopf. »Sie hat sich nie geändert. Sie ist immer nur Cathleen ni Houlihan gewesen, bis zuletzt.« Cathleen ni Houlihan war die große weibliche Kriegsfigur der irischen Sage.
Und wieder zeigte Kathleen dieses Lächeln, das verriet, wie sehr ich damit Erinnerungen an Roisin weckte. »Roisin war acht, da hat sie mir ihr Taschengeld angeboten, bis ans Lebensende, ihr ganzes Taschengeld, wissen Sie, einen Dollar pro Woche, wenn ich mit ihr Namen tauschen würde. Sie hätte so gern Kathleen geheißen.« Wir hatten die innersten Dünen erreicht und folgten ihnen zum Meer. »Roisin wollte, daß wir den Pakt des Namenstausches mit unserem Blut besiegelten. Sie hatte dafür sogar schon ein Küchenmesser von Mam parat.« Die Erinnerung brachte Kathleen zum Lachen. Gleich darauf warf sie mir einen vorwurfsvollen Blick zu.
»Ist Roisin Ihretwegen der IRA beigetreten?«
»Nicht meinetwegen. Aber ich habe sie eingeführt.«
»Hat sie Menschen getötet?« Die Frage klang feindselig.
»Nicht direkt. Jedenfalls soweit ich weiß.« Ich dachte nach. »Ich habe versucht, sie davon abzuhalten, in die IRA einzutreten. Es war völlig zwecklos. Und nach meiner Abreise aus Belfast blieb sie sowieso dabei. Daß sie selbst nie

auf jemand geschossen hat, weiß ich aus einem einfachen Grund – sie konnte mit Schußwaffen nicht umgehen. Sie hat vor dem Abdrücken immer die Augen zugemacht. Sie war deshalb auch ein lausiger Schütze. Aber sie half, wo sie konnte. Einmal ist sie in eine Bar gegangen, wie sie mir erzählt hat, um einen Mann auszukundschaften, und sich als amerikanische Journalistin ausgegeben, und als sie ihn entdeckt hatte, ging sie wieder und meldete den Schützen haargenau, wo der Kerl saß. Auf die Weise konnten sie direkt zu seinem Tisch gehen, ohne sich durch Fragen nach ihm in Gefahr zu begeben. Sie war aber auch frustriert. Die IRA hat ihr nie wirklich vertraut, nicht wie den eigenen Leuten. Außenseiter wie uns hat man benutzt, wenn wir von Nutzen sein konnten, aber getraut hat man uns nie. Aus dem Grund hat Roisin meines Erachtens in Hasbaiya geschult werden wollen. Damit sie für eine Terrorkampagne in London eingesetzt werden könnte. In London fällt eine Amerikanerin nicht so auf wie in Dublin oder in Derry.«

Kathleen hielt den Kopf noch immer gesenkt, als wir den Sandweg passierten, der zu den Sommerstränden führte. Wir stiegen die letzten Dünen vor dem Meer hinauf. »Haben Sie sie verraten?«

»Ich?«

»Sie waren CIA, haben Sie gesagt. Da müssen Sie doch über Roisin informiert haben wie über alle andern auch.« Ihre Stimme klang feindselig. Aber der Vorwurf war unberechtigt.

»Meine Aufgabe war anderer Art.« Ihr van Strykers Projekt zu schildern schien mir zu riskant. »Ich habe nicht über Roisin informiert. Ich habe sie geliebt.«

»Haben Sie gewünscht, daß Sie in Belgien bei Ihnen wäre?«

»Mehr als alles in der Welt.« Am Wegrand lagen Knochen und Federn einer toten Möwe. Ich erzählte vom Ende ei-

ner Liebe. »Roisin fand meine Tätigkeit in Belgien langweilig. Wissen Sie, Belgien war zu abgelegen, vom bewaffneten Kampf zu weit entfernt. Ich habe dort zwar auch für die IRA gearbeitet, nur konnte sie mir dabei nicht helfen, und sie wollte aktiv sein, immer mittendrin sein, etwas anderes kam für sie gar nicht in Frage, und deshalb hat sie's abgelehnt, mich nach Belgien zu begleiten. Wir haben uns getroffen, wann immer es möglich war und ich sie überreden konnte. Manchmal bin ich nach Dublin geflogen; manchmal kam sie zu mir nach Belgien. Einmal hat sie mir geholfen, ich mußte eine Jacht von Spanien nach Schweden bringen, und während der Reise hatte ich den Eindruck, sie sei glücklich.« Ich hielt inne. Ich mußte an die Augenblicke echten Glücks in Roisins Leben denken, an ihr Lachen, an die Zärtlichkeit, mit der sie mich überrascht hatte, in Augenblicken, wenn sie von ihren Haßgefühlen loskam. Aber es war der Haß, der ihr das Gefühl gab, lebendig zu sein. Doch, sie hatte die Reise genossen, empfand jedoch Schuld, weil sie in dieser Zeit dem Kampf ferngeblieben war. »Ich habe sie heiraten wollen«, sagte ich. »Daran hatte sie aber kein Interesse.«
Auf dem Dünenkamm blieb sie stehen. Die See tobte und brandete und schäumte und sprühte wie wild.
»War ein anderer Mann im Spiel?« fragte Kathleen.
»Ja.« Die großen Brecher krachten unentwegt gegen die kalte, verlassene Küste.
»Wer?« fragte Kathleen und wartete geduldig, bis ich weitererzählte, obwohl ich davon gar nicht sprechen wollte.
»Der erste, von dem ich weiß . . . Es war kurz vor meiner Abreise aus Belfast. Er hieß John Macroon. Er war jünger als Roisin, ein Hitzkopf, ein wilder Junge – mein Gott, war der wild. Geradezu tollkühn. Andererseits war er ein braver katholischer Junge, der vor Frauen furchtbare Angst hatte. Die Angst hat ihm Roisin überwinden helfen, das ist mir klargeworden durch die Art, wie sie mit ihm sprach,

und den Blick, mit dem er mich anschaute. Gefragt habe ich sie nie. Dazu hatte ich nicht den Mut. Sie hätte mir ja die Wahrheit sagen können. Als sie einmal mit einem geschwollenen Gesicht zurückkam, wußte ich, daß er sie geschlagen hatte. Sie hat mir aber nicht sagen wollen, woher sie die Quetschung hatte, und ich wollte nicht wahrhaben, daß sie mir untreu war, und tat deshalb, als ob zwischen uns alles in Ordnung wäre. Bis Macroon starb – er wurde von einem Soldaten aus dem Hinterhalt erschossen. Er war unterwegs gewesen zu einem Bombenattentat, und die Briten wußten davon und schossen. Keine Vorwarnung, keine Fragen. Einfach päng. An dem Abend hat sie geweint. Ihre Tränen hätten ganz Irland überfluten können. An dem Abend hat sie mir von ihm erzählt.«
Am Fuß der Dünen hockte ich mich in den Sand, mit Blick aufs Meer. Kein Schiff in Sicht. Mir standen Tränen in den Augen. Ich schob es auf den Wind, der nach Salz und Muscheln roch. »Macroon ist sehr grob zu ihr gewesen. Aber sie wollte nicht, daß er starb, ohne eine Frau gekannt zu haben, wie sie erzählte.« Ich fluchte laut. Mein Gott, wie sehr ich diese Erinnerung haßte! Doch ich erinnerte mich nur allzu gut. Ich erinnerte mich an meinen Schmerz und an die Not, alles bis ins letzte Detail erfahren zu wollen über diesen Verrat, und Roisin hatte so getan, als ob es sich dabei nur um eine Geste des Trostes für einen Helden gehandelt hätte. Ich erinnerte mich an ihren Trotz, an ihre Wut auf mich, ihren Haß auf meine zärtlichen Empfindungen für sie. Später, in der Nacht, als sie weinte, hatte sie meinen Trost dann doch gebraucht.
»Macroon war der erste, sagten Sie?« fragte Kathleen.
»Es hat noch andre gegeben«, sagte ich und schwieg dann lange Zeit, jedenfalls solange es dauert, bis zwölf große Wogen sich brechen und am Strand verlaufen. »Ich bedaure, daß ich Ihnen in Belgien von alldem nichts erzählt habe. Ich hätte Ihrer Familie nach Roisins Tod schreiben

sollen, aber Roisin war kein Mensch, bei dem man eine Familie im Hintergrund vermutet.«
Kathleen schleuderte eine winzige Muschel in hohem Bogen über den Strand. »Wir haben, glaube ich, alle gewußt, daß sie tot war. So etwas spürt man irgendwie, oder? Sie hat gewöhnlich daran gedacht, Weihnachtsgrüße zu schicken oder einen Glückwunsch zu Mutters Geburtstag, und als wir dann so lange nichts von ihr hörten . . .« Achselzucken. »Aber wir wollten es definitiv wissen, verstehen Sie? Wir wollten Gewißheit. Mutter hat nicht mehr lang zu leben, Vater ist recht gebrechlich. Ich habe den beiden versprochen, die Wahrheit herauszubekommen.« Über unseren Köpfen schrie eine Möwe. Kathleen strich sich eine Haarsträhne aus dem Gesicht.
»Was werden Sie Ihren Eltern berichten?«
Darauf gab sie lange Zeit keine Antwort. Dann erneutes Achselzucken. »Ich werde ihnen wohl doch eine Lüge erzählen. Ich werde ihnen erzählen, sie sei bei einem Autounfall ums Leben gekommen, habe die Sterbesakramente empfangen und ein richtiges christliches Begräbnis bekommen. Ich glaube nicht, daß Vater und Mutter die Wahrheit tatsächlich hören wollen. Sie mißbilligen den Terrorismus. Ich übrigens auch.« Die letzten Worte sprach sie mit Nachdruck aus. Sie warf eine neue Muschel, die über den Sand hopste. »Ich habe mir über den Terrorismus Gedanken machen müssen«, erklärte Kathleen. »Wegen Roisin. Sie hat an Gewalt geglaubt, lange bevor sie nach Irland ging. Sie hat damals schon Geld für die Sache gesammelt. Sie hat Zeitungsausschnitte über tote englische Soldaten und tote irische Polizisten aufgehoben. Mutter hat das gehaßt. Vater hat gemeint, es sei die irische Krankheit und Anlaß genug, in Amerika zu leben.«
»Und wenn man nicht die Möglichkeit hat, in Amerika zu leben?« fragte ich. »Wenn man im protestantischen Ulster als Katholik leben muß?«

»Das ist keine Entschuldigung für Mord«, sagte Kathleen bestimmt. »Und wenn die IRA-Leute keine Uniform tragen und sich nicht in offenem Kampf zeigen können, dann sind sie keine echten Männer. Dann sind sie bloß arrogante Kerle, die meinen, sie wüßten alles besser als das übrige Irland, aber in der Hölle werden sie brennen, das ist die Wahrheit, in der gleichen schrecklichen Hölle wie die Männer, die die Pan-Am-Maschine vom Himmel holten, oder die Männer, die die Nonnen in El Salvador erschossen, oder die Terroristen, die unsere Marinesoldaten im Libanon umbrachten.« Sie sah mich herausfordernd an. »Sie halten mich wohl für sehr naiv. Oder für sehr dumm.«

Ich schaute hinaus aufs Meer. »Die Briten haben den Iren Schreckliches angetan.«

»Und wir haben den eingeborenen Amerikanern Schreckliches angetan. Sind Sie der Meinung, daß ein Irokese oder ein Sioux daher das Recht hätte, Einkaufszentren zu bombardieren oder US-Soldaten aus dem Hinterhalt zu überfallen?«

»Nein«, sagte ich, »der Meinung bin ich nicht.«

»Welcher Meinung sind Sie dann?« drängte sie.

In diesem Augenblick durfte ich nur mit schonungsloser Ehrlichkeit antworten. Soviel war mir klar. Ich konnte mich nicht auf Stammespropaganda und Trotz zurückziehen; ich mußte Kathleens Ehrlichkeit erwidern. »Ich bin *der* Meinung«, ich sprach es sehr langsam aus, »daß der Terrorismus ein falscher Weg ist, aber er ist verführerisch, weil Männer und Frauen, die im geheimen kämpfen, einen Zauber ausstrahlen. Doch im Grunde, mein Gott, wie ich es hasse, das zuzugeben – aber im Innersten wissen wir, daß die Briten fast zu allem bereit wären, nur um Nordirland loszuwerden. Es herrscht andererseits Übereinstimmung, daß der Abzug der Briten ein Blutbad auslösen würde, daß die Katholiken über die Protestanten herfallen würden oder die Protestanten über die Katholiken, und diese Gefahr eines Ausbruchs von Gewalt ist die einzige Rechtfertigung für das Verbleiben der Briten in Irland, und mit jeder Kugel und jeder Bombe, die die IRA einsetzt, wird die Rechtfertigung nur noch größer. Es ist also einzig und allein das Werk von IRA und INLA und UVF und UDA, wenn die Briten in Irland bleiben; die Briten wollen dort gar nicht bleiben, verdammt. Die hassen Nordirland. Den Freistaat finden sie im Grunde recht sympathisch, aber Ulster können sie absolut nicht ausstehen, und die Protestanten von Ulster verabscheuen sie geradezu. Gibt's in der ganzen weiten Welt überhaupt jemand, der die nordirischen Protestanten mag? Denken Sie etwa, Dublin will die Million gottbesoffener, stursinniger Hundesöhne schlucken? Und wenn die Briten sie nicht beschützten – wer würde sie dann beschützen?« Ich schaute zum grauen Horizont. »Ich bin der Meinung, daß die ganze Sache überhaupt keinen Sinn macht, weil ich mir sicher bin, daß nicht eine einzige Bombe den Tag eines vereinten Irland auch nur einen Tag nähergebracht hat. Trotzdem vermag ich nicht zu sehen, wie irgendein Junge, der ein bißchen Selbstachtung besitzt und morgens in Ballymurphy oder Turf Lodge oder Bogside aufwacht, etwas anderes tun könnte, als Bomben zu legen. Das Ganze ist ein tragischer, elender, *unseliger* Schlamassel. *Das* ist meine Meinung!«

»Und der CIA will seine Nase in diesen Schlamassel stecken?« fragte sie mich und gab offen zu erkennen, wie unglaublich es ihr vorkam, daß ich für die amerikanische Regierung gearbeitet haben sollte.

»Ich weiß nicht.« Mich fror. »Ich war nie ein richtiger Agent. Ich meine, ich habe nie einen Eid geschworen oder so etwas. Ich habe auch nie gegen Bezahlung gearbeitet. Ich bin gebeten worden, gewisse Dinge herauszufinden, und das habe ich getan, aber nicht über die IRA.

Die IRA hat sozusagen nur als Türöffner gedient.« Es klang lahm, aber mir fiel nichts Besseres ein. »Für mich war das so etwas wie ein Spiel, aber nicht für Roisin – Roisin sah darin die Aufgabe ihres Lebens. Deshalb wollte sie nach Hasbaiya. Sie wollte lernen, wie man tötet, ohne mit der Wimper zu zucken. Sie wollte Irland auf eigene Faust retten, ganz allein. Ich wollte nur ein bißchen Spaß im Leben.« Weshalb ich Liam und Gerry umgebracht hatte, weil sie zwischen mir und dem Gold standen. Sie waren nicht für Irland, für Amerika oder was immer gestorben. Nur meinetwegen. Ich kam mir oberflächlich vor. Ich wußte aber keinen tieferen Grund. Ich sah Liams Augen im grünen Navigationslicht vor mir und erschauerte.
Kathleen sah mich lange an. »Roisin hat Ihnen sehr weh getan, nicht wahr?«
Wie bleich nur das Meer war, dachte ich, und wie kalt. »Mehr, als ich je für möglich gehalten hätte«, gab ich zu.
»Ich würde Ihr Angebot jetzt gern annehmen«, sagte sie mit gepreßter kleiner Stimme. »Das heißt, wenn Ihr Angebot einer Tasse Kaffee noch steht.«
»Doch«, sagte ich. »Das Angebot steht.«
Wir liefen zurück. Unsere langen Schatten fielen dunkel auf den weißen Wintersand.

Wir haben auf dem Heimweg nicht viel miteinander gesprochen. Ich hatte Sorge, daß Kathleen meine Einstellung mißbilligen könnte; sie hatte über allzu vieles nachzudenken. Wir machten Konversation. Wie schön es doch sei, so nahe am Meer zu wohnen; es sei kalt; an und für sich sei es aber bisher ein milder Winter gewesen. Ich fragte sie, als wir uns dem Haus näherten, wo sie wohne; sie lebe in Maryland, erwiderte sie, nicht weit von den Eltern, als Zahnhygienikerin. »Zur Zeit bin ich aber arbeitslos.«
»Daß Zahnärzte von der Wirtschaftskrise betroffen sind, hätte ich nie für möglich gehalten.«

»Sind sie aber. Obwohl das nicht der Grund ist für meine Arbeitslosigkeit. Ich bin so dumm gewesen, den Zahnarzt zu heiraten, sehen Sie, und nun bin ich geschieden. Die Sache ist also ein bißchen komplizierter.« Sie klang resigniert. »Wir haben wenigstens keine Kinder.«
»Ah«, sagte ich und empfand meine Reaktion als völlig ungenügend, aber mehr fiel mir nicht ein. Ich war nervös. Mir war es so wichtig gewesen, daß Kathleen mich mochte. Ja, mir schien plötzlich meine Zukunft davon abzuhängen, daß Kathleen mich akzeptierte. Ich sah in ihr eine stillere, sanftere Roisin.
»David ist mit einer Patientin durchgebrannt«, fuhr Kathleen kopfschüttelnd fort. »Ich frage mich manchmal, warum wir Menschen uns alle bloß so unglücklich machen. Das kann doch nicht im Plan gelegen haben, nicht wahr?«
Ich dachte an meine Träume, an die Kinder, die ich mir mit Roisin gewünscht, die ich an dieser Küste großzuziehen gehofft hatte. »Nein, das lag sicher nicht im Sinne des Schöpfungsplans«, sagte ich und dachte an Johnny Riordan und war froh, daß es unter meinen Freunden immerhin einen glücklichen Menschen gab, und das erinnerte mich: Ich mußte Johnny anrufen. Ich durfte aber nicht von meinem Haus aus anrufen. Ich überlegte, ob Kathleen mich wohl mitnehmen würde bis zur Straße, damit ich die Telefonzelle im kleinen Einkaufspark benutzen konnte. »Ich habe nur koffeinfreien«, sagte ich, als wir längs der Seitenwand des Hauses gingen, »und der gehört eigentlich nicht mir. Er gehört einer früheren Hausbesitzerin.«
»Dann vielleicht lieber nicht.« Sie blieb an der Ecke stehen und schenkte mir ein nervöses Lächeln. »Vielleicht sollte ich jetzt besser gehen.«
»Nichts dagegen.« Ich ließ mir die Enttäuschung nicht anmerken. »Könnten Sie mich ein Stück mitnehmen?«
Sie nickte. »Natürlich.«

»Ich muß nur rasch ein paar Münzen zum Telefonieren holen«, sagte ich und stieß die Tür zur Küche auf, die ich nicht abgeschlossen hatte, weil Sarah Sing Tennyson mir für das neue Schloß keinen Schlüssel dagelassen hatte – und da stand sie. In meiner Küche stand Sarah Sing Tennyson. Mit einer Gummispritzflasche in der Hand.
Ich wollte mich umdrehen. Meinen Colt .45 hatte ich in der Ölzeugjacke stecken. Sarah Sing Tennyson war jedoch viel schneller als ich. Sie drückte. Meine Hände flogen hoch, an mein brennendes Gesicht, und ich hörte Kathleen vor Schreck schreien, und aus der Küche rannte eine Gestalt und lief an Sarah Tennyson vorbei und sagte zu Kathleen, sie brauche keine Angst zu haben, man würde mir nicht weh tun – da spürte ich einen Schlag, einen bösen, gemeinen Schlag auf den Kopf. Meine Knie gaben nach. Ich hörte den Grunzer des Mannes, der mich schlug. Dann wurde mir schwarz vor Augen.

DRITTER TEIL

Als ich wieder zu Bewußtsein kam, befand ich mich in einem fahrenden Wagen. Genauer wußte ich es nicht. Mein Kopf steckte in einem Sack oder in einer Tasche. Ich war wie ein Fötus auf den Teppichboden eines Pkw oder Lieferwagens geworfen worden. Die Augen schmerzten entsetzlich. Mein Gesicht brannte. Mir lag der Gestank von Ammoniak in der Nase. Ich versuchte mich zu strecken und mußte entdecken, daß ich gefesselt war. Ich konnte mich nicht bewegen, doch geknebelt war ich unerklärlicherweise nicht. »Wer, zum Teufel . . .«

Ich schrie auf. Von den Nieren schoß ein fürchterlicher Schmerz den Körper hoch. Der Schmerz tat entsetzlich weh: das Stoßen und Stechen einer Horrorspritze, die mir den Bauch zerriß. Er schien Minuten zu dauern. Ich rang nach Atem und erstickte fast am galligen Geschmack von Erbrochenem im Mund. Ich preßte die Augen zu; sie zu öffnen bedeutete, die Wiederkehr des beißenden Schmerzes durch das verbliebene Ammoniak zu riskieren.

Da fiel mir Kathleen ein. Ich hatte plötzlich heillose Angst, sie könnte verletzt worden sein, nur weil sie bei mir auf Besuch war, als diese Bastarde mir auflauerten.

»Bitte . . .«, brachte ich demütig hervor, hatte jedoch den Mund kaum aufgemacht, als der Schmerz mir wieder in den Rücken stieß. Mein Schreien klang wie die Todesangst eines verwundeten Tieres.

Der Wagen – sofern es ein Wagen war – schlidderte um eine Ecke. Ich wurde seitlich gegen ein Paar Beine geschleudert. Als der Schmerz so weit nachließ, daß ich halbwegs klar denken konnte, kam ich zu dem Schluß, daß ich mich kaum in einem Lieferwagen, sondern eher hinten in einem Pkw befand, und zwar zwischen Vorder-

und Rücksitz eingeklemmt auf dem Boden. Das Geräusch der Übertragung brachte mich darauf, daß der Wagen eine automatische Gangschaltung hatte. Daß rechts von mir jemand saß, wußte ich schon. Ich drückte mich nach links, um herauszufinden, ob ich von dort von einer zweiten Person in Schach gehalten wurde, und hatte mich kaum bewegt, als eine Hand mir einen kräftigen Schlag auf den Kopf gab: Ich sollte mich also ruhig verhalten. Wegen der Schmerzen, die ich bereits erlitten hatte, verhielt ich mich erwartungsgemäß. Ich blieb sehr ruhig und still.
Ich hatte nämlich Angst – falls das Wort Angst meinem darmenthemmenden Schrecken Ausdruck verleihen könnte. Wer immer diese Menschen waren – sie verstanden ihr Handwerk. Sie hatten mich auf eine geschickte, energische Weise gefaßt, die Übung verriet. Ich hatte nichts geahnt. Wie ein Kind war ich in ihren Hinterhalt gerannt. Binnen Sekunden hatten sie mich bewegungsunfähig gemacht. Sie schafften mich fort. Ich war machtlos. Wenn ich mich rührte, tat man mir weh. Wenn ich einen Laut von mir gab, tat man mir weh. Wie einen Hund richteten sie mich ab. Sie hatten mich total in der Hand, und ich konnte dagegen nichts tun. Falls diese Menschen beschließen sollten, mich umzubringen, würde ich krepieren wie ein Hund. Denn diese Leute waren tüchtig.
Der Wagen verließ die Straße. Er geriet ins Schaukeln. Er fuhr über einen Bordstein. Ich hörte die Reifen über Kies knirschen. Ich hatte keine Ahnung, wie lange wir schon gefahren waren. Ich hatte keine Ahnung, ob wir uns noch in Cape Cod befanden.
Der Wagen schien auf ein ummauertes Gelände einzufahren: Der Widerhall des Auspuffs wurde laut. Der Motor wurde abgeschaltet. Die Wagentüren wurden geöffnet. Vier Türen. Eine Hand griff nach unten, ergriff eins der Taue, die mich fesselten, und riß mich gewaltsam aus dem Wagen, auf einen kalten, harten Boden.

Jemand kniete neben mir. Etwas Kaltes berührte meinen Knöchel. Eine Messerklinge vermutlich. Ich winselte vor Angst. Die Klinge zerschnitt lediglich die Bande, die meine Beine fesselten.
Eine Hand riß mich mit einem Ruck hoch. Ich taumelte, konnte dann aber stehen. Meine Handgelenke waren noch immer gefesselt. Der dicke Sack war mir immer noch über den Kopf gestülpt. Sonst war ich frei.
Eine Hand schob mich nach vorn. Ich stolperte. Ich konnte kaum laufen. Ich ging über Betonfußboden. Ich war barfuß. Als ich überfallen worden war, hatte ich Stiefel und Socken angehabt. Sie waren mir ausgezogen worden. Die Ölzeugjacke auch. Ich trug, soweit ich wußte, nur Jeans, Unterwäsche, ein Hemd und einen Sweater. Meine Waffe war fort. Bis auf die paar Dinge, die ich am Leibe trug, war alles fort. Man schob mich erneut nach vorn. Ich beeilte mich, so gut es ging, stieß dabei jedoch mit dem bloßen Zeh gegen eine Steinstufe. Ich schrie auf. Ich stürzte. Ich rappelte mich hoch, bevor man mich erneut schlagen konnte. Ich hatte anscheinend einen Korridor mit dicken Teppichen erreicht. Es war plötzlich warm.
Eine Hand tastete mich ab. Eine Tür wurde geöffnet. Die Hand drängte mich nach rechts, schob mich langsam weiter vor, sehr langsam. Ich begriff, daß Vorsicht geboten wäre, und schon trat mein Fuß auf nichts – in Luft. Ich erschrak. Nahm an, daß ich ins Leere stürzen würde, wurde aber von einer Hand gestützt. Ich verstand, daß man mich zu einer Holztreppe geführt hatte.
Ich stieg Stufen hinab. Sie führten vermutlich in einen Keller. Die Schritte meiner Peiniger hallten laut wider auf der Holztreppe, dann auf nackten Betonboden. Unten wurde ich ein paar Meter nach vorn gedrückt. Erneut abgetastet. Ich sollte stehenbleiben.
Ich gehorchte. Ich zitterte am ganzen Leib. Im Keller war es kalt. Hören konnte ich nichts.

Plötzlich sägte ein Messer an meinen Handgelenken. Die Stricke fielen herunter. Ich atmete heftig. Ich rechnete damit, daß ein Messer mich im Bauch träfe. Nichts geschah. Ich rieb die Handgelenke. Ich hob die Hände zur Tüte um meinen Kopf.

Ein Stock oder Totschläger traf mich in den Nieren.

Ich schrie und stürzte. Hände hielten mich. Mir wollte wieder übel werden. Der Schmerz stieg in mir hoch, ebbte wieder ab, stieg von neuem an: ein Schmerz, der in roten Wellen über mich herfiel. Der Schmerz machte mir klar, daß ich stehenbleiben sollte.

Ich blieb stehen.

Hände griffen nach meinem Sweater und zerrten ihn nach oben. Ich trat, ohne zu denken, zurück. Schon peitschte mich der Schmerz. Ich wurde wieder geschlagen. Das Schlagen war gekonnt. Schmerz trieb den Rücken aufwärts. Ich sank in mir zusammen. Die Hände, die mich am Sweater hielten, zerrten mich hoch.

Mit hilflosem Weinen hob ich die Arme. Sie zogen mir den Wollpullover aus. Der Sack um meinen Kopf war am Hals zugebunden worden. Er saß fest.

Finger berührten meine Kehle. Die Berührung der Finger war warm, leicht und flatternd. Daß die Finger so leicht waren, jagte mir einen Schrecken ein. Dann ahnte ich, daß die Finger mir nur das Hemd aufknöpften. Ich zitterte vor Angst, als die Finger an meiner Brust heruntergglitten, dann über den Bauch. Sie zogen mir die Hemdschöße aus den Jeans. Sie zogen mir die Flanellärmel aus. Mir stockte der Atem. Finger streichelten meinen Bauch. Nur war es kein Streicheln. Es war die Berührung beim Öffnen des Gürtels der Jeans, beim Aufknöpfen der Jeans, beim Öffnen des Reißverschlusses. Die Hände zogen mir die Jeans, dann die Unterhosen herunter. Gehorsam, kooperationswillig, weil ich wollte, daß die erbarmungslosen Peiniger mich mochten, trat ich aus meinen Kleidern.

Ich war nackt. Mir war kalt. Ich hatte Schmerzen. Und ich hatte Angst.
Und wieder berührten Hände meinen Hals. Ich winselte. Bis ich merkte, daß die warmen Finger nur die Schnur am Sack um meinen Kopf lösten. Die Person trat einen Schritt zurück. Der Sack wurde mir abgenommen. Ich war wie benommen. Ich sah nur verschwommen. Mir taten die Augen noch immer weh von dem Ammoniak. Aber ich konnte wenigstens erkennen, wo ich mich befand und mit wem ich zusammen war.
Mir gegenüber stand Sarah Sing Tennyson. Sie hielt meine Sachen. Neben ihr stand ein hochgewachsener, gutgebauter Mann mit einem Balaklavahelm, wie die IRA-Männer ihn gern tragen, wenn sie von Journalisten fotografiert werden. Die Strickmütze verbarg alles bis auf Augen und Mund. Ich sah, daß der Mann einen Schnurrbart und blaue Augen hatte; sonst war sein Gesicht total maskiert. Außerdem trug er schwarze Lederhandschuhe, einen schwarzen Pullover, schwarze Hosen. Hinter mir mußte mindestens eine Person stehen. Ich wagte mich aber nicht umzudrehen, aus Angst, daß sie mich erneut schlagen könnten.
Der Keller hatte Steinwände und war völlig unmöbliert, bis auf einen aufgerollten Gartenschlauch, der an einen Hahn angeschlossen war, der in ein Metallbecken an der Wand floß. Die Decke war hoch. Das ließ auf ein großes Haus schließen; daß es völlig nackt war, darauf, daß es leer stand. Die Holztreppe lag zu meiner Linken. Sie stieg steil zu einer verschlossenen Tür empor. Der Keller wurde von nur einer schwachen Birne beleuchtet. Sie reichte trotzdem aus, mich in den ersten Sekunden nach dem Abnehmen der Kapuze zu blenden. Der Kellerboden aus Zement hatte nur einen Abfluß, genau in der Mitte – diese Besonderheit war unter diesen Umständen so furchterregend wie der Gartenschlauch.

Sarah Sing Tennyson hatte meine Kleidung über einen Arm gefaltet. Sie hielt in der Hand eine Schere, eine große Schneiderschere mit schwarzen Griffen und Stahlschneiden von dreißig Zentimeter Länge.
Sie schwieg. Als sie sicher war, daß die Schere meine Aufmerksamkeit gebannt hatte, begann sie meine Sachen in Fetzen zu schneiden. Zuerst das Hemd, danach den Pullover, dann meine Unterhosen, schließlich die Jeans. Wie um den Prozeß der Zerstörung noch hervorzuheben, ließ sie sich dabei Zeit. Sie schaute häufig auf. Sie wollte offenbar sichergehen, daß ich auch begriff, was sie da machte. Ein Kleidungsstück nach dem anderen wurde reduziert zu einem Haufen zerfranster Fetzen zu ihren Füßen. Die Schneiden der Schere, die gegeneinanderrieben, knirschten finster metallisch im hallenden Keller. Dieses Knirschen signalisierte das gleiche wie die Stummvorführung des Zerschneidens meiner Kleider. Sie unterstrichen meine Verletzlichkeit. Ich war nackt. Ich hatte ohne Unterstützung meiner Fänger keine Chance zu entkommen. Sie hatten mich reduziert – zu einem zitternden, bangen, nackten, total von ihnen abhängigen Wesen. Jeder Schnitt der Schere erinnerte mich: Ich war total auf die zweifelhafte Barmherzigkeit Sarah Sing Tennysons und ihrer Begleiter angewiesen. Und wie um diese Abhängigkeit zu betonen, ließ sie, nachdem der letzte Fetzen meiner Kleidung ihr zu Füßen auf den Boden gefallen war, ihren Blick auf meine geschrumpfte Leiste fallen. Sie öffnete die Schere ganz weit. Die Schneiden blitzten. Ich wurde noch kleiner. Sie lächelte. Meine Demütigung war komplett.
»Sie werden uns jetzt einige Fragen beantworten«, sagte der Maskierte neben Sarah Sing Tennyson ganz unvermittelt. Sein Akzent gab mir den ersten Hinweis auf die Identität meiner Entführer. Er sprach im säuerlichen Ton der Nordiren, der im Vergleich mit der verführerischen Ka-

denz südirischer Stimmen harsch und häßlich klang. »Wo ist das Schiff?«
Ich mußte Zeit gewinnen. Verdammt, ich durfte doch jetzt nicht aufgeben! »Welches Schiff?« fragte ich und schrie auf, weil hinter mir nicht einer, sondern zwei Männer standen, beide maskiert wie der Fragende vor mir, die gleichzeitig auf mich einschlugen. Ich stürzte. Diesmal hielt mich niemand. Der Mann, der mir die Frage gestellt hatte, trat mich sogar noch mit Füßen. Dann setzten mir alle drei zu, mit kurzen, harten, genau berechneten Schlägen, die mich ins Mark trafen. Der Schmerz terrorisierte mich. Ich konnte weder Blase noch Stuhlgang beherrschen. Als sie ihr Werk getan hatten, war ich dreckig. Ich weinte.
Sarah Sing Tennyson hatte sich nicht an diesem Schlagen beteiligt. Sie schaute einfach nur zu. Auf ihrem Gesicht lag ein vages Lächeln. Die drei Männer waren maskiert. Alle drei trugen Handschuhe. Alle drei waren schwarz gekleidet. Sie waren Meister im Verteilen von Schmerz und Erniedrigung. Sie waren höchstwahrscheinlich nicht von Folterern ausgebildet worden, sondern von Psychiatern. Ich mußte an die Namenlosen denken, die von Belfast nach Libyen gereist waren, um die modernen Verhörmethoden zu studieren, und wußte, daß mir gar keine Wahl bleiben würde. Ich würde ihnen sagen müssen, was sie wissen wollten. Natürlich wollte ich tapfer sein. Ich wollte so sein wie die Männer, die behaupteten, den Verhörern in den Kellern der Polizeistation Castlereagh widerstanden zu haben. In Belfast wußte aber jeder, daß ihre Geschichten bombastischer Quatsch waren. Alle waren gebrochen worden. Der Unterschied war nur der: Einige hatten ihre Geheimnisse unter entsetzlichen Qualen verraten; andere hatten sie rasch preisgegeben, um sich die Qualen zu ersparen.
»Aufstehen!« befahl der Maskierte vor mir. Seine Stimme

verriet kein Gefühl. Sie ließ in ihrer Tonlosigkeit nur eins erkennen: Dieser Mann erledigte Routinearbeit.
Ich rappelte mich auf. Ich weinte. Ich stöhnte. Mir tat der ganze Körper weh. Der Schmerz war wie eine zweite Haut. Einer der drei trat zur Wand und entrollte den Schlauch. Er drehte den Hahn auf. Er richtete den Wasserstrahl auf mich. Das eiskalte Abspülen war nicht als Brutalität gedacht. Man wollte mich nur reinwaschen.
Als ich sauber war, zitterte ich am ganzen Körper. Mir klapperten die Zähne. Ich wimmerte leise vor mich hin.
»Ruhe!« befahl der Mann neben Sarah Sing Tennyson.
Ich wurde still. Der Keller stank nach Urin und Scheiße.
»Gestatten Sie, daß ich die Regeln für dieses Verhör erkläre«, sagte der Mann mit seiner ruhigen, vernünftigen Stimme. »Sie werden uns sagen, was wir wissen wollen. Wenn Sie uns das sagen, werden Sie leben. Das ist versprochen. Wenn Sie es uns nicht sagen, müssen Sie sterben, während des Sterbens aber viel leiden müssen. Keiner von uns fügt einem anderen Menschen gern ein Leid zu. Aber Schmerzen können nützlich sein. Also: Wo ist das Schiff?«
»Es ist Deckladung.« Ich konnte den kurzen Satz vor Zähneklappern kaum zu Ende bringen.
»Mit Kurs auf Boston?«
»Ja«, sagte ich beflissen. »Stimmt. Kurs Boston.«
»Wann wird es dort eintreffen?«
Ich zögerte. Die leisen Geräusche der beiden Männer hinter mir lenkten mich ab, sie bewegten aber nur die Füße. »Man hat mir kein Datum genannt. Man nahm aber an, daß die Fahrt etwa sechs Wochen dauern müßte.« Die letzten Wörter stürzte ich hervor, um nicht wieder verletzt zu werden.
»Man?«
»Die Verschiffer?«
»Name?«
»Exportacion Layetano.«

»In Barcelona?«

»Ja.«

Ein Dutzend Bächlein tropften von meinem zitternden Leib zum Abfluß. Blut befand sich im Wasser nicht. Diese Männer hatten mir weh getan, ohne die Haut zu brechen. Sie waren Meister ihres Fachs.

»Sie haben die Verladung selbst organisiert?« Die nordirische Stimme war seltsam ausdruckslos – wie die eines gelangweilten Bankmanagers, der einen Kunden nach schnöden Details fragt, um entscheiden zu können, ob ein Darlehen für die Bank eine weise Investition wäre.

»Ich habe die Verladung organisiert.«

»Name des Schiffes?«

»Früher *Corsaire.* Ich habe es umbenannt. Zu *Rebel Lady.*«

»Beschreiben Sie das Schiff.«

Stammelnd lieferte ich die Beschreibung: eine Schaluppe von vierundvierzig Fuß Länge, zentrales Cockpit, ein Heck wie ein Zuckerlöffel, tiefliegender, schwerer Kiel, unter der Schiffslinie roter Antikollisionsanstrich, oberhalb der Linie weißer Deckmantel.

»Wieviel Gold befindet sich an Bord?«

»Fünf Millionen Dollar.«

Zeigte sich da, nur für den Bruchteil einer Sekunde, ein Moment der Überraschung? Möglich. Doch die metronomartige Stimme fuhr fort. »Schildern Sie uns, wie das Gold an Bord gelagert ist.«

Ich beschrieb den falschen Boden im Salon, schilderte, wie die Kajütensohle sich heben ließ und sich dann ein leicht verfärbtes Faserglas zeigte, das weggeschlagen werden mußte, damit man an das Gemisch aus Sand und Gold herankam.

»Hat das Schiff Registrationspapiere?«

»Ja.«

»Gut. Wo befinden sie sich?« Eine Andeutung von Ungeduld in der Stimme, die neue Schmerzen verhieß.

»Sie befinden sich in meinem Haus.« Ich log, weil ich Johnny vor diesen Hundesöhnen schützen mußte. Ich schrie auf. Ein harter Gegenstand traf mich in den Nieren. Als mir vom Hals her ein weiterer Schmerz durch den Körper stach, stürzte ich. Ich schlug auf dem nassen Beton auf. Wimmerte.
»Aufstehen.«
Ich kam langsam auf die Beine. Ein kleiner, atavistischer Teil meines Bewußtseins riet zu plötzlichem Gegenangriff, zu einem wilden Schlag gegen die Quälgeister hinter mir. Mir war jedoch klar, daß so etwas scheitern mußte. Sie waren auf mich konzentriert. Sie waren fitter als ich. Sie waren besser als ich. Und ich war geschwächt, langsam, zitterte am ganzen Leib und war so entsetzlich verletzbar.
»Auf Lügen folgt Schmerz«, sagte der Mann gelangweilt. »Die Schiffspapiere befinden sich jetzt bei Johnny Riordan. Stimmt's?«
Sie hatten es also von Anfang an gewußt. Sie hatten mich nur auf die Probe gestellt. »Ja.«
»Wieviel Geld haben Sie Rioardan gegeben?«
Ich hatte fast vergessen, daß ich Johnny überhaupt Geld gegeben hatte, und mußte mich rasch besinnen, um einen weiteren Schlag zu vermeiden. »Rund tausend Dollar.«
»Warum?«
»Damit er einen Kran mieten kann, um das Schiff vom Transporter zu hieven. Oder für den Fall, daß Hafenarbeiter bestochen werden müssen.«
»Wer ist der Importeur?«
»Das weiß ich nicht. Darüber entscheidet Exportacion Layetano.«
»Der Name Ihrer Kontaktperson bei Exportacion Layetano?«
»Roberto Lazarraga.«
Der Verhörende hielt die schwarze Kapuze, die meine Au-

gen verdeckt hatte, in der Hand. Er warf sie mir zu. Ich war so schwach, ich zitterte so sehr, daß ich sie verfehlte.
»Aufheben.«
Ich hob sie auf.
»Aufsetzen.«
Ich gehorchte.
»Stillstehen. Hände anlegen!«
Blindheit und Nacktheit gaben mir ein Gefühl erbärmlichen Ausgeliefertseins. Ich hörte, wie meine vier Peiniger sich im Keller bewegten, hörte Schritte die Treppe hochgehen, wieder herunterkommen, hörte etwas auf dem Boden schleifen – es füllte mich mit Schrecken. Ein paar Sekunden lang Stille. Dann wieder das hohle Hämmern von Füßen auf den Holzstufen.
»Nehmen Sie die Kapuze ab!« befahl die Stimme. Ich folgte gehorsam. Die Tür über der Treppe oben schlug zu. Ich war allein. Die Fetzen meiner Kleidungsstücke waren fort. Das Schleifen auf dem Boden war von dem Feldbett verursacht worden, das jetzt an der Wand aufgestellt war. Obendrauf lagen drei Decken. Am Fuß stand ein kleiner Eimer. Ich hatte diese Annehmlichkeiten eben bemerkt, als das Licht ausging.
Ich taumelte zum Feldbett, zog die Decken hoch und legte mich hin. Ich rollte mich zusammen. Ich war naß. Mir war kalt. Ich bebte.
Weiß Gott, wie lang ich so lag. Ich war kein Schwächling, aber gegen diese Kerle kam ich nicht an. Ihr Schweigen und ihre Disziplin verrieten: Sie waren Profis. Ich hatte mit Seamus Geoghegan einmal ein Verhör in Belfast miterlebt; wir hatten aus sicherem Blickwinkel zusehen dürfen, wie wegen des Verrats eines Sprengstoffattentats irgendein armes Schwein verhört wurde. Die Verhörer hatten von dem Jungen den Namen seiner Kontaktperson bei den Sicherheitskräften wissen wollen und in ihrem verzweifelten Bemühen um ein Geständnis den Jungen zu

einem matschig-roten Häufchen Elend zusammengeschlagen. Die Verhörenden hatten sich während der Arbeit unterhalten, sich gegenseitig zu weiteren Qualen angestachelt, sich gegenseitig beschuldigt, kontraproduktiv zu sein, und ihre Anstrengungen schließlich aufgegeben, ohne mehr vorweisen zu können als ein blutspuckendes Ableugnen des verkrüppelten Zwanzigjährigen. Er hatte ein Auge und fast alle Zähne verloren. Er war blutbedeckt. Er hat nie wieder richtig sehen können. Er konnte nie mehr laufen, ohne herzerbarmend zu hinken. Später hat die IRA erfahren, daß die Schwester des Jungen die Sicherheitskräfte angerufen hatte; die war längst nach England verzogen und hatte ihren britischen Soldatenfreund geheiratet. Ihr zerschlagener, sabbernder, stammelnder Bruder aber bekannte sich nach wie vor treu zur Provisorischen Irisch-Republikanischen Armee und ihren heroischen Freiheitskämpfern.

Meine Verhörer waren von anderem Schlag. Das Team war trainiert, Schmerzen dosiert zu verabreichen und Antworten mit Befreiung von solchen Schmerzen zu belohnen. Dieses Team arbeitete als disziplinierte Einheit, ohne Zögern, ohne daß es für sie notwendig wäre, miteinander zu sprechen. Was sie sagten, waren Fragen. Die galten nur mir. Auf die gab ich Antwort. Sie machten keinerlei Umstände. Es gab keinen Lärm, nichts, was mich vom eigentlichen Zweck der Veranstaltung hätte ablenken können. Der Zweck war zu entdecken, was der arme Gillespie nicht herausbekommen hatte: das Versteck des Goldes.

Daß sie von dem Gold wußten, verriet mir aber, wer sie waren. Sie glaubten, daß ihre Anonymität bedrohlich wirkte. Das traf auch zu. Doch als ich bebend im Dunkel lag, war ich geistig wach genug, um mir klarzumachen, daß ja nur die Menschen von dem Gold wußten, die es geschickt hatten. Der CIA wußte nichts. Die Briten wußten nichts. Davon wußten nur die IRA, die Libyer und die Iraker.

Ich befand mich also in der Gewalt von il Hayaweens Leuten oder aber in der Hand der Provos. Die Indizien wiesen eher auf letztere. Kein libyscher oder palästinensischer Terrorist würde es wagen, amerikanischen Boden zu betreten, während der Golfkrieg wütete. Iren hätten herüberkommen können. Ich hatte Michael Herlihy getrotzt. Nun schlug er zurück. Ihn hatte ich unterschätzt, Sarah Sing Tennyson falsch eingeschätzt. Sie mußte ein Terroristengroupie sein, eine Trittbrettfahrerin der Bewegung. Daß sie mit meinem Schwager bekannt war, wußte ich; der wiederum war mit Herlihy verbunden; damit fügte sie sich nahtlos in die Szene der Provos. War sie ganz bewußt in meinem Haus untergebracht worden, damit sie bei meiner Heimkehr Alarm gab? Im übrigen hatte sie auch Johnny kennengelernt. Daraus erklärte sich das Wissen der IRA über Johnnys Aktivitäten. Lieber Gott, dachte ich, sorg dafür, daß die Schufte Johnny nichts antun! Was hatten sie bloß mit Kathleen gemacht? Oder gehörte auch Kathleen zu ihnen? War sie geschickt worden, mich aus dem Haus zu locken, während die anderen den Hinterhalt legten? Der Gedanke traf mich besonders hart. Er ließ mich völlig verzweifeln. Aber warum sollte es mich überraschen? Ich hatte Kathleen in Belgien angelogen. Warum sollte sie sich zur Rücksichtnahme mir gegenüber verpflichtet fühlen?

Mir schauderte es im Dunkeln. Ich war ein Risiko eingegangen, ein immenses Risiko, ein Risiko, das fünf Millionen Dollar wert war. Es hatte mich den ausgebildeten Verhörern der IRA ausgeliefert. Ermöglicht hatte das Oberst Gaddafi: Er hatte davon geträumt, daß seine Lieblinge, die Iren, eines schönen Tages irgendeinen Engländer, Schotten oder Waliser in einem Keller in Belfast zum Schreien und Jammern bringen würden – zur Strafe für die heulenden amerikanischen Bomber über Tripolis.

Ich zitterte unter den dünnen Decken. Wenn ich mich

sehr ruhig hielt, konnte ich den Schmerz irgendwie dämpfen. Eine leise, tapfere innere Stimme trieb mich vom Feldbett, trieb mich an, die Holztreppe hochzukriechen und zu probieren, ob die Tür sich öffnen ließe. Ich wollte mich aber nicht rühren. Ich wollte keine Aufmerksamkeit auf mich lenken. Ich wollte mich einfach nur unter den Decken zusammenkauern. Ich wollte ganz für mich allein erschauern in dem dunklen Schoß des Kellers und dem Pulsschlag des Meeres lauschen.

Lieber Gott, dachte ich. Es war wirklich das Meer. Nicht das Donnern riesiger Ozeanwogen, wohl aber ein säuselndes Rauschen von kleinen Wellen, die an ein weiches Ufer aufliefen. Das hieß: Ich saß entweder in einem Haus ganz in der Nähe von Nantucket Sound oder an der Bucht von Cape Cod fest. In Weymouth vielleicht? Das lag südlich von Boston und hatte den Spitznamen »irische Riviera« – ein ideales Versteck für ein Verhörteam der IRA.

Die Tatsache, daß dieses Team der IRA zugehörte, wertete ich als für mich positiv. Das scheinbar ernste Versprechen meines Verhörers, daß ich weiterleben würde, wenn ich antwortete, hatte ich nicht einen Augenblick lang geglaubt. Damit ködert jeder Verhörer. Wenn aber diese Leute die Wahrheit über mich erführen, würden sie es nicht wagen, mich umzubringen. Sie hielten mich für einen Renegaten und Dieb. Sie müßten erkennen, daß ich etwas Gefährlicheres war: ein amerikanischer Agent.

Und falls ich mich in diesem Punkt täuschen sollte, dann lag meine nächstbeste Hoffnung in dem Vertrauen, daß solche Profis mich nicht langsam sterben lassen würden, sondern sich meiner rasch entledigen wollten.

So lag ich zitternd im Dunkeln und suchte mich auf Gebete zu besinnen.

Die Tür über der Treppe krachte auf. Licht gab es nicht. Ich brüllte. Ich war halb im Schlaf und rechnete mit

Schmerzen. Ich hatte von Roisin geträumt. »Kapuze überziehen!« rief die nordirische Stimme oben von der Treppe. »Los! Machen Sie! Kapuze überziehen! Los!« Auf der Treppe knallten Schritte. »Tempo! Ein bißchen Beeilung!«
Ich suchte verzweifelt nach der schwarzen Kapuze. Ich fand sie neben dem Feldbett auf dem Boden. Ich zog sie mir über den Kopf.
»Aufstehen! Bewegung! Bewegung! Bewegung!«
Ich kroch unter Schmerzen vom Feldbett. Das schwarze Gewebe der Kapuze wurde von Licht durchdrungen.
Weitere Fußschritte eilten die Treppe herab. Ich glaubte, alle meine vier Peiniger auszumachen, war mir aber nicht sicher. Ich überlegte: Wie lange könnte ich wohl geschlafen haben? Es mußte Nacht sein. Aber meine Sinne waren zur Wahrnehmung der verstreichenden Stunden nicht sehr brauchbar.
»Die Decke fallen lassen!« fuhr mich die Stimme an.
Ich ließ sie fallen.
»Vortreten! Stehenbleiben! Kapuze abnehmen!«
Ich nahm die Kapuze ab und blinzelte ins Licht.
»Hände anlegen!«
Ich gehorchte. Nackt stand ich da, nackt und hilflos. Wie schon früher äugte mich auch diesmal die unmaskierte Sarah Sing Tennyson an. Links von ihr stand mein Verhörer, von Kopf bis Fuß in aggressivem Schwarz. Die beiden anderen hatten vermutlich wieder hinter mir Stellung bezogen.
»Welchen Zweck hatten die fünf Millionen Dollar?«
»Den Kauf von Stinger-Raketen.« Meine Stimme war noch voller Schlaf.
»Wie viele?«
»Dreiundfünfzig«, antwortete ich. Sie kannten die Antworten auf ihre Fragen schon. Sie wußten jedoch nicht, daß ich wußte, wer sie waren. Deshalb würden sie mir Fra-

gen stellen, deren Antworten sie bereits kannten – nur damit ich nicht auf ihre Identität käme. Ein Spiel mit Irrgängen und Spiegeln. Mit Knoten, die zu lösen waren, ohne daß man sehen konnte.

»Wer verkaufte die Raketen?«

»Ein kubanisches Konsortium in Miami.«

»Beschreiben Sie die Kubaner.«

Da gab es nicht viel zu berichten. Ich gab mir Mühe.

»Die Raketen waren für Ulster bestimmt?«

»Ja.«

»Ist dieser Handel in Amerika oder in Irland arrangiert worden?« Die nordirische Stimme war ausdruckslos; das Fragen würde endlos weitergehen; ich wußte keine Möglichkeit, um es zu beenden. Sie wollten mir den Eindruck vermitteln, daß ich in einem unaufhaltbaren Verfahren gefangen war, in einem Prozeß, den kein einzelner beeinflussen könnte; daß es nur eine Möglichkeit gab, ins Freie zu gelangen – der Maschine zu geben, was sie forderte: die Wahrheit.

»Ich nehme an, beides.«

»Erläutern.«

Ich vermutete, daß der Frager bekanntes Terrain abmaß, um meine Antworten zu überprüfen und mich und mein Mißtrauen einzulullen, während wir uns unmerklich den Fragen näherten, auf die es ihm wirklich ankam. Ich berichtete ihm von Brendan Flynn und Michael Herlihy und sogar über den kleinen Marty Doyle. Ich schilderte Shafiqs Rolle und wie dann il Hayaween übernommen hatte. Ich gestand, die Anweisungen il Hayaweens bewußt übertreten zu haben, indem ich den *Corsaire* umbenannte und als Deckladung nach Amerika brachte.

»Warum haben Sie die Anweisungen nicht befolgt?«

»Weil ich so rasch wie möglich nach Amerika zurückwollte, um meinen Vorgesetzten den Raketenhandel zu melden.«

»Ihren Vorgesetzten?« Entdeckte ich da die Spur einer Überraschung in der Stimme meines Verhörers? »Erläutern.«
Ich hielt meine Stimme emotions- und teilnahmslos. »Van Stryker und seine Leute.«
»Wer ist van Stryker?«
»CIA, Abteilung für Antiterrorismus.« Ich legte einen Hauch von Verzweiflung in meine Stimme hinein, als ob ich mir bewußt wäre, da etwas zu enthüllen, das topgeheim und heikel war.
Als mein Verhörer nach spürbarem Zögern wieder sprach, schwang in seiner Stimme Unsicherheit mit. »Sie sind CIA?«
Eine halbe Sekunde Zurückhaltung, wie wenn ich einer Antwort ausweichen wollte, dann: »Ja.«
»Seit wann?«
»Seit 1977.«
Sarah Sing Tennysons Reaktion konnte ich erkennen. Bisher hatte sie immer nur eine bornierte, unbeteiligte Miene aufgesetzt. Auf einmal zeichnete sich echte Besorgnis auf ihrem Gesicht ab.
»Schildern Sie Ihre Aufgabe in der CIA.« Ich spürte, daß mein Verhörer improvisierte. Er ging aufs Ungefähre, tastete und überlegte, wohin mein verblüffendes Geständnis wohl führen mochte.
»Terroristengruppen im Nahen Osten zu infiltrieren.« Ich sprach träge. Ich formulierte, wie ich es im schleichenden Dunkel des Kellers einstudiert hatte. »Ich war instruiert, die Beglaubigung einer Mitgliedschaft bei der IRA zu nutzen, um bei solchen Gruppen Zutritt zu erlangen.«
»Der CIA hat Ihnen befohlen, sich der IRA anzuschließen?«
»Ja.«
»Wie sollten Sie das bewerkstelligen?«
»Ich hatte bereits Geld für Irland gesammelt und aus Bo-

ston Waffen geschickt. Ich war der IRA daher bekannt. Sie vertraute mir.«

»Wie hat der CIA Sie entdeckt?«

»Ich wurde wegen illegaler Einfuhr von Drogen in Florida verhaftet.«

»Der CIA hat Ihnen befohlen, die IRA auszuspionieren?«

»Nein. Dazu hatte er mich nicht nötig.«

Schweigen. Ganz in der Nähe erfolgte eine leise Explosion. Ich zuckte zusammen. Dann begriff ich, daß das Geräusch aus einem Nachbarkeller stammte, wo eben ein Heizwasserboiler mit einem Platzen expandierender Gase angesprungen war.

»Warum sollte der CIA kein Interesse an der IRA haben?«

»Das hat er gewiß. Aber ich wurde angewiesen, mich ganz auf die nahöstlichen Gruppen zu konzentrieren, weil meine Akzeptanz bei diesen Gruppen davon abhing, daß die Provos mir voll und ganz vertrauten. Aus dem Grunde sollte ich das Vertrauen nicht dadurch aufs Spiel setzen, daß ich über die IRA informierte.« Mit dieser Geschichte hatte Roisin in Hasbaiya die Palästinenser in Aufregung versetzt und sich um ihr Leben gebracht. Jetzt, vier Jahre später, setzte ich die Wahrheit für mein Überleben ein.

»Haben Sie sich bei van Stryker zurückgemeldet?« fragte der Verhörende.

»Ja.«

»Wann?«

»Ich war den ganzen vergangenen Monat mit seinen Leuten zusammen. Zur Einsatzbesprechung in den Pocono-Bergen.«

»Van Stryker wird also das Schiff in Boston in Empfang nehmen.«

Ich zögerte. Hinter mir rührte sich drohend ein Fuß. »Nein!«

»Warum nicht?«

»Weil ich es selbst abholen wollte.«

»Sie wollten das Geld stehlen?« Die Stimme des Verhörers klang belustigt.
»Ja.«
»Haben Sie van Stryker überhaupt vom Schiff erzählt?«
»Nein. Ich habe erzählt, daß Geld aus Europa überwiesen werden würde.«
»Und von wieviel Geld weiß van Stryker?«
»Von anderthalb Millionen, die bereits zu einem Drittel gezahlt sind.«
»Sucht Herlihy nach dem Schiff?«
»Selbstverständlich.«
»Ziehen Sie die Kapuze über.«
Sie hatten mich die schwarze Tüte halten lassen, die ich jetzt fügsam wieder über den Kopf zog. Ich hörte sie nach oben gehen. Die Kellertür knirschte zu. Ich zerrte mir die Kapuze vom Kopf. Ich jubilierte. Ich hatte ihnen Angst eingejagt! Ich hatte sie aus dem Gleichgewicht geworfen! Ich hatte sie so sehr aus dem Konzept gebracht, daß sie mich diesmal gar nicht angerührt hatten. Die Wahrheit hatte mich frei gemacht. Ich hatte das Skript geändert. Ich hatte die Pfeiler ihrer Realität verrückt!
Ich drehte mich um. Da sah ich auf dem Boden bei meinem Bett eine Tragetasche liegen. Die Tasche enthielt einen kalten Cheeseburger in einer Styroporbox und einen Pappbecher mit lauwarmem Kaffee. Ich aß heißhungrig. Das Licht war nicht ausgeschaltet worden. Ich sah, daß der Keller erst vor kurzem geleert worden sein mußte; auf dem Boden und an den Wänden gab es staubfreie Zonen – da mußten Schränke und Kisten gelagert haben, die kürzlich entfernt worden waren. Um Platz zu schaffen. Für mein Verhör.
Plötzlich ging das Licht aus. Das dumpfe Rumoren des Boilers im Keller nebenan fand ein Ende. Dafür wurde wieder das weichere Geräusch des Meeres vernehmbar. Ich legte mich hin. Ich wartete. Ich wagte zu vermuten,

daß ich gewonnen hatte. Ich wagte anzunehmen, daß ich leben würde. Ich wagte zu hoffen.

Ich blieb tagelang unten im Keller. Ich verlor das Gefühl für die Zeit. Ich versuchte, mir mit einer Strichliste an der Wand neben meinem Feldbett zu helfen. Doch die Mahlzeiten kamen unregelmäßig, und meine Schlafperioden wurden durch plötzliche, dringende Befehle unterbrochen, die Kapuze überzuziehen, aufzustehen, stillzustehen, Antwort zu geben. Mir fehlte deshalb ein regulärer Ablauf, um das Fortschreiten der Tage zu messen.
Zunächst war mit meinem Urin Blut ausgetreten. Als Tage verstrichen, hörte das Bluten auf. Ich wurde auch nicht mehr geschlagen. Das Fragen ging weiter. Die Fragen betrafen hauptsächlich meine Einsatzbesprechung und die Mitteilungen, die ich der CIA über die IRA gemacht hatte. Ich wurde sogar nach Männern gefragt, deren Namen ich Gillespie nie genannt hatte. Ich hielt nichts zurück; denn hinter den Fragen stand immer die Androhung von Gewalt. Dennoch – ich hatte einen tiefen Keil eingetrieben, der innerhalb der IRA, wie ich mir sagte, die Kluft der Loyalitäten verbreitert hatte. Wie alle Terroristenorganisationen suchten auch die Provos, durch Unterstützung von außen Respekt zu gewinnen. Auf die Billigung seitens sozialistischer Akademiker und liberaler Kirchenmänner konnten sie sich wie alle anderen linken Guerillabewegungen verlassen. Aber die Provos wollten mehr, viel mehr. Die Provos wollten die offizielle Unterstützung durch Amerika und den Nahen Osten, die amerikanische, weil sie ihnen Respekt verschaffte, die des Nahen Ostens, weil sie ihnen ihr tödliches Spielzeug verschaffte. Das Dilemma war nur, daß diese beiden Förderer einander haßten. Deshalb mußten die Provos darauf achten, daß die beiden von ihrer Rolle für die IRA möglichst nichts erfuhren. Vor Amerikanern prahlten die Provos nie von ihrer li-

byschen Verbindung, taten sie diese Beziehung als sporadisch und unerwünscht, als etwas Unwichtiges ab, als oberflächlichen Kontakt. Den Libyern, die inzwischen ihre Hauptförderer waren, erklärten sie andererseits, die Spenden amerikanischer Iren seien Gaben von Narren, welche für die marxistische Imperative der irischen Revolution keinen Sinn hätten, aber im Sinne libyscher Vorstellungen getäuscht werden konnten.

Meine Verhörer, die zunächst angenommen hatten, ich sei ein Verräter an den Provos, hatten inzwischen also erfahren, daß ich etwas noch viel Gefährlicheres war, nämlich ein Agent der Vereinigten Staaten. Wenn sie mich umbrächten, riskierten sie die Feindschaft der USA. Es war nicht auszuschließen, daß mein Tod einen öffentlichen Skandal verursachen würde; der wiederum könnte zu einem drastischen Nachlassen der finanziellen Unterstützung der IRA aus Amerika führen. Weil sie vor solch einem Skandal Angst hatten, behandelten sie mich mit Vorsicht. Sie hatten es bereits aufgegeben, mir weh zu tun. Nach einigen Tagen bekam ich auch besseres Essen, das sie mir allerdings nie mit Messer und Gabel oder auf Porzellan servierten, das zerbrochen als Waffe benutzt werden konnte. Ich trank vom Gartenschlauch oder aber Kaffee aus Pappbechern. Ich bekam ein Kopfkissen und dickere Decken. Meine Verhörer ließen es sogar durchgehen, daß ich sie etwas fragte, ohne mich dafür zu bestrafen. Was dem Mädchen geschehen sei, wollte ich wissen, das zur Zeit meiner Entführung bei mir gewesen sei.

»Nichts. Sie war lediglich bereit, uns zu helfen, Sie vom Haus fernzuhalten, während wir unser Empfangskomitee vorbereiteten.«

»Sie gehört zu Ihnen?« Die Enttäuschung konnte ich nicht verbergen.

»Natürlich. Warum nicht? Sie ist schließlich Roisins Schwester. Und jetzt erzählen Sie uns mal von Roisin.«

Da habe ich die ganze erbärmliche Geschichte ein weiteres Mal erzählt und mußte während des Erzählens daran denken, was für einen Narren Kathleen aus mir gemacht hatte, und bin beinahe rot angelaufen in der Erinnerung an die Hoffnungen, die ich mir während des Rückwegs vom Strand schon gemacht hatte. Ich hatte sie als Ersatz für Roisin betrachtet, und dabei hatte Kathleen Michael Herlihy unterstützt, der mit mir eine Rechnung begleichen wollte. Mein Gott, schoß es mir durch den Kopf, wie konnte ich diesen Drecksadvokaten nur so unterschätzen!
Die Tage vergingen. Meine anfängliche Euphorie über die Annahme, die Regeln des Verhörs verändert zu haben, wich ruhiger Verzweiflung. Mir blieben vielleicht die Schmerzen erspart; aber, so machte ich mir klar, die Provos könnten sich einer eventuellen Verlegenheit am besten entziehen, indem sie mich heimlich umbrächten; das hieße: Ich könnte bestenfalls mit einer schnellen Kugel in den Hinterkopf rechnen. Die Hoffnung, die verschlossene Tür oben an der Treppe öffnen zu können, hatte ich längst aufgegeben. Ich hatte die Möglichkeit untersucht und entdeckt, daß die Tür aus dickem Bauholz gezimmert war. Dagegen hatte ich nur die schwachen Beine meines Feldbetts einzusetzen. Sie würden schon bei der geringsten Belastung einknicken.
Mir blieb nichts anderes übrig, als zu warten. Mein Bewußtsein wurde taub. Ich versuchte es mit Gymnastik. Die Hoffnung auf ein Weiterleben schien aber so gering, daß ich meine Anstrengungen jedesmal wieder aufgab und in die geringe Wärme von Feldbett und Decken zurückkroch. Ich war allmählich froh über die laute Störung durch meine Verhörer. Es war immerhin besser, mit ihnen zu reden, als Kellermauern oder nach dem Ausschalten des Lichts in die undurchdringliche Finsternis zu starren. Während des Redens durfte ich inzwischen sogar auf dem Feldbett sitzen und in die Decken eingehüllt bleiben.

Und an einem Tag blieb der maskierte Fragesteller stundenlang bei mir, um von Belfast und seinen vertrauten Straßen und den Menschen, die wir beide kannten, zu erzählen, und für ein paar Stunden fühlte ich mich dem Mann verbunden – aufgrund der Liebe, die wir beide für diese verratene, geschlagene, verregnete Stadt empfanden.

Dann kam ein Tag – oder jedenfalls ein längerer Zeitraum –, als ich wach lag und abwechselnd dem Meer und dem Boiler der Zentralheizung lauschte und niemand mich ausfragen kam. Das Haus wirkte seltsam leer. Der Keller blieb ohne Licht.

Ich rollte mich aus dem Bett und kauerte mich auf den Boden. An der Stille war irgend etwas ungewöhnlich und beunruhigend. Ich hatte mich an die kleinen Geräusche des Hauses gewöhnt; das Quietschen einer Tür, das Kratzen von Füßen, das Klingen von Metall gegen einen Teller, das ferne Rauschen einer Toilettenspülung. Jetzt aber herrschte eine tiefe Stille, in der ich angsterfüllt nach der Treppe tastete und langsam nach oben kroch. Ich war nackt. Die Haare an Armen und Beinen juckten. Ich hatte eine Gänsehaut.

Ich erreichte die oberste Stufe. Ich horchte. Zu hören war nichts. Ich tastete nach dem Türhebel, drückte ihn herunter. Zu meiner Überraschung war die Tür unverschlossen. In den Keller drang Licht, gedämpft, wie Tageslicht, das durch Vorhänge fällt.

Ich trat durch die Tür und fand mich in einem langen, wundervoll eingerichteten Flur mit dicken Teppichen. In der Mitte hing ein Messingleuchter von der Decke. Zu meiner Linken schwang sich eine Treppe mit Geländer nach oben. An der einen Wand hing ein wundervolles Ölgemälde von einer Schonerbark; ihm gegenüber, aus dem neunzehnten Jahrhundert, das Porträt eines Mannes mit einem hohen Kragen. Die Tapete hatte ein chinesisches

Motiv, das Paradiesvögel unter üppigen Farnen zeigte. Neben der Eingangstür befand sich ein Windgeschwindigkeitsmesser, der flackerte, als ein Anemometer auf dem Dach des Hauses in der Brise aktiv wurde. Das einzig unpassende Moment im eleganten Eingangsfoyer war ein Stapel Kisten und Fahrräder, die an einer Waschmaschine und einem Trockner lehnten. Es mußten diese Dinge gewesen sein, die aus dem Keller heraufgeholt worden waren, damit Platz war für mein Verhör.

Zu meiner Rechten führte eine offene Tür in eine riesige, luftige Küche mit weißen Fliesen. In einer Ecke surrte ein großer Kühlschrank. Am Stahlgestell hingen Kupferpfannen. Auf der Anrichte waren zwei Pappteller zusammen mit einem Topf kaltem Kaffee vergessen worden. Ich ging wieder in den Flur, öffnete willkürlich irgendeine Tür und fand mich in einem üppig möblierten Wohnzimmer mit zarten Aquarellen. Die Sofas waren tief und weich. Die Tische glänzten in dem Glanz alten, hochpolierten Holzes. Dort lagen alte Zeitschriften und, gänzlich aus dem Rahmen fallend, im Marmorkamin ein Haufen leerer Hamburgerkartons. Offenbar hatten meine Entführer manchmal in dem Zimmer gegessen. Die Fenster mit geschlossenen Fensterläden waren gerahmt von alten samtenen Vorhängen. Vor einem Fenster stand auf einem eleganten Dreifuß ein altmodisches Fernglas aus Messing. Ich lief über den Teppich und machte die Läden auf.

»Großer Gott!« Ich war plötzlich und wunderbar geblendet vom Widerschein einer vollen Wintersonne, die auf einem funkelnden Wintermeer zerfloß. Dieses reich ausgestattete, riesige Haus stand auf einer Erhebung am Meeresrand. Die kleinen Wellen schwappten träge auf einen Privatstrand nicht zwanzig Meter von meinem Fenster entfernt. Links lag ein mit einer Plane abgedecktes Schwimmbecken, vor mir ein Holzdeck mit Geländer und zur Rechten ein Bootshaus und ein mit Eis behangenes

privates Dock mit einer Jacht. Draußen auf dem Meer schaukelte eine rote Boje, die auf der Flanke eine rote Neun trug. Ich schloß, daß ich mich in einem der großen Anliegen in der Nähe von Hyannisport oder Centerville befinden mußte; möglicherweise auch weiter westlich in einer der großen Strandvillen von Osterville.
Aber dann ließ ich alles Spekulieren sein. Ich bemerkte plötzlich den Namen auf dem zuckerlöffelförmigen Heck der Jacht in dem Privatdock.
Ich hatte sie zuletzt in Barcelona in einem offenen Container gesehen. Davor hatte ich auf schwerer winterlicher See in ihrem Salon zwei Morde begangen. Und nun lag sie hier, zahm und gefügig, unter der hochwinterlichen Sonne.
Es war die *Rebel Lady*.

Ich kroch in den ersten Stock hoch und riß die Türen von Schränken auf. Ich mußte etwas zum Anziehen finden. Das zerknitterte Bettzeug im Schlafzimmer ließ darauf schließen, daß hier wenigstens einer meiner Verhörer genächtigt haben mußte. Im begehbaren Kleiderschrank hingen Sommersachen – karierte Hosen, Hosen, die mit wassersprühenden Walen bestickt waren, Hosen mit fröhlichen Motiven vom Golfspiel und drei Hosen mit dem Aufdruck smaragdgrüner Kleeblätter. Doch ganz hinten im Schrank entdeckte ich eine einfache, unverzierte Jeanshose, die mir sogar einigermaßen paßte. Ich zog ein Hemd über, das mit einem Polospieler geschmückt war, einen weißen Sweater, der sich als einem englischen Kricketklub zugehörig deklarierte, und steckte meine Füße in ein Paar weißblaue Bootsstiefel. Ich schnappte mir auch den Regenmantel und lief nach unten.
Doch bevor ich das Haus verließ, um die *Rebel Lady* zu überprüfen, bemerkte ich an der Küchenwand ein Telefon.

Ich zögerte kurz. Ich war hin und her gerissen zwischen meinem Wunsch, das Schiff unter die Lupe zu nehmen, und meiner Sorge um Johnny. Ich nahm den Hörer ab und wählte Johnnys Nummer. Ich konnte es kaum glauben – das Telefon funktionierte. Es läutete am anderen Ende. Und Johnny war selbst am Apparat. Mich durchströmte ein Gefühl riesiger Erleichterung. »O Gott«, sagte ich und ließ mich an der Wand niedergleiten.
»Paulie?« Johnnys Stimme klang tastend, besorgt.
Ich weinte vor Erleichterung. »Johnny? Ist mit dir alles in Ordnung?«
»Natürlich ist mit mir alles in Ordnung. Ich versuch' dich schon seit zwei Wochen zu erreichen!«
»Seit zwei Wochen?« Ich blickte mich in der Küche um. Mein Bewußtsein arbeitete langsam, stoßweise, stotternd. »Was für einen Tag haben wir heute, Johnny?«
Er dachte nach. »Bist du betrunken, Paulie?«
»Sag's mir. Bitte.«
»Sonntag.«
»O Gott«, sagte ich. »Wer gewinnt den Krieg?«
»Der ist seit Tagen vorbei! Es war ein Spaziergang.« Johnny dachte erneut nach. »Was zum Teufel ist mit dir passiert, Johnny?«
»Hat jemand die Schiffspapiere abgeholt?« fragte ich ihn.
»Das Mädchen natürlich. Du weißt? Die hübsche junge Chinesin?« Er kicherte. »Du Ferkel!«
Ich stand auf. Ich preßte mein Gesicht gegen das kalte Fensterglas und schaute auf die Jacht im Dock. »Sie hat dir erzählt, sie sei meine Geliebte?« Was hätte sein Kichern sonst bedeuten sollen?
»Ich kann dich verstehen. Sie ist echt heiß.« Johnny muß gespürt haben, daß da etwas nicht stimmte. Auf einmal änderte sich sein Ton. »Was soll das heißen? Hast du sie etwa nicht zu mir geschickt?«
»In gewisser Weise habe ich sie geschickt.« Das spielte

doch gar keine Rolle mehr, dachte ich. Wichtig war nur, daß die Kerle Johnny nicht geschnappt und in einem finsteren Keller in die Mangel genommen hatten.
»Geht's dir gut, Paulie?« fragte Johnny.
»Eigentlich nicht.«
»Wo bist du überhaupt?«
»In einem großen Haus, wahrscheinlich am Cape-Ufer von Nantucket Sound. Sagt dir eine rote Boje mit der Nummer neun etwas?«
»Nicht aus dem Stand.«
»Einen Augenblick, Johnny.« Ich bemerkte einen Berg von Werbesendungen, den irgendwer aus dem Briefkasten geholt und einfach auf die Arbeitsfläche geworfen hatte.
Ich zog das oberste Kuvert zu mir heran. Er war an den »Hausbewohner« adressiert. Ich las Johnny die Adresse vor. Er pfiff durch die Zähne. »Bist ja in reicher Gesellschaft. Centerville, wie? Die Boje mit Nummer neun muß den Spindle Rock markieren. Ich komme und hol' dich mit dem Wagen. Bin in 'ner dreiviertel Stunde dort. Okay?«
Ich legte den Hörer auf, zog den Regenmantel an und zerrte die Küchentür auf. Die Alarmanlage, die durch das Öffnen der Tür hätte ausgelöst werden müssen, war demontiert worden. Ich zog mir den dünnen Mantel fest um die Schultern und trat in den kräftigen, kalten Wind hinaus. Ich zitterte auf dem gefrorenen Fußweg zum Privatdock. Von der Flut waren an den Tauen Eiskrausen und -rüschen zurückgeblieben. Als ich dem Dock näher kam, schrie eine Möwe und flog mit langsamem Flügelschlag meerwärts. Neben dem Bootshaus blieb ich stehen, rieb den Frost von einer Scheibe und blickte hinein. Über dem vereisten Wasser hing ein wunderbares Schnellboot an Schlingen. Der Name des schlanken Boots stand in riesigen grünen Buchstaben an der Flanke: *Quick Colleen*. Sie

hatte zwei ungeheuerliche 200-PS-Motoren im Heck, die machten sie zu einem hübschen, viel zu starken Spielzeug für den Sommer, zu einem passenden Beiwerk dieses hübschen, viel zu teuren Sommerhauses, das meine Fänger als temporäre Basis benutzt hatten. Ich ging weiter, dorthin, wo die *Rebel Lady* an ihren Leinen riß.

Diese Taue waren, wie die Takelage der Jacht, dick vereist. Der Wind bewegte die *Rebel Lady,* rieb sie gegen die gefrorenen Taue, brachte ihren langen Rumpf zum Zittern. Ich begab mich vorsichtig nach unten ins Cockpit. Die Kajütentreppe war nicht versperrt. Ich zog die Bretter auf, schob den Hauptriegel zurück und duckte mich aus dem Wind ins Innere.

Das Gold war fort. Ich hatte es eigentlich nicht anders erwartet. Doch seit ich die *Rebel Lady* hier im winterlichen Dock gesehen hatte, war bei mir im Hinterkopf ein verrückter Optimismus aufgekommen.

Der Salon war ein Chaos. Meine Verhörer hatten den falschen Boden mit Äxten aufgeschlagen und das Faserglas aufgebrochen und herausgerissen, um an das darunterliegende Gold zu gelangen. Sie hatten meinen Schatz an sich genommen. Fünf Millionen Dollar in Gold waren weg – bis auf einen Krüger-Rand, den ich in einem Haufen aus Sand und Stückchen aus Faserglas fand. Ich hob die Münze auf, nahm sie in die Hand und steckte sie in die Tasche – das Souvenir einer verpfuschten Reise. Ich glaubte, in dem Schamott noch eine weitere Münze zu sehen, als ich dann aber den Sand und die Fetzen beiseite schob, sah ich nur den blanken Kopf einer Kielmutter.

Ich ging ins Cockpit zurück. Meine Verhörer hatten es geschafft. Sie hatten bekommen, was sie brauchten: das Gold für die Stinger. Es gab für mich keinen Zweifel, daß ein paar Stinger in Amerika blieben und hier eingesetzt werden würden, als Saddam Husseins Rache an Amerika. Diese Rache war das wahre Motiv für il Hayaweens Opera-

tionen. Die Briten würden in Armagh ein paar Hubschrauber verlieren, doch das echte Ziel waren die großen, schwerfälligen, breiten Linienjets, die mit unschuldigen Passagieren von den Flughäfen aufstiegen.
Ich begab mich wieder ans Dock und kehrte langsam zurück zum Haus.
Und blieb plötzlich wie angewurzelt stehen. Auf der Kieseleinfahrt knirschten Autoreifen. Dann hörte ich Stimmen – laute, fröhliche Stimmen. »Nehmen wir den Hintereingang!« Verstecken konnte ich mich nirgends. Also blieb ich stehen.
Zuerst kam eine hübsche, schlanke Frau in einem langen Pelzmantel um die Ecke. Sie rannte. Ich sah ihren Atem in der kalten Luft. Sie hatte goldenes Haar und blaue Augen. Sie sah mich. Sie stand still. »Liebling?« Sie sprach nicht mit mir. Sie sprach den Kongreßabgeordneten Thomas O'Shaughnessy den Dritten an, der als nächster um die Seite des Hauses kam. Er hielt mitten im Schritt inne und starrte mich an.
Ihm folgten zwei Männer. Der Assistent des Abgeordneten, Robert Stitch, Michael Herlihy.
Der Kongreßabgeordnete stierte mich noch immer an. Stitch schaltete schneller. »Soll ich die Polizei rufen, Herr Abgeordneter?«
»Davon kann ich nur abraten, Herr Abgeordneter, davon kann ich wirklich nur abraten«, riet ich Tommy dem Trottel.
Der Abgeordnete erkannte mich plötzlich wieder. »Sie sind Shannon, nicht wahr?«
»Shanahan«, verbesserte ich, »Paul Shanahan.«
»Darf ich Ihnen meine Frau Duffy vorstellen?« Tommy, der wie gewöhnlich nicht alles mitbekam, verließ sich auf seine anerzogene Höflichkeit.
Die hübsche Duffy schenkte mir ein Lächeln. »Guten Tag.«

»Mr. Herlihy kennen Sie schon?« O'Shaughnessy fragte auf eine Art, als handle es sich um eine angenehme Begegnung in seinem Golfklub. »Mr. Herlihy ist der Schatzmeister des Komitees für meine Wiederwahl.«

Ich beachtete Herlihy nicht. »Ein schönes Haus, Herr Abgeordneter.« Ich nickte zum Landsitz herüber.

»Danke«, sagte er glücklich. »Ehrlich, danke schön.«

»Was machen Sie überhaupt hier, verdammt?« Stitch machte den höflichen Floskeln ein Ende.

»Müssen wir uns denn auf dem Hof unterhalten?« bat Mrs. O'Shaughnessy, die an der Seite des Kongreßabgeordneten eine komplette Verschwendung schien, flehentlich. »Mich friert.«

Tommy der Trottel begleitete seine Frau ins Haus. Herlihy trat auf mich zu. »Was haben Sie hier zu suchen, Shanahan?« Er spuckte mir die Frage förmlich ins Gesicht.

»Da hast du dein Schiff.« Ich wies auf die *Rebel Lady*. »Darum ging es dir doch, oder?«

»Darum?« Er blickte verblüfft zur Jacht hinüber.

»Darum! Du Schuft!« Ich faßte ihn am Mantelkragen, zerrte ihn das Dock entlang und stieß ihn nach unten ins Cockpit. »Da! Sieh nur! Dort befand sich dein herrliches Gold!«

Ein Windstoß schüttelte das Schiff. Eine träge Welle hob den Rumpf. Michael Herlihy erbleichte, fluchte und stürzte zum Dollbord, wo er, unter gräßlichem Würgen, sein teures Mittagessen ins Meer erbrach. »O Gott!« stöhnte er. »O mein Gott!« Die leiseste Bewegung des Schiffskörpers hatte genügt, seine chronische Seekrankheit zu provozieren. »O mein Gott!« wiederholte er und beugte sich über das Meer, um sich noch einmal zu übergeben.

»Du Schuft!« brüllte ich, bevor ich abmarschierte.

Stitch stellte sich mir in den Weg. »Könnten Sie mir einen guten Grund angeben, warum ich nicht die Polizei rufen sollte?« fragte er giftig.

»Doch«, sagte ich. »Versuchen Sie mal der Polizei zu erklären, warum der Kongreßabgeordnete es zugelassen hat, daß sein Keller in den vergangenen zwei Wochen von einer Schlägergruppe der Provisorischen IRA benutzt worden ist.«

»Er hat *was* zugelassen?« Er vermochte sich nicht zu entscheiden, ob ich die Wahrheit sagte oder log, wich vor mir zurück und beschloß, nur für den Fall, daß ich die Wahrheit gesagt hatte, rasch eine Schadensbegrenzung. »Das stimmt nicht! Wir haben den Handelsvertrag mit Mexiko überprüft. Wir sind gar nicht hiergewesen.« Er roch einen furchtbaren Skandal und studierte schon die Entschuldigungen ein, die seinen Abgeordneten ungeschoren davonkommen lassen würden.

»Verpissen Sie sich!« sagte ich nur.

»Wer hat die Sachen aus dem Keller ins Eingangsfoyer gestellt?« hörte ich die entzückende Duffy O'Shaughnessy drinnen im Haus fragen. Robert Stitch, der neues Unheil fürchtete, lief durch die offene Küchentür. Michael Herlihy rackerte sich aus dem Cockpit der *Rebel Lady* empor – mit einem Gesicht so weiß wie die eisüberzogene Takelage. Ich verharrte an der Ecke des Hauses und beobachtete Michael, der angegriffen vom Meer herübertorkelte. Ich hatte ganz vergessen, wie bös seine Seekrankheit war.

»Herlihy!« schrie ich.

Er sah wortlos zu mir herüber.

Ich fischte die Goldmünze aus meiner Tasche. »Da hast du das restliche Geld, du Schuft!« Ich warf sie ihm zu.

Er ließ sie zu Boden fallen und über den Pfad rollen. »Wo willst du hin?« rief er, als ich mich umdrehte und ging.

»Nach Hause. Und laß mich in Ruh, hörst du?«

Ich schritt über die lange Kieseinfahrt und durch das Tor auf die Straße. Johnny traf zwanzig Minuten später ein, um mich abzuholen.

Es war ein Wunder: Ich war noch am Leben.

Wer plagt sich wohl in dem kleinen Häuschen durchs Leben?« fragte Johnny, als wir in seinem Wagen den Herrensitz am Strand mit seinen hohen Hecken hinter uns ließen.

»Der Kongreßabgeordnete Thomas O'Shaughnessy der Dritte.«

»Dort lebt Tommy der Trottel?!« Johnny klang überrascht. Dabei hätte er doch wissen müssen, daß Tommy nur durch eins für sein hohes politisches Amt qualifiziert war – seinen unmäßigen Reichtum nämlich.

»Und vergiß nicht seinen Landsitz an der Back Bay«, sagte ich, »das Haus in Georgetown und die Skihütte in Aspen.«

»Irgendwann soll mir einer mal erklären«, bemerkte Johnny säuerlich, »warum die Schweine, die meine Steuern erhöhen wollen, immer so reich sind.« Ich reagierte nicht. Er warf mir einen mitfühlenden Blick zu. »Also – was ist in dem Haus drüben passiert?«

»Ich habe Mist gebaut.«

»Soll heißen?«

»Ich hielt mich für klüger, als ich bin.« Ich hätte es gern bei dieser ausweichenden Antwort belassen. Johnny hatte jedoch Besseres verdient. »Ich bekam Ärger mit der IRA.«

»Mit der hättest du dich nie einlassen sollen!«

»Sie kämpft für eine gute Sache«, bemerkte ich sanft.

»Warum muß die IRA morden«, sagte er schroff, »wenn das, wofür sie kämpft, gut ist? Die Leute, die gegen den Hunger in der Welt kämpfen, legen keine Bomben. Die Leute, die Kinder vor Leukämie retten wollen, bringen niemanden um. Und sie kämpfen für eine gute Sache.«

»Ich möchte mich nicht mit dir streiten.«

»Und das Gold?«
»Alles weg.«
Er lachte. Für Johnny zählte, was man sich durch harte Arbeit verdiente. Jeder andere Lohn war schlimmstenfalls Lug und Trug, bestenfalls Liebedienerei. Menschen wie Johnny waren das Rückgrat Amerikas, das Herzstück einer im Grunde ehrlichen Nation, die es aber irgendwie fertigbrachte, Kerle wie Tommy den Trottel als Abgeordnete in den Kongreß zu schicken. »Willst du das Geld wiederhaben, das du mir gegeben hast? Ich hab's nicht gebraucht.«
»Behalt's«, sagte ich. Verdammt, dachte ich – ich müßte mir jetzt aber eine Stelle suchen. Ich müßte mich einreihen in die Schar der Tagelöhner, so werden wie alle Welt, und gerade das war einer der ganz großen Ängste aller Leute im Untergrund. Einer Organisation anzugehören, die das Töten sanktionierte, gab einem das Gefühl, etwas Besonderes zu sein, über all den vielen kleinlichen Dingen und einengenden Regeln zu stehen, an die der Rest der Menschheit sich halten mußte. Nach Jahren der Überheblichkeit müßte ich mir also nun mein täglich Brot verdienen. Ich überlegte: Welche Summe gedachte van Stryker mir wohl zu geben? Nicht genug, wie mir schwante, um mich durch all die Jahre süßen Nichtstuns zu tragen, die ich an den Gewässern von Cape Cod zu genießen gehofft hatte. Ich überlegte: Wie war es wohl um die Branche der Jachtzustellungen in den Staaten bestellt? Vermutlich ging es in der Hauptsache um das Hinundhersteuern von Kunststoffschnellbooten über den Intracoastal Waterway vor und nach dem Winter. Ich bezweifelte, daß es leicht sein würde, in dem Geschäft Fuß zu fassen. Doch was könnte ich sonst? »Ich hatte davon geträumt, mir mit dem Gold ein Schiff für den Thunfischfang zu kaufen«, gestand ich Johnny. »Jetzt weiß ich nicht mal, ob es für eine Dose Thunfisch reicht.«
Er lachte in sich hinein. »Auf das Thunfischfangschiff

kannst du sowieso verzichten. Davon gibt's eh schon zu viele. Außerdem benutzen sie allesamt Flugzeuge, um Fische zu entdecken. In der Schwarmzeit ist's wie bei 'ner großen Seeschlacht. Vor zehn Jahren konnte man pro Woche einen Fisch harpunieren. Heute haste Glück, wenn du während des ganzen Sommers einen anständigen Fisch siehst.«

Wieder ein Traum ausgeträumt, dachte ich und lehnte den Kopf ans Fenster. Was sollte ich machen? Waren die letzten vierzehn Jahre völlig umsonst gewesen? »Gibt's für Schiffsgutachter viel zu tun?« fragte ich.

»Soweit ich weiß, nicht.« Johnny fuhr seelenruhig weiter. »Aber der junge Ernie Marriott hat sich ein Mädchen in New Bedford angelacht. Das heißt: Von Zeit zu Zeit brauch' ich jemand, der mir auf dem Schiff hilft.«

»Bietest du mir etwa eine Stelle an?«

»Ich biete dir eiskalte Hände, einen nassen Hintern, mühselige Nächte und vielleicht dann und wann einen Penny – falls die Regierung uns zum Fischfang kommen läßt, wenn wir ausnahmsweise mal keine Formulare ausfüllen müssen.«

»Du kannst auf mich zählen«, sagte ich.

»Eine Karriere ist es nicht«, warnte Johnny. »Ich kann mal gerade meine eigene Familie durchbringen. Aber immer noch besser als auf so 'm Platz arbeiten zu müssen, wie?« Er deutete auf einen Minigolfplatz, der, obwohl für den Winter geschlossen, etwas von der grellbunten Tristesse verriet, die im Sommer Gäste anlocken sollte. Wir fuhren Route 28, die Verkehrsader südlich des Cape mit den gräßlichen Geschäften und billigen Motels – wenn der Mensch ein Paradies findet, ersäuft er die Herrlichkeit der Engel in Neonbeleuchtung und wilden Bars. »In ein paar Jahren«, meinte Johnny, »wird es hier aussehen wie in Florida.« Der Gedanke ließ ihn meilenweit in Schwermut verfallen. Plötzlich wandte er sich mir stirnrunzelnd

zu. »Haste Sarah Tennyson wirklich gesagt, daß sie das Schiff für dich holen soll?«
Ich schüttelte den Kopf. »Sie hat dich belogen. Aber das ist jetzt wohl egal.«
»Zwischen euch beiden ist also gar nichts gewesen?«
»Zwischen mir und dem Kastrationsweib? Mach keine Witze.«
Er lachte. »Mich hat sie beeindruckt. Wer, zum Teufel, ist sie denn?«
Ich zuckte mit den Achseln. »Ich weiß nicht, Johnny. Sie ist wahrscheinlich ein Terroristengroupie. Es gibt Mädchen, die erst richtig lebendig werden, wenn sie in der Umgebung von Killern sind.« Sollte Kathleen Donovan zu ihnen gehören? Gott, tat das weh, daß sie mich in die Falle gelockt hatte.
»Sie ist keine Künstlerin?« Johnny klang enttäuscht.
»Jedenfalls nicht im Umgang mit Farben«, sagte ich. »Ich glaube, die Provos haben sie mir ins Haus gesetzt, damit ich bei meiner Heimkehr über sie stolpere.« Und die Rolle hatte sie phantastisch gespielt! Sie hatte die Schockierte und Harte gemimt, als ich heimkehrte, so überzeugend, daß ich nie auf die Idee gekommen wäre, sie könnte etwas mit den Provos zu tun haben. Verflixt! dachte ich – und ich hatte Gillespie sogar noch gebeten, sie zu warnen! Und sie gehörte in Wirklichkeit zu ihnen.
»Sie hat das Gold also gekriegt?« fragte Johnny.
»Die Provos haben es gekriegt. Es war sowieso für sie gedacht.«
Er schüttelte mißbilligend den Kopf, und dann, typisch Johnny, entdeckte er selbst hier noch einen Silberstreifen am Horizont. »Wenigstens hast du jetzt Strom im Haus.«
»Aber wozu nur?« Ich fragte laut. Mir fiel plötzlich auf, daß da wieder etwas nicht stimmte. Sarah Sing Tennyson hatte sich drei Jahre lang in meinem Haus aufgehalten. Wenn sie als Warnanlage für den Augenblick meiner

Heimkehr gedacht wäre, ergab das keinen Sinn – wer hätte denn vor drei Jahren den Golfkrieg vorhergesehen?
»Wozu was?« fragte Johnny.
»Weiß der Himmel.« Mir ekelte plötzlich vor mir selbst und vor allem, was ich während der letzten Wochen angestellt hatte. Spielte es denn eine Rolle, ob das Mädchen drei Monate oder drei Jahre lang in meinem Haus gewohnt hatte? Ich hatte ein Spiel gespielt und verloren. Es war aus.
Ich blieb über Nacht bei Johnny, fuhr am nächsten Tag nach Hause und machte mich an den Hausputz. Ich trug Sarah Tennysons Klecksereien ins Freie, häufte sie auf einem Stück sandigen Bodens hinter dem Haus, schüttete Benzin drüber und warf ein Streichholz hinein. Die Ölbilder brannten prima und in herrlichen Farben. Der schwarze Rauch schleppte sich über die Marschen hin.
Ich nahm die Abdeckung von dem Eichenboden, rieb ihn mit Sandpapier und wachste die Bretter. Ich schrubbte die Küche. Ich entstaubte die Treppe. Ich lüftete das Schlafzimmer. Den Colt .45 hatte ich verloren, als man mich schnappte. Der Karabiner befand sich noch unter dem Bett. Ich versteckte ihn. Ich ersetzte das zertrümmerte Fenster und brachte neue Türschlösser an. Als die Telefonrechnung eintraf, adressiert an Miss Sing Tennyson, schickte ich sie an Herlihys Kanzlei weiter. Das Telefon bestellte ich ab. Ein Telefon wollte ich nicht im Haus haben. Ich konnte mir auch keins leisten.
Ich lebte sparsam. Das wenige, was ich täglich brauchte, konnte ich in dem Haushaltsgeschäft kaufen. An Tagen mit schwacher Flut ging ich mit Johnny auf Kabeljaufang, und er bezahlte mich von dem Geld, das ich ihm für die *Rebel Lady* gegeben hatte. Mit einem Teil des mir verbliebenen Baren erwarb ich einen billigen Kleinlaster und überlegte lange hin und her, ob ich mir dazu einen Golden Retriever oder lieber einen schwarzen Neufundlän-

der anschaffen sollte. Ich bewarb mich, wie hundert andere, um die Mechanikerstelle am Upper-Cape-Jachthafen; man fand mich, mit vierzig, dafür zu alt. Meine Ersparnisse schmolzen dahin. Ich litt, wenn ich mich daran erinnerte, daß ich vor nur einem Jahr alleiniger Eigentümer der Firma »Nordsee-Jacht. Lieferung, Wartung, Begutachtung von Schiffen«, gewesen war, einer Firma mit einem hübschen Cash-flow und einem Gewinn, der für meine Bedürfnisse reichte, wenn er auch den Ansprüchen von Sophie nicht genügte; der weinte ich aber keine Träne nach. Wegen meiner Habgier war ich herunter bis auf wenige Dollar; allerdings besaß ich in Irland noch die *Roisin;* die wollte ich verkaufen lassen, im Frühjahr, wenn das Interesse an Schiffen reger wurde, und damit müßte ich dann fürs erste über die Runden kommen.

Im März schaute eines schönen Morgens Sergeant Ted Nickerson vorbei – der Polizist, der mich am Abend meiner Heimkehr ans Cape vor dem Ammoniak Sarah Sing Tennysons gerettet hatte. »Ich werfe gelegentlich ein Auge aufs Haus«, erklärte er, als er aus dem Streifenwagen stieg. »Du bleibst jetzt daheim, Paul?«

»Ja.«

»Der CIA ist mit dir fertig?«

»Frag sie selbst, Ted.« Ich war nicht gesprächslustig.

»Aber du bist okay, Paul?«

»Mir geht's prima«, sagte ich.

Nickerson schritt zum Rand der Auffahrt, spähte gen Süden über die Bucht und bemerkte die Reste des Scheiterhaufens, auf dem ich Sarah Tennysons Gemälde verbrannt hatte. »Wegen des Feuers könnt' ich dich einsperren. Du hast mindestens ein Dutzend Bundesgesetze übertreten. Von Gesetzen des Staates Massachusetts, den Vorschriften für Nationalparks und Gemeindeverordnungen will ich gar nicht reden.« Er spuckte aus. »Kannst nicht mal vom eigenen Boot mehr ins Meer schiffen, ohne ein Gesetz zu brechen.« Er holte sich eine Zigarette aus der Tasche und zündete sie im Schutz der hohlen Hand an. »Vor einiger Zeit kam ein Anruf. Von einer jungen Dame. Kathleen Donovan hieß sie. Sie klang ziemlich besorgt, weil sie meinte, du seist entführt worden. Bist du entführt worden?«

»Ja«, sagte ich, ohne allerdings zu erwähnen, daß sie ihren Teil dazu beigetragen hatte.

»Aber wir hatten Anweisung. Sollten uns bei dir nicht einmischen. Falls was passieren sollte, hatten wir einen Namen im FBI-Büro in Washington. Dem haben's wir auch gemeldet. Er schien aber der Meinung, du könntest selbst auf dich aufpassen. Und wenn du jetzt wieder da bist, hat er wohl recht gehabt?«

»Scheint mir auch so.« Das FBI, folgerte ich, hatte im Auftrag der CIA gehandelt, die vernünftigerweise keinen Wert darauf legte, daß Kleinstadtpolizei mit internationalen Terroristen ins Gehege kam. Ich merkte mir aber, daß weder der CIA noch das FBI sich wegen meines Verschwindens unnötig Sorgen gemacht hatten. Von ihrer Seite hatte sich bisher nach mir niemand erkundigt und während meiner Abwesenheit niemand gesucht. Van Stryker oder Gillespie glaubten wohl, ich hätte alles Unglück, das mich träfe, auch verdient. Ich war von Nutzen für sie gewesen. Nun brauchten sie mich nicht mehr.

»Von der jungen Dame solltest du aber wissen, hab' ich mir gedacht«, fuhr Ted fort. »Weil sie nämlich richtig besorgt klang. Sie hat auch um Nachricht gebeten, ob du okay bist.« Er holte einen Fetzen Papier aus der Tasche. »Das ist ihre Telefonnummer. Ich könnte sie natürlich selber anrufen. Aber wenn du mit ihr sprechen möchtest – spart der Polizei ein teures Ferngespräch.« Nickerson reichte mir den Zettel.

Ich nahm ihn an. »Danke, Ted.«

»Gehört sich doch so unter Nachbarn, Paul.« Er zögerte.

»Du willst mir wohl nicht erzählen, was eigentlich los war?«
»Vielleicht später einmal.«
»Sicher, wenn Weihnachten auf Ostern fällt.« Er stieg wieder in den Wagen und kurbelte das Fenster herunter. »Die gottverdammte Stadtverwaltung will die Polizeiautos als öffentliche Verkehrsmittel einstufen. Im Klartext: Rauchen verboten. Diese Scheißer.« Er winkte mir mit der Zigarette zu, legte den Rückwärtsgang ein und fuhr davon.
Ich sah mir den Zettel an. Er schien eine letzte Chance. Oder es könnte wieder eine Falle sein, um einen Trottel hereinzulegen, wie Kathleens letzter Besuch. Nun war meine Zukunft aber nicht so golden, daß ich mir deswegen Sorgen machen mußte, und so stieg ich in meinen Wagen und verwendete mein Kleingeld für ein Telefonat nach Maryland.

Kathleen Donovan wohnte in einem kleinen Haus am schäbigen Ortsrand eines Landstädtchens mit nur einer Hauptstraße. Es war ein zweistöckiges Haus mit einer breiten Veranda und einem Windschutz aus Krüppelfichten, und hinter dem Haus lag eine Wiese mit einem verfallenen Schuppen zum Trocknen von Tabakblättern. »Gehört mir nicht«, sagte Kathleen. »Ist nur gemietet.«
»Schön ist's«, sagte ich – so überzeugend wie möglich.
»Nicht bei Südwind. Dann kann man die Hühnerfarm auf der anderen Seite des Sumpfes riechen.« Sie lachte plötzlich auf, weil ihr aufging, daß ich aus Höflichkeit gelogen hatte. »Ich wollte einfach nur von Baltimore weg.«
»Um Ihren Eltern näher zu sein?«
Sie schüttelte den Kopf. »Im Gegenteil. Ich bleibe in der Woche drei oder vier Nächte bei ihnen. Es tut mir gut, von ihnen loszukommen. Im Frühjahr ist's hier sogar ganz schön, wissen Sie, wenn der Hartriegel Knospen treibt.«
»Und im Sommer?«

»Heiß. Zu heiß.« Sie klang mutlos. »Ich weiß nicht. Ich werde den Mietvertrag wohl nicht verlängern. Es war nur ein Versuch. Ich habe immer auf dem Lande leben wollen, und nach der Scheidung von David habe ich gemeint, jetzt oder nie. Es ist aber nicht so, wie ich mir das vorgestellt hatte. Ich habe nicht eine einzige Karotte ziehen können, und die Rehe haben mir den ganzen Salat abgefressen, die Bohnensträucher hatten Ungeziefer und die Tomaten Würmer.«
»Aus dem Grund hat Gott doch den Supermarkt erschaffen.«
Sie lachte. Sie hob den Kopf. »Tut mir leid.«
»Warum?« Wir standen neben meinem Wagen. Ich war gerade erst angekommen, wir waren beide verlegen, und ich glaubte ihr anzumerken, daß sie es bereute, mir erlaubt zu haben, sie zu besuchen. Ich war nervös. Die zehnstündige Anfahrt von Cape Cod hatte mir zuviel Zeit gelassen, über diese Begegnung nachzudenken und ihren Mißerfolg zu befürchten. Ich wollte mich in Kathleen verlieben. Möglicherweise hatte ich mich längst überzeugt, daß ich bereits in sie verliebt war. Ich hatte mir sogar mit einigem Erfolg eingeredet, es läge nicht nur daran, daß sie Roisins Schwester und Ebenbild war. Den wahren Grund für meinen Besuch hatte ich ihr nicht genannt, sondern behauptet, ich müsse nach Washington – ob ich auf dem Weg dorthin bei ihr vorbeischauen dürfte. Sie hatte nach kurzem Zögern zugestimmt. Ich wiederholte meine Frage, wieso sie sich bei mir entschuldigte. »Warum?«
»Weil ich eingewilligt habe, diesen Leuten zu helfen. Wer sind sie?«
»Sie haben sie nicht gekannt?« fragte ich.
»Eigentlich nicht.« Sie drehte sich weg. »Deshalb sind Sie doch hier, nicht? Um etwas über sie zu erfahren?«
»Ja«, log ich. Ich war hergekommen, um in ihr Roisin ins Leben zurückzurufen.

»Gehen wir spazieren?«
»Gern.«
»Der Weg drüben führt nach acht Kilometern zur Chesapeak Bay.« Sie deutete nach Osten. »Ich hatte gehofft, im Sommer mit dem Fahrrad hinzufahren und am Strand zu faulenzen.«
»In Gesellschaft von einer Million Mücken. Stimmt's?«
Sie nickte. »Und Zecken.« Sie ging voran, bis zu dem kleinen Weg. Wir liefen in Richtung Stadt. Es war eine sehr flache Landschaft; sie betonte den Himmel und erinnerte mich an Flandern. »Das Mädchen – Sarah Sing Tennyson? – ist zu mir gekommen«, erklärte Kathleen, »und sagte, Sie hätten sie hinausgeworfen, sie müsse aber noch einmal ins Haus, um ihre Bilder zu holen. Ob ich ihr den Gefallen tun könnte, mit Ihnen spazierenzugehn, damit Sie auch bestimmt nicht im Haus wären, sonst fühle sie sich nicht sicher.« Kathleen errötete leicht. »Sie hatte eine große Überzeugungskraft.«
»Das kann ich mir vorstellen.« Ich schoß einen trockenen Tannenzapfen weg. »Ich frage mich nur, wie sie an Ihre Adresse gekommen ist?«
»Das war gar nicht schwer. Sie erinnern sich – ich hatte einen Privatdetektiv engagiert, der Erkundigungen über Sie einziehen sollte? Also, der kam zu Ihrem Haus, als sie da war, und die beiden müssen ins Gespräch gekommen sein. Sie hat mir aber nicht gesagt, daß sie Männer mitbringen würde oder vorhatte, Sie zusammenzuschlagen. Ich habe es einfach nicht glauben können!« Bei der Erinnerung an den Gewaltakt wurde ihre Stimme aus Protest hell und laut. »Ich habe die Polizei verständigt!«
»Ich weiß. Vielen Dank.«
»Was ist eigentlich passiert?«
»Sie haben mich eine Weile eingesperrt.«
»Wer?«
»Sie kamen aus Irland«, erklärte ich.

»Und dann?«
Ich zuckte mit den Achseln. »Sie haben etwas gesucht. Als ich ihnen sagte, wo es sich befand, ließen sie mich gehen.«
Kathleen schaute mich an. »Ich habe mich ganz scheußlich gefühlt. Ich habe mir gar nichts dabei gedacht, als ich zustimmte, Sarah Tennyson zu helfen, weil ich sie für einen ehrlichen Menschen hielt, der die Wahrheit sagte, und Sie hatten sich in Belgien mir gegenüber schrecklich benommen, da dachte ich, jetzt zahl' ich's ihm heim. In Cape Cod hatte ich dann aber einen ganz anderen Eindruck von Ihnen.«
Wir liefen schweigend weiter. Die Büsche am Wegrand waren trocken, wie abgestorben, die Wiesen matt. »*Einem* Menschen wenigstens wollte ich die Wahrheit sagen«, sagte ich, »und ich hatte beschlossen, Ihnen zu vertrauen.«
Sie nickte und lachte plötzlich auf, weil ihr aufging, daß sie mich in dem Moment belogen hatte, als ich ihr vertraute, und umgekehrt. Sie biß sich auf die Lippe. »Was sind wir doch für Idioten!«
»Ich hatte gemeint, nach all den Jahren des Lügens sei es Zeit, einmal die Wahrheit zu sagen«, erläuterte ich. »So wie man das Rauchen aufgibt. Oder beschließt, nicht mehr zu trinken.«
»Und Sie fühlen sich jetzt besser?«
»Das Leben ist weniger kompliziert.«
»Das hatte ich mir vom Leben in einer Kleinstadt auch erhofft. Aber es ist eigentlich nicht unkomplizierter. Da gibt es bloß weniger Leben. Dort, vor uns.« Sie deutete auf die Hauptstraße. »Zwei Kirchen, das Stadtamt, eine Bank, ein Lebensmittelgeschäft, ein Haushaltsladen, Café und Postamt. Das Kino hat dichtgemacht. Die Tankstelle ist umgezogen. An die Route fünf. Man kann aber bei Eds Lebensmittelgeschäft tanken, wenn er einen mag und sein Sohn nicht zuschaut.«
»Was ist denn mit Eds Sohn nicht in Ordnung?«

»Gehört zur Staatspolizei und kann seinen Vater nicht ausstehen, seit Mami ihm von Papis Schwäche für Mary Hammond erzählt hat, die hat hier die Post ausgetragen, bis Bobby Evans Hund ihr ins Bein biß und sich entzündete. Ich meine das Bein. Nicht den Hund.«
»Sie sind gern hier?« fragte ich.
»Ich finde es furchtbar.«
Wir lachten beide. »Sind aber zu dickköpfig, um zuzugeben, daß Sie einen Fehler gemacht haben«, sagte ich provozierend. »Weil sie genauso sind wie Roisin.«
»*Bin* ich wie Roisin?« wollte sie wissen. Wir waren an der Hauptstraße stehengeblieben und standen uns gegenüber. »Bin ich *wirklich* wie Roisin?«
»Ja. Jedenfalls äußerlich.«
Sie zog die Stirn in Falten. »Und das macht Ihnen zu schaffen?«
Ich zögerte kurz, bevor ich die Wahrheit sagte. »Ja.«
»Bitte, tun Sie's nicht.« Die Erde schien zu beben. Ich hatte mir eine Leiter in den Himmel gebaut und zu hoffen gewagt, daß wir zusammen hochsteigen würden, und wußte nun: Daraus würde nichts.
»Ich habe einen Freund«, sagte Kathleen leise, »er ist Lehrer am Frederick College.«
»Das habe ich nicht gemeint«, sagte ich, aber genau das hatte ich natürlich gemeint, und sie wußte auch, daß ich das und nichts anderes gemeint hatte, und ich kam mir plötzlich vor wie ein Idiot und wollte nur noch weg.
»Er ist ein guter Mensch«, sagte sie.
»Da bin ich sicher.« Mir war, als ob meine hohe Leiter unter mir zusammenstürzte und zersplitterte.
»Gehen wir einen Kaffee trinken«, sagte sie. Wir setzten uns ins Café, und sie erzählte mir von ihrer Europareise, von ihren Abenteuern in Belfast und Dublin. Ich hörte ihr gar nicht zu, habe mir aber Mühe gegeben, den Eindruck zu erwecken, als ob ich zuhörte, und die passenden Be-

merkungen gemacht. Doch ich war am Ende. Ich war innerlich zerstört. Ich war allein. Roisin war für immer entschwunden. Ich hatte gehofft, sie der Vergangenheit, dem Grab im Bekatal, entreißen zu können. Es sollte nicht sein.

»Sie haben herausgefunden, was Sie wissen wollten, hoffe ich?« sagte Kathleen zuletzt auf dem Heimweg.

»Doch. Vielen Dank.«

»Sarah Sing Tennyson werden Sie wohl nicht wiedersehen?«

»Kaum.«

Sie legte mir die Hand auf den Arm, als wir meinen Wagen erreicht hatten. »Es tut mir leid, Paul.«

Mir auch, dachte ich, mir auch. »Viel Glück mit Ihrem Lehrer.«

»Danke.« Sie lächelte. »Viel Glück in Washington.«

»Danke«, sagte ich. »Danke.« Und fuhr zurück nach Cape Cod.

Als ich ankam, war es nach eins. Es war eine finstere Nacht, der Mond hinter hohen, ziehenden Wolken versteckt. Ich war zu müde, um das Garagentor zu öffnen, ließ den Kleinlaster auf dem Muschelbelag des Wendekreises vor dem Haus stehen und lief gleich zum Kücheneingang. Ich war total erschöpft. Ich empfand Abscheu vor mir selbst. Ich hatte mich zum Narren gemacht. Lieber Gott, dachte ich. Aber ich hatte ehrlich geglaubt, ich könnte mich in ein Gespenst verlieben. Ich schloß die Tür auf, trat ein und blieb wie erstarrt stehen. Es roch nach Tee. Nicht überwältigend stark, es war nur ein Aroma, aber das Aroma war unmißverständlich. Es *war* Tee.

Mein Karabiner war im Wohnzimmer versteckt. Ich zog also, um irgendwie bewaffnet zu sein, mein Fischmesser mit seiner bösartigen scharfen Klinge aus der Scheide und näherte mich ganz, ganz langsam der Wohnzimmertür.

Im Haus war es stockfinster. Ich hörte den Wind und den unablässigen, fernen Wellenschlag. Es roch immer noch nach Tee. Sollte Sarah Sing Tennyson es tatsächlich gewagt haben, hier noch einmal aufzukreuzen? In meiner Vorstellung war Tee etwas für Frauen. In Irland tranken aber auch die Männer Tee. Sollte Herlihy jemanden geschickt haben, um mich nun doch noch zu töten? Ich erreichte die Wohnzimmertür. Sollte ich Licht machen? Das Dunkel war jedoch vermutlich ein besserer Freund als ein plötzliches Aufblitzen von elektrischem Licht.
Ich drückte die Klinke herunter, bückte mich, mit dem offenen Messer in der Rechten, wie zum Sprung und schob die Tür auf. Der Karabiner war vier Schritte von mir entfernt. Ich hatte ihn mit Klebeband unter der langen Tischplatte festgemacht. Wie lange würde ich brauchen, um ihn von der Platte zu lösen? In dem Moment nannte eine verschlafene Stimme meinen Namen. »Shanahan?« Die Stimme kam von rechts.
Mir sprang das Herz in den Hals. Aber ich schaffte es – ich blieb still und sagte keinen Ton.
»Shanahan?« sagte der Mann wieder. Diesmal hörte ich den Ton der Angst in der Stimme. Er war sicherlich eingenickt und nun erschrocken wegen der Gefahr, die im Dunkel des Zimmers lauerte. »Ich mache Licht an, okay?« sagte der Mann, und da erkannte ich die Stimme – es war der CIA-Mann, der mich verhört hatte.
»O verdammt. Gillespie. Sind Sie's?«
»Ich bin's. Ja.«

Ich konnte förmlich spüren, wie die Anspannung meiner Nerven nachließ. »Herrgott! Warum mußten Sie denn im Dunkeln auf mich warten? Ich hätte sie erdolchen können.«
»Um ehrlich zu sein – ich bin eingeschlafen. Ich wollte kein Licht anlassen, damit Sie sich nicht erschreckten und

vielleicht auf die Idee gekommen wären, daß die Gottlosen auf sie warteten. Deshalb haben wir unseren Wagen auch beim Postamt stehengelassen.«

»Wie, zum Teufel, sind Sie hereingekommen?« Ich stand noch immer gebückt, lehnte mich jetzt aber an den Türpfosten.

»Stuart Callaghan hat das Schloß der Haustür geknackt. Er versteht sich auf solche Dinge.« Gillespie tastete sich mit Vorsicht durch den Raum, vom alten Sofa am Erkerfenster zur Flurtür, wo Sarah Sing Tennyson den Lichtschalter hatte anbringen lassen.

»Und was, zum Teufel, *wollen* Sie hier?« Ich steckte das Fischmesser wieder in die Scheide.

»Wir brauchen Informationen über das Schiff. *Rebel Lady?* Und über das Geld an Bord.« Er klang mißbilligend. Als ob er es unfair fände, daß ich ihn hintergangen hatte.

»Wie, zum Teufel, sind Sie auf die *Rebel Lady* gekommen?« fragte ich.

»Es ist unsere Aufgabe, solche Dinge herauszubekommen«, erklärte er mit leidender Stimme. Er hatte den Schalter gefunden. Das Zimmer war auf einmal voller Licht. Gillespie muß gefroren haben. Er hatte sich nämlich einen der gelben Regenmäntel übergezogen, die im Flur hingen.

»Und woher wußten Sie, daß ich mich hier aufhalte?« fragte ich.

»Die Polizei hat uns von Ihrer Anwesenheit in Kenntnis gesetzt. Ted Nickerson?«

»Ich darf wohl annehmen, daß Sie nicht allein sind?«

»Nein. Callaghan ist oben. Ich habe entschieden, daß einer von uns auf Sie warten sollte, während der andere schlief. Daß wir beide eingeschlafen sind, war nicht geplant.« Er gähnte und ging hinüber zum Tisch, wo er sein tragbares Telefon liegengelassen hatte. »Sie wirken irgendwie erledigt«, sagte er. »Was ist denn passiert?«

»Ich bin zehn Stunden hingefahren und zehn Stunden wieder zurück, das Mädchen wollte aber nichts von mir wissen. Und ich war der Ansicht, ich hätte mich in sie verliebt.«

»Ah.« Solch ein persönliches Bekenntnis machte ihn ganz verlegen. Er wußte nicht, wie er darauf reagieren sollte. »Ich will nur schnell melden, daß Sie aufgetaucht sind«, sagte er und nahm das Telefon in die Hand.

Ich lehnte noch an der Küchentür und sah Gillespie eine Nummer wählen. Er hustete plötzlich und blickte mich völlig perplex an.

Ich hatte es jedenfalls für Husten gehalten. Gleich darauf war das Zimmer erfüllt vom Krachen eines Schusses und von krachendem Holz, als die Kugel hinter Gillespie ins Erkerfenster einschlug. Der CIA-Mann schnellte vor. Der Husten war das Geräusch der Luft gewesen, die ihm durch die Macht des Kugeleinschlags aus den Lungen gepreßt worden war. Er taumelte. Er hielt sich aber auf den Beinen. Die Kugel, die ihn getroffen hatte, war durch die Fensterscheibe abgelenkt und abgeschwächt worden. Er blinzelte. Ich atmete einmal tief ein und wollte ihm schon zurufen, er solle in Deckung gehen, als eine zweite Kugel kam, durch das zerbrochene Fenster, das heißt diesmal ohne Ablenkung und Abschwächung, und ihn im Rücken traf. Gillespie wurde von der Wucht nach vorn geschleudert. Ein Schwall hellroten Blutes umflorte die Mitte des Raums. Die Luft wich seufzend aus den Lungen, als er auf die polierten Eichenbretter sank. Sein Funktelefon flog in die Küche und blieb am Mülleimer liegen.

Ich verdrückte mich in den Schatten der Küche. Gillespie rührte sich nicht. Ich sah nur seinen Rücken. Er zeigte zwei Einschüsse. Die erste Kugel hatte ihn oben in der linken Schulter getroffen. Die zweite muß ihm die Wirbelsäule zertrümmert haben. Ich konnte nur einen winzigen Austritt von Blut sehen, erstaunlich wenig angesichts des plötzlich spritzenden Blutes, das die Luft im Wohnzimmer gerötet hatte. Ich bemerkte etwas Blut auf dem Boden, dann mehr, an der Kante des Tisches, unter dem mein Karabiner versteckt war.

Callaghan mußte jetzt wach sein! Zwei Kugeln? Die Schüsse hallten mir noch im Ohr. Der Scharfschütze mußte sich in der Marsch hinter der Terrasse befinden. Sollte ich bleiben, wo ich war? Versuchen, in die Dunkelheit zu fliehen? Oder versuchen, an meinen Karabiner heranzukommen? Dann müßte ich aber ins helle Licht treten, das Gillespie zur Zielscheibe gemacht hatte. Ich zog mein Messer wieder aus der Scheide – eine armselige Waffe, nach dem brutalen Anschlag dieser Nacht, aber Besseres war nicht greifbar.

Schritte. Im Haus. Nicht in Küchennähe, hinter dem Erkerfenster. Jemand war auf der Veranda. Verflucht, dachte ich, der Kerl kommt rein. Will sich vergewissern, ob er sein Ziel erreicht hat. Ich wich zurück, weg aus dem Licht, das vom Wohnzimmer hereindrang, und glaubte, am letzten Fenster einen Schatten zu erkennen. Einen schwarzen Schatten. Il Hayaween? Bitte, lieber Gott, betete ich, mach, daß es nicht il Hayaween ist. Vielleicht war der Schatten nur Einbildung gewesen? Aber da regte sich der Schatten und grunzte. Der Schütze blickte durch das Fenster, um zu sehen, was er mit seinen Schüssen erreicht hatte. Aber Gillespies Leiche, die auf dem Boden gerutscht war, lag teilweise hinter dem schweren Tisch und war vom Fenster aus fast nicht sichtbar.

Ich faßte den Messergriff. Der Killer hatte ein Schnellfeuergewehr. Hätte ich überhaupt eine Chance, wenn er ins Haus käme? Nicht die geringste. Wie hatte Sarah Sing Tennyson gesagt? Einem Psychopathen kann man nicht klein beikommen, den muß man gleich zu Boden bringen. Was ich jetzt brauchte, war eine Ammoniakflasche, kein Fischmesser.

Der Schatten war fort. Vielleicht sollte ich türmen. Nein, doch nicht, wenn sich draußen ein Killer aufhielt. Warten, sagte ich mir. Warten.
Gillespies Hände verursachten leise Kratzgeräusche, als seine Finger sich krallenartig zusammenzogen – kein Zeichen von Leben; der natürliche Reflex, wenn ein Körper im Tod entspannt. Der Wind spielte in den Vorhängen vor dem zerbrochenen Fenster.
Auf den Stufen vom Schlafzimmer her klangen plötzlich Schritte. Die Treppe, im neunzehnten Jahrhundert gebaut, war viel steiler, als es heutige Bauvorschriften erlauben würden. Der herunterhastende Callaghan kam ins Stolpern und schlug unten mit der Schulter gegen die Wand. »Scheiße!« fluchte er. »Mr. Gillespie? Sir?« rief er. »Sind Sie da, Sir?«
Ich hielt mich mucksmäuschenstill.
»Gott im Himmel!« Callaghan hatte das Wohnzimmer erreicht. Mich konnte er nicht sehen, weil ich in der Tiefe des Alkovens neben dem Herd hockte. Callaghan starrte auf Gillespie. »Herrgott im Himmel!« sagte er noch einmal, warf sich herum und riß den Revolver aus dem Halfter. Er trug Hemd und Hosen, weder Jacke, Schlips noch Schuhe. Er mußte geschlafen haben. Jetzt war er in einem Alptraum erwacht.
»Mein Gott!« Er stand unter Schock. Er sah das zerbrochne Fenster und lief darauf zu, begriff, daß ihm von der anderen Seite Gefahr drohen könnte, lief ins Zimmer zurück, änderte erneut seine Meinung und rannte wieder zum Fenster, wo er sich, ganz wie Polizisten im Film, in die Vorhänge drückte, damit er um die Ecke ins Dunkel spähen konnte. Da stand er nun, murmelnd. Mir war klar, daß ich ihm meine Anwesenheit signalisieren müßte, aber mit äußerster Vorsicht, weil er sonst herumwirbeln und nach meiner Stimme schießen würde. Er wirkte unglaublich nervös. Ich schöpfte Atem und legte mir meinen er-

sten Satz zurecht. Er drehte sich um und schnappte nach Luft, dann hörte ich den Gewehrschuß, entsetzlich laut klang er in den engen Mauern des Hauses. Im gleichen Moment schoß Callaghan zurück. Ich sah das Mündungsfeuer seiner Pistole auf dem Hintergrund des dunklen Fensters.

Callaghan feuerte ein zweites Mal, der zweite Abzug war jedoch lediglich ein Reflex, eine Verkrampfung der Finger, während er niederglitt. Er war getroffen worden. Ich hatte es gesehen, wie sein Brustkorb durch die Gewehrkugel wie von einem seismischen Schock aufgerissen wurde und das Leben ihn im gleichen Moment verließ. Ich begriff: Der Schütze hatte eine geradezu geniale Treffsicherheit, weil er Callaghans Herz mit einem Schuß zum Platzen gebracht hatte.

Callaghan sank hin. Seine zweite Kugel hatte die Decke getroffen und hinterließ einen hellen Holzsplitter, der aus dem Balken ragte.

Stille.

Der Killer befand sich im Haus. Aber wozu war er ins Haus gekommen? Wahrscheinlich, um das Ergebnis seines Handelns zu überprüfen. Er würde also binnen weniger Sekunden Gillespies Körper umdrehen und feststellen, daß er den Falschen getötet hatte. Denn er war mit Sicherheit hinter mir hergewesen und niemandem sonst.

Was würde er daraufhin unternehmen? Flüchten? Oder das Haus durchsuchen? So oder so: Ich mußte weg. Fort! In die Sümpfe, wo der Schütze mich nicht zu sehen vermochte. Wenn ich mich bewegte, würde ich aber ein Geräusch verursachen und seine Aufmerksamkeit erregen. Verdammt! Warum hatte ich meinen Karabiner nicht in meinem Laster versteckt? Ich setzte zum Sprung an. Furcht hielt mich zurück. Wenn ich diesem Mann auch nur eine halbe Reaktionssekunde lassen würde, wäre ich tot – der Attentäter verstand sein Geschäft nur zu gut.

Vom anderen Ende des Wohnzimmers kam ein merkwürdiges, kratzendes Geräusch. Er hatte mich nicht bemerkt. Ich hatte meinerseits nicht die Absicht, gesehen zu werden, nur um zu sehen, was es mit diesem Geräusch auf sich hatte. Ob der Mann Callaghans Leiche wegschleifte? Es folgte ein furchtbarer Krach. Ein Stöhnen. Und wieder Stille. Ich wartete. Am gebrochenen Fenster rieb seufzend der kalte Wind. Im Haus war der bittere Geruch von Treibstoff zu riechen.

»O verdammt«, sagte die Stimme stöhnend.

Ich erhob mich. Ganz langsam. Blieb stehen. Trat einen halben Schritt vor, um ins Wohnzimmer blicken zu können.

Und da war er – dort an der Wand, zusammengesackt. Das Gewehr war ihm aus der Hand gerutscht. Es lag knapp einen halben Meter von ihm entfernt. Er trug einen schwarzen Pullover, schwarze Hosen, schwarze Lederhandschuhe, schwarze Schuhe und einen schwarzen Kopfschützer, der nur Augen und Mund freiließ. In Bauchhöhe glitzerten Pullover und Hose. Stuart Callaghan hatte den Killer mit seinem ersten Schuß, im Sterben, schwer verletzt.

Er sah mich. Seine Hand zuckte nach dem Gewehr. Die Bewegung verursachte ihm Schmerzen. Er fluchte. Es drückte nicht Wut aus, sondern Schicksalsergebenheit.

»Verdammich.«

»Hallo, Seamus.« Ich ging quer durch den Raum und trat das Gewehr mit dem Fuß zur Seite, bückte mich und hob Callaghans Automatik vom Boden auf.

»Verdammte Schweinerei, Paulie.« Es kostete Seamus enorme Anstrengung, den Arm zu heben und den schwarzen, wollenen Kopfschützer abzunehmen. Sein schwarzes Haar wurde dabei ganz zerzaust. »Der verdammte Kerl hat den Bauch erwischt.«

»Du warst hinter mir her.«

»Ich hab' gedacht, der verdammte Kerl wärst du.« Er reckte das Kinn zu Gillespie. Von draußen mußte mir Gillespie – im gelben Regenmantel, von hinten – bei dem schlechten Licht sehr ähnlich gesehen haben. »Wer, verdammt, sind die zwei?«

»Hüter des Gesetzes. Wollten mich vernehmen.« Ich kauerte mich vor Seamus hin und versuchte, die Wunde zu prüfen. Ich war kein Fachmann. Aber es sah schlimm aus. Soweit ich es beurteilen konnte, hatte die Kugel Seamus unten an der linken Hüfte getroffen und vermutlich nach dem Abprall seinen Beckenknochen zersplittert und seine Därme zermanscht. Er blutete entsetzlich. Wenn ich Gillespies Funktelefon benutzt und eine Ambulanz gerufen hätte, wäre Seamus unter Umständen zu retten gewesen. Er verstand, warum ich das bleiben ließ. Wer durch das Schwert lebt, muß durch das Schwert umkommen.

Ich ging hinüber zu Callaghan, ohne Seamus den Rücken zuzukehren. Callaghan lag mit dem Gesicht nach oben. Sein Mund war blutüberströmt. Die Zähne waren in einem tödlichen Fletschen entblößt. »Ein Meisterschuß, Seamus.«

»Im Schießen war ich immer gut. Ich erinnere mich, es war in Strabance, ich wartete in einem ausgebrannten Haus, fast hätte mich ein Britensoldat erwischt. Hat mich überrascht. Ehrlich. Er kam durch die Hintertür, weißt du, ich guckte vorne heraus – den habe ich auch so getroffen. Genauso, mit einem Schuß aus der Hüfte.« Er sprach langsam. Manchmal stockte sein Atem, wegen der Schmerzen, aber er war klar verständlich. »Dem bin ich entkommen.«

»Du bist überhaupt nur einmal geschnappt worden.«

»Und das war verdammt lächerlich«, sagte er. »Es war nur ein verdammter Zufall, Paulie, bloß verdammtes Pech. Ich war keine fünf Minuten aus dem Haus, weißt du, und da fährt dieses junge Mädchen bei Rot über die Ampel. Ehrlich. An der Ecke von Ormeau Avenue. Du weißt, dort beim Fernsehgebäude? Ich sause direkt in sie hinein, und da steht ein verdammter Landrover mit Polizei, und die verdammten Bullen haben mich erkannt.« Er hatte nach Süden wollen, nach Dublin, mit einem gestohlenen Führerschein in der Tasche. Der Armeerat hatte gemeint, in Dublin sei er sicherer als nördlich der Grenze, obwohl in beiden Teilen Irlands nach ihm gefahndet wurde. »Die verdammten Briten haben behauptet, sie hätten einen Hinweis bekommen«, sagte Seamus bitter. »Es war aber bloß Zufall, sonst nichts. Und deshalb hat sie sterben müssen!? Nur weil die verdammten Briten gelogen haben.«

»Deshalb ist sie gestorben.« Ich gab ihm recht, wollte aber nicht über Roisins Tod sprechen. »Wer hat den Befehl gegeben, mich zu töten?« fragte ich.

»Michael Herlihy, natürlich. Hat gesagt, du hättest das Geld geklaut und müßtest bestraft werden.« Seamus holte Luft und zitterte. »Ich wollte 's nicht tun, bis Bestätigung kam. Die ist aber prompt gekommen. Ehrlich.«

»Von Brendan Flynn?« riet ich mißmutig.

»Ja.« Seamus versuchte zu grinsen. Umsonst. »Tut mir leid, daß *ich* es tun mußte, Paulie.«

»In solchen Situationen hat man keine Wahl.« Ich ließ mich vor ihm nieder. »Tut es weh, Seamus?«

»Momentan ist's ziemlich ruhig, Paulie. Nicht so schlimm. Wirklich.« Er saß schweigend da, mit dem Kopf an der Wand. »Verdammte Schande, daß es dir galt. Ich hatte dich gern.«

»Ich hatte dich auch gern, Seamus.« Wir sprachen, beide, bereits in der Vergangenheit.

»Ich kann mich erinnern, wie Brendan Flynn gesagt hat, du wärst 'n gefährlicher Typ. Ich fand dich ganz in Ordnung.«

»Ich dachte, Brendan hätte mir vertraut?«

»Der würd' nicht mal 'm Papst vertrauen, der.« Er seufzte. »Warum hast du das Geld gestohlen?«

»Hab' ich gar nicht. Wollte ich nur. Ich war's aber nicht.«
»Die behaupten, *du* hätt'st es gestohlen. Wahrscheinlich klaun sie's selbst. Für sich. Wie immer.« Blut quoll unter seinem Hintern hervor. Er wurde so schwach, daß er seine rechte Hand kaum mehr heben konnte. »In meiner Hemdtasche sind noch 'n paar Glimmstengel«, sagte Seamus. »Würd'st du mir bitte den Gefallen tun?«
Ich hielt ihm die Automatik ans Gesicht, während ich unter seinem Pullover suchte. Ich fand Zigaretten und Feuerzeug, schob ihm eine Zigarette zwischen die Lippen und gab ihm Feuer.
»Früher hast du geraucht, oder?« fragte Seamus.
»Ich hab's aufgegeben.«
»Fehlt dir's nicht, Paulie?«
»Das Rauchen? Klar.« Ich löste mich von ihm. »Wenn ich in den Himmel komm', Seamus, wartet St. Peter oben am Perlentor mit einer Zwanzigerpackung und 'ner Zündholzschachtel auf mich.«
»Du glaubst, du kommst in den Himmel?« Beim Sprechen zuckte die Zigarette in seinem Mund.
»Dort sehen wir uns alle wieder, Seamus. Du, ich, all die Jungs. Aber keine Briten. Und die Hügel werden grün sein wie Smaragd und die Flüsse voller Lachs, und die Sonne wird nie mehr untergehen.«
»Wie in Dunnamanagh, he?« Das war *sein* Traum, der nie in Erfüllung gehen würde: das Häuschen inmitten der grünen Hügel in County Derry. Seamus blinzelte, vielleicht weil ihm der Rauch in die Augen gestiegen war. »Ich hatte sogar ein Mädchen. In Lifford.«
»Du? Ein Mädchen?«
»Ich habe mir immer ein Mädchen gewünscht. Ich hab's gern gehabt. Und ihr Pa hat gesagt, ich dürft' ausgehen mit ihr. Ehrlich.«
»Und du hast sie nie gefragt?«
»Dazu war nie Zeit, Paulie. Ich war nicht so wie du, ich

fand es nicht leicht mit Mädchen.« Er schien geahnt zu haben, daß ihm etwas fehlte im Leben, aber er hätte es nie mit Worten ausdrücken können, hätte es nie ändern können, und ich fragte mich, welche Dämonen, Mißgeburten aus den Ängsten einer Mutter und der Bosheit von Priestern, ihn durch die langen, düsteren Gänge seiner einsamen Nächte getrieben hatten. »Du erinnerst dich an den Kerl, den wir in Dunmurry erschossen haben?« fragte er.

»Natürlich.«

Seamus lachte. »Hatte der Angst, solch verdammte Angst. Du erinnerst dich, wo er sich versteckt hatte?«

»Im Dachtank, hast du mir gesagt.«

»Wie eine ertrinkende verdammte Ratte.« Dem Jungen war Vergewaltigung vorgeworfen worden. Ein- oder zweiundzwanzig war er gewesen. Es gab keine juristisch sicheren Beweise, aber für die Gemeinde keinen Zweifel an seiner Schuld, und da hatten die Provos die Sache übernommen. Seamus wohnte damals bei mir. Sie fragten ihn, ob er die Ehre des Mädchens retten wollte, und ich hatte ihn zu der Siedlung gefahren. Es war ein Sonntagabend im November gewesen. Im Abenddunkel spürte man, daß Schnee in der Luft lag. Die Mutter des Jungen wußte sofort, warum wir kamen, und flehte uns an, wieder zu gehen, aber der Vater knurrte sie an, sie solle den Mund halten. Die anderen Kinder weinten. Der Junge lief die Treppe nach oben. »Achte auf die verdammten Fenster«, hatte Seamus mir zugerufen, als er dem Jungen auf den Dachboden nachlief. Der verängstigte Junge hatte in der Wasserkammer Zuflucht gesucht, wo Seamus ihn erschoß. Seamus lachte erneut. »Da muß tagelang Blut aus den verdammten Wasserhähnen geflossen sein.« Dann schwieg er sekundenlang. »Ein Kopfschuß.«

»Du kannst dich an alle erinnern?«

»An jeden einzelnen, Paulie. Wie wenn sie in meinem Kopf auf einem Film wären.« Er dachte nach, unter

Schmerzen, wie mir schien, aber dann lachte er wieder. »Hab' ich dir schon mal die Geschichte von Danny Noonans großer Bombe erzählt?«

»Nein.«

»Eine verdammt blöde Geschichte.« Ich glaube, das Lachen tat ihm weh, aber die Geschichte hatte sich in ihm zu regen begonnen und mußte heraus. »Es ist das erste oder das zweite Bombenlegen gewesen, das ich miterlebt habe. Sie befand sich in so einer verdammt großen Kartonschachtel. Gebaut hat sie Danny Noonan. Er war eben Sprengstoffoffizier der Brigade von Derry geworden und wollte sich 'n Namen machen. Die ganze Welt sollte erfahren, daß da ein neuer Mann am Werk war, da hat er jeden verdammten Fetzen Sprengstoff genommen, den er kriegen konnte, und hat ihn in dieses verdammte Ding eingebaut. Ich sag' dir, Paulie, mit der Bombe hätte man die verdammte Decke über ganz Afrika runterholen können, so stark war sie. Ehrlich. Danny wollte eben eine große Bombe, weißt du. Er wollte irgend etwas tun, damit er in die Schlagzeilen kam, weißt du.« Er unterdrückte ein Stöhnen.

»Laß dir Zeit«, sagte ich. Ein unglaublich dummer Rat; denn Seamus blieb wirklich nicht mehr viel Zeit.

»Deshalb beschließt Danny, daß wir uns die Sendestation der BBC vornehmen. Du weißt, welche ich meine? Den verdammt großen Masten außerhalb von Derry? Muß dreihundert Meter hoch sein oder mehr. Das würde bestimmt Schlagzeilen machen, hat Danny gesagt. Wir springen also ins Auto, und los geht's. Gefahren hat Big John MacAnally. Strohdoof, aber Auto fahren konnt' er. Und dann sind wir auf dem Gelände, und die Ingenieure stehen herum und machen sich vor Angst in die Hose. Danny, Big John und ich, alle maskiert, zwei von uns sind bewaffnet, und Big John hält die verdammte Bombe in dem verdammt großen Karton, und Danny befiehlt Big

John, die Bombe an den Fernsehmasten zu legen, aber auf einmal macht Big John Probleme. Er fragt den Chefingenieur, wie lang die Reparaturen dauern werden, wenn er die verdammte Bombe am Fernsehmast hochgehen läßt, und der Ingenieurmensch sagt, sechs Monate eventuell, und Big John sagt: ›Sie meinen, wenn diese Bombe hier hochgeht, dann kann ich Sonntag nicht *Kojak* sehen?‹ Und der Typ sagt: ›Sie werden für ein halbes Jahr lang an Samstagabenden keinen *Kojak* mehr sehen.‹« Seamus brach ab. Er röchelte. Die Zigarette fiel ihm aus dem Mund, rollte ihm vom Schenkel und verlöschte zischend in der Blutlache neben ihm. Mir schien, daß er die Geschichte nicht zu Ende bringen würde, aber er strengte sich furchtbar an mit dem Atmen.

»Also, da dreht Danny durch. Ehrlich. Stell die Bombe ab, sagt er, aber Big John weigert sich. Er will wissen, wo er sie legen und am Samstag trotzdem *Kojak* sehen kann, und der Ingenieur sagt ihm, er soll doch die Nebenstation an der Seitengasse in die Luft jagen. Danny schreit Big John an, aber Big John sagt, Danny soll das verdammte Maul halten, weil er *Kojak* sehen will. Am Ende legen wir die verdammte Bombe in der Nebenstation, unten auf die Erde, genau wie der Mann uns gesagt hat, um den Strom auszuschalten, nur damit Big John am Samstag *Kojak* sehen konnte. Gott, aber den Knall hätt'st du hören sollen! Bis an den Mond ist der Rauch in die Höhe gestiegen. Ehrlich. Ein paar hundert Meter weit war alles plattgedrückt. Aber in die Schlagzeilen ist das nie gekommen. Das war Danny Noonans große Bombe, und was hat sie uns gebracht? Die verdammte Nebenstation hat sie weggeputzt.« Er versuchte zu lachen, aber die Schmerzen waren zu stark. »Und Big John hat seinen *Kojak* sehen können. Ehrlich.«

»Das ist eine famose Geschichte, Seamus.« Deswegen hatte er sie ja auch erzählt. Er kam aus einem Volk, in dem man sich noch Geschichten erzählte und stolz darauf war, eine Geschichte gut erzählen zu können.

»Es gibt so viele gute Geschichten, Paulie.« Die Lider zitterten. Er sah mich mit einem flehenden Blick an. »Mir ist kalt, Paulie.«

Ich wollte ihm sagen, es würde nicht mehr lang dauern, schwieg aber. Hinter dem freien Strandwall tosten die Wogen, als wär's der Herzschlag der Welt.

»Ich würd' eine Medaille bekommen. Haben sie versprochen«, sagte Seamus nach langem Schweigen, »haben gesagt, ich würde die Freiheitsmedaille bekommen vom Staat Massachusetts, die hätten IRA-Männer schon bekommen, haben sie gesagt, auf den Stufen des Regierungsgebäudes würde man sie mir an die Brust heften.«

»Das hat dir Michael Herlihy gesagt?«

»Ja. Aber zuerst müßte ich dich umlegen. Du hättest die Bewegung verraten, hat er gesagt, er würde mir Geld dafür geben, wenn ich dich töten würde, aber ich hab' ihm gesagt, ich will kein Geld. Da hat er mir gesagt, ich bekäme eine Medaille und das würde in allen Zeitungen stehen. Meiner Mami hätt' das gefallen, Paulie, die hat mir immer gesagt, ich soll was machen aus meinem Leben, du weißt, was ich meine? Die Medaille hätt' ihr bestimmt gefallen. Und die Briten hätten sich totgeärgert.« Er schwieg eine Zeitlang. Er war sehr bleich geworden. Seine Hände kratzten über den Boden, ich dachte schon, sein letzter Moment sei gekommen, bis ich merkte, daß er nach seinen Zigaretten tastete. Er gab es auf. »Gib mir noch 'n Glimmstengel, Paulie.«

Ich steckte eine für ihn an und mußte mich zurückhalten, nicht selbst einen tiefen Zug zu machen. »Hier.« Ich drückte sie ihm zwischen die Lippen.

Er sog den Rauch ein und nickte zu Gillespies Leiche. »Ich hab' gedacht, das wärst du.« Der Fehler machte Sea-

mus sichtlich zu schaffen. Es war ein Makel auf seinem Blatt. »Der gelbe Mantel hat mich getäuscht.«
»Wie lange hast du auf mich gewartet?« fragte ich.
»Seit vier. Herlihy hat mich von Marty Doyle herfahren lassen.«
»Und wo ist Marty jetzt?«
»Wartet bei den Geschäften oben.« Seamus grinste schwach. »Fährt einen verdammten Blumenlieferwagen. Kannst du dir das vorstellen? Wie damals – als wir versuchten, mit einem verdammten Leichenwagen vor der Guildhall eine Bombe zu plazieren. Der war voll mit Blumen, ehrlich, und Malachy O'Brian hatte Heuschnupfen! Kannst dir das vorstellen? Daß er soviel nießen mußte, daß er nicht fahren konnte? Wir haben die verdammte Aktion aufgeben müssen, ehrlich!« Er lachte schwach. »Das waren noch Zeiten, Paulie.«
»Das waren Zeiten.«
Seamus zog an seiner Zigarette. »Du erinnerst dich an die großen Wohnungen an Rossville Street? Und an William Street? Die werd' ich nie mehr sehen, wie? Und wie hieß noch der Pub an der Ecke von Lecky Street?« Er fragte nach den Wahrzeichen der Stadt Derry, die ich nicht kannte. »Und in der großen Bar an Creggan Road haben wir oft getrunken. Da war's im Winter immer so verdammt kalt. Der Wirt war ein gemeiner Geizhals. Kurze Arme und tiefe Taschen hat er gehabt, und eines Abends hat Big John MacAnally gesagt, er würde Feuer legen, und hat mit verdammten Zeitungen Feuer gemacht, auf dem verdammten Fußboden. Das war ein verrückter Hund. Sie haben ihn erschossen. Ehrlich.«
»Die Briten?«
Er schüttelte den Kopf. »Unsere Leute. Big John war ein Risiko. Verrückt wie ein Priester ohne Frauen und Whiskey. Ehrlich. Hast du Hochwürden Bady gekannt?«
»Nein.«

»Der hat mir prophezeit, es würde ein schlimmes Ende nehmen.« Er atmete schwer. »Kannst mir jetzt einen Priester holen, Paulie?«

»Nein, Seamus, kann ich nicht.« Denn was hier in dieser Nacht geschehen war, mußte verborgen bleiben, begraben, so wie Roisin begraben worden war, und das hieß: ohne Priester und Rettungswagen und Polizei. Das war ein Gesetz der Geheimwelt, das Seamus kannte.

Er nickte zum Zeichen des Einverständnisses. »Auf welcher Seite stehst du, Paulie?«

»Auf deiner, Seamus.«

»Du bist kein verdammter Brite, ja?«

»Nein.«

»Roisin hat gemeint, du hättest den wilden John Macroon verpfiffen.«

»Wenn ich's nur getan hätte.« John Macroon war der Junge, mit dem Roisin geschlafen hatte, bevor wir uns trennten. »Ich hab's aber nicht getan. War auch nicht nötig. Es war immer klar, daß der sich selbst ans Messer liefern würde.«

»Das ist wohl wahr.« Seamus zog an der Zigarette. »Sie war ein schrecklich stures Mädchen. Ehrlich.«

»Ich weiß.«

»Wie hieß doch die Platte, die sie immer gespielt hat? Die über Sandy Row und die Pennies?«

»Van Morrison«, sagte ich. Während meiner Zeit in Belfast hatte man fast den Eindruck, daß Van Morrisons Album *Astral Weeks* in Belfast Programmmusik war, überall war es gespielt worden, die Musik sickerte durch die Wände. Traurige Lieder für verletzte Völkerstämme.

»Sie hat eine Stinkwut auf mich gehabt«, sagte Seamus betrübt.

»Weil du mit ihr nicht ins Bett wolltest?«

»Ja.« Er sah mich an, erstaunt, daß ich es gewußt hatte. »Ich hätt's tun sollen, meinst du?«

»Wahrscheinlich.«
»Aber sie hat mich trotzdem nicht verraten«, sagte er. »Das haben die Briten nur gesagt, um uns auf die Palme zu bringen.« Der Trick der Briten irritierte ihn offenbar noch immer. Er schwieg wieder. Von seiner Zigarette fielen ihm zwei Zentimeter Asche auf den Pullover. »Sie ist also erschossen worden?« fragte er.
»Ja«, sagte ich. Das Thema war nicht zu umgehen.
»In diesem arabischen Lager?«
»Ja.«
Seamus' blasser, wissender Blick ruhte auf mir. »Du hast's getan. Stimmt's?«
»Ich, Seamus?« Ich hätte mich aus Buße aber noch so kasteien können, es hätte nie überzeugend geklungen. »*Ich,* Seamus?«
»Du bist's gewesen«, sagte er, »du hast sie erschossen.«
Ich zögerte. Ich war mir nicht einmal sicher, ob ich einem Menschen an der Schwelle zur Ewigkeit trauen konnte. Dann habe ich doch genickt. »Ja. Aber sie hat nicht gewußt, daß ich es war. Ich hatte den Kopf verhüllt, weißt du, und dann haben sie mir einfach die Waffe in die Hand gedrückt.«
»Und du hast sie dann gleich erschossen?«
»Mit einem Schuß. Durch den Kopf.« Ich fragte mich, wieso Seamus das gewußt hatte, und kam zu der Überzeugung, daß es mir ins Gesicht geschrieben stand, damit es alle Verdammten lesen könnten, und fragte mich auch, wie ich je auf ein Glück an Kathleens Seite hatte hoffen können nach dem, was ich ihrer Schwester an dem gelben Hang im Libanon angetan hatte.
»Du armes Schwein, Paulie«, sagte Seamus. Er wurde auf einmal steif. Sein Rücken krümmte sich unter einem Anfall plötzlicher Schmerzen. »Lieber Gott«, klagte er.
»Tut es weh?«
»Verdammt weh.« Er weinte. »Lieber Gott«, sagte er noch

einmal, und auch die zweite Zigarette fiel ihm aus dem Mund. Ich hörte sein Murmeln. Ich glaubte, ihn das Ave Maria sagen zu hören, konnte das Gebet aber nicht mehr entschlüsseln, weil sein Gemurmel zusammenhanglos wurde. Ich rettete die Zigarette aus seinem Ärmelaufschlag und trat sie aus. Ich hielt ihn für tot, da machte er, ganz unerwartet, die Augen auf und sagte mit erschreckender Klarheit. »Es ist schwer, jemand zu töten, den man kennt.«
»Da hast du recht. Ja.«
»Aber man hat keine Wahl, meinst du?«
»Nein, man hat keine Wahl.« Hätte ich Roisin nicht erschossen, wäre ich erschossen worden. Aber wurde die Tat dadurch vertretbar?
Seamus war still geworden. Ich rückte von ihm ab, doch er machte eine Handbewegung, daß er meine Nähe brauche. »Sag mir, daß alles in Ordnung geht, Paulie.«
»Wird es«, sagte ich.
»Sag's mir.« Wieder diese Handbewegung.
Ich hielt seine Hand, damit ihm der Trost menschlichen Kontakts zuteil wurde. Er hatte im Leben so wenig Liebe erlebt; sein Talent des Zorns war von minderen Menschen benutzt worden.
»Sag's mir«, bat er noch einmal.
»Irland wird eins werden«, sagte ich ihm, »einig unter Gott, regiert von Dublin, und es wird keine Trennungen mehr geben, keine Tränen, kein Morden.«
»O Gott, ja«, hauchte er, versuchte, wieder zu sprechen, doch seine Zunge schien hinten im Mund zu kleben. Seine Willenskraft gewann noch einmal die Oberhand. Im Angesicht des Todes sprach er einen Vers. »Das Leben wächst aus dem Tod«, sagte er. Weiter kam er nicht. Ich wartete und wartete. Er brachte kein Wort mehr heraus. Ich bin ganz nah an ihn herangerückt, um mein Gesicht an sein Gesicht zu halten. Er atmete nicht mehr. Da habe

ich ihm die Augen zugedrückt mit meiner rechten Hand und den Vers für ihn zu Ende gesprochen. »Und aus den Gräbern von Männern und Frauen, die ihr Land lieben, werden lebendige Völker erstehen.«
Seamus Geoghegan, der strahlende Junge aus Derry, war tot.

Mein Haus war das reinste Schlachtfeld. Es barg die Leichen von zwei CIA-Agenten und einem IRA-Killer. Falls davon die Zeitungen Wind bekämen, würde es nie mehr Ruhe geben. Worauf es jetzt ankam, war ein gründliches Reinemachen.

Ich holte Callaghans Automatik, das Geld und den Paß aus dem Versteck im Dachbalken und verschwand durch die Küchentür. Ich stieg in den Kleinlaster. Der Motor sprang sofort an. Ich legte den Gang ein, warf das Steuer herum und gab Gas. Als ich auf dem Feldweg die Scheinwerfer einschaltete, schreckte ein Kaninchen auf.

An der Straße bog ich nach links. Ich konnte auf dem Parkplatz des leeren Einkaufsgeländes den weißen Lieferwagen erkennen. Das Hauptgeschäft dort verkaufte in der Saison billige Strandutensilien: aufblasbare Delphine, Plastikeimer und Sonnenschirme. Nebenan war ein Kiosk, wo man früher prima Eiskrem bekam, jetzt aber für gefrorenen Joghurt Reklame machte; dort hielt ich an. Die Scheinwerfer fielen auf den Firmennamen am Lieferwagen: »Shamrock Flower Shoppe. Blumen für alle Familienangelegenheiten. Hochzeiten sind unsere Spezialität.«

Ich schaltete das Licht aus, ließ den Motor laufen und rannte zum weißen Lieferwagen.

Ich klopfte an der Tür am Fahrersitz und schreckte Marty auf, der offenbar tief geschlafen hatte. Er schloß auf. »Bist du's, Seamus? Gott, ich muß eingedöst sein.«

Ich riß die Tür auf und zerrte Marty vom Sitz herunter. Er heulte vor Angst, als ich ihn draußen auf die dunkle Seite des Wagens schubste. Er schrie, als ich ihn auf den Kies warf, ihm das Knie in den Bauch drückte und die Pistole an die Kehle hielt. »Sprich schnell ein Gebet, Marty.«

»O Gott! Bist du's, Paulie?«

»Nein, ich bin Kardinal Bernard Law, du Idiot! So bringen wir heute Menschen zum Glauben. Für wen hältst du mich denn?«

»Wo ist Seamus?«

»Er ist tot, Marty.«

»Heilige Muttergottes.« Er versuchte sich zu bekreuzigen.

»Nun hör mal gut zu, du Scheißer.« Ich preßte ihm die kalte Pistolenmündung gegen den Adamsapfel. »Du machst jetzt keine Sperenzchen, sonst kriegt deine Frau nämlich deine Lebensversicherung ausbezahlt und zieht nach Florida in eine hübsche Siedlung, wo du nur noch als gerahmtes Foto auf dem Fernseher existieren wirst. Möchtest du das, Marty?«

»Nein, Paulie. Nein! Ich tu' alles, was du willst.«

»Dann zurück mit dir in den Lieferwagen.«

Ich zerrte ihn hoch, trieb ihn vor mir her und schob ihn durch die Tür in den Lieferwagen nach hinten, unter die Blumenkartons, die mit grünem Draht aneinandergebunden waren. Mit diesem Draht fesselte ich Marty nun an Händen und Füßen. Ich knebelte ihn mit einem Stück Stoff, das ich ihm aus seinem Sweater riß, und suchte in seinen Taschen, bis ich Kleingeld fand. »Du wartest jetzt hier, Marty. Und mach keinen Mucks. Sonst werd' ich dich als Zielscheibe benutzen.«

Neben dem Joghurtkiosk befand sich ein Telefon. Ich zog eine Visitenkarte aus der Tasche und wählte: Es war eine 800-Nummer, kostenlos. Danach brauchte ich Martys Münzen, um Johnny anzurufen, der aus der Haut fuhr, weil er aus dem Schlaf gerissen wurde, sich aber rasch beruhigte, als ich ihm erklärte, was ich brauchte. »Ich treff' dich beim Dingi«, sagte er. »In einer halben Stunde. Okay?«

»Tut mir leid, Johnny«, sagte ich.

»Wer will schon schlafen?«

Ich ging zum Lieferwagen zurück. Marty murmelte in seinen Knebel hinein. Ich befahl ihm, den Mund zu halten, schlug die Tür hinten wieder zu und lief zu meinem Kleinlastwagen. Ich fuhr auf der Route 28 nach Süden. Als ich bei Stage Harbor ankam, begann es zu schneien. Ich parkte bei einem Schuppen, stellte den Motor ab und wartete. Zehn Minuten später kam Johnny. Ich folgte ihm zu der Stelle, wo sein Dingi angebunden war. »Gib mir die Schlüssel fürs Schiff«, sagte ich.

»Laß nur, Paulie. Ich komme mit dir.«

Ich widersprach ihm nicht. In dieser Nacht war alles schiefgegangen. Ich brauchte Hilfe. Und so ruderten wir zu Johnnys Trawler heraus, der *Julie-Anne,* ließen den Motor an und fuhren hinaus.

Wir tuckerten westwärts. Die blinkenden Lichter der Bojen führten uns in der glasig-feuchten Dunkelheit durch die seichten Gewässer des Nantucket Sound. Der starke Dieselmotor pochte beruhigend vor sich hin. Im Steuerhaus war es warm. Johnny steuerte einhändig; in der anderen Hand hielt er einen Becher Kaffee. »Also, worum geht's?«

Ich gab keine Antwort. Ich stierte einfach nur durch das Glühen der Navigationslichter der *Julie-Anne* und kam nicht davon los, wie viele Menschen gestorben waren. Liam, Gerry, Gillespie, Callaghan, Seamus. Und das war vermutlich nur der Anfang.

»Sag mir wenigstens, auf welcher Seite ich stehe.« Johnny war hartnäckig.

»Auf der Seite der Engel. Aber die Nähe meines Hauses solltest du vorläufig meiden.«

»Es hat nichts mit Drogen zu tun?« fragte Johnny.

»Ich schwöre bei Gott, Johnny: Mit Drogen hat es nichts zu tun. Jemand wollte mich strafen, weil ich das Gold an mich genommen hatte.«

»Du hast mir aber doch gesagt, die IRA hätte ihr Gold wieder.«
»Sie wollten mich wahrscheinlich umlegen als Warnung für andere, die in Versuchung kommen könnten. Bleib meinem Haus fern, Johnny.«
Wir fuhren schweigend weiter. Der Regen klatschte aufs Deck und spuckte am Schein der roten und grünen Lampen vorbei. Im Steuerhaus leuchtete die Scheibe des Fischsuchgeräts. Drei Stunden nach Verlassen von Stage Harbor sah ich die Lichter eines kleinen Flugzeugs aus den Wolken fallen und auf Martha's Vineyard zusinken. Johnny stellte den Radar ein; auf dem grünen Bildschirm zeichneten sich die vertrauten Umrisse von Cape Poge ab. Als wir an Chappaquiddick Point vorbeiglitten, sahen wir im Osten am Horizont die ersten Zeichen der Dämmerung. Das Wasser war eben und schimmerte, war pockig vom Regen und von dünnem Nebel überhangen, der die Lichter von Edgartown umflorte, als Johnny den riesigen Trawler sorglos geschickt dem Pier näher brachte. »Man wird mir sicher hundert Dollar abknöpfen, nur weil ich einen Menschen an Land setze, der ihre kostbare Luft atmet. Soll ich auf dich warten?«
»Nein. Aber Dank dir trotzdem.«
»Paß auf dich auf, Paulie.«
»Darin hab' ich's nicht weit gebracht. Aber ich will mir Mühe geben.«
Ich sprang an Land und wanderte in die Stadt. Ich hielt Ausschau nach einem großen Haus, in dessen Vorhof ein *Nautor Swan* namens *Nancy* auf Kufen abgestellt war. Ich kam, um van Strykers Hilfe zu beanspruchen, weil alles danebengegangen war.

»Shanahan.« Simon van Stryker öffnete mir die Tür, verzog angesichts des Wetters das Gesicht und ging mir voraus ins Haus. Er trug einen Aran-Sweater, Corduroy-

Hosen und gefütterte Seestiefel, sah jedoch jeden Zoll so distinguiert aus wie bei unserer letzten Begegnung, als er für ein Diner im Weißen Haus herausgeputzt war. »Ich habe ein Team zu Ihrem Haus geschickt.« Die Nummer 800, die ich gewählt hatte, war die Nummer auf der Visitenkarte, die van Stryker mir in den Poconobergen mitgegeben hatte. Auf den Anruf hatte sich ein junger Mann gemeldet und meiner Beschreibung der drei Leichen und meinem verzweifelten Hilferuf ruhig und gefaßt zugehört. Ich war in der Leitung geblieben, während er bei van Stryker anrief, der mir wiederum bestellt hatte, ihn in seiner Sommerresidenz zu treffen, wo er jetzt einen kleinen Schrank öffnete, in dem ein Regal mit Flaschen sichtbar wurde. »Laphroaig?«
»Ja, bitte.«
Er nahm das Siegel von einer neuen Flasche Whiskey ab, schenkte großzügig ein und stellte Glas und Flasche neben mir ab. »Dann erzählen Sie mir den Hergang mal ganz genau.« Ich berichtete ihm von den Vorfällen der Nacht: wie ich nach Hause gekommen war, wie Gillespie und Callaghan gestorben waren, wie Seamus verblutet war. Während meines Berichts leerte van Stryker den Inhalt einer Segeltasche auf die Arbeitsfläche der Küche. Er hatte Eier, Schinken, Käse, Milch und Tomaten mitgebracht. »Nancy meinte, wir könnten Hunger bekommen«, erklärte er, »und es sieht ganz so aus, als ob es eine lange Unterhaltung würde. Fahren Sie fort.«
»Da gibt es nicht mehr viel zu erzählen«, schloß ich müde. »Ich habe die Leichen dort liegengelassen und um Hilfe gerufen.«
Er fand eine Schüssel und einen Schneebesen. »Das war klug von Ihnen, Paul.« Er schlug die Eier hinein, während ich durch die Fenster über den regennassen Hafen auf das niedrige öde Heideland von Chappaquiddick blickte. Über den wolkigen Himmel kroch die Dämmerung, in

der das Wasser im Hafen aussah wie das stumpfe Metall einer Waffe. »Erklären Sie mir bitte«, befahl van Stryker, »worum es Ihrer Meinung nach wirklich geht.«

»Es geht um Stinger-Raketen«, sagte ich mit Bestimmtheit. »Um Männer, die irgendwo hinter dem Ende der Startpisten lauern. Um Männer, die in den Wäldern am Dulles-Flughafen in Washington im Versteck liegen oder auf Schiffen in Jamaica Bay in der Nähe der Pisten des JFK-Flughafens. Männer in Lieferwagen in der Nähe vom Logan-Flughafen bei Boston oder in Lagerhäusern in der Nähe des internationalen Flughafens von Miami. Es geht um Linienmaschinen. Il Hayaween würde gern Jumbo-Jets abknallen. Er will, daß im Hafen von Boston Leichen treiben, daß auf den Interstates und den Anfahrten bei einem Dutzend Flughäfen Tote liegen. Er will einen Tag der Rache, er sucht einen Tag des Abschlachtens, einen Tag, da Amerika zahlen muß für die Demütigung Saddam Husseins.«

»Sie glauben nicht, daß die Stinger für Irland bestimmt waren?«

»Ein paar schon. Aber nur ganz wenige, als Belohnung der IRA für das Übernehmen des Kaufakts. Den Palästinensern wäre es ja unmöglich gewesen, dazu nach Amerika zu kommen. Also ist Flynn für sie eingesprungen.«

»Und das Geld auf der *Rebel Lady*«, fragte van Stryker, »war der Kaufpreis für die Stinger-Raketen?«

Ich errötete leicht, nickte dann aber. »Ja.«

»Warum haben Sie uns nichts von der *Rebel Lady* erzählt?«

»Weil ich das Geld stehlen wollte. Das Geld war meine Altersversorgung, meine Krankenversicherung, mein künftiges Einkommen – alles zusammen, eine Pauschalsumme aus Arabien.« Ich brach ab, nippte an seinem exzellenten Whiskey und sah van Stryker offen an, in das schmale, kluge Gesicht. »Wie sind Sie auf die *Rebel Lady* gekommen?«

»Das hat Gillespie herausgefunden.«

»Wie denn?«

Er rührte die Eier. »Durch Abhören natürlich. Durch das gute, altmodische, illegale Abhören.« Van Stryker lächelte mir zu.

»O mein Gott. Natürlich. Sie hatten in meinem Haus schon Abhörvorrichtungen eingebaut, bevor ich Europa verließ?« Mir wurde plötzlich klar, daß van Stryker die Vorsichtsmaßnahme ergriffen haben mußte. Das hieß: Die versteckten Mikrofone hatten jedes Wort aufgenommen, als ich Johnny Riordan beim ersten Gespräch bat, die *Rebel Lady* in Empfang zu nehmen.

»Nein«, sagte van Stryker.

»Nein?«

»Ihr Haus steckt bestimmt voller Wanzen. Ich vermute, daß das Erdgeschoß von Mikrofonen abgedeckt wird und daß im Obergeschoß ein Tonband verborgen ist, das sich automatisch bei Stimmenklang einschaltet. Das ist ihre übliche Praxis, wenn sie Zutritt zu einem Haus gefunden haben.«

»Was heißt ›sie‹?«

»Wir bevorzugen zum Übertragen des abgehörten Signals das Telefon«, meine Frage ignorierte er, »aber wenn man nicht legal operiert, ist das schwierig. Deshalb nehme ich an, daß Ihre Mithörer ein Tonbandgerät benutzten. Was natürlich auch bedeutet, daß sie Zutritt zu Ihrem Haus gehabt haben müssen, um die Tonbänder abzuholen.«

»Sarah Sing Tennyson«, sagte ich und kam mir vor, wie sich ein Blinder vorkommen muß, der zum erstenmal sieht, oder, treffender, wie ein Idiot, der zu Verstand kommt. »O mein Gott!«

»Ganz meiner Meinung. Sie heißt übrigens nicht Tennyson. Sie heißt Ko. Sally Ko. Ihr Vater ist ein Hongkongchinese; ihre Mutter stammt aus London. Miss Ko gehört dem britischen Geheimdienst an. Die Briten behaupten natürlich, sie sei ein Kulturattaché. Aber das behaupten

heutzutage alle Spione. Eine harmlose Konvention. Wir tun's auch.«
»O mein Gott«, sagte ich, »heilige Muttergottes« und dachte: Was war ich doch für ein Volltrottel, ein kompletter gottverdammter Dummkopf gewesen. »Sie war gar nicht hinter mir her«, sagte ich, »sondern hinter Patrick und seinen Freunden?«
»Ihrem Schwager? Ja. Er hat das Haus, wie ich erfahren habe, manchmal dazu benutzt, um heimliche Waffenlieferungen auszuhecken, die dann von den Briten dankbar abgefangen worden sind. Gillespie hat das alles nur herausbekommen, als seine Leute ihre eigenen Abhörgeräte installieren wollten und an Ort und Stelle die britischen Mikrofone entdeckten.«
Mein Gott, was war ich für ein Idiot gewesen! Aus welchem Grund hätte ein Mieter sonst wohl auf eigene Kosten Telefon und Stromleitungen legen lassen? Die Telefonanlage maskierte wahrscheinlich die Grundabhöranlage; der Strom speiste das versteckte Tonbandgerät; und jedesmal, wenn mein bekloppter Schwager eine weitere Waffenlieferung nach Irland annonciert hatte, hatte der britische Geheimdienst munter mitgehört. Und dann müssen sie mitgehört haben, wie ich mich mit Johnny über eine Schiffsladung Gold unterhielt; ihre routinemäßige Geheimdienstoperation wurde auf einmal ein großer Triumph. Und was für ein Triumph das für die gottverdammten Briten gewesen sein muß! Fünf Millionen Dollar und dreiundfünfzig Stinger unschädlich gemacht! Und das zum Preis von ein paar versteckten Mikrofonen und einem bei Stimmen selbsttätigen Tonbandgerät! »Die Schufte!« schimpfte ich. »Diese Schufte!«
Van Stryker nahm zwei Teller aus einem Wandschrank. »Und wie klug von ihnen, das Haus des Abgeordneten O'Shaughnessy zu benutzen!« Er lachte. »Das war ein smarter Schachzug. Dazu werde ich sie beglückwünschen.«

»Smart! Ich hatte Angst, sie würden mich umbringen!«
»Vor so drastischem Vorgehen hatte Gillespie sie bestimmt gewarnt.«
Und selbstverständlich war es Gillespie gewesen, der mich den Briten als Köder vorgeworfen hatte. Sie hatten mich gleich am ersten Morgen nach meiner Heimkehr erwischt. Wie hätten sie überhaupt wissen können, daß ich dasein würde, wenn Gillespie sie nicht informiert hätte? Und das würde auch erklären, warum das FBI Sergeant Nicholson empfohlen hatte, sich keine Sorgen zu machen, als Kathleen Donovan wegen meiner Entführung ganz nervös bei ihm angerufen hatte – weil Gillespie von Anfang an wußte, wer meine Entführer waren und warum sie was mit mir vorhatten. »Die Schufte!« schimpfte ich erneut. War ich gedemütigt worden! Und mir kam in den Sinn, wieviel Informationen über Belfast ich meinem irischen Verhörer gegenüber ausgeplaudert hatte. Wer war er? Ein Protestant aus Ulster? Ich sah van Stryker an. »Nicht wahr – *Sie* haben sie auf mich angesetzt?«
»Gillespie war der Meinung, Sie hätten sich ihm gegenüber bei der Einsatzbesprechung nicht ganz aufrichtig verhalten«, räumte van Stryker ein. »Und außerdem ergab Ihre Geschichte von den Stinger-Raketen einfach keinen Sinn, Paul. Ich hätte Sie noch ganz anders in die Mangel nehmen können, aber wir waren uns sicher, daß es so viel schneller ginge. Was sich ja auch bestätigt hat. Was Sie über die Stinger ausgesagt haben, traf immer zu. Sie hatten nur nicht daran gedacht, uns davon in Kenntnis zu setzen, daß Sie il Hayaween einen Strich durch die Rechnung gemacht hatten, indem Sie sein Geld stahlen.«
»Aber die Briten!« wandte ich verbittert ein.
»Besser die Briten als die Libyer oder Flynns Leute.« Van Stryker war ungerührt. »Haben sie Ihnen übel mitgespielt?«
»Wie bei einer Wurzelbehandlung ohne Betäubung.«

»Das tut mir wirklich leid. Ich darf aber kein Risiko eingehen, wenn ich es mit jemandem wie il Hayaween zu tun habe. Ich mußte herausbekommen, was Sie uns verschwiegen, und ich habe es herausbekommen: Sie haben uns eine Million Dollar verschwiegen.«
»Miss Ko hat Ihnen das erzählt?«
»Sie hat uns das nicht nur erzählt. Sie hat die Million sogar mit uns geteilt, oder genauer gesagt: Wir haben ihr erlaubt, die Hälfte zu behalten. Dank Ihnen, Paul, ist der Geheimdienst Ihrer britischen Majestät nun um eine halbe Million Dollar reicher.«
»Nein!« sagte ich und genoß es, ihn aus der Fassung zu bringen. »Um viereinhalb Millionen Dollar ist er reicher! Miss Ko hat Sie belogen. In dem Schiff waren fünf Millionen Dollar versteckt, van Stryker – in Form von Goldmünzen. Ihre verdammten Verbündeten haben Sie hereingelegt!«
»Fünf?« Er reagierte überrascht. Schockiert. Fassungslos.
»Fünf!«
»Fünf Millionen« sagte ich, »in Form von Krüger-Rand- und kanadischen Goldmünzen. Eintausend Pfund Bruttogewicht in Feingold. Ich weiß es genau! Ich selber habe die Münzen ins Schiff eingeglast. Das Schiff war ein schwerer Kahn, bevor das Gold in ihr lagerte. Danach segelte sie wie eine hochschwangere Sau. Fünf Millionen. Die Briten haben Sie betrogen.«
»Ach du lieber Gott!« sagte er und wandte sich ab, um sich auf das Omelett zu konzentrieren. Er dachte eigentlich weder an die Eier noch an die Killer, sondern an das Geld. Er addierte es zu der Gleichung hinzu und überlegte. Ihm ging es darum, hinter die Gedanken seines Gegners zu kommen. »Sind fünf Millionen für dreiundfünfzig Stinger nicht ein bißchen viel?« fragte er eine Weile später; und dann, voller Argwohn: »Selbst, wenn die Raketen tatsächlich existieren?«

»Ich habe mit meinen eigenen Augen eine gesehen.«
»Nur eine?« Van Stryker reduzierte die Hitze unter der Eierpfanne; dieses Problem war ihm offenbar wichtiger als unser Hunger. »Diese eine Stinger gefällt mir absolut nicht. Das Ganze klingt einfach zu glatt. Erzählen Sie mal *alles,* Paul. Aber diesmal die reine Wahrheit.«
Da habe ich ihm die Wahrheit erzählt, und die ganze Wahrheit. Ich berichtete von Brendan Flynn, Michael Herlihy, Shafiq, il Hayaween, Liam, Gerry, der *Rebel Lady,* Sarah Sing Tennyson, von meinen britischen Verhörern, von dem Gold und von Seamus Geoghegan. Ich schilderte meine Mordtat auf dem Mittelmeer. Ich erzählte von Teodor. Ich enthüllte alles. Van Stryker hörte schweigend zu und sprach auch kein Wort, als ich nichts mehr zu sagen hatte. Er starrte mich bloß an, nachdenklich, als uns plötzlich das Läuten des Telefons aufschreckte. Van Stryker antwortete, sprach kurz, leise, legte auf. »Ihr Haus ist gesichert. Meine Leute sind eingetroffen.«
»Was werden Sie mit den Leichen machen?«
»Gillespie und Callaghan werden wir ganz weit wegschaffen und einen Autounfall vortäuschen.«
»Und Seamus?«
»Der wird verschwinden.«
»Einfach so?«
»Einfach so.« Van Stryker kippte die Omelettes auf die Teller. »Ich nehme an, daß man für sein Verschwinden die Briten verantwortlich machen wird.« Er stellte ein Omelette vor mich hin. Ich aß, als ob ich wochenlang nicht gegessen hätte. Van Stryker leerte seinen Teller genießerischer und säuberte die Pfanne anschließend mit einem Papiertuch, bevor er sie in ein Regal stellte. »Wenn Sie mir doch bloß gleich von den fünf Millionen Dollar berichtet hätten, Paul!« Es war keine Kritik. Van Stryker begriff menschliche Habgier zu gut, denke ich, um mir einen Vorwurf zu machen. Er war ans Fenster getreten und

schaute zu einem Fischkutter hinüber, der aufs Meer zutuckerte und in dessen Kielwasser sich ein hochrotes Licht mit den Wellen streifenförmig ausbreitete. »Die Summe ist schlicht zu hoch!« protestierte van Stryker. »Ich bin auch nicht überzeugt, daß die Stinger-Raketen in der Nähe von amerikanischen Flughäfen abgeschossen werden sollen. Das wäre viel zu kompliziert. Überlegen Sie doch mal: Woher könnte il Hayaween sich denn die Männer zum Abschießen der Dinger holen? Und wieso Gold? Warum nicht mit einer einfachen Banküberweisung?«

Ich dachte nach. »Vielleicht hat Herlihy Gold verlangt?«

»Und warum zwei Knilche zu Ihrer Überwachung? Warum nicht zwei ihrer besten Leute? Waren Liam und Gerry etwa die Besten, die die Provos auftreiben konnten?«

»Aber nein.«

»Also. Warum gerade die zwei? Und wieso Sie hineinziehen? Und warum Stinger-Raketen?« Bei der letzten Frage drehte er sich nach mir um und wiederholte sie so nachdrücklich, als ob die Wahl dieser Waffen den Schlüssel zum Verständnis der ganzen Angelegenheit liefern könnte: »Und warum *Stinger*-Raketen?«

»Weil sie die besten sind.«

»Man benötigt aber nicht die besten, um Linienmaschinen aus der Luft zu holen. Linienmaschinen sind schwerfällige Riesenzielscheiben, die ohne Abwehrwaffen an Bord am Himmel langziehen. Sie haben nicht die Manövrierfähigkeit eines zur Unterstützung von Bodentruppen konzipierten Hubschraubers oder die Schnelligkeit tieffliegender Jagdbomber. Eine Bastelrakete wie der Rote Stern würde völlig ausreichen, um eine Boeing 747 vom Himmel zu holen, und die Palästinenser müssen Hunderte von Raketen des Typs haben! Warum also Stinger? Und warum Sie?«

Er hatte mich jetzt völlig durcheinandergebracht. »Was wollen Sie damit sagen: warum ich?«

»Wozu hat man Sie gebraucht?«

»Um das Schiff über den Atlantik zu bringen«, ich sagte es so, als wäre das für den einfachsten Kopf verständlich, »natürlich.«

Van Stryker schüttelte den Kopf. »Nein!« widersprach er heftig. »Nein! Warum sollten Sie ein Schiff nach Amerika bringen, ein Schiff mit fünf Millionen Dollar in Gold, die sie nicht brauchen, um dreiundfünfzig Stinger zu kaufen, die sie nicht brauchen und die es wahrscheinlich nie gegeben hat? Um Himmels willen, Paul! Das FBI hat wochenlang nach diesen Raketen gesucht, und es gibt nicht einmal ein Gerücht zur Bestätigung ihrer Existenz. Schlagen Sie sich also diese Raketen aus dem Kopf. Fragen Sie sich mal, warum man *Sie* wollte.«

»Um das Schiff herüberzubringen«, wiederholte ich, jetzt allerdings in anderem Ton – einem Ton langsam dämmernder Erkenntnis.

»Weil in dem Schiff etwas versteckt ist«, fuhr van Stryker fort. »Ihnen hat man eine Stinger gezeigt, und man hat Ihnen Geld gezeigt, weil man wußte, daß Sie ihnen die Geschichte abkaufen würden. Schließlich wußte niemand so gut wie Sie, mit welcher Gier die IRA seit Jahren nach Stinger-Raketen lechzt. Nur geht es hier überhaupt nicht um Stinger-Raketen, Paul. Diese Sache hat sich nie um Stinger gedreht. Es geht nur um das Schiff!«

»O Gott«, sagte ich. »Wo ist das Schiff?«

Er zuckte die Schultern. »Die verdammten Briten haben uns erklärt, es sei leer. Wir haben ihnen geglaubt.«

»O mein Gott«, sagte ich noch mal. »Ich habe ihm das Schiff zurückgegeben!«

»Wem zurückgegeben?«

»Herlihy.«

»Und der ist untergetaucht«, sagte van Stryker. »Also, was befindet sich in dem Schiff? Was ist da unter dem Mantel des Goldes versteckt worden?«

»Ich weiß es nicht. Ich weiß es doch auch nicht.« Was immer es jedoch sein mochte – sie hatten es von mir wieder zurückbekommen. »O mein Gott«, stöhnte ich, »O Gott!«, weil die Sache noch lange nicht ausgestanden war.
»Wir werden das Schiff finden.« Van Stryker griff nach dem Telefon. »Wir werden die ganze verdammte Küste absuchen. Wir werden es finden. Beschreiben Sie es mir noch einmal?«
»Suchen Sie zuerst Herlihy«, riet ich ihm. »Er weiß, wo die *Rebel Lady* versteckt worden ist.«
»Ich habe Ihnen doch gesagt: Herlihy ist verschwunden.«
»Ich kann ihn finden.«
»Wirklich?«
Ich mußte ihn aufspüren. Saddam Hussein hatte Amerika ein Geschenk gemacht; ich hatte es verloren; ich mußte es auch wiederfinden.

Herlihy war noch immer nicht zu Hause. FBI-Agenten brachen in seine Wohnung ein. Dort war er nicht. In seinem Büro war er auch nicht. Er war weder im »Gemeindehaus« noch im hinteren Zimmer von Tully's Tavern. Er war untergetaucht.
»Dieses Geld hat nie eine Rolle gespielt!« schrie van Stryker. »Das Gold war der Glanz, um Sie zu blenden! Um die Wahrheit zu verdecken! Deshalb hat Herlihy Geoghegan mit dem Auftrag geschickt, Sie zu töten – um diese Wahrheit zu schützen. Das Schiff hatte er wieder in der Hand. Es gab für ihn nur noch eine Gefahr: daß Sie Geschichten erzählten. Ist er das?« Er deutete nach unten.
Er schrie so laut, weil wir in einem Helikopter der Küstenwacht saßen, der auf van Strykers Befehl nach Martha's Vineyard entsandt worden war. Wir waren schnell und niedrig über die wintrigen Gewässer des Nantucket Sound weggeflogen und schwebten über dem Shopping-Gelände, wo ich Marty Doyle zurückgelassen hatte.

»Das ist er!« Der Shamrock-Flower-Shoppe-Lieferwagen kam in Sicht. Mit ein bißchen Glück wäre Marty noch nicht von einem neugierigen Polizisten entdeckt und freigelassen worden. Falls jemand wüßte, wo Herlihy sich aufhielt, dann Marty Doyle, sagte ich mir.

»Runter!« Van Stryker machte eine Geste zum Chef der Besatzung, der den Befehl an den Piloten weitergab. Wir befanden uns im Rettungsabteil, einem höhlenartigen Raum aus Metall hinter und unter der Kontrollkabine. Eine Winde und ein Rettungskorb füllten eine Seite der Rettungskammer, wo van Stryker und ich auf einer Metallbank saßen. Der Pilot reichte eine Mitteilung zurück – daß eine bundesstaatliche Verordnung das Landen auf ungenehmigten Stellen außer in Notfällen untersagte.

»Sagen Sie ihm, es handle sich um einen Notfall! Für seine Karriere!«

Der Hubschrauber ging langsam nieder. Vom Dach des Kiosks für gefrorenen Joghurt lösten sich Schindeln. Ein Autofahrer raste von der Straße fast in den Wald, als der riesige Helikopter sich heikel zwischen Strom- und Telefonleitungen durchfädelte, um dann in einem Staubwirbel auf dem leeren Parkplatz zu landen.

»Los! Schnell!«

Ich rannte zum Blumenwagen, riß die Tür hinten auf und sah vor mir einen total verängstigten, halb erfrorenen Marty Doyle. Ich zerrte ihn heraus und trug ihn wie ein Kind auf den Armen zum pulsierenden Helikopter; Marty war ja an den Knöcheln noch gefesselt, mit dem grünen Draht. Ich warf ihn auf den Metallboden und kletterte nach.

»Aufwärts!« schrie van Stryker.

Beim Steigen bemerkten wir gerade noch das schwache blaue Flackern eines Streifenwagens auf Jagd gen Süden, um zu erkunden, warum ein Helikopter den frostigen Morgen am Cape störte. Die Patrouille kam zu spät. Unser

Helikopter legte sich bereits schräg und schoß auf den offenen Atlantik zu. Wir glitten über mein Haus hinweg, weiter über die vereisten Tümpel des Marschlands und über die Dünen hin, wo ich mit Kathleen Donovan gesessen hatte, dann befanden wir uns über den tosenden, schäumenden Sturzwellen, die sich unablässig auf dem gefrorenen Sand brachen.

Ich zog Marty den Knebel aus dem Mund. »Tag, Marty.«

»Mir ist furchtbar kalt, Paulie!« Er zitterte. Beide Türen des großen Hubschraubers standen weit offen, und der Morgen war eisig. »Wo fliegen wir hin?« fragte er.

»Michael Herlihy zu finden«, sagte ich. »Wo ist er?«

»Das weiß ich nicht, Paul. Ehrlich!«

Ich lächelte ihm zu und schnitt seine Drahtfesseln durch. »Zieh dir das an, Marty.« Es war Gurtzeug. Den armen Kerl schüttelte es vor Kälte. Es gelang ihm trotzdem, die Arme in das Gurtzeug zu stecken, das ich straff über die Brust spannte. »Also: Wo ist Herlihy?« fragte ich noch mal.

Marty sah mich mit seinem Hundeblick an. »Gott ist mein Zeuge, Paul, beim Grab meiner Mutter, ich schwöre: Ich weiß es nicht.«

Da stieß ich ihn durch die Tür.

Er schrie und schlug mit den Armen um sich. Er zuckte, als die Sicherheitsleine hinten am Gurtzeug faßte. Er hing in der Luft – sieben Meter unter dem Hubschrauber, hundert Meter über den wogenden, grauen Wassern, die zu Gischt gepeitscht wurden vom eisigen Wind, der die Wellen wie wahnsinnig aufwirbelte.

Ich zog ihn in den Bauch des Helikopters zurück. »Du hast mich vorhin wohl nicht verstanden, Marty. Wo ist Herlihy?«

»Im Sommerhaus des Kongreßabgeordneten. O Gott, bitte, nicht noch mal! Um der Liebe Gottes willen, Paulie! Bitte!«

Ich reichte ihm einen Kaffee, von dem er aber das meiste verschüttete, weil der große Rettungshubschrauber seine Rotoren westlich neigte und uns wieder zum Nantucket Sound zurückbrachte – zu den letzten Rätseln um die *Rebel Lady*.

»Ich muß mich an die Regeln halten«, rügte mich van Stryker. »Wenn ich vorher gewußt hätte, daß Sie im Helikopter solchen Stunt abziehen wollten, hätte ich es verhindert. Bei einem Verhör Herlihys müssen die Regeln aber unbedingt eingehalten werden. Wenn wir ihn verhaften wollen, brauchen wir einen Haftbefehl, und wir müssen ihn über seine bürgerlichen Rechte aufklären. Falls er darauf besteht, daß bei dem Gespräch sein Anwalt anwesend ist, müssen wir einen Anwalt hinzuziehen.«
»Ohne Spuren, haben Sie mir erklärt, ohne Kontakte und ohne Fäden – ich bin immer noch ganz allein, van Stryker. Sie haben die Briten auf mich angesetzt, um den Regeln auszuweichen. Setzen Sie jetzt mich auf Herlihy an.« Sein schmales Gesicht verriet die Andeutung eines Lächelns. Er hob eine Hand, wie zum Segnen. »Keine Prellungen, keine Knochenbrüche, keine Schnittwunden im Fleisch, keinerlei Anzeichen von Gewaltanwendung. Können Sie diese Regeln einhalten?«
»Besser als die Briten. Das können Sie mir glauben.«
»Dann los!« Er gab mir mit einer Geste zu verstehen, daß ich aussteigen sollte. Wir waren zum Otis-Militärflughafen an der Innenseite des Cape geflogen und von dort durch den dichten Frühverkehr nach Centerville weitergefahren. Es war nicht einmal neun Uhr, und wir hatten bereits in der Nähe des Hauses von Thomas O'Shaughnessy dem Dritten geparkt.
Ich öffnete die Wagentür. »Gegen elf bin ich wieder da.«
»Es wird länger dauern, die Wahrheit aus einem Menschen herauszuquetschen.«

»Nicht unbedingt.« Ich stieg lächelnd aus.
Der Wind war saukalt. Die Straße strahlte die freudlose Atmosphäre eines verlassenen Ferienorts außerhalb der Saison aus. Bei den Häusern handelte es sich in fast allen Fällen um Ferienresidenzen von Superreichen, die ein »Häuschen« an der Meeresküste brauchten, um der stickigen Sommerhitze in Boston oder New York zu entkommen. Michael Herlihy hatte sich ein ideales Versteck ausgesucht – wer käme denn auf die Idee, daß ausgerechnet ein Kongreßabgeordneter einem Feind der Nation Unterschlupf gewähren würde? So schwachsinnig konnte nicht einmal ein hirnloser Kongreßmann wie Tommy der Trottel sein.
Ich stieß das Tor auf. Das Haus wirkte zugesperrt und leer. Ich ging hinten herum. Das frostüberzogene Gras stöhnte unter meinen Stiefeln. In der Küche war niemand, der Eingang – wie erwartet – abgeschlossen. Hier hatte es, wie ich wußte, eine Alarmanlage gegeben; die Briten hatten sie außer Funktion gesetzt, sie war bestimmt längst repariert – aber vermutlich abgeschaltet, solange sich jemand im Hause aufhielt. In dieser hoffnungsvollen Annahme schlug ich mit meinem durch Ölzeug geschützten Ellenbogen gegen eine Glasscheibe in der Tür. Umsonst. Ich versuchte es noch einmal und tat mir bloß den Ellenbogen weh – sogar durch die dicke Schicht des Ölzeugs. Fenster machen heutzutage Schwierigkeiten.
Unter den Steinen am Bord eines Blumenbeets fand ich einen großen Brocken; mit dem durchschlug ich beide Glaswände. Der Krach war entsetzlich. Trotzdem – kein Alarmsignal, das in die Dämmerung hinausgellte. Ich griff durch das Loch, fand den Türriegel und ließ mich ein. Die Heizung lief. In der Küchenspüle lag ein schmutziger Teller.
Callaghans Waffe hatte ich immer noch bei mir. Ich holte sie aus der tiefen Tasche des Ölzeugs und schlich mich in

den Hauptkorridor. Die Stücke aus dem Keller standen nicht mehr da. Am Fuß der Treppe blieb ich horchend stehen, hörte aber nichts. Im Wohnzimmer war niemand; die Vorhänge der hohen Fenster waren zugezogen. Ich schob mich durch eine weitere angelehnte Tür, in ein riesiges Eßzimmer mit einem Tisch, an dem zwanzig Menschen Platz hatten. In den Regalen eines Mahagonischranks glänzte es silbern. Am anderen Ende des Eßzimmers befand sich wieder eine Tür. Sie stand offen. Ich schob sie noch ein Stück weiter auf. Sie führte in eine mit Ledersesseln möblierte Bibliothek, deren eine Wand mit gerahmten Urkunden von Diplomen und Auszeichnungen überhäuft war – offenbar das Zimmer, in dem Tommy der Dritte sich Bildung vortäuschte. Und hier fand ich Michael Herlihy in festem, tiefem Schlaf.

Ich hielt ihm den Revolverlauf unter die Nase. »Morgen, Michael.«

»Gott! Was! Nein!« Das »Nein« war seine Schmerzreaktion, als ich ihm die Waffe gegen die Oberlippe schlug.

»Stillhalten, Michael!« befahl ich. »Ganz ruhig bleiben!«

»Paul?«

»Sei still, Michael!«

In diesem komfortablen Zimmer hatte er auf Nachricht von Seamus gewartet, eindeutig. Beim Warten im Ruhesessel des Kongreßmanns hatte er aus dem Kristallglas des Kongreßmanns den Whiskey des Kongreßmanns getrungen. Nun, erwacht, befand er sich in einem bösen Traum. Er zitterte.

»Seamus ist tot, Michael.«

»Ich weiß von nichts. Von gar nichts!« Er versuchte, sich aus dem Sessel zu heben. Die Waffe überzeugte ihn, dort zu bleiben, wo er war. Ich tastete seine zerknitterten Sachen ab und entdeckte in einer Tasche eine Automatik. Ich zog sie heraus und steckte sie in meine Tasche. »Du hast Seamus geschickt, damit er mich umbringt.«

»Mach dich nicht lächerlich, Paul.«
»Marty Doyle hat es mir gebeichtet.«
Michael versteifte sich. »Davon weiß ich nichts.«
»Du argumentierst sehr formal, Michael. Wo ist das Schiff?«
»Welches Schiff?«
»*Rebel Lady.*«
»Weiß ich nicht. Der Kongreßmann hat dafür gesorgt, daß sie von seinem Besitz entfernt wird. Warum fragst du ihn nicht selbst? Er ist in Washington.« Er zog ein Telefon zu sich heran. Ich schlug ihm mit dem Pistolenlauf über die knochige Nase. Ihm stockte der Atem.
»Kein Telefonieren, Michael! Wo ist die *Rebel Lady?*«
»Ich habe dir doch gesagt, Paul: Ich weiß es nicht.«
»Dann wollen wir mal sehen, ob du die Wahrheit sagst. Einverstanden?« Ich griff nach unten und riß ihn aus dem Sessel. Er torkelte vorwärts. Ich stellte ihm ein Bein. Er stürzte mit dem Gesicht auf den orientalischen Läufer. Ich rollte sein Gesicht in dem Läufer ein. Er konnte nicht mehr sehen. »Wenn du dich rührst«, sagte ich so laut, daß er es hören mußte, »blas' ich dir dein verdammtes Gehirn aus dem Kopf.«
Die schweren Samtvorhänge des Raums waren von bestickten Seidenkordeln zusammengehalten. Ich schlug die Kordeln los und band Michael die Hände auf dem Rücken. Anschließend zog ich ihn auf die Füße, suchte mir aus der Sammlung am Kamin einen massiven Feuerhaken und trieb Michael aus seiner Höhle ins luxuriöse Eßzimmer. »Du hast dir wirklich ein Versteck mit Komfort ausgesucht, Michael.«
»Ich habe mich nicht versteckt«, protestierte er. »Hier bereite ich die Kampagne für O'Shaughnessys Wiederwahl vor.«
»Verkauf mich nicht für dumm, Michael. Der Kongreßmann wird sowieso immer wiedergewählt. Dafür sorgt

schon das Geld von seinem Papa. Er würde sogar wiedergewählt, wenn er ein pockennarbiger Pavian und der Gegenkandidat der Erzengel Gabriel wäre. Für Tommys Wiederwahl mußt du gar nichts tun, du brauchst ihn nur in Richtung Washington aus dem Haus zu rollen. Nein, Michael, du hast dich versteckt. Deshalb bist du hier. Und nun sag mal – haben die Araber dir noch mehr Geld geschickt?«

»Du wirst solche Anschuldigungen bereuen!«

»Die fünf Millionen – die waren euer Preis, die waren für euch gedacht, nicht wahr? Für dich und Brendan?«

»Ich weiß nicht, wovon du redest. Ich verlange, daß du mich freiläßt! Ich bestehe darauf!« Er hatte sich umgedreht. Er brüllte mir die Worte ins Gesicht.

»Wie wir Nichtjuristen sagen«, ich lächelte ihn ganz süß an, »halt's Maul!« Ich rammte ihn mit dem Feuerhaken, zwang ihn aus dem Korridor in die Küche und durch den beschädigten Küchenausgang über den Ziegelweg zum Bootshaus. Michael trug Anwaltsuniform, seinen blauen Dreiteiler. Im bitterkalten Wind begann er zu zittern. »Bitte?« sagte er.

»Wo ist die *Rebel Lady?*«

»Ich habe keine Ahnung, wo sich das Schiff befindet. Aber können wir uns darüber nicht drinnen unterhalten?«

»Warum nicht? Ist dir's hier drinnen recht, Michael?« Die Tür des Bootshauses war durch eine Haspe mit Vorhängeschloß gesichert, die unter dem Brechen des Feuerhakens nachgab. Ich stieß die Tür mit einem Fußtritt auf, drängte Herlihy hinein und band ihn mit dem freien Ende der Vorhangkordel an einen Pfosten.

»Nein! Bitte!« Er begriff, was ich vorhatte.

»Wo ist die *Rebel Lady?«* fragte ich in sachlichem Ton.

»Ich weiß nicht, wovon du sprichst!«

»Das wissen Sie sehr wohl, Herr Rechtsanwalt. Da bin ich mir ganz sicher.« Ich schritt zur gegenüberliegenden

Wand mit den zwei Kontrollboxen für die Doppelwinde, die die *Quick Colleen* hielt. Ich drückte die grünen Knöpfe. Die Maschinen surrten sanft, als sie das Boot mit dem scharfen Bug in das gefrorene Dock senkten. Unter dem Gewicht des Rumpfes splitterte das Eis. Ich ließ das Schnellboot ins Wasser, mit dem Bug nach innen.
Herlihy versuchte vergeblich auszubrechen. Die Kordel hielt. »Paul! Sei doch vernünftig!«
»Ich bin doch vernünftig. Es ist ein schöner, stiller Tag. Die Wellen sind nicht mal einen Meter hoch. Also – wird das eine Fahrt! Kannst du dich noch erinnern, als wir Teenager waren und ich dich auf eine Bootsfahrt mitnahm?«
»Bitte, Paul!« Er zitterte heftig.
»Wo ist die *Rebel Lady?*«
»Wir haben sie versenkt. Dort hinten!« Er zuckte mit dem Kopf zu den kalten Wassern des Nantucket Sound.
»Wenn ich nur wüßte, warum ich dir nicht glaube! Aber wir werden gleich sehen, ob du die Wahrheit sagst.« Ich trat auf das Vordeck der *Quick Colleen.* Ich löste den vorderen Bugriemen und die Plane des Cockpits. Der Zündschlüssel steckte am Armaturenbrett. Ich warf die Plane aufs Deck, machte die zweite Hebevorrichtung los und drückte die Schalter, die die 200-PS-Motoren ins Wasser kippten. Die Batterien hatten genug Kraft. Die Zwillingsmotoren senkten sich in die eisigen Wellen, die leise gegen das niedrige Heckwerk des Rennboots schwappten. Ich prüfte den großen Tank. Er war voll. Ich spritzte den Anlaßkraftstoff in die Motoren, zog die Chokes und drehte den Schlüssel.
Ein paarmal röchelten die kalten Motoren, dann fing sich einer nach dem anderen und sprang an. Ich drehte auf. Ein ohrenbetäubendes Röhren hallte im Bootshaus wider, bevor ich die Motoren im Leerlauf ließ. Der Eingang des Bootshauses war rauchverschleiert.

»Zeit für einen Spaß«, rief ich fröhlich, als ich zurück aufs Deck kletterte.
»Nein!« Michael krallte sich verzweifelt an den Pfosten. Ich schlug ihm auf die Hände, bis er losließ. Ich schlug ihm gegen die Beine, daß er den Boden unter den Füßen verlor. Ich schleuderte ihn auf die weißen Ledersitze der *Quick Colleen.* »Nein!« schrie er. Sein Gesicht wurde bereits totenbleich. »Bitte, Paul!«
»Wo ist die *Rebell Lady?«*
»Ich hab's doch gesagt: Wir haben sie versenkt.«
»Dann wollen wir sie mal suchen gehen!« Ich legte den Rückwärtsgang ein. Das teure Boot schoß nach hinten. Ich drehte, schaltete auf »vorwärts« und gab Gas. Nach wenigen Metern fuhr der Schiffskörper wie ein Hobel durchs Wasser, und noch vor Spindle Rock splitterte die *Quick Colleen* mit fünfzig Meilen pro Stunde das wintrige Meer. Bei dem Tempo war schon die kleinste Welle ein Hammer, der den rasenden, leichten Rumpf erschütterte. Sie krachte über die grauen Wasser. Sie erbebte. Sie stampfte wie ein Tier. Sie zog einen Kamm von hohem weißem Wasser aus ihren Doppelhähnen hinter sich, das im frühen Sonnenlicht glitzerte.
»Ist das ein Spaß!« Ich warf das Steuer herum, zwang die *Quick Colleen,* zu wenden wie ein Kampfjet. Sie rutschte seitwärts, als die riesigen Motoren der Zentrifugalkraft entgegenzuwirken versuchten. Ich riß sie wieder herum, gab Vollgas und ließ sie zum fernen Nantucket zurückrasen. »Ich habe gesagt: Ist das nicht ein Spaß!«
Herlihy hatte auf den Ledersitz gespuckt. Er würgte und stieß, brachte aber außer einem Gemisch von Galle und Wasser nichts hoch. Das Boot hopste über die Wellen. Eine Meile vor uns hatte ein Fischereischiff ein langes, eisiges Kielwasser hinterlassen. Ich steuerte mit Höchstgeschwindigkeit auf die größeren Wellen zu, mitten hinein. Das Geräusch des Meeres unter der *Quick Colleen* war wie

der Donnerhall des Jüngsten Gerichts. Das Boot sprang in die Luft. Es stürzte in einer Explosion weißen Wassers herunter. Es knallte wieder in die Höhe und erschauerte von neuem beim Sturz ins Wellental, und Michael krümmte sich und rutschte in seiner eigenen Kotze hin und her, während er verzweifelt Gleichgewicht zu halten suchte.
Ich warf das Boot scharf herum, beschleunigte erneut und jagte es wieder zurück, mitten durch das Kielwasser des Fischers. Michael stierte mich an, mit entsetzlich bleichem Gesicht. Dann schüttelte er den Kopf, wie zur Information, daß er genug gelitten hätte.
Ich drosselte den Motor. Die *Quick Colleen* trieb müßig auf dem kalten, ruhigen Wasser. »Also – wo ist die *Rebel Lady?*«
»In Washington, D. C.«
»Wo in Washington, D. C.?«
»Im Virginia-Shore-Marine-Depot.«
»Wo liegt das?«
Er ächzte. Er brachte ein Häufchen Schleim hoch, stöhnte. Selbst solch leichtes Schaukeln brachte ihn um.
»Wo liegt das?« fragte ich noch einmal.
»Es liegt am Nordrand des Washington National Airport. Wenn du vom Flughafen stadteinwärts fährst, die erste Abzweigung vom Mount Vernon Memorial Highway. Aber bitte, Paul! Bring mich ans Ufer zurück! Bitte!«
»Wer hat es dorthin geschafft?«
»Ich habe damit eine Zustellfirma in Cotuit beauftragt.«
Ich gab den Motoren einen Kraftschub, der Michael auf die verdreckten Kissen zurückwarf. Sein Gesicht verfärbte sich leicht grün.
»Was ist im Schiff versteckt, Michael?«
»Ich weiß es nicht. Ehrlich! Vielleicht gar nichts. Das Gold, das du gebracht hast. Sonst nichts! Wir sollten es danach einfach im genannten Depot stehenlassen.«
»Il Hayaween hat angeordnet, daß es speziell auf diesem Depot abgestellt wird?«

»Ja!«
»Und er hat dir zusätzlich Geld geschickt?«
»Ja!«
»Wieviel?«
Er zögerte. Ich gab ganz leicht Gas. Er wurde sofort geständig. »Weitere fünf Millionen.« Er rutschte mit einem Würgelaut seitlich weg.
»Telegraphisch, stimmt's? Wohin? Auf die Caymaninseln?«
Er nickte. »Ja.«
»Und die fünf Millionen sind für dich und Brendan. Ihr teilt sie euch. Ja?«
»Ja.«
»Und sonst weiß davon keiner, oder?« Mir wurde auf einmal alles klar. *Darum* hatte Brendan mir zwei Knilche geschickt. Weil er es nicht wagte, den Armeerat um die Abstellung guter Männer zu bitten. »Diese Aktion ist nicht mit dem Armeerat abgesprochen worden, stimmt's?« beschuldigte ich ihn.
Michael sah zu mir auf. Diese Frage machte ihm höllisch angst, aber er war zu eingeschüchtert, fühlte sich viel zu elend, um Lügen zu riskieren. Er schüttelte nur den Kopf. Er handelte also auf eigene Faust. Gemeinsam mit Brendan. Die ganze Sache war vom Armeerat der Provisorischen Irisch-Republikanischen Armee nie genehmigt worden, es handelte sich um eine inoffizielle Aktion. »Es hat nie Stinger-Raketen für die IRA gegeben, stimmt's?«
»Es würde aber welche gegeben haben!« flehte Michael. »Wir hätten alle Stinger-Raketen auf dem Markt aufkaufen können! Das war auch unsere Absicht, Paul! Verstehst du denn nicht? Wir mußten zu Geld kommen! Ich hatte das Ziel, daß Boston für Irland wieder wichtiger wird als Tripolis! Ich wollte, daß Irland frei wird!« Den letzten Satz stieß er in einem verzweifelten Schrei hervor. Ein neuerlicher Anfall von Seekrankheit riß ihn herum.

»Und wo kamen die beiden Kubaner her?«
»Sie waren von den Arabern gestellt. Wir mußten dich ja überzeugen, daß es wirklich Stinger-Raketen gab.«
Verflixt und zugenäht, dachte ich. Carlos und Alvarez waren aber wahrscheinlich echt gewesen und direkt aus Kuba angereist, mit dem Rauch von Fidel Castros Zigarren in den Nüstern. »Du Schuft!« sagte ich und gab so vehement Gas, daß die *Quick Colleen* mit Karacho wie ein Pfeil über das Meer schoß, bis ich sie in ein paar schnelle Kurven jagte. Ich peitschte sie gnadenlos durch die See. Herlihy schrie und schluchzte. Mir war Seekrankheit fremd, somit auch diese Art Strafe, ich hatte jedoch genug Seekranke erlebt, um zu wissen: Es machte so elend, daß sogar der verschwiegenste Sünder die Wahrheit herausrückte.
Ich drosselte die Geschwindigkeit wieder und ließ den geschmeidigen Schiffskörper in der ruhigen See dahingleiten. Die Küste war nur mehr eine Meile entfernt. Michael krümmte sich, würgte: ein Mann, der Qualen litt. »Nun sag«, forderte ich ihn auf, »was steckt in dem Schiff? Saddam Hussein hat doch einen Grund, zehn Millionen Dollar zu verschenken?«
»Ich weiß es nicht. Ich bin nur angewiesen worden, das Schiff nach Washington zu verfrachten.«
»Und was solltest du mit mir anstellen?«
»Nichts.« Er blickte hoch. An seinen blau angelaufenen Lippen hingen Fäden von Erbrochenem. »Ehrlich!«
Ich legte eine Hand an die Gashebel.
»Du solltest getötet werden!« Mitleiderregend sprach er das aus, mit einem Blick des Flehens, die Gashebel nicht anzufassen. »Du und die beiden Jungs.«
»Damit die *Rebel Lady*«, sagte ich, »nie mit der IRA in Verbindung gebracht würde? War das der Zweck der Übung?«
»Ja!« Er starrte mich bettelnd an. Sein Anzug war ganz verknittert und mit Meerwasser und Kotze befleckt.

»Und du und Brendan – ihr wart einverstanden, Saddam Hussein bei seinem Anschlag auf Amerika zu helfen?«

»Wir haben nicht gewußt, welche Absicht er verfolgte!«

»O doch, Michael. Und ob ihr das gewußt habt! Mag sein, daß du nicht weißt, was sich auf der *Rebel Lady* befindet. Du weißt aber genau, daß es sich um keine Glückwunschbotschaft an den US-Präsidenten handelt.«

»Das Schiff hat uns Geld gebracht«, sagte er. »Ich werde das Geld für unsere Sache einsetzen. Irland wird frei!«

»O ja«, sagte ich. »Das versprech ich dir. Aber deine Hilfe ist dazu nicht notwendig. Verrätern wie dir schenkt Irland kein Vertrauen!«

»Ich bin kein Verräter!«

»Du bist ein Stück Scheiße, Michael, ein richtiges Stück Juristenscheiße!«

Und wieder drückte ich die Gashebel herunter. Ich jagte das Boot noch einmal durch zwei arge, magenumdrehende Kurven, bevor ich die Küste ansteuerte.

Und fragte mich verzweifelt, was im Bauch der *Rebel Lady* nur verborgen sein könnte.

Washington, D. C., liegt fünfundneunzig Meilen von der Mündung des Potomac entfernt. Die *Rebel Lady* würde, nachdem die Zustell-Crew sie von Cape Cod aus südwärts gesegelt hatte, diese Strecke wahrscheinlich größtenteils mit Motorkraft zurückgelegt haben. Das Wetter war günstig gewesen; man hatte also vermutlich die äußere Meerroute nach Sandy Hook gewählt, dann weiter nach Cape May, von wo aus man das Schiff durch den Kanal und den Fluß in die Chesapeake Bay gebracht hatte. Die amerikanische Hauptstadt am Potomac würde die Crew bestimmt mit Motorkraft erreicht haben und, sofern sie sich an den alten Brauch zu Ehren von George Washington erinnert hatte, beim Passieren von Mount Vernon die Schiffsglocke geläutet haben.

Nach Erreichen des Stadtgebiets würden sie den Virginiakanal befahren, an dem das Virginia-Shore-Marine-Depot lag, genau im Süden vom Pentagon und nördlich vom Flughafen. Das Gelände diente im Winter zum Lagern von Kreuzfahrtschiffen und abgetakelten Jachten. Es war ein deprimierender Ort – nur dieser heruntergekommene Stapelplatz, der hinten von der Schnellstraße eingezwängt wurde, welche in einem Bogen von den Flußbrücken herüberführte, vorn von den Signalbrücken und selbsttragenden Stahlmasten, die in einer Bucht des Potomac errichtet waren, mit den Landungslichtern für die Hauptpiste des Washington National Airport. Die großen Maschinen kreischten genau über das Depot weg.

»Wir sind natürlich nicht so bekannt wie die Sailing Marina im Süden vom Flughafen«, brüllte mir der Manager im Donner der Passagiermaschine über unseren Köpfen zu. »Wir haben aber größere Wassertiefe als der Pentagon Lagoon.« Der Riesen-Jet hinterließ um uns herum Kerosingeruch. Auf der anderen Flußseite war das Washington-Denkmal zu erkennen, dahinter, zu meiner Rechten, ein letzter Strahlenglanz von reflektiertem Sonnenlicht an der Kuppel des Kapitols. Das Kapitol und das Weiße Haus lagen etwas mehr als zwei Meilen entfernt; das Pentagon stand nur eine Meile von hier, im Norden. Die *Rebel Lady* war ein Pestbazillus mitten im Herzen der Republik.

»Worum geht's denn?« fragte der Manager. Als ich keine Antwort gab, versuchte er mich zu provozieren. »Man hat mir für die Lagerung viel Geld gezahlt. Bar auf die Hand!«

»Mit Sicherheit!«

Nach Erreichen des Depots war die *Rebel Lady* mit einem Kran aus dem Wasser gehievt und unter einem Dutzend anderer Jachten unter Plastikplanen abgestellt worden. Ihr Rumpf war auf einen Metallbock, ihr dicker Kiel auf große Holzböcke gesetzt worden. Auf Herlihys Anweisung

hatte man den neuen Namen übermalt; so war sie nur noch eins von vielen anonymen Schiffen und Booten, die während der kalten Wintermonate in den Stapelplätzen von Washington lagen.
In der Abenddämmerung des Tages, der mit *Quick Colleen* in Nantucket Sound begonnen hatte, stand ich jetzt genau an der Stelle, wo die *Rebel Lady* versteckt gewesen war, die bereits zu einer gründlichen Durchsuchung abgeholt worden war. Ich war hergekommen, weil ich mit eigenen Augen sehen wollte, wo Saddam Hussein seine Rache an Amerika geplant hatte.
»Eine Schande, was sie mit dem Schiff gemacht haben«, sagte der Depotmanager. »Es innen so zu demolieren!«
»Furchtbar«, pflichtete ich ihm bei.
»Eins ist aber komisch. Die Herstellerplakette nennt eine Werft aus Florida, obwohl das Schiff mit Sicherheit nicht hier in den Staaten gebaut worden ist.«
»War's auch nicht.« Die echte *Rebel Lady,* die inzwischen den Namen *Roisin* trug, wartete in Ardgroom auf mich. Ich mochte ihren neuen Namen nicht mehr. Ich würde sie wieder umbenennen. Oder einen anderen Namen finden. *Scoundrel* vielleicht? Ich freute mich schon darauf hinzufahren, mein Schiff abzuholen und über den Atlantik zu bringen.
»Einer meiner Männer meint, daß sie in Frankreich gebaut wurde«, sagte der Manager. »Ein so lastiges französisches Schiff habe ich aber noch nie gesehen.«
»Ich weiß. Ich war ihr Skipper.« Die Fahrt durch das Mittelmeer schien so lang her. Ich sah plötzlich Liams tote Augen im reflektierten grünen Licht der Navigationslampen vor mir.
»Sie waren der Skipper? Wo lag denn das Problem?« fragte der Manager neugierig.
»Schmuggel. Kokain.« Ich bot ihm eine Erklärung, die ihm plausibel erscheinen mußte.

»Hab' ich mir's doch gedacht. Das Zeug steckte im großen Kiel, hm?«
»Ich glaub' schon.«
»Ich weiß es genau!« sagte er überglücklich. »Ich war dabei, als das Schiff durchröntgt wurde. Auf einmal herrschte riesige Aufregung. Ich kann Ihnen sagen. Waren die Männer aufgeregt!« Er winkte zur Stelle hinüber, wo die *Rebel Lady* gestanden hatte; geblieben waren nur die leeren Blöcke für Rumpf und Kiel und die massive Röntgenausrüstung, die bei der Suche nach verborgenen Kielbolzen verwendet worden war. »Meinen Sie, wir kommen damit in die Fernsehnachrichten?« fragte der Manager hoffnungsfroh.
Ich schüttelte den Kopf. »Es wäre auch bestimmt nicht in Ihrem Interesse, damit in den Nachrichten zu erscheinen. Glauben Sie mir. Nicht mit *dem* Schiff. Aber vielen Dank auch, daß ich mir die Stelle hier ansehen durfte.«
»Gern geschehen.« Er gab sich Mühe, seine Enttäuschung nicht zu zeigen. »Falls Sie mal ein Schiff in der Hauptstadt der Nation lagern müssen, Mr. . . .?« Er zögerte, hätte meinen Namen gern gewußt, aber ich schüttelte wieder den Kopf und schritt davon. Es war schon fast dunkel. Die Landungslichter glitzerten in der Spiegelung des schnell dahinfließenden Stroms. Ein Flugzeug dröhnte über mir. Ich ließ mich in den Rücksitz des Regierungswagens fallen und schlug die Tür zu.
Es war verdammt haarscharf gewesen. Und ein verdammt gut ausgeklügelter Plan. Ich ließ mich durch den Abendverkehr fahren, weil ich genau wissen wollte, was dahintersteckte.

Die *Rebel Lady* war in ein militärisches Sperrgebiet in der Nähe von Washington geschafft worden, in einen großen, leeren Hangar. Dort stand sie ganz verloren unter riesigen, hellen Scheinwerfern. Van Stryker fand ich in einer

Kabine mit Glaswänden, von wo er die Mannschaft in weißen Kitteln beobachtete, die unter dem hochgestellten Schiffsrumpf arbeitete. »Es befindet sich im Hauptkiel«, erklärte er, ohne seine Augen vom Schiff zu nehmen, ohne mir auch zu sagen, was es war.

Der riesige, zwiebelförmige Kiel war schon von der *Rebel Lady* abmontiert worden. Wie die meisten Ballastkiele war er mit langen Silikonbronze-Schraubenbolzen am Kunststoff des Schiffskörpers befestigt worden. Van Strykers Team hatte die Bolzen gelockert und den Kiel vorsichtig auf den Boden des Hangars herabgelassen. Neben dem isolierten Kiel, den die Männer in ihren Schutzkitteln mir jetzt verstellten, stand ein leuchtendgelber Kolben von der Größe eines Kompaktautos mit dem dreiblättrigen Symbol der Nuklearindustrie. »Es war eine Atombombe?« fragte ich entsetzt, als ich die Bedeutung des Zeichens erkannte.

»Nein. Zur Herstellung einer Atombombe fehlt ihm die nötige Technologie. Noch.« Van Stryker wirkte müde. Er hatte die Aufgabe, die Republik vor terroristischen Angriffen zu schützen, und wußte, wie nahe dieser Anschlag dem Erfolg gewesen war; er dachte an zukünftige Anschläge, die es mit Sicherheit geben würde. »Irgendwann einmal wird jemand so eine Bombe herstellen, Paul, jemand, der glaubt, die Welt zu seinem Vorteil ändern zu können, wenn er sie zündet. Diesmal noch nicht.«

»Was ist es dann?«

»Eine kleine Portion Tschernobyl.«

»Tschernobyl?«

Van Stryker trank aus einem braunen Plastikbecher einen Schluck Kaffee. »Wir sind der Meinung, daß die Iraker den Kiel ausgehöhlt und mit etwa vier Tonnen Uraniumdioxid gefüllt haben. Das ist der nukleare Treibstoff, den man in gewöhnlichen kommerziellen Kraftwerken wie Three Mile Island verwendet oder eben auch in

Tschernobyl. Sie haben die Brennstäbe zu Schrot zerkleinert und ihn mit Alumiumstaub und einem Material vermischt, das wie Ammoniumnitrat aussieht. Das heißt, sie haben das Uranium einer riesigen Feuerbombe beigegeben. Dann eine Sprengkapsel und einen Zeitzünder hinzugefügt. Eigentlich eine einfache Sache. Und relativ billig.«

»Und was würde das alles bewirken?«

»Die Feuerbombe hätte eine Temperatur von mehr als siebentausend Grad Fahrenheit erreicht. Sobald das nukleare Material Feuer gefangen hätte, hätte es eine Miniaturwolke von Radioaktivität verbreitet wie die radioaktive Wolke von Tschernobyl.« Van Stryker schenkte mir einen kurzen, einen mitfühlenden Blick. »Sie müssen sich keine Sorgen machen, Paul. Laut meinen Experten waren Sie wahrscheinlich keiner übermäßigen Strahlung ausgesetzt. Sie waren geschützt, weil das Monster in Blei verkleidet wurde und unter Wasser blieb. Und dadurch, daß Sie das Gold darüber gelagert haben, ist es noch sicherer geworden.«

Ich starrte zu den weißgekleideten Gestalten unten. »Was hätte dieses Machwerk in Washington angerichtet?«

»Bei südlichen Winden hätte Saddam Hussein toxisches Freudenfeuer das Pentagon eventuell für Jahre unbenutzbar gemacht. Das Weiße Haus möglicherweise ebenfalls. Wäre das eine Genugtuung gewesen für Bagdad!« Van Stryker blieb sekundenlang still. »Die Stadt wäre mit radioaktiven Isotopen, Strontium und Caesium verseucht worden. Stellen Sie sich nur einmal die Geburtsfehler vor, die Krebsfälle! Deshalb waren sie so scharf darauf, das Schiff vom Wasser an Land zu schaffen, bevor der Sprengsatz gezündet wurde! Damit das Feuer so richtig in Gang kam. Im Wasser wär's erstickt, wären höchstens ein paar Meilen vom Fluß verseucht worden, aber auf trockenem Land und bei günstigem Wind gut und gern hundert Quadratmeilen.«

»Sie wissen, daß dies kein Werk der IRA war?« erklärte ich van Stryker.
»Ihre IRA ist«, entgegnete er mir barsch, »die einzige Organisation, die Saddam Hussein durch Bombenattentate unterstützt hat. Versuchen Sie nicht, den Terrorismus zu rechtfertigen. Geben Sie sich keine Mühe, mir klarzumachen, daß die IRA nur aus irregeführten Helden besteht.«
»Ich habe eben gesagt . . .«
»Ich habe Ihre Worte gehört, Paul. Ich verstehe, daß Sie sich in einem Loyalitätskonflikt befinden.« Er schaute ins grelle Licht der Bogenlampen zu den Männern hinüber, die mit dem grellgelben Kolben beschäftigt waren. »Haben Sie gewußt, was George Washington tat, als es keine Uniformen für seine Männer gab? Daß er entschied, daß sie weiße Papierfetzen an ihren Hüten zu tragen hatten? Damit gab er bekannt: Dies sind meine Krieger, dies sind eure Zielscheiben. Er hat sie nicht versteckt, er hat sie abends nicht nach Hause geschickt, damit sie sich unter den Röcken ihrer Frauen verkriechen konnten. Er war ein *Mann.*«
Ich sagte kein Wort. Ich schaute nur auf die *Rebel Lady.* Vom Dollbord hing das bittere Ende eines Taus. Ich fragte mich, ob sie wohl je wieder in See stechen würde. Es schien mir zweifelhaft, und ich fand es eine Schande, daß solch ein Schiff seine letzte Fahrt unter falschem Namen gemacht haben sollte. Es hätte ein letztes freies Rennen auf den Meeren verdient, ohne durch falschen Ballast behindert zu sein.
»Flynn ist am Nachmittag von der Garda verhaftet worden«, sagte van Stryker.
»Werden Sie ihn ausliefern lassen?«
»Nein. Je weniger die Öffentlichkeit von dieser Sache erfährt, desto besser. Atomare Risiken scheinen bei der amerikanischen Bevölkerung die schlimmste Form von Hysterie zu verursachen. Ich will versuchen, alles so geheim wie

möglich zu halten. Aber Flynn wird erleben, daß man Uncle Sam nicht ungestraft verspottet. Die Garda wird ihm etwas anhängen, damit er ein paar Jahre in Portlaoise Jail sitzt. Das wird ihm eine Lehre sein, uns mit etwas mehr Respekt zu behandeln.«

»Und Herlihy?«

Van Stryker schüttelte den Kopf. »Der ist von zu vielen Juristen umgeben, als daß eine getürkte Anklage verfangen würde. Man könnte jedoch, wie ich meine, das Finanzamt bewegen, ihm das Leben zur Hölle zu machen.«

»Und was ist mit mir?«

»Alles in allem«, sagte er, »haben Sie auf der Seite der Engel gestanden. Wir werden Ihnen nachträglich ein Gehalt auszahlen, Paul. Sagen wir hunderttausend? Damit könnten Sie eine neue Existenz anfangen.«

»Sicher.« Ich klang säuerlich. »Aber fünf Millionen sind das nicht.«

»Die wollen die Briten uns jetzt übergeben«, bemerkte van Stryker grimmig. »Ich habe mit Miss Ko ein ernstes Wörtchen gesprochen.« Ein Telefon läutete. Van Strykers Erzählung, wie er mit den perfiden Briten fertig geworden war, wurde unterbrochen. Er beantwortete den Anruf. Ich sah einen der Männer im Schutzkittel neben der *Rebel Lady* in den anderen Handapparat sprechen. Van Stryker grunzte ein paarmal in den Hörer, dankte dem Mann und legte den Apparat ab. »Der vierte Juli«, sagte er langsam. »Der Zeitzünder war für unseren Unabhängigkeitstag eingestellt, auf zwölf Uhr mittags. Eine sichere Wette, daß Washington da lebhaft bevölkert ist. Eine Siegesparade? Zur Feier des Wüstensturms? Ein nationales Straßenfest vielleicht?« Van Stryker war in Zorn geraten. Kein Wunder: Wer von der Menge, die Amerikas Unabhängigkeit feierte, hätte denn an eine Rauchwolke auf der anderen Seite des Flusses auch nur einen Gedanken verschwendet? Wer hätte denn damit gerechnet, daß unsichtbare toxische Isotopen an der Mall und der Pennsylvania Avenue niedergegangen wären?

»Ich hätte es beinah verursacht, nicht wahr?« Ich sprach mit bitterem Selbstvorwurf.

»Wirklich?« fragte van Stryker im Ton milden Unglaubens. Sein Blick ruhte wieder auf dem demolierten Schiff und dem gelben Kolben.

»Weil ich Ihnen nicht von der *Rebel Lady* berichtet habe.«

»Oh, wir haben gewußt, daß da etwas im Busch war. Und wir hätten das Schiff, meine ich, am Ende sowieso entdeckt.« Er sprach noch immer freundlich. Ich erinnerte mich, wie er mich getadelt hatte: daß man sich immer an die Regeln halten müsse; außer natürlich gegenüber Menschen, die sich selbst außerhalb der Regeln bewegen. Das betraf aber doch gewiß auch das britische Team, das mich entführt hatte? Reguläres Vorgehen war ein schwaches Mittel im Vergleich mit einer Benzinbombe, die mit Seifenflocken angereichert war, oder einer Kalaschnikow in den Händen eines verbitterten Jungen. Ich erinnerte mich an einen IRA-Mann, der in einem Pub in Lifford geklagt hatte, daß er soeben zwei seiner Männer verloren habe, durch einen Hinterhalt der SAS. »Früher hat es Regeln gegeben«, hatte mir dieser IRA-Mann mit böser Verärgerung klargemacht, »aber jetzt kämpfen die verdammten Briten genauso wie wir.« Konnte Terrorismus nur mit Terror bekämpft werden? Das war eine furchtbare Frage, so furchtbar wie der grell erleuchtete Hangar, wo ein kleiner Kran eine Palette in den Kolben herabsenkte, die, wie es aussah, mit mattem Silberpuder behäuft war.

»Ein Giftcocktail gegen nukleare Substanzen«, erklärte van Stryker.

»Aber es ist damit nicht vorbei, oder?« sagte ich. »Il Hayaween wird nach dieser Niederlage nicht aufgeben.«

»Aber er hat die Initiative an uns verloren, Paul. Wir werden ihm Fallen stellen. Und aufgrund des Golfkriegs gibt es für ihn ein paar Verstecke weniger. Das dort bedeutet einen Sieg, Paul.« Er zeigte auf das auseinandergenommene Schiff. »Nicht den letzten, abschließenden Sieg. Terrorismus kann man nicht endgültig besiegen, sondern nur eindämmen, aber, mein Gott, tut das gut, und vielleicht fühlen wir uns bald sogar noch besser? Die Schufte, die uns dieses Geschenk geschickt haben, werden eine Weile nach Onkel Sams Pfeife tanzen müssen, und wer weiß? Vielleicht tanzen wir sie sogar in ein frühes Grab.«

»Ich nehme an«, sagte ich langsam, »daß *ich* Ihnen Dank schulde, weil Sie mich vor einem frühen Grab bewahrt haben?«

»Sie müssen mir nicht danken.« Van Stryker sah mich nicht an. Er sah zu, wie Männer zum Reinigen des Hangars Schläuche entrollten. »Als ich Sie vor vierzehn Jahren aussandte, habe ich nicht damit gerechnet, Sie wiederzusehen. Wir haben noch andere ausgeschickt, fragen Sie mich nicht nach Namen. Sie sind bisher als einziger zurückgekehrt. Zwei werden bestimmt nie zurückkommen, einer ist eventuell zu unseren Feinden übergelaufen. Es war keine leichte Arbeit, die Sie geleistet haben, ich nehme auch nicht an, daß Sie ein reines Gewissen haben, aber Sie haben Ihrem Land einen Dienst erwiesen, Paul. Sie haben die Republik vor Bösem bewahrt, und es ist meine Pflicht, Ihnen dafür zu danken.« Er drehte sich um und reichte mir die Hand. »Was mich angeht, so dürfen Sie reinen Gewissens gehen.«

Die Nacht war hell. Am Himmel leuchteten die Sterne, über einem Land, das vor einer Verseuchung, vor Schaden bewahrt geblieben war. Ich ging zu dem Wagen, atmete die kalte Luft ein und dachte über meine Zukunft nach.

»Zum Flughafen, Sir?« fragte der Chauffeur.

»Bitte«, sagte ich. Wir fuhren an, ließen das erleuchtete militärische Areal mit seinen Hubschraubern, Verladern, den Bewaffneten, Gelblampen und Alarmanlagen hinter

uns. Die Wachen am Tor winkten uns durch. Die Lichter verblaßten. Durch dunkle Wälder fuhren wir den kleinen, sicheren Städten Amerikas entgegen, den Kleinstädten mit ihren anständigen Bewohnern, die von den Terroristen so gehaßt werden.
Ich würde jetzt in meine kleine Gemeinde heimkehren, doch nach allem, was ich erlebt hatte, würde ich dort wohl nicht bleiben. Für mich würde es dort keinen Frieden geben – noch nicht. Denn in meiner Welt lauerten noch Gespenster und Geister, und ich wußte nicht, wie ich sie vertreiben könnte. Außerdem würde il Hayaween mich nicht in Ruhe lassen. Ich hatte ihn bloßgestellt, und dafür würde er meinen Kopf wollen. Ich dachte an Roisins Blick in dem Augenblick, bevor ich abdrückte. Ach, lieber Gott, wie unachtsam sind wir doch in der Wahl unserer Wege.
Die Lichter Washingtons röteten den Himmel. Ich mußte an das Feuer denken, das eine Stadt in Brand gesetzt hätte, an den Tod, der mit der Leichtigkeit von Schneeflocken auf die breiten Straßen heruntergefallen wäre.
Ich schloß die Augen. Im kommenden Frühjahr, sagte ich mir, werde ich nach Irland reisen und mir ein Schiff holen und mit meinem Schiff dann in See stechen und mich tragen lassen von seinen Segeln. Irgendwohin. Ich wußte nicht, wohin. Wohin, war mir gleich. Einfach irgendwohin, wo ein Schurke Zuflucht finden könnte.